FANTASMAS DO PASSADO

OBRAS DA AUTORA PUBLICADAS PELA RECORD

O amor de Penelope
A boa moça
Casamento de conveniência
Fantasmas do passado
A indomável Sofia
Ovelha negra
Venetia e o libertino

GEORGETTE HEYER

FANTASMAS DO PASSADO

Tradução de
Maria Cecília Palhares dos Santos

2ª edição

Editora Record
Rio de Janeiro • São Paulo
2023

CIP-BRASIL. CATALOGAÇÃO NA PUBLICAÇÃO
SINDICATO NACIONAL DOS EDITORES DE LIVROS, RJ

H531f Heyer, Georgette
2. ed.   Fantasmas do passado / Georgette Heyer ; tradução Maria Cecilia Palhares dos Santos. - 2. ed. - Rio de Janeiro : Record, 2023.

Tradução de: These old shades
ISBN 978-65-5587-469-3

1. Romance inglês. I. Santos, Maria Cecilia Palhares dos. II. Título.

23-83822   CDD: 823
                        CDU: 82-31(410.1)

Meri Gleice Rodrigues de Souza - Bibliotecária - CRB-7/6439

Copyright © Georgette Heyer 1926

Texto revisado segundo o Acordo Ortográfico da Língua Portuguesa de 1990.

Todos os direitos reservados. Proibida a reprodução, no todo ou em parte, através de quaisquer meios. Os direitos morais da autora foram assegurados.

Direitos exclusivos de publicação em língua portuguesa somente para o Brasil adquiridos pela
EDITORA RECORD LTDA.
Rua Argentina, 171 – Rio de Janeiro, RJ – 20921-380 – Tel.: (21) 2585-2000, que se reserva a propriedade literária desta tradução.

Impresso no Brasil

ISBN 978-65-5587-469-3

Seja um leitor preferencial Record.
Cadastre-se no site www.record.com.br
e receba informações sobre nossos
lançamentos e nossas promoções.

Atendimento e venda direta ao leitor:
sac@record.com.br

EDITORA AFILIADA

I

Sua Alteza de Avon Compra um Indivíduo

Um cavalheiro caminhava por uma rua afastada de Paris, voltando da casa da madame de Verchoureux. Andava um tanto afetadamente, porque os saltos vermelhos dos sapatos eram muito altos. Um manto comprido, púrpura, forrado de rosa, caía-lhe dos ombros e pendia descuidadamente sobre a roupa, revelando um paletó de cetim roxo, de abas largas excessivamente enfeitado de dourado; usava colete de seda estampada com flores, calções impecáveis, exibindo uma ostentação exagerada de joias na gravata e no peito. O chapéu de três pontas, debruado, estava colocado sobre a peruca empoada, e na mão carregava uma bengala comprida, adornada de fitas. Estava vulnerável a qualquer ataque e, embora um pequeno sabre estivesse pendurado ao seu lado, o punho ficava perdido nas pregas do manto, dificultando, em caso de necessidade, o uso rápido do sabre. Nesta hora tardia, nesta rua deserta, era a maior temeridade caminhar exibindo joias, mas o cavalheiro dava a impressão de não estar ciente da imprudência. Lânguido, prosseguia o seu caminho, sem olhar à sua volta, aparentando ignorar possíveis perigos.

Mas, quando avançava pela rua, girando ociosamente a bengala, um corpo arremessou-se contra ele, disparado como uma bala de canhão de um beco escuro que desembocava à direita do magnífico cavalheiro. A figura agarrou-se àquele manto elegante, gritou numa voz assustada e tentou recuperar o equilíbrio.

Sua Graça de Avon deu uma virada, agarrando os pulsos do possível agressor e mantendo-os abaixados com uma força tão impiedosa que não correspondia à aparência de janota. A vítima deu um gemido de dor e caiu de joelhos, tremendo a seus pés.

— Monsieur! Ah, me solte! Eu não pretendia... eu não sei... eu não ia... Ah, monsieur, me solte!

Sua Alteza curvou-se para o rapaz, ficando de lado, de maneira que a luz de um poste da rua adjacente iluminasse o rosto branco, agoniado. Olhos grandes, azuis-violeta, olharam-no arregalados, com profundo terror.

— Você não acha que é um tanto jovem para este negócio? — indagou o duque arrastando as palavras. — Ou achou que ia me pegar desprevenido?

O rapaz corou, e os olhos escureceram de indignação.

— Eu não queria roubar o senhor! É verdade, é verdade, não queria! Eu... eu estava fugindo! Eu... ah, monsieur, deixe eu ir!

— Em boa hora, minha criança. De onde você estava fugindo, posso perguntar? De outra vítima?

— Não! Ah, por favor, deixe eu ir embora! O senhor... o senhor não compreende! Ele já deve ter começado a me procurar! Ah, por favor, por favor, milorde!

Os olhos do duque, curiosos, de pálpebras pesadas, não desviavam do rosto do rapaz. Subitamente, tinham-se arregalado, tornando-se atentos.

— E quem, menino, é ele?

— Meu... meu irmão. Ah, por favor...

Um homem vinha virando a esquina do beco. Ao ver Avon, ele parou. O rapaz estremeceu, agora pendurando-se no braço do duque.

— Ah! — explodiu o recém-chegado. — Agora, por Deus, se o cachorrinho tentou roubá-lo, ele vai pagar por isso! Seu vagabundo! Pirralho ingrato! Eu juro que você se arrependerá! Milorde, mil perdões! O rapaz é meu irmão mais moço. Eu estava batendo nele por causa da preguiça, quando escapou de mim...

O duque levou um lenço perfumado ao nariz.

— Mantenha distância, camarada — disse ele desdenhosamente.
— Sem dúvida apanhar é bom para os jovens.

O menino encolheu-se, aproximando-se mais dele. Não se esforçou para fugir, mas torcia as mãos convulsivamente. Mais uma vez os olhos estranhos do duque passaram por ele, parando por um momento nos cachos ruivos, cor de cobre, que estavam cortados bem curtos, emaranhados e desarrumados.

— Como observei, apanhar é bom para os jovens. Seu irmão, você disse? — perguntou, encarando agora o homem de pele trigueira e feições grosseiras.

— Sim, nobre senhor, ele é meu irmão. Cuidei dele desde que nossos pais morreram e ele me paga com ingratidão. É uma maldição, nobre senhor, uma maldição!

— Qual é a idade dele, camarada? — O duque parecia refletir.

— Dezenove anos, milorde.

— Dezenove. — O duque examinou o rapaz. — Não é muito pequeno para a idade?

— Ora, milorde, se... se ele é, a culpa não é minha! Eu... eu o alimento bem. Eu lhe peço, não dê atenção ao que ele diz! É uma víbora, uma fera, uma verdadeira maldição!

— Vou livrá-lo da maldição — falou Sua Alteza calmamente.

— Milorde...? — O homem encarou-o sem compreender.

— Suponho que ele esteja à venda.

Uma de suas mãos frias insinuou-se na do duque, agarrando-a.

— À venda, milorde? O senhor...

— Pretendo comprá-lo para ser meu pajem. Quanto vale? Um luís? Ou maldições não têm valor? Um problema interessante.

— É um menino bom, nobre senhor. — Os olhos do homem brilharam subitamente com avareza sagaz. — Pode trabalhar. Na verdade, vale muito para mim. E sou muito afeiçoado a ele. Eu...

— Darei um guinéu por este inútil.

— Ah, não, milorde! Ele vale mais! Muito, muito mais!

— Então fique com ele — disse Avon e prosseguiu.

O rapaz correu atrás dele, pendurando-se em seu braço.

— Milorde, me leve! Ah, por favor me leve! Hei de trabalhar bem para o senhor! Juro! Ah, eu suplico, me leve!

Sua Graça parou.

— Fico conjeturando: será que sou tolo? — falou ele. Tirou o alfinete de brilhante da gravata, e segurou-o de modo que faiscasse e brilhasse sob a luz da lâmpada. — Bem, camarada? Isto é suficiente?

O homem olhou a joia como se não pudesse acreditar no que via. Esfregou os olhos e aproximou-se, encarando.

— Por isto — disse Avon — eu compro seu irmão, corpo e alma. Então?

— Me dá! — sussurrou o homem, e estendeu a mão. — O menino é seu, milorde.

Avon atirou o alfinete para ele.

— Se não me engano, pedi que mantivesse distância — advertiu ele. — Você incomoda minhas narinas. Menino, siga-me. — E lá se foi pela rua, com o rapaz a uma distância respeitosa atrás dele.

Chegaram afinal à rua St. Honoré e à mansão Avon. Entrou sem olhar para trás, não se preocupando se a nova propriedade o seguia ou não, e dirigiu-se pelo pátio para a grande porta cravejada de pregos. Curvando-se, os lacaios o receberam, olhando surpresos para a figura malvestida que lhe vinha no rastro.

O duque deixou cair o manto e entregou o chapéu a um dos criados.

— O sr. Davenant? — indagou.

— Na biblioteca, Vossa Graça.

Avon atravessou o vestíbulo caminhando em direção à porta da biblioteca. Esta foi-lhe aberta e ele entrou, fazendo um movimento de cabeça para que o rapaz o seguisse.

Hugh Davenant estava sentado ao lado do fogo, lendo um livro de poesias. Levantou os olhos e sorriu quando seu anfitrião entrou.

— Então, Justin? — falou, depois viu o menino encolhido junto à porta. — Na verdade, o que temos aqui?

— Você pode muito bem perguntar — disse o duque. Aproximou-se do fogo e estendeu o pé muito bem calçado para as brasas. — Um capricho. Aquela migalha da humanidade, suja e faminta, é minha — falou, mas estava claro que o menino compreendia, porque corou e fez um gesto com a cabeça coberta de cachos.

— Sua? — Davenant se virou para olhar o rapaz. — O que você quer dizer, Alastair? Com certeza... não pode querer dizer... seu filho?

— Ah, não! — Sua Alteza sorriu, mostrando-se um tanto divertido. — Desta vez não, meu caro Hugh. Comprei este ratinho pelo valor de um brilhante.

— Mas... por que, em nome de Deus?

— Não tenho a menor ideia — falou Sua Graça placidamente. — Venha cá, rato.

O menino aproximou-se com timidez e permitiu que Justin lhe virasse o rosto para a luz.

— Uma criança muito bonita — observou o duque. — Vou transformá-lo em meu pajem. É tão divertido possuir um pajem!

Davenant levantou-se e tomou uma das mãos do rapaz na sua.

— Suponho que, em outra ocasião, você há de me explicar — falou. — Enquanto isso, por que não alimenta esta pobre criança?

— Você é sempre tão eficiente! — suspirou o duque. Virou-se para a mesa, sobre a qual estava posta uma ceia fria, esperando por ele. — Maravilhoso. Parece ter adivinhado que eu traria para casa um convidado. Pode comer, ratinho.

O menino levantou os olhos tímidos para ele.

— Por favor, milorde, posso esperar. Eu... eu não cearia o que é seu. Preferiria esperar, se... se o senhor permitir.

— Eu não permito, meu menino. Vá comer — sentou-se enquanto falava, girando o monóculo. Depois de um momento de hesitação, o rapaz encaminhou-se para a mesa e esperou que Hugh lhe servisse uma coxa de galinha. Tendo-lhe proporcionado o que desejava, o duque voltou para o fogo.

— Você está louco, Justin? — perguntou ele, sorrindo palidamente.

— Creio que não.

— Então por que fez isso? O que você, entre todos os homens, quer com uma criança dessa idade?

— Achei que podia ser divertido. Como você sem dúvida sabe, estou sofrendo de *ennui*. Louise me cansa. Esta — prosseguiu, sacudindo a mão branca na direção do menino faminto — é uma diversão caída do céu.

— Com certeza você não pretende adotar a criança. — Davenant franziu as sobrancelhas.

— Ele... hã... adotou-me.

— Você vai fazer dele seu filho? — insistiu Hugh, incrédulo.

As sobrancelhas do duque se ergueram, desdenhosas.

— Meu caro Hugh! Um rapaz da sarjeta? Ele vai ser meu pajem.

— E o que de interessante isso lhe proporcionará?

Justin sorriu, e seu olhar dirigiu-se para o menino.

— Fico conjeturando — disse suavemente.

— Você tem alguma razão especial?

— Como você sabiamente observou, meu caro Hugh, tenho realmente uma razão especial.

Davenant sacudiu os ombros, deixando que o assunto morresse. Ficou sentado observando o rapaz à mesa, que nesse momento tinha acabado a refeição e veio para o lado do duque.

— Com licença, senhor, já terminei.

— Já terminou? — perguntou Avon, colocando o monóculo.

De repente o menino ajoelhou-se e, para surpresa de Davenant, beijou a mão do duque.

— Terminei, sim, senhor. Obrigado.

Avon soltou-se, mas o rapaz continuou de joelhos, os olhos humildes levantados para o belo rosto. O duque tomou uma pitada de rapé.

— Minha estimada criança, ali está sentado o homem a quem é melhor que você agradeça — afirmou e agitou a mão na direção de Davenant. — Eu nunca teria pensado em alimentá-lo.

— Eu... eu lhe agradeço por ter me salvado de Jean, milorde — respondeu o menino.

— Para você está reservado um destino pior — falou o duque, com sarcasmo. — Você me pertence... de corpo e alma.

— Sim, senhor. Se isso lhe agrada — murmurou o rapaz, e dirigiu-lhe um olhar rápido de admiração sob as longas pestanas.

Os lábios finos se curvaram um pouco.

— A perspectiva é, sem dúvida, agradável.

— É, sim, senhor. Eu... eu gostaria de servi-lo.

— Mas, então, você não me conhece muito bem — disse Justin, com um risinho ligeiro. — Sou um amo desumano, não, Hugh?

— Você não é o homem certo para cuidar de um menino desta idade — falou Hugh calmamente.

— É verdade, é verdade. Devo dá-lo a você?

— Por favor, senhor... — Mãos trêmulas tocaram-lhe o punho. Justin olhou para o amigo.

— Acho que não devo, Hugh. É tão divertido, e tão... hã... inusitado, ser um santo diante dos olhos de... hã... um inocente implume. Ficarei com o menino só enquanto ele continuar a me divertir. Como é que você se chama, meu filho?

— Léon, senhor.

— Como é deliciosamente curto! — Havia sempre um sarcasmo sob a voz superficial e suave do duque. — Léon, nada mais, nada menos. A pergunta é... Hugh, claro, terá a resposta pronta... o que fazer a seguir com Léon?

— Mandá-lo para a cama — disse Davenant.

— Naturalmente... E o que acha de... um banho?

— Bem apropriado.

— Ah, sim! — suspirou o duque, e tocou uma sineta que estava a seu lado.

— O que Vossa Graça deseja? — perguntou o lacaio que atendeu ao chamado, curvando-se profundamente.

— Mande-me Walker — pediu Justin.

O lacaio desapareceu, e logo depois entrou um indivíduo arrumado, de cabelos grisalhos e empertigado.

— Walker! Tenho uma coisa para lhe dizer. Ah, já sei o que o é, Walker. Você está vendo aquele menino?

— Sim, Vossa Graça. — Walker lançou os olhos ao garoto ajoelhado.

— Ele vê. Maravilhoso — murmurou o duque. — Chama-se Léon, Walker. Esforce-se para gravar.

— Certamente, Vossa Graça.

— Ele precisa de várias coisas, mas o mais urgente é de um banho.

— Sim, Vossa Graça.

— Segundo, uma cama.

— Sim, Vossa Graça.

— Terceiro, uma camisola de dormir.

— Sim, Vossa Graça.

— Quarto e último, uma muda de roupa. Pretas.

— Pretas, Vossa Graça.

— Pretas e austeras iguais à de luto, como convém a um pajem. Você vai arranjá-las. Não há dúvida de que você se mostrará à altura desta tarefa. Leve o menino embora, para o banho, para a cama, e dê-lhe uma camisola de dormir. Depois deixe-o sozinho.

— Muito bem, Vossa Graça.

— E você, Léon, levante-se. Vá com o estimado Walker. Hei de vê-lo amanhã.

Léon levantou-se e fez uma reverência.

— Sim, *Monseigneur*. Obrigado.

— Por favor, não me agradeça outra vez — disse o duque bocejando. — Cansa-me. — Ficou observando Léon sair e virou-se para examinar Davenant.

— O que significa isso, Alastair? — Hugh olhou-o bem nos olhos.

O duque cruzou as pernas e balançou um pé.

— Fico imaginando — disse em tom agradável. — Achei que você seria capaz de me dizer. É sempre tão onisciente, meu caro.

— Algum plano você tem na cabeça, eu sei — falou Hugh. — Conheço-o há muito tempo para estar certo disso. O que você quer com esse rapaz?

— Às vezes você é bastante inconveniente — queixou-se Justin. — Mais do que nunca quando se torna severo. Por favor, poupe-me de um sermão.

— Não tenho a intenção de lhe fazer sermão. Tudo o que diria é que é impossível você fazer desse menino um pajem.

— Pobre de mim! — exclamou Justin, e olhou pensativo para o fogo.

— Por um lado ele é de origem nobre. Pode-se dizer pela maneira de falar e pelas mãos e rosto delicados. Por outro lado... a inocência brilha em seus olhos.

— Como é deveras angustiante!

— Seria angustiante se a inocência o abandonasse... por sua causa — disse Hugh, um indício de tristeza na voz bastante meiga.

— Você é sempre tão cortês — murmurou o duque.

— Se você quer ser bom para ele...

— Meu caro Hugh! Pensei que você tinha dito que me conhecia. Davenant sorriu.

— Bem, Justin, como um favor para mim, você me daria Léon, e procuraria outro pajem?

— Sempre fico sentido ao desapontá-lo, Hugh. Desejo agir de acordo com suas esperanças em todas as ocasiões possíveis. Por isso manterei Léon. A inocência andará atrás do mal... entende, eu lhe garanto... vestida de preto sóbrio.

— Por que você o quer? Pelo menos diga-me isso.

— Porque tem cabelos da cor dos que Ticiano pintava — disse Justin brandamente. — Cabelos de Ticiano sempre foram uma das... minhas... paixões avassaladoras — comentou, e os olhos cor de avelã brilharam por um momento, e ficaram velados em seguida. — Tenho certeza de que você ficará solidário comigo.

— Onde é que você esteve esta noite? — perguntou ele afinal.

— Esqueci. Creio que fui primeiro à casa Touronne. É, lembro agora. Eu ganhei. Estranho.

— Estranho por quê?

— Porque, Hugh, em dias não tão distantes, quando era... ah... do conhecimento geral que a nobre família de Alastair estava às portas da ruína... sim, Hugh, mesmo quando estava suficientemente louco para pensar em casamento com a atual... hã... lady Merivale... eu só perdia.

— Já vi você ganhar milhares numa noite, Justin.

— E perdê-los na noite seguinte. Então, se você lembra, nós partimos... para onde fomos? Roma! Claro!

— Eu lembro.

Os lábios finos sorriram com escárnio.

— É. Eu era o... hã... pretendente rejeitado e de coração partido. Devia ter dado um tiro nos miolos, para ser preciso. Mas passara da idade do drama. Em vez disso continuei... no devido caminho... para Viena. E ganhei. A recompensa, meu caro Hugh, do vício.

Hugh inclinou o copo, observando a luz da vela brincar no vinho escuro.

— Ouvi dizer — falou lentamente — que o homem de quem você ganhou aquela fortuna... um jovem, Justin...

— ... com um caráter irrepreensível.

— É. Aquele jovem... assim ouvi dizer... realmente deu um tiro na cabeça.

— Você foi mal-informado, meu caro. Ele foi alvejado num duelo. A recompensa da virtude. A moral está suficientemente destacada, acho.

— E você veio para Paris com uma fortuna.

— Uma fortuna bastante considerável. Comprei esta casa.

— Foi. Fico calculando como você se reconcilia com sua alma.

— Eu não tenho alma, Hugh. Pensei que soubesse.

— Quando Jennifer Beauchamp se casou com Anthony Merivale, você tinha alguma coisa que se podia chamar de alma.

— Tinha? — Justin olhou-o, divertido.

— E calculo também o que Jennifer Beauchamp representa para você agora. — Hugh sustentou-lhe o olhar.

— Jennifer Merivale, Hugh. — Justin levantou uma de suas belas mãos. — Ela é a lembrança de um fracasso, de um acesso de loucura.

— E ainda assim você nunca mais foi o mesmo.

Justin se levantou, o escárnio acentuado agora.

— Eu lhe disse há meia hora, meu caro, que ia me esforçar para agir de acordo com suas expectativas. Há três anos... na verdade, quando soube por minha irmã Fanny do casamento de Jennifer... você disse, com sua simplicidade habitual, que, embora ela não tivesse aceitado meu pedido, havia me conquistado. *Voilà tout.*

— Não. — Hugh olhou-o pensativamente. — Eu estava errado, mas...

— Meu caro Hugh! Por favor, não destrua minha fé em você!

— Eu estava errado, mas não tanto assim. Devia ter dito que Jennifer preparou o caminho para outra mulher conquistá-lo.

— Quando você se torna filosófico, Hugh, faz com que eu lamente o dia em que o admiti no meu seleto grupo de amigos — falou Justin, fechando os olhos.

— Você tem tantos, não tem? — Observou Hugh, corando.

— *Parfaitement*. — Justin encaminhou-se para a porta. — Onde existe dinheiro, existem também... amigos.

— Devo tomar isso como insulto? — perguntou Davenant calmamente, pousando o copo.

— Estranho dizer que não deve. — Justin parou com a mão na maçaneta. — Mas de todas as maneiras me desafie.

— Ah, vá para cama, Justin! — Hugh riu subitamente. — Você está impossível!

— Você vem me dizendo isso com frequência. Boa noite, meu caro. — Saiu, mas, antes que tivesse fechado a porta, se lembrou de alguma coisa e olhou para trás, sorrindo. — *A propos*, Hugh, acabei de conseguir uma alma. Acabou de tomar banho e agora está dormindo.

— Que Deus a ajude! — respondeu Hugh seriamente.

— Não estou seguro da minha disposição. Devo dizer amém, ou me retirar amaldiçoando? — Os olhos zombavam, mas o sorriso neles não se mostrava desagradável. Não esperou pela resposta, mas fechou a porta e subiu lentamente para ir dormir.

II

Apresentando o Conde de Saint-Vire

Pouco depois do meio-dia do dia seguinte Avon mandou chamar o pajem. Léon veio prontamente e se ajoelhou para beijar-lhe a mão. Walker obedecera implicitamente às ordens do amo, e em lugar do menino malvestido e sujo da noite anterior estava um rapaz escrupulosamente arrumado, cujos cachos ruivos tinham sido puxados da testa, e cuja figura magra estava vestida num traje completamente preto, com uma gravata de musselina branca, engomada, em torno do pescoço.

— É. Pode se levantar, Léon. — Avon examinou-o por um momento. — Vou lhe fazer algumas perguntas. Desejo que você responda apenas com a verdade. Compreendeu?

— Compreendi, *Monseigneur*. — Léon colocou as mãos para trás.

— Primeiro, pode me dizer como você sabe falar meu idioma?

— *Monseigneur?* — Léon lançou-lhe um olhar surpreso.

— Por favor, não se faça de tolo. Detesto tolos.

— Pois não, *Monseigneur*. Só fiquei surpreso que o senhor soubesse. Eu estava na hospedaria, entende.

— Não pense que sou obtuso — falou Avon friamente —, mas não consigo compreender.

— Perdão, *Monseigneur*. Jean é dono de uma hospedaria, e frequentemente aparecem viajantes ingleses. Não... não ingleses nobres, claro.

— Entendo. Agora pode contar sua história. Comece com seu nome.

— Me chamo Léon Bonnard, *Monseigneur*. Minha mãe era a sra. Bonnard, e meu pai...

— ... era o sr. Bonnard. Não é inconcebível. Onde você nasceu e quando seus dignos pais morreram?

— Eu... eu não sei onde nasci, *Monseigneur*. Não foi em Anjou, eu acho.

— De fato, isso é interessante — observou o duque. — Não me aborreça com a relação de lugares onde você não nasceu, peço-lhe.

Léon enrubesceu.

— O senhor não compreende, *Monseigneur*. Meus pais foram morar em Anjou quando eu era bebê. Tínhamos uma fazenda em Bassincourt, *auprès de Saumur*. E... e moramos lá até que meus pais morreram.

— Eles morreram simultaneamente? — indagou Justin.

— *Monseigneur*? — Cheio de perplexidade, Léon franziu o nariz perfeito.

— Ao mesmo tempo.

— Foi a peste — explicou. — Me mandaram para ficar com o sr. pároco. Estava com doze anos então, e Jean estava com vinte.

— Como é que você pode ser tão mais moço do que este Jean? — indagou Justin e arregalou bastante os olhos, de modo que Léon olhasse bem dentro deles.

Léon deixou escapar um risinho maroto; retribuiu o olhar penetrante com franqueza.

— *Monseigneur*, meus pais faleceram, por isso não posso perguntar a eles.

— Meu amigo... — falou Justin com suavidade. — Sabe o que eu faço com pajens impertinentes? — Léon balançou a cabeça, apreensivo. — Mando chicoteá-los. Eu lhe aviso para tomar cuidado.

Léon empalideceu, e o riso desapareceu de seus olhos.

— Desculpas, *Monseigneur*. Eu... eu não tinha a intenção de ser impertinente — justificou-se angustiado. — Minha mãe teve uma filha que morreu. Depois... depois eu nasci.

— Obrigado. Onde você aprendeu a falar como um cavalheiro?

— Com o pároco, *Monseigneur*. Ele me ensinou a ler e a escrever, e um pouco de latim e... e muitas outras coisas.

— E seu pai era fazendeiro? — Justin levantou as sobrancelhas. — Por que você recebeu esta educação esmerada?

— Não sei, *Monseigneur*. Eu era bebê, entende, e o favorito. Minha mãe não deixava que eu trabalhasse na fazenda. Acho que é por isso que Jean me odeia.

— É possível. Dê-me sua mão.

Léon estendeu uma das mãos finas para o duque. Justin tomou-a na sua e a examinou com o monóculo. Era pequena e finamente esculpida, com dedos delgados, ásperos pelo trabalho.

— É — disse o duque —, bem bonita.

Léon sorriu cativantemente.

— *Quant à ça*, o senhor tem mãos bonitas, *Monseigneur*, eu acho.

— Você me desarma, meu filho — Confessou, com os lábios trêmulos. — Como você estava dizendo, seus pais faleceram. E então?

— Ah, então Jean vendeu a fazenda! Ele disse que tinha nascido para um destino melhor. Mas eu não sei. — Léon inclinou a cabeça para um lado, pensando no assunto. A covinha irreprimível apareceu e foi rapidamente banida. Léon encarou o amo, com seriedade, e também um tanto nervoso.

— Deixemos as habilidades de Jean fora da discussão — falou Justin com suavidade. — Continue sua história.

— Sim, *Monseigneur*. Jean vendeu a fazenda e me tirou do sr. pároco. — O rosto de Léon ficou totalmente ruborizado. — O sr. pároco queria ficar comigo, mas Jean não deixou. Achou que eu podia ser útil. Por isso ele, o pároco, não pôde fazer nada. Jean me trouxe para Paris. Foi aí que ele me fez... — Léon parou.

— Continue! — insistiu Justin duramente. — Foi aí que ele fez você...?

— Trabalhar para ele — disse Léon, hesitando. Encontrou um olhar inquiridor e os grandes olhos baixaram diante dele.

— Muito bem — falou Justin afinal. — Deixaremos as coisas neste ponto. *Et puis?*

— Jean comprou a hospedaria na rua Sainte-Marie, e... e depois de algum tempo ele conheceu Charlotte e... casou com ela. Aí é que foi pior, porque Charlotte me odiava — disse, e os olhos azuis faiscaram. — Tentei matá-la uma vez — contou Léon ingenuamente. — Com o facão de trinchar.

— O ódio dela é bem compreensível — disse Justin secamente.

— N-não — replicou Léon, meio em dúvida. — Eu tinha só quinze anos na época. Lembro que não tinha comido nada o dia inteiro... além de ter apanhado. E... e é só, *Monseigneur*, até que o senhor apareceu e me tirou de lá.

Justin pegou uma pena e passou-a pelos dedos.

— Posso perguntar por que você tentou matar esta Charlotte... hã... com o facão de trinchar?

— Havia... havia um motivo, *Monseigneur*. — Léon corou e afastou o olhar.

— Não tenho dúvidas.

— Eu... hã, eu acho que ela era muito má e cruel e ela... ela me fazia ficar com raiva. Foi só.

— Eu sou tão mau quanto cruel, mas não o aconselho a tentar me matar. Ou a matar qualquer um dos meus criados. Entende, eu sei o que significa a cor dos seus cabelos.

As longas pestanas escuras levantaram novamente, e a covinha se mostrou.

— *Colère de diable* — falou Léon.

— Exatamente. Você fará bem em esconder comigo, meu filho.

— Sim, *Monseigneur*. Eu não tento matar aqueles que eu amo.

Os lábios de Justin se curvaram, um tanto sarcásticos.

— Sinto-me aliviado. Mas, ouça-me. De agora em diante você será meu pajem; terá roupas e comida, e não lhe faltará nada, mas em retribuição exigirei que me obedeça. Compreendeu?

— Claro que sim, *Monseigneur*.

— Aprenderá que minha palavra em relação aos criados é lei. E esta é a minha primeira ordem: se alguém lhe perguntar quem é você, ou de onde vem, responderá apenas que é o pajem de Avon. Esquecerá o passado até que lhe dê permissão para lembrar. Entendeu?

— Entendi, *Monseigneur*.

— E obedecerá a Walker como a mim.

O queixo firme ficou inclinado diante disso; Léon olhou para o duque especulativamente.

— Se você não obedecer — disse, e a voz suave tornou-se mais suave ainda —, descobrirá que também sei como castigar.

— Se é seu desejo que eu obedeça a este Walker — disse Léon, com dignidade —, eu farei isso, Vo-vossa-sa G-r-r-raça!

— Tenho certeza de que você agirá assim. — Justin olhou-o de alto a baixo. — E prefiro que você me chame de *Monseigneur*.

Os olhos azuis tremeluziram com maldade.

— Esse Walker me disse que quando eu lhe falasse, *Monseigneur*, devia dizer "vossa-sa-sa". Não consigo, *enfin!*

Por um momento Justin encarou, hesitante, o pajem. Imediatamente o brilho desapareceu. Léon, sério, retribuiu o olhar.

— Tenha muito cuidado — avisou-lhe Justin.

— Sim, *Monseigneur* — anuiu Léon docilmente.

— Pode ir agora. Esta noite você me acompanhará quando eu sair. — O duque mergulhou a pena no tinteiro e começou a escrever.

— Aonde vai, *Monseigneur*? — indagou o pajem com grande interesse.

— É de sua conta? Já o dispensei. Vá.

— Sim, *Monseigneur. Pardon!* — Léon retirou-se, fechando com cuidado a porta. Do lado de fora encontrou Davenant, descendo a escada. Hugh sorriu.

— E então, Léon? Onde esteve a manhã inteira?

— Vestindo-me com estas roupas novas, monsieur. Acho que estou elegante, *n'est-ce pas?*

— Muito elegante. Aonde vai agora?

— Não sei, monsieur. Há alguma coisa que eu possa fazer para *Monseigneur?*

— Se ele não lhe deu nenhuma ordem, não há nada. Sabe ler?

— Claro que sei! Ensinaram-me. Ah, esqueci, monsieur!

— Esqueceu? — Hugh estava apreciando. — Se vier comigo, rapaz, procuro um livro para você.

Vinte minutos depois, Hugh entrou na biblioteca e encontrou o duque ainda escrevendo, como Léon o tinha deixado.

— Justin, quem e o que é Léon? É uma criança maravilhosa; com certeza não é camponês!

— É uma criança muito impertinente — afirmou Justin, com a sombra de um sorriso. — É o primeiro pajem que um dia ousou rir de mim.

— Ele riu de você? Deve ter sido uma experiência muito saudável para você, Alastair. Que idade ele tem?

— Acredito que tenha dezenove — respondeu Justin placidamente.

— Dezenove! Por minha fé, não é possível! É um bebê!

— Não de todo. Você vai comigo ao Vassaud esta noite?

— Acho que sim. Não tenho dinheiro para perder, mas o que importa?

— Você não precisa jogar — disse Justin.

— Se não se joga, por que ir a uma casa de jogo?

— Para conversar com o *monde*. Vou ao Vassaud para ver Paris — declarou e retomou a escrita, e neste momento Hugh saiu.

À noite, durante o jantar, Léon ficou atrás da cadeira do duque, servindo-o. Justin dava a impressão de que não o notava, mas Hugh não conseguia tirar os olhos daquele rostinho malicioso. Na verdade, encarava-o tão fixamente que afinal Léon retribuiu o olhar, com grande dignidade e um pouco de reprovação. Observando o olhar fixo do amigo, Justin virou-se e colocou o monóculo para olhar Léon.

— O que você está fazendo? — indagou.

— *Monseigneur*, estou apenas olhando para o sr. Davenant.

— Então não olhe.

— Mas ele fica me olhando, *Monseigneur!*

— Isso é outro assunto.

— Eu não acho que seja justo — observou Léon, *sotto voce*.

Algum tempo depois do jantar, os dois homens saíram para Vassaud. Quando Hugh se deu conta de que Léon devia acompanhá-los, franziu as sobrancelhas e puxou Avon de lado.

— Justin, já chega de afetação! Você não pode precisar de um pajem no Vassaud, e lá não é lugar para uma criança como essa!

— Meu prezadíssimo Hugh, gostaria que me permitisse tomar minhas próprias decisões — respondeu Justin docemente. — O pajem vai comigo. Mais um capricho.

— Mas por quê? O rapaz devia estar na cama!

Justin tirou a poeira do paletó.

— Você me obriga a lembrar-lhe que o pajem é meu, Hugh.

Davenant comprimiu os lábios e abriu a porta. Indiferentemente Sua Graça seguiu-o.

O Vassaud estava apinhado, embora ainda fosse cedo. Os dois homens deixaram os mantos com o lacaio no vestíbulo e prosseguiram, com Léon no rastro, pelo salão em direção à escada larga que levava aos salões de jogo no primeiro andar. Hugh viu um amigo de pé ao lado da escada e parou para cumprimentá-lo, mas Avon passou, fazendo ligeiras reverências para a direita e para a esquerda, à medida que algum conhecido o saudava. Não parou para falar com ninguém, embora várias pessoas o chamassem enquanto passava, mas continuou com seus modos nobres mostrando apenas um leve sorriso nos lábios.

Léon seguia-o de perto, os olhos azuis arregalados com interesse. Atraiu um pouco de atenção, e muitos foram os olhares curiosos lançados para ele e para o duque, mas Sua Graça parecia estar bastante desinteressado no impacto que causava.

— O que incomoda Alastair agora? — indagou o cavalheiro d'Anvau, que estava de pé num dos patamares da escada com um dos De Salmy.

— Quem sabe? — De Salmy deu de ombros elegantemente. — Ele tem necessidade de ser fora do comum. Boa noite, Alastair.

O duque cumprimentou-o com a cabeça.

— Alegro-me por vê-lo, De Salmy. Uma rodada de piquê mais tarde?

De Salmy fez uma reverência.

— Será um prazer — respondeu, vendo Avon continuar e deu de ombros outra vez. — Anda com uma imponência como se fosse o rei de França. Não gosto daqueles olhos estranhos. Ah, Davenant, que bom encontrá-lo!

— Você aqui? Uma multidão, não é? — Davenant sorriu agradavelmente.

— Paris inteira — concordou o cavalheiro. — Por que Alastair trouxe o pajem?

— Não tenho a menor ideia, Justin nunca explica suas atitudes. Vejo que Destourville voltou.

— Ah, voltou, chegou ontem à noite. Sem dúvida você ouviu falar do escândalo?

— Ah, meu caro, nunca dou ouvidos a escândalos! — Hugh riu, e continuou a subir a escada.

— *Je me demande* — observou o cavalheiro, vendo Hugh prosseguir através do monóculo — por que este bom Davenant é amigo do mau Alastair?

O salão do primeiro andar estava bem iluminado, e ouvia-se o burburinho de conversas alegres e inconsequentes. Algumas pessoas já estavam jogando, outras reuniam-se no bufê, bebendo vinho. Através das portas sanfonadas que conduziam ao salão menor, Hugh viu Avon no centro de um grupo, com o pajem de pé logo atrás a uma distância discreta.

Uma exclamação murmurada perto dele fez com que virasse a cabeça. Um homem alto, descuidadamente vestido, estava a seu lado, olhando através da sala para Léon. Franzia as sobrancelhas, apertando os lábios grossos com força. Sob o pó brilhava o cabelo ruivo, mas as sobrancelhas arqueadas eram pretas e muito espessas.

— Saint-Vire? — Hugh curvou-se para ele. — Está admirando o pajem de Alastair? Um capricho, não é?

— Seu criado, Davenant. Um capricho, é mesmo. Quem é o rapaz?

— Não sei. Alastair encontrou-o ontem. Chama-se Léon. Espero que a senhora sua mulher esteja bem.

— Está bem, obrigado. Alastair encontrou-o, você disse? O que quer dizer?

— Ali vem ele — respondeu Hugh. — É melhor perguntar-lhe.

Avon aproximou-se com um farfalhar de saias de seda e fez uma profunda reverência para o conde de Saint-Vire.

— Meu caro conde! — Os olhos cor de avelã expressavam zombaria. — Meu caríssimo conde!

Saint-Vire retribuiu a reverência abruptamente.

— Sr. duque!

Justin sacou a caixa de rapé cravejada de pedras preciosas, oferecendo-a. Embora fosse alto, Saint-Vire tornava-se insignificante ao lado deste homem de altura esplêndida e postura altiva.

— Um pouco de rapé, caro conde? Não? — Afastou-se sacudindo os babados volumosos do punho branco, e com muita delicadeza tomou uma pitada de rapé. Sorria com os lábios finos, mas sem satisfação.

— Saint-Vire estava admirando seu pajem, Justin — falou Davenant. — Ele chama muito a atenção.

— Sem dúvida. — Avon estalou os dedos imperiosamente e Léon adiantou-se. — É quase único, meu caro conde. Por favor, repare em seus modos.

— Não tenho interesse em seu pajem, monsieur — respondeu rispidamente Saint-Vire, afastando-se.

— Atrás de mim — ordenou com frieza, e imediatamente Léon deu um passo atrás. — Então o conde é tão digno! Conforte-o, Hugh. — Avon seguiu adiante outra vez e dentro de pouco tempo estava sentado a uma mesa de carteado, jogando lansquenê. Naquele momento, Davenant foi para outra mesa a fim de jogar faraó, tendo Saint-Vire como parceiro. Na sua frente se encontrava um cavalheiro afetado, e todos começaram a jogar.

— *Mon cher*, seu amigo, como sempre, divertido. Por que o pajem? — Lançou um olhar na direção da mesa em que estava Avon.

— Como é que vou saber, Lavoulère? — Hugh juntou as cartas. — Sem dúvida, tem seus motivos. E... perdoe-me... estou saturado deste assunto.

— Ele é tão... tão atraente — insistiu Lavoulère. — O pajem. Cabelos ruivos... ah, mas que brilho!... e olhos azuis. Ou são pretos-arroxeados? O rosto pequeno, oval, e o nariz nobre...! Justin é maravilhoso. Você não acha, Henri?

— Ah, sem dúvida! — respondeu Saint-Vire. — Devia ter sido ator. *Quant à moi,* sugeriria humildemente que já se deu atenção demais ao duque e a seu pajem. É sua vez, Marchérand.

Na mesa de Avon um dos jogadores bocejou, empurrando a cadeira.

— *Mille pardons,* mas estou com sede! Vou buscar alguma coisa para beber.

O jogo chegara ao fim, e Justin estava brincando com sua caixa de dados. Então levantou os olhos e acenou para que Château-Mornay permanecesse sentado.

— Meu pajem buscará o vinho, Louis. Ele não serve apenas para ser admirado. Léon!

Léon saiu de trás da cadeira de Avon, onde estivera todo o tempo como espectador atento do jogo.

— *Monseigneur?*

— Vinho das Canárias e borgonha, imediatamente.

Léon retirou-se e, nervoso, abriu caminho entre as mesas até o bufê. Logo em seguida voltou com uma bandeja, que, de joelhos, apresentou a Justin. Em silêncio, o duque apontou para onde estava sentado Château-Mornay, e Léon, enrubescido pelo erro, dirigiu-se a ele e outra vez apresentou a bandeja. Quando tinha servido a todos, cada um de uma vez, olhou indagadoramente para seu amo.

— Vá até o sr. Davenant e pergunte-lhe se ele tem alguma ordem para você — falou languidamente Justin. — Quer apostar um arremesso comigo, Cornalle?

— Sim, quanto quer apostar? — Cornalle sacou uma caixa de dados do bolso. — Cinquenta libras? Você começa?

Justin lançou os dados descuidadamente na mesa, e virou a cabeça para observar Léon. O pajem estava junto a Davenant. Este levantou os olhos.

— E então, Léon? O que é?

— *Monseigneur* me mandou, para ver se monsieur tem alguma ordem para mim.

Saint-Vire lançou-lhe uma olhadela, recostando-se na cadeira, uma das mãos ligeiramente crispada sobre a mesa.

— Não, obrigado — replicou Hugh. — A menos que... Saint-Vire, quer beber comigo? E os senhores?

— Eu agradeço, Davenant — respondeu o conde. — Você não está com sede, Lavoulère?

— No momento não. Mas se todos beberem, então eu também beberei!

— Léon, por favor, traga-nos borgonha.

— Sim, monsieur. — Léon fez uma reverência. Estava começando a se divertir. Afastou-se novamente, olhando à sua volta, apreciando. Quando voltou, aproveitou a lição que acabara de aprender na mesa de Avon, apresentando, primeiramente, a bandeja de prata para Saint-Vire.

O conde virou-se na cadeira, pegou o decanter e lentamente serviu um copo cheio e entregou-o a Davenant. Serviu outro, os olhos fixos no rosto de Léon. Consciente do olhar firme, Léon levantou os olhos e encontrou os de Saint-Vire com franqueza. O conde pousou o decanter, mas não serviu mais nada durante um longo minuto.

— Como é que você se chama, rapaz?

— Léon, monsieur.

— Nada mais? — Saint-Vire sorriu.

Léon balançou a cabeça cacheada.

— *Je ne sais plus rien, m'sieur.*

— Tão ignorante? — Saint-Vire prosseguiu servindo. Quando pegou o último cálice, falou outra vez: — Acho que você não está há muito tempo com o sr. duque.

— Não, monsieur. Como disse. — Léon levantou-se, e olhou para Davenant do outro lado. — Monsieur?

— É só isso, Léon, obrigado.

— Então você encontrou utilidade para ele, Hugh? Não fui inteligente por tê-lo trazido? Seu criado, Lavoulère.

A voz suave assustou Saint-Vire e a mão tremeu, de modo que um pouco do líquido foi derramado do copo. Avon ficou a seu lado, o monóculo erguido.

— É mesmo o príncipe dos pajens — disse Lavoulère, sorrindo.
— Como está sua sorte esta noite, Justin?

— Cansativa — suspirou o duque. — Há uma semana que não consigo perder. Pela expressão sonhadora no rosto de Hugh, suponho que o mesmo não está acontecendo com ele. — Postou-se atrás da cadeira de Hugh, colocando-lhe uma das mãos no ombro. — Provavelmente, meu caro Hugh, devo trazer mais sorte para você.

— Nunca soube que você fizesse isso até agora — retorquiu Davenant. Pousou o copo vazio. — Vamos jogar outra vez?

— Sem dúvida — disse Saint-Vire, assentindo. — Você e eu estamos num caminho triste, Davenant.

— E logo ficaremos num ainda mais triste — observou Hugh, baralhando as cartas. — Lembre-me, Lavoulère, de que no futuro só jogo tendo você como parceiro. — Deu as cartas e, enquanto fazia isso, falou calmamente para o duque. — Mande o rapaz descer, Alastair. Você não precisa dele.

— Sou seu criado obediente — replicou Sua Graça. — Ele já fez o que devia. Léon, espere-me no vestíbulo. — Estendeu a mão para pegar as cartas de Hugh. — Valha-me, Deus! — Baixou-as novamente, e observou o jogo em silêncio durante algum tempo.

No fim da rodada Lavoulère falou-lhe:

— Onde anda seu irmão, Alastair? Aquele jovem tão encantador! Ele é bem, bem maluco!

— Lamentavelmente é mesmo. Rupert, segundo o que sei, ou está como parasita em alguma casa de campo inglesa, ou vivendo à custa do dote do meu infeliz cunhado.

— É o marido de milady Fanny, não? Edward Marling, *n'est-ce pas?* Você só tem um casal de irmãos?

— Para mim é mais do que suficiente — respondeu Sua Graça.

— *Voyons*, sua família me diverte! — Lavoulère riu. — Não existe amor algum entre vocês?

— Muito pouco.

— E ainda assim ouvi dizer que você os criou, aqueles dois!

— Não me lembro disso — replicou Justin.

— Ora, vamos, Justin, quando sua mãe morreu você tomou as rédeas na mão! — reprovou Davenant.

— Muito rapidamente, meu caro. O suficiente para que os dois tivessem medo de mim; nada mais.

— Lady Fanny gosta muito de você.

— Gosta mais ou menos — concordou Justin, com calma.

— Ah, Lady Fanny! — Lavoulère beijou as pontas dos dedos. — Olha! Como é *ravissante!*

— Veja também que Hugh ganhou — falou Sua Graça, com voz arrastada. — Meus cumprimentos, Davenant — prosseguiu, mudando ligeiramente de posição, de modo a encarar Saint-Vire. — Como vai passando sua encantadora mulher, caro conde?

— Minha mulher vai bem, obrigado, monsieur.

— E o visconde, seu filho tão encantador?

— Também.

— Não está aqui esta noite? — Avon levantou o monóculo e examinou todo o salão. — Estou desolado. Sem dúvida você o considera jovem demais para estas delícias, não? Ele não tem mais de dezenove anos, eu creio?

Saint-Vire colocou as cartas viradas para baixo na mesa e olhou raivosamente para aquele rosto bonito, enigmático.

— O senhor está muito interessado em meu filho, sr. duque!

Os olhos cor de avelã arregalaram-se e estreitaram-se de novo.

— Mas como podia ser de outra maneira? — perguntou o duque educadamente.

Saint-Vire pegou as cartas outra vez.

— Ele está em Versalhes, com a mãe — disse, sucinto. — É minha vez, Lavoulère?

III

Em que se Conta sobre uma Dívida que Não Foi Paga

Quando Davenant voltou para casa na rua St. Honoré descobriu que, embora Léon tivesse chegado há muito tempo e já estivesse na cama, Sua Graça ainda estava fora. Calculando que Avon tivesse saído do Vassaud com a intenção de visitar sua última conquista, Hugh foi para a biblioteca a fim de esperá-lo. O duque logo chegou, serviu-se de um cálice de vinho das Canárias e aproximou-se do fogo.

— Uma noite muito proveitosa. Espero que meu caro amigo Saint-Vire se recupere da tristeza que minha partida prematura deve ter-lhe causado.

— Também acho — disse Hugh, sorrindo. Recostou a cabeça no encosto da poltrona e olhou para o duque com uma expressão de perplexidade no rosto. — Por que um odeia tanto o outro?

— Odeio? Eu? Meu prezado Hugh! — As sobrancelhas retas ergueram-se.

— Muito bem, se você acha melhor, direi: por que Saint-Vire o odeia?

— É uma história muito antiga, Hugh; quase esquecida. Os... hã... *contretemps* entre mim e o afável conde ocorreram em tempos anteriores àqueles em que tive a vantagem de merecer sua amizade, entende?

— Então, houve *contretemps*? Suponho que você tenha se comportado de maneira abominável.

— O que admiro em você, meu caro, é a franqueza encantadora — observou Sua Graça. — Mas neste caso não me comportei de maneira abominável. Espantoso, não é?

— O que aconteceu?

— Nada de mais. Foi realmente bastante banal. Tão banal que quase todos já esqueceram.

— Foi por causa de uma mulher, claro.

— Isso mesmo. A personagem era nada menos do que a atual duquesa de Belcour.

— A duquesa de Belcour? — Surpreso, Hugh empertigou-se. — A irmã de Saint-Vire. Aquela feiticeira de cabelos ruivos?

— É, aquela feiticeira de cabelos ruivos. Até onde me lembro, admirava-lhe... hã... a feitiçaria... há vinte anos. Ela era realmente encantadora.

— Vinte anos! Há tanto tempo assim! Justin, certamente, você não...

— Eu quis casar com ela — disse Avon pensativamente. Como era jovem e tolo. Agora parece incrível; no entanto foi assim. Pedi permissão para cortejá-la... é, não é engraçado?... ao seu digno pai. — Fez uma pausa, olhando para o fogo. — Foi, deixe-me ver, há uns vinte anos ou um pouco mais; esqueci. Meu pai e o dela não podiam ser considerados os melhores amigos. Uma mulher outra vez; creio que meu pai venceu aquele embate. Suponho que o exasperou. E, da minha parte, mesmo naquele tempo, meu caro, havia algumas intrigas sem importância. — Sacudiu os ombros. — Sempre houve na minha família. O velho conde recusou-se a permitir que eu lhe cortejasse a filha. Nada muito surpreendente, não acha? Não, eu não fugi com ela para casar. Em vez disso, recebi uma visita de Saint-Vire, que então era visconde de Valmé. Aquela visita foi quase humilhante. — Os vincos em volta da boca de Justin mostravam-se tristes. — Quase humilhante.

— Para você?

Avon sorriu.

— Para mim. O nobre Henri veio à minha casa com um chicote grande e pesado — contou, baixando os olhos para Hugh, que arfava, e o sorriso aumentou. — Não, meu caro, não fui chicoteado. Em resumo: Henri estava irado; havia alguma coisa entre nós, talvez uma mulher, esqueci. Ele estava muito irado. Isso devia proporcionar-me um pouco de consolo. Ousara elevar meus olhos devassos para a filha de uma das famílias mais austeras, a de Saint-Vire. Alguma vez você notou a austeridade? A austeridade está no fato de os amores de Saint-Vire serem praticados em segredo. Os meus, como você sabe, são bem evidentes. Você percebe a diferença sutil? *Bon*! — Avon sentou-se no braço de uma cadeira, cruzando as pernas. Começou a girar o cálice de vinho, segurando a fina haste entre o polegar e o indicador. — Meu comportamento licencioso, repito-lhe as próprias palavras, Hugh, minha falta completa de moral, minha reputação, minha mente corrompida, meu... esqueci o resto. Foi épico: tudo isso transformou minha proposta perfeitamente honrada num insulto. Devia-se compreender que eu equivalia ao pó das solas dos sapatos de Saint-Vire. Houve muito mais, contudo o nobre Henri chegou à peroração. Por causa da minha imprudência devia receber uma surra de suas mãos. Eu! Alastair de Avon!

— Mas, Justin, ele devia estar louco! Dava a impressão de que você era filho ilegítimo! Os Alastair...

— Exatamente. Ele ficou louco. Essa gente de cabelo ruivo, meu caro Hugh! E *havia* alguma coisa entre nós. Sem dúvida, em alguma época comportei-me de modo abominável com ele. Seguiu-se, como você pode calcular, uma pequena discussão. Não levei muito tempo para atingir minha peroração. Em suma, tive o prazer de cortar-lhe o rosto com seu próprio chicote. Ele sacou a espada. — Avon esticou o braço, e os músculos agitaram-se sob o cetim da manga do paletó. — Eu era jovem, mas conhecia um bocado a arte do duelo, mesmo naquele tempo. Atingi-o tão bem que ele teve de ser carregado para casa na minha carruagem, pelos meus lacaios. Quando partiu fiquei pensando. Entende, meu caro, estava, ou imaginava estar, muito apaixonado por aquela... hã... feiticeira de cabelos ruivos. O nobre Henri contou-me que sua irmã se julgara insultada com minha corte. Ocorreu-me que talvez a dama tivesse tomado minha pretensão como um amor banal. Visitei a mansão Saint-Vire para esclarecer minhas intenções. Não fui recebido pelo pai, mas pelo nobre Henri, recostado num sofá. Estava acompanhado por alguns amigos. Esqueço-me. Diante deles, diante dos lacaios, informou-me que estava em... hã... *Loco parentis*, e que me negava a mão da irmã. Além disso, se eu ousasse sequer me aproximar dela, seus criados me chicoteariam na sua presença.

— Santo Deus! — exclamou Hugh.

— Foi o que pensei. Retirei-me. O que você faria? Não podia tocar no homem. Já o havia quase matado. Quando depois apareci em público descobri que minha visita à mansão Saint-Vire tornara-se o assunto de Paris. Fui obrigado a deixar a França por algum tempo. Felizmente, surgiu outro escândalo que lançou o meu nas sombras, podendo, assim, voltar a Paris outra vez. É uma velha história, Hugh, mas eu não esqueci.

— E ele?

— Ele também não esqueceu. Ficou meio louco naquela época, mas não apresentaria suas desculpas ao recobrar a lucidez; não esperava mesmo que ele fizesse isso. Agora nos encontramos como conhecidos distantes; somos corteses... ah, escrupulosamente corteses... mas ele sabe que ainda estou esperando.

— Esperando...?

Justin encaminhou-se para a mesa e pousou o copo.

— Por uma oportunidade para cobrar a dívida na íntegra — falou suavemente.

— Vingança? — Hugh inclinou-se para a frente. — Pensei que você não gostava de melodramas, meu amigo!

— Não gosto; mas tenho uma verdadeira paixão por... justiça.

— Você vem nutrindo pensamentos de... vingança... durante vinte anos?

— Meu prezado Hugh, se você imagina que a sede de vingança vem sendo minha emoção dominante durante vinte anos, permita-me destruir-lhe essa ilusão.

— Já esfriou? — perguntou Hugh, fazendo pouco-caso.

— Esfriou muito, meu caro, mas de modo algum ficou menos perigosa.

— E durante esse tempo todo não se lhe apresentou nenhuma oportunidade?

— Entenda, desejo que seja completa — esclareceu o duque.

— Agora, que já se passaram vinte anos... você está mais perto de obter sucesso?

Um riso mudo sacudiu Justin.

— Veremos. Fique certo de que quando chegar a hora a coisa há de acontecer... *assim!* — Muito lentamente crispou a mão na caixa de rapé, e abriu os dedos para mostrar o anel.

— Meus Deus, Justin, você sabe ser desprezível! — Hugh estremeceu levemente.

— Naturalmente... não me chamam de... Satanás? — replicou, o sorriso de escárnio surgiu, e os olhos brilharam.

— Rogo a Deus para que Saint-Vire nunca se coloque sob seu poder! Parece que estavam certos quando o chamaram de Satanás!

— Muito certos, meu pobre Hugh.

— O irmão de Saint-Vire sabe?

— Armand? Ninguém sabe, a não ser você, eu e Saint-Vire. Armand, acredito, talvez suspeite.

— E ainda assim você e ele são amigos!

— Ah, o ódio de Armand pelo nobre Henri é mais violento do que o meu jamais poderia ser.

— É uma aposta entre vocês, então? — Contra a vontade Hugh sorriu.

— Nada disso. Diria que o que Armand sente é uma ojeriza taciturna. Diferente de mim, o ódio o satisfaz.

— Ele, suponho, venderia a alma para estar no lugar de Saint-Vire.

— E Saint-Vire — falou Avon suavemente — venderia a alma para manter Armand longe da posição que ocupa.

— É, isso é sabido. Foi boato de conhecimento geral, na época, que ele se casou por causa disso. Não se pode acusá-lo de amar a mulher!

— Não — disse Justin, e deu uma risadinha como se estivesse diante de um pensamento indevido.

— Bem — continuou Hugh —, as esperanças de Armand em relação ao título foram por água abaixo quando a sra. Saint-Vire o presenteou com um varão!

— Exatamente — confirmou Justin.

— Foi um triunfo para Saint-Vire!

— Um triunfo, realmente — concordou suavemente Sua Graça.

IV

Sua Graça de Avon Familiariza-se com seu Pajem

Para Léon os dias passavam depressa, cada um mais emocionante que o outro. Nunca tinha visto nada parecido em toda a sua vida. Estava deslumbrado com tudo que se estendia à sua frente; depois de viver numa taberna humilde, suja, foi transportado de súbito para ambientes suntuosos, alimentado com comidas estranhas, vestido com roupas finas e levado para o meio da Paris aristocrática. Imediatamente a vida parecia consistir em sedas e brilhantes, luzes claras e figuras dignas de admiração. Damas, cujos dedos mostravam-se cobertos de anéis e cujas perucas exalavam perfumes indefiníveis, paravam às vezes para sorrir-lhe; cavalheiros importantes, com perucas empoadas e saltos altos, acariciavam-lhe a cabeça com dedos descuidados quando passavam. Até *Monseigneur* às vezes falava com ele.

Paris da moda acostumou-se a vê-lo muito antes que ele se acostumasse com a nova existência. Depois de algum tempo as pessoas deixaram de encará-lo quando chegava no rastro de Avon, mas levou algum tempo antes que deixasse de botar os olhos em tudo que encontrava, cheio de admiração maravilhada.

Para diversão da criadagem de Avon, Léon ainda insistia em venerar o duque. Nada conseguia fazê-lo mudar de opinião, e se, lá embaixo, algum dos lacaios demonstrava sentimentos ultrajados com relação a Avon, Léon punha-se em defesa do amo, possuído por uma raiva cega. Como o duque ordenara que ninguém devia usar de violência com o pajem, a não ser por ordem expressa dele mesmo, os lacaios refreavam a língua na presença de Léon, porque era muito ágil com a adaga, e não ousavam desobedecer às ordens do duque. Gaston, o criado de quarto, achava que esse sectarismo ardente estava errado; qualquer um que defendesse o duque forçosamente ofendia seu senso de decência, e mais de uma vez tentou convencer o pajem de que era o dever de qualquer criado, que tivesse amor-próprio, detestar o duque.

— *Mon petit* — disse o criado com firmeza —, é ridículo. É inimaginável. *Même*, isto é ultrajante. É contra todos os costumes. O duque é desumano. Alguns o chamam de Satanás e, *mon Dieu*, têm razão!

— Nunca vi Satã — respondeu Léon, de uma poltrona grande onde estava sentado de pernas cruzadas. — Mas não acho que *Monseigneur* seja igual a ele — refletiu. — Mas se é igual ao demônio, sem dúvida iria gostar muito do demônio. Meu irmão diz que eu sou filho do demônio.

— Isso é uma vergonha! — falou a sra. Dubois, a governanta, chocada.

— Por minha fé, ele tem o temperamento do próprio diabo! — cacarejou Gregory, o lacaio.

— Mas me escute, você! — insistiu Gaston. — O duque é de uma dureza! Ah, mas você não devia saber melhor do que eu? Eu lhe digo, *moi qui vous parle*, se ele ficasse apenas irado, tudo estaria bem. Se ele atirasse o espelho na minha cabeça, eu não diria nada! Assim são os cavalheiros, os nobres! Mas o duque! Ah, ele fala suavemente, ah, mas suavemente, e os olhos ficam quase fechados, enquanto a voz... *voilà*, eu tremo! — Ele tremeu mesmo, mas reanimou-se diante do murmúrio de aprovação. — E você, *petit*! Quando é que ele falou com você como se se dirigisse a um rapaz? Fala com você como se fosse um cachorro! Ah, mas é imbecilidade admirar um homem assim! Não é incrível!

— Eu sou seu cachorro. Ele é bom para mim e eu o amo — disse Léon, com firmeza.

— Bom! Madame ouviu? — Gaston buscou o apoio da governanta, que suspirou, e cruzou as mãos.

— Ele é muito jovem — justificou ela.

— Agora vou lhe contar uma coisa! — exclamou Gaston. — Você faz alguma ideia do que o duque fez há três anos? Está vendo esta mansão? É excelente, dispendiosa! *Eh bien!* Eu, eu venho servindo-o há seis anos, por isso você pode ver que falo a verdade. Há três anos ele era pobre! Havia dívidas e hipotecas. Ah, nós vivíamos da mesma maneira. Sempre tivemos a mesma pompa, mas por trás do esplendor havia apenas dívidas. Eu, eu sei. Então fomos para Viena. Como sempre, o duque joga com apostas altas: essa é a maneira desta casa. A princípio ele perdeu. Você não diria que ele se importava, porque ainda sorria. Isso também é o seu modo. Aí aparece um jovem nobre, muito rico, muito alegre. Joga com o duque. Perde; ele sugere uma aposta mais alta, o duque concorda. O que você acha? Outra vez o nobre perde. E assim por diante, até que afinal... puf! Acabou. Aquela fortuna mudou de mãos. O jovem, ele ficou arruinado... *absolument!* O duque vai embora. Sorri... ah, aquele sorriso! O jovem luta num duelo com pistolas um pouco depois e acaba gravemente ferido! Porque estava arruinado preferiu a morte! E o duque... — Gaston agitou as mãos —, ele vem para Paris e compra esta mansão com a fortuna daquele jovem nobre!

— Ah! — suspirou a senhora, e balançou a cabeça.

Léon inclinou um pouco o queixo.

— Não é um assunto tão grave. *Monseigneur* sempre jogou limpo. Aquele jovem era um tolo. *Voilà tout!*

— *Mon Dieu*, é assim que você fala da maldade? Ah, mas eu podia contar mais coisas! Se você conhecesse as mulheres que o duque cortejou! Se você soubesse...

— Senhor! — A sra. Dubois levantou as mãos, protestando. — Diante de mim?

— Peço-lhe desculpas, senhora. Não, não digo nada. Nada! Mas o que eu sei!

— Alguns homens — disse Léon, com seriedade — são assim, eu acho. Já vi muitos.

— *Fi donc!* — exclamou a governanta. — Também, tão jovem!

Léon ignorou a interrupção e encarou Gaston com um ar sábio em seu rosto jovem.

— E quando via essas coisas sempre achava que era culpa das mulheres.

— Escuta só, menino! — exclamou a sra. Dubois. — O que você sabe, *petit*, na sua idade?

Léon sacudiu os ombros, e curvou-se outra vez sobre o livro.

— Talvez nada — respondeu ele.

Gaston franziu as sobrancelhas e teria continuado a discussão se Gregory não o tivesse impedido.

— Diga-me, Léon, você vai acompanhar o duque hoje à noite?

— Sempre o acompanho.

— Pobre, pobre criança! — suspirou a sra. Dubois estrepitosamente. — Na realidade, não é apropriado.

— Por que não é apropriado? Eu gosto de ir.

— Não duvido, *mon enfant*. Mas levar uma criança ao Vassaud e ao Tourquellier... *voyons*, não é *convenable!*

Os olhos de Léon brilharam maliciosamente.

— Ontem à noite fui com *Monseigneur* à Maison Chourval — disse ele recatadamente.

— O quê! — A senhora mergulhou outra vez na cadeira. — Passa de todos os limites!

— Já esteve lá, madame?

— Eu? *Nom de Dieu*, qual será a próxima pergunta? Acha provável que eu frequente lugares assim?

— Não, madame. É para os nobres, não é?

Madame riu com desdém.

— E para as prostitutas muito bonitas que andam pelas ruas! — retorquiu ela.

Léon inclinou a cabeça para um lado.

— Eu, eu não as acho bonitas. Pintadas e vulgares, com vozes altas e ardis comuns. Mas eu não vi muita coisa — admitiu, franzindo as sobrancelhas. — Eu *acho* que talvez tenha ofendido *Monseigneur*, porque num repente ele se virou e disse "Espere-me lá embaixo!" Falou como se estivesse com raiva.

— Conte-nos, Léon, como é a Maison Chourval?

— Ah, é uma grande mansão, toda dourada, branca e suja, e com um cheiro sufocante. Há um salão de jogos e outras salas; eu esqueci. Há muito vinho, e algumas pessoas estavam bêbadas. Outras, como *Monseigneur*, estavam apenas entediadas. As mulheres... ah, elas não são nada!

Gaston ficou realmente decepcionado; abriu a boca para fazer mais perguntas, mas os olhos de madame estavam fixos nele, e ele parou com o interrogatório. Ouviu-se uma campainha a distância, ao que Léon fechou o livro e descruzou as pernas, esperando ansiosamente. Alguns minutos depois, um lacaio apareceu chamando por ele. O pajem pôs-se de pé num salto e correu para onde havia um espelho rachado. Madame Dubois observou-o alisar os cachos acobreados e sorriu com indulgência.

— *Voyons, petit*, você é tão vaidoso quanto uma moça — observou ela.

Léon corou e afastou-se do espelho.

— A senhora queria que eu me apresentasse a *Monseigneur* des penteado? Acho que ele vai sair. Onde está meu chapéu? Gaston, você sentou em cima dele! — Arrancou-o do criado de quarto, e, torcendo-o apressadamente para colocá-lo em forma, saiu no rastro do lacaio.

Avon estava em pé no vestíbulo, conversando com Hugh Davenant. Torcia um par de luvas macias pelos punhos, e sob um dos braços segurava o chapéu de três pontas. Léon dobrou um dos joelhos.

Os olhos duros passaram indiferentes por ele.

— Então?

— Mandou me chamar?

— Mandei? É, creio que está certo. Vou sair. Você vem comigo, Hugh?

— Aonde vai? — perguntou Davenant. Curvou-se para o fogo, aquecendo as mãos.

— Achei que seria interessante visitar la Fournoise.

— Gosto de atrizes no palco, Justin, mas não fora dele. — Hugh fez uma careta de aborrecimento. — La Fournoise é opulenta demais.

— É mesmo. Você pode ir, Léon. Pegue minhas luvas — pediu e jogou-as para o pajem, depois atirou o chapéu. — Vamos jogar piquê, Hugh. — Encaminhou-se para o salão, bocejando, e com um ligeiro balançar de ombros Hugh o seguiu.

Naquela noite, no baile da condessa de Marguéry, Léon ficou esperando o amo no vestíbulo. Encontrou uma cadeira num canto afastado, e, satisfeito, acomodou-se a fim de ver a chegada dos convidados. Tirou um livro do bolso e começou a ler.

Durante algum tempo apenas a conversa confusa dos lacaios chegava-lhe aos ouvidos, enquanto descansavam contra o corrimão da escada. Depois subitamente ficaram em posição de sentido e a conversa ociosa parou. Um deles abriu a porta, enquanto outro se colocou pronto para receber o chapéu e o manto deste retardatário.

Léon ergueu o olhar do livro a tempo de ver o conde de Saint-Vire entrar. Já estava se acostumando com os notáveis da cidade, mas, ainda que este não fosse notável, teria sido difícil errar em se tratando de Saint-Vire. Nesses dias de meticulosidade, em tudo o que se relacionava a trajes, o conde era conhecido pelo descuido com que se vestia. Era alto, membros flácidos, com um rosto pesado e nariz aquilino. A boca possuía uma curva carrancuda; e os olhos, uma agudeza latente nas pupilas escuras. O cabelo farto, agora bastante grisalho, estava inadequadamente empoado, de modo que um brilho ruivo aparecia. Usava muitas joias, dando a impressão de terem sido escolhidas ao acaso, e sem atenção à combinação com a indumentária.

Enquanto permitia que o lacaio assistente lhe tirasse o longo manto, o casaco apareceu. Veludo roxo, notou Léon com olho crítico; um colete rosa salmão, bordado a ouro e prata; calções roxos com meias frouxas enroladas nos joelhos, e sapatos de salto alto com fivelas cravejadas de pedras preciosas. O conde sacudiu os babados e levantou uma das mãos para ajeitar a gravata torta. Enquanto fazia isso, lançou um olhar rápido à sua volta e viu o pajem. Léon notou um franzir de sobrancelhas e os lábios grossos penderam. O conde deu um puxão impaciente na renda do pescoço e dirigiu-se para a escada devagar. Com a mão no corrimão ele parou e, voltando-se um pouco, girou a cabeça como sinal de que desejava falar com Léon.

O pajem levantou-se imediatamente e encaminhou-se para ele.

— Monsieur?

Os dedos espatulados tamborilavam metodicamente no corrimão; Saint-Vire olhou o pajem de cima a baixo por longo tempo, e durante um momento não falou.

— Seu amo está aqui? — indagou afinal, e a pergunta muito hesitante parecia indicar que não passava de uma desculpa para trazer Léon até ele.

— Sim, monsieur.

O conde ainda hesitava, batendo o pé no chão encerado.

— Você o acompanha a todos os lugares, não?

— Quando *Monseigneur* deseja, monsieur.

— De onde você veio? — Como Léon deu a impressão de estar atarantado, mudou a pergunta, falando bruscamente. — Onde você nasceu?

— No interior, monsieur — disse Léon, pestanejando.

— Em que parte do interior? — As sobrancelhas fartas do conde se juntaram.

— Não sei, monsieur.

— Você é estranhamente ignorante — criticou Saint-Vire.

— Sou, monsieur. — Léon levantou os olhos, o queixo firme. — Não sei por que o monsieur tem tanto interesse em mim.

— Você é inconveniente. Não tenho interesse em crianças camponesas. — O conde subiu a escada, para o salão de baile.

Num grupo junto à porta, estava Sua Graça de Avon, vestido em tons de azul, com a estrela no peito, um amontoado de brilhantes ofuscantes. Saint-Vire parou por um momento antes de bater-lhe no ombro reto.

— Por favor, monsieur...!

O duque virou-se para ver quem se aproximava, sobrancelhas levantadas. Quando os olhos deram em Saint-Vire o olhar arrogante sumiu, e ele sorriu, curvando-se com um floreio exagerado, o que tornou a reverência um insulto velado.

— Meu caro conde! Quase comecei a temer que não fosse ter a felicidade de encontrá-lo aqui esta noite. Espero que esteja passando bem.

— Muito bem, obrigado. — Saint-Vire teria prosseguido, mas outra vez Sua Graça de Avon ficou no caminho.

— É estranho dizer, caro conde, Florimond e eu estávamos neste instante falando de seu... seu irmão. Onde está o bom Armand?

— Meu irmão, monsieur, este mês está como camareiro em Versalhes.

— Ah, é? Que reunião de família em Versalhes! — Sorriu o duque. — Espero que o visconde, seu encantador filho, ache a vida na corte de seu gosto.

O homem que estava ao lado do duque riu um pouco diante disso e dirigiu-se a Saint-Vire.

— O visconde é bastante esquisitão, não é, Henri?

— Ah, o rapaz ainda é jovem — respondeu Saint-Vire. — Ele gosta o suficiente da corte.

Florimond de Chantourelle zombou cordialmente:

— Ele me diverte tanto com seus caprichos e suspiros! Certa vez me disse que prefere a vida no campo e que era sua ambição ter uma fazenda sob sua própria direção em Saint-Vire!

A expressão do conde ficou anuviada.

— Fantasias de rapaz. Quando está em Saint-Vire suspira por Paris. Desculpem-me, meus senhores... vejo madame de Marguéry — passou esbarrando por Avon enquanto falava, abrindo caminho para a anfitriã.

— Nosso amigo é sempre tão deliciosamente brusco — observou o duque. — É de espantar que o tolerem.

— Ele tem suas venetas — responde Chantourelle. — Às vezes é muito agradável, mas não é muito apreciado. Agora Armand é outra coisa. De uma jovialidade...! Você sabe que os dois são inimigos? — baixou a voz misteriosamente, ansioso por contar a história.

— O caro conde fica se esforçando para nos mostrar que é assim — disse Avon. — Meu estimado amigo! — Acenou languidamente para um indivíduo prodigamente empoado e pintado. — Não o vi com a srta. De Sonnebrune? Agora isso é um gosto que acho difícil de cultivar.

O cavalheiro pintado parou, sorrindo, afetado.

— Ah, meu caro duque, ela é o *dernier cri*! Devemos nos postar a seus pés; é *de rigueur*, asseguro-lhe.

— Hum, Paris está assim tão destituída de belezas, então? — Avon colocou o monóculo para observar melhor a senhorita.

— Você não a admira, não? É uma beleza magnificente, claro — disse e ficou calado durante algum tempo, observando os que dançavam; depois virou-se outra vez para Avon. — *A propos,* duque, é verdade que o senhor adquiriu o pajem mais notável? Estive fora de Paris esta quinzena, mas agora ouvi falar do rapaz de cabelos ruivos que o acompanha a todos os lugares.

— É verdade — disse Justin. — Pensei que o interesse violento, mas efêmero, do mundo tinha acabado.

— Não, ah, não! Foi Saint-Vire que me falou do rapaz. Parece que há algum mistério em relação a ele, não é mesmo? Um pajem sem nome!

Justin girou os anéis, sorrindo discretamente.

— Você pode dizer a Saint-Vire, meu amigo, que não há mistério. O pajem tem um nome muito bom.

— Posso lhe dizer? — O visconde mostrava-se atarantado. — Mas por que, duque? Não foi nada além de conversa ociosa.

— Naturalmente — disse, e o sorriso enigmático cresceu. — Devia ter dito que você pode lhe contar se ele perguntar outra vez.

— Certamente, mas não acho... Ah, lá está Davenant! *Mille pardons, duc!* — Dirigiu-se com afetação ao encontro de Davenant.

Avon disfarçou um bocejo com o lenço perfumado e prosseguiu no seu modo tranquilo para o salão de jogos, onde ficou talvez por uma hora. Aí procurou a anfitriã, cumprimentou-a com voz suave e partiu.

Léon estava lá embaixo, meio adormecido, mas abriu os olhos quando soaram os passos do duque, e pôs-se de pé num salto. Ajudou-o a colocar o manto, entregou-lhe as luvas e perguntou se devia chamar a carruagem. Mas o duque preferiu caminhar, e depois ordenou que o pajem andasse a seu lado. Caminharam lentamente pela rua e viraram a esquina antes que Avon falasse.

— Meu filho, quando o conde de Saint-Vire o interrogou esta noite, o que você respondeu?

Léon deu um saltinho de surpresa, levantando os olhos para o amo com visível assombro.

— Como é que *Monseigneur* soube? Eu não o vi.

— É possível que não me tenha visto. Sem dúvida você responderá minha pergunta na hora apropriada.

— Perdão, *Monseigneur*! O conde me perguntou onde eu tinha nascido. Eu não entendo por que ele quer saber.

— Calculo que você lhe disse isso.

— Disse, *Monseigneur* — disse Léon, assentindo com a cabeça. Levantou o olhar, brilhante. — Achei que o senhor não ia ficar zangado se eu falasse de modo um tanto rude com aquele senhor. — Viu os lábios de Avon curvarem-se, e ruborizou triunfantemente por ter feito o duque sorrir.

— Muito sagaz — observou Justin. — E então você disse...?

— Disse que não sabia, *Monseigneur*. É verdade.

— Uma ideia confortante.

— É — concordou o pajem. — Não gosto de mentir.

— Não? — Pela primeira vez Avon mostrava-se disposto a incentivar o pajem a falar. Com disposição, Léon continuou:

— Não, *Monseigneur*. Claro que às vezes é necessário, mas não gosto. Algumas vezes eu menti para Jean porque fiquei com medo de dizer a verdade, mas isso é covardia, *n'est-ce pas?* Acho que não é assim tão ruim mentir para seu inimigo, mas não se pode mentir... para um amigo ou... ou para alguém que se ama. Isso seria um pecado, não seria?

— Como não posso lembrar-me de algum dia ter amado alguém, dificilmente estou capacitado a responder esta pergunta, meu filho.

Léon estudou-o com seriedade.

— Ninguém? — perguntou. — Quanto a mim, eu não amo com frequência, mas o dia que amar há de ser para sempre. Eu amava minha mãe, o pároco e... eu o amo, *Monseigneur*.

— Desculpe-me? — Avon estava um pouco assustado.

— Eu... eu só disse que o amava, *Monseigneur*.

— Achei que não escutara direito. Claro que é gratificante, mas não acho que seja uma escolha inteligente. Tenho a certeza de que eles, lá embaixo, procurarão mudar sua opinião.

— Eles não ousam! — Os olhos grandes faiscaram.

— É verdade? Você é tão destemido? — O monóculo foi levantado.

— Eu tenho um gênio muito ruim, *Monseigneur*.

— E você o usa para me defender. É engraçado. Você voaria em cima do... meu criado de quarto, por exemplo?

— Ah, ele é apenas um idiota, *Monseigneur*! — Léon fez ar de escárnio.

— Lamentavelmente idiota. Já observei isso várias vezes.

Chegaram à mansão de Avon, e os lacaios que esperavam abriram a porta para que eles passassem. No vestíbulo, Avon parou, enquanto Léon ficou aguardando diante dele.

— Pode trazer vinho para a biblioteca — pediu o duque, e entrou.

Quando Léon apareceu com uma bandeja de prata, Justin estava sentado junto ao fogo, com os pés na lareira. Sob as pálpebras caídas observava o pajem servir um cálice de borgonha. Léon entregou-lhe a bebida.

— Obrigado. — Avon sorriu, para surpresa evidente de Léon diante desta delicadeza fora do comum. — Sem dúvida, você imaginou que era tristemente sem modos. Pode se sentar. Aos meus pés.

Prontamente Léon enroscou-se no tapete, pernas cruzadas, e ficou olhando para o duque, bastante perplexo mas visivelmente satisfeito.

Justin bebeu o vinho, ainda observando o pajem, e depois pousou o cálice numa mesinha a seu lado.

— Você me acha um tanto imprevisível? Desejo que me divirtam.

— O que devo fazer, *Monseigneur*? — Léon olhou-o com seriedade.

— Você pode falar — disse Avon. — Sua visão jovial sobre a vida é muito interessante. Por favor, continue.

Léon riu subitamente.

— Eu não sei o que dizer, *Monseigneur*! Acho que não tenho nada interessante para falar. Eles me dizem que eu falo, falo, mas não digo nada. A sra. Dubois me deixa falar, mas Walker... ah, Walker é insensível e severo!

— Quem é a sra... hã... Dubois?

— Mas, *Monseigneur*, ela é a sua governanta! — Léon arregalou os olhos.

— É mesmo? Eu nunca a vi. Ela é uma ouvinte estimulante?

— *Monseigneur?*

— Não tem importância. Conte-me sobre sua vida em Anjou. Antes de Jean trazê-lo para Paris.

Léon acomodou-se mais confortavelmente; como o braço da poltrona de Avon estava perto o suficiente para ser um apoio convidativo, encostou-se nele, sem se dar conta de que estava quebrando a etiqueta. Avon não disse nada, pegando o cálice e começando a beber o vinho.

— Em Anjou... está tudo tão distante — suspirou Léon. — Morávamos numa casa pequena e havia cavalos, vacas, porcos... ah!, tantos animais! E meu pai não gostava que eu tocasse nas vacas e nos porcos. Eram sujos, compreende? Mamãe dizia que eu não devia trabalhar na fazenda, mas me fazia cuidar da criação de galinhas. Não ligava muito para isso. Havia uma galinha pintada que era só minha. Jean roubou-a só para implicar comigo. Jean é assim, o senhor sabe? Havia o pároco. Morava um pouco distante da fazenda, numa casinha perto da igreja. Ele era muito, muito bom e caridoso. Dava-me doces quando aprendia bem as lições, e às vezes contava histórias... ah! contos maravilhosos com fadas e cavalheiros! Nessa época eu era bem pequenino, mas ainda consigo me lembrar deles. E meu pai dizia que não era apropriado que um padre contasse histórias de coisas que não existiam, como fadas. Eu não gostava muito de meu pai. Ele era como Jean, um pouco... Depois veio a peste, e as pessoas morreram e eu fui ficar com o pároco, e... mas *Monseigneur* sabe tudo isso.

— Conte-me sobre sua vida em Paris, então — pediu Justin.

Léon aninhou a cabeça no braço da poltrona, olhando sonhadoramente para o fogo. As velas próximas a Avon animavam suavemente os cachos acobreados, de modo que pareciam vivos sob a luz dourada. O perfil delicado de Léon estava virado para o duque, e ele o observava inescrutavelmente cada tremor dos lábios admiráveis, cada piscada das pestanas escuras. E assim Léon contou sua história, vacilante e timidamente a princípio, hesitando nas partes mais sórdidas, a voz flutuando a cada mudança de emoção, até que deu a impressão de esquecer para quem falava, e perdeu-se em suas narrativas. Avon ouvia em silêncio, às vezes sorrindo diante da filosofia singular que o rapaz revelara, mas quase sempre inexpressivo, sempre observando o rosto de Léon com os olhos agudos semicerrados. As privações e resignações daqueles anos em Paris foram reveladas mais pelo que deixou de dizer do que por qualquer queixa ou alusão direta às pequenas tiranias e crueldades de Jean e da mulher. Às vezes o relato era o de uma criança, mas de vez em quando uma nota de idade e experiência surgia na voz profunda e débil, emprestando excentricidade estranha à história, que dava a impressão de investir o relator de uma qualidade semelhante à dos duendes da sabedoria antiga e nova. Quando afinal a história divagante terminou, Léon mexeu-se ligeiramente e colocou a mão tímida na manga da camisa do duque.

— E *aí* apareceu o senhor, *Monseigneur*, que me trouxe para cá, dando-me tudo. Nunca hei de esquecer.

— Você ainda não viu meu lado mau, meu amigo — respondeu Justin. — Não sou realmente o herói que me considera. Quando o comprei de seu digno irmão não foi, creia-me, por nenhum desejo de salvá-lo do cativeiro. Você tinha utilidade para mim. Se existir a possibilidade de você não me ser útil, é muito provável que eu o abandone. Digo isto para que fique avisado.

— Se o senhor me mandar embora eu me afogarei! — disse Léon apaixonadamente. — Quando estiver cansado de mim, *Monseigneur*, hei de servi-lo na cozinha. Mas nunca o abandonarei.

— Ah, quando eu estiver cansado de você hei de dá-lo ao sr. Davenant! — Avon riu um pouco. — Seria engraçado! Valha-me Deus, falar de anjos...!

Hugh entrou silenciosamente, mas parou no umbral, olhando os dois junto ao fogo.

— Um quadro comovente, certo, Hugh? Satanás desempenhando um papel novo. — Sacudiu a cabeça de Léon, com descuido. — Para a cama, criança.

Léon levantou-se imediatamente e, cheio de respeito, beijou a mão do duque. Com uma pequena reverência para Davenant, saiu.

Hugh esperou até que a porta fosse fechada; depois encaminhou-se para o fogo, de sobrancelhas franzidas. Descansando o cotovelo no consolo da lareira, a outra mão enfiada bem no fundo do bolso, ficou olhando para o amigo com rispidez excessiva no olhar.

— Quando é que vai dar um fim a esta loucura? — inquiriu.

Justin inclinou a cabeça para trás, retribuindo o olhar enraivecido com outro de cinismo divertido.

— O que o incomoda, meu bom Hugh?

— Ver esta criança a seus pés me enche de... desgosto!

— Sim, achei que você parecia perturbado. Deve incomodar me ver no auge do heroísmo.

— Fico enojado! Aquela criança adorando-o a seus pés! Espero que sua admiração o atormente! Se eu pudesse fazer com que você se desse conta de sua indignidade!

— Infelizmente não me atormenta. Posso perguntar, meu caro Hugh, por que você tem tanto interesse em... um pajem?

— É sua juventude e inocência que me despertam piedade.

— Curioso como pareça, ele não é assim tão inocente quanto você calcula.

Davenant girou nos calcanhares. Caminhou para a porta, mas, quando a abriu, Avon falou outra vez:

— Por falar nisso, meu amigo, vou aliviá-lo da minha companhia amanhã. Por favor, apresente minhas desculpas por não ir à festa de jogo de Lourdonne.

— Ah? Aonde você vai? — Hugh olhou para trás.

— Vou a Versalhes. Acho que é tempo de homenagear outra vez o rei Luís. Suponho que é inútil pedir que me acompanhe.

— Tem razão, obrigado. Não gosto de Versalhes. Léon vai com você?

— Ainda não pensei no assunto. Parece provável. A menos que você queira levá-lo a Lourdonne.

Hugh deixou a sala sem uma palavra.

V

Sua Graça de Avon Visita Versalhes

A carruagem do duque, com os quatro cavalos cinzentos, ficou parada à porta da casa pouco antes das seis na noite seguinte. Os cavalos mordiam os freios e a cada mordida sacudiam as belas cabeças com impaciência, fazendo o pátio calçado tinir com o som de suas patas. Os postilhões, de libre preta e dourada, ficavam junto às cabeças, porque os cavalos do duque não eram escolhidos pela sua docilidade.

No vestíbulo, Léon esperava o amo, alvoroçado de emoção. Sua Graça expedira ordens precisas mais cedo naquele dia; por isso, o pajem estava usando veludo preto, com rendas na gola e nos punhos. Segurava o tricórnio embaixo do braço, e na outra mão a bengala do amo enfeitada de fitas.

Avon desceu lentamente a escada, e ao ver Léon deu um leve suspiro de encantamento. O duque estava sempre elegante, mas naquela noite superava as expectativas. O paletó era de tecido dourado e sobre ele via-se a faixa azul da jarreteira, e três condecorações faiscavam à luz de velas. Brilhantes aninhavam-se na renda da gravata e formavam um barrete acima da fita que lhe atava os cabelos empoados. Os sapatos tinham saltos e fivelas cravejados de pedras preciosas, e abaixo do joelho usava a jarreteira. No braço carregava o manto preto, forrado de dourado, que entregou a Léon; e na mão viam-se a caixa de rapé e o lenço perfumado. Olhou o pajem da cabeça aos pés, franziu as sobrancelhas e virou-se para o criado de quarto.

— Você talvez possa saber onde estão, meu bom Gaston, uma corrente de ouro enfeitada de safiras, dada a mim por alguém que não lembro mais, e uma safira encastoada na forma de um círculo.

— S-sim, *Monseigneur*?

— Vá buscá-las.

Gaston afastou-se correndo e logo voltou com as joias. Avon pegou a pesada corrente com as safiras e passou-a pela cabeça de Léon, de modo que lhe caísse no peito, brilhando, contudo não mais brilhante nem mais líquidas do que os olhos do rapaz.

— *Monseigneur!* — exclamou Léon, engasgado. Passou as mãos para sentir a corrente de pedras preciosas.

— Dê-me seu chapéu. O broche, Gaston — pediu e, sem pressa, colocou o círculo de brilhantes e safira na aba virada do chapéu do pajem. Depois entregou-o a Léon, e deu um passo atrás para observar o efeito de sua obra. — É, fico pensando por que nunca pensei nas safiras antes. A porta, meu menino.

Ainda estonteado pelo ato inesperado do amo, Léon correu para abrir-lhe a porta. Avon saiu e subiu na carruagem, que o esperava. Léon levantou os olhos indagadores, calculando se devia viajar em cima do coche ou dentro, ao lado de seu amo.

— É, você pode vir comigo — disse Avon, respondendo à pergunta não formulada. — Diga-lhes para soltarem os cavalos.

Léon transmitiu a ordem, entrando depressa na carruagem, porque conhecia os modos dos cavalos de Avon. Os postilhões subiram apressadamente e num segundo os cavalos nervosos puxavam os arreios, e a carruagem deu uma guinada para fazer a curva na direção dos portões de ferro batido. Lá foram eles pela rua estreita, tão rápido quanto era possível. Mas a rua estreita, as pedras escorregadias do calçamento e as muitas curvas e voltas tornavam o avanço necessariamente lento, de modo que só depois de entrarem na estrada para Versalhes é que a velocidade e a força dos cavalos puderam ser demonstradas. Pareciam então saltar para a frente como se fossem um só, e a carruagem deslizava suavemente com a andadura furiosa, inclinando-se um pouco com as piores lombadas da estrada, mas corria tão bem que a maior parte da superfície do caminho dava a impressão de ser de vidro por todo o sacolejar e incômodo que causava aos ocupantes.

Só depois de muito tempo Léon conseguiu encontrar palavras para agradecer a corrente ao duque. Estava sentado na beira do assento ao lado do amo, passando, cheio de admiração, os dedos nas pedras polidas e tentando enviesar os olhos para o peito, a fim de ver a aparência da corrente. Depois de longo tempo, deu um suspiro e voltou o olhar para o amo, que se encostava no estofamento de veludo examinando ociosamente a paisagem que voava.

— *Monseigneur*... isto é... precioso demais para... eu usar — disse, com voz abafada.

— Você acha? — Avon olhou o pajem com um sorriso divertido.

— Eu... eu preferia não a usar, *Monseigneur*. E se... e se eu perder?

— Aí eu seria obrigado a comprar outra. Você pode perdê-la e provavelmente perderá. É sua.

— Minha? — Léon entrelaçou os dedos. — *Minha, Monseigneur?* O senhor não está querendo dizer isso! Eu... eu não fiz nada... Não posso ter feito nada para merecer um presente desses.

— Será que não lhe ocorreu que eu não lhe pago salário nenhum? Em alguma parte da Bíblia, não sei onde, diz que o trabalho vale o que se ganha. Uma observação quase sempre falsa, claro, mas eu escolhi essa corrente como... hã... pagamento.

Diante disso, Léon tirou o chapéu, e passou a corrente pela cabeça, quase atirando-a no duque. Os olhos brilhavam, escuros, num rosto muito pálido.

— Eu não quero pagamento! Trabalharia até morrer para o senhor, mas pagamento... *não!* Mil vezes não! O senhor me fez ficar com raiva.

— Evidentemente — murmurou Sua Graça. Pegou a corrente e começou a brincar com ela. — Apenas pensei que você ia ficar satisfeito.

Léon esfregou os olhos. A voz tremia um pouco quando respondeu.

— Como é que o senhor pode pensar uma coisa dessas? Eu... eu nunca quis pagamento! Eu o sirvo por amor, e... e por gratidão, e... o senhor me dá uma corrente! Como se... como se o senhor achasse que eu não continuaria a trabalhar direito sem pagamento!

— Se eu tivesse achado isso não a daria a você — bocejou Sua Graça. — Talvez seja interessante você saber que não estou acostumado com pajens que falam comigo desta maneira.

— Des... desculpa, *Monseigneur* — sussurrou Léon. Virou o rosto e mordeu os lábios.

Avon observou-o por algum tempo em silêncio, mas afinal a mistura de infelicidade e dignidade ferida no pajem provocou-lhe uma gargalhada suave, e puxou um dos cachos brilhantes a título de reprimenda.

— Você espera que eu lhe peça desculpas, minha boa criança?

Léon afastou rispidamente a cabeça e ficou olhando pela janela.

— Você é muito arrogante. — O tom de zombaria naquela voz suave enrubesceu Léon.

— Eu... o senhor não é... bom!

— Então você acaba de descobrir isso? Mas não vejo por que devo ser chamado de mau por recompensá-lo.

— O senhor não entende! — disse Léon impetuosamente.

— Eu compreendo que você se sinta insultado, rapaz. É bastante engraçado.

Um ligeiro fungar, que era também um soluço, foi a resposta de Léon. Novamente ele riu, e desta vez colocou a mão no ombro de Léon. Sob a pressão firme, o pajem veio-lhe para os joelhos e ficou ali, de olhos baixos. A corrente foi passada por sua cabeça.

— Meu Léon, você usará isto porque me dá prazer.

— Sim, *Monseigneur* — anuiu Léon duramente.

O duque tomou o queixo pontudo nas mãos e o levantou.

— Fico calculando por que o suporto — disse ele. — A corrente é um presente. Está satisfeito?

Léon abaixou a cabeça, com a intenção de beijar o pulso do duque.

— Estou, *Monseigneur*. Obrigado. Na verdade, peço-lhe desculpas.

— Então pode se sentar de novo.

Léon pegou o chapéu, e, meio inseguro, deu uma gargalhada, acomodando-se no vasto assento ao lado do duque.

— Acho que tenho um péssimo gênio — observou ingenuamente. — O pároco teria me obrigado a fazer penitência por isso. Ele costumava dizer que mau gênio é um grande pecado. Falava-me disso tantas vezes!

— Parece que você não aproveitou devidamente seus sermões — replicou Avon secamente.

— Não, *Monseigneur*. Mas é difícil, o senhor compreende? Meu mau gênio é forte demais. Num minuto aparece, e não consigo evitar. Mas depois me arrependo. Eu verei o rei esta noite?

— É bem possível. Você me seguirá bem de perto. E não o encare.

— Não, *Monseigneur*, tentarei não fazer isso. Mas isso também é difícil.

Olhou em torno confiantemente enquanto falava, mas o duque, ao que parecia, estava dormindo. Por isso Léon aconchegou-se num canto da carruagem e preparou-se para apreciar o passeio em silêncio. Às vezes passavam por outros veículos, todos dirigindo-se para Versalhes, mas em nenhum momento outra carruagem passou por eles. Os quatro puros-sangues ingleses deixavam para trás os irmãos franceses inúmeras vezes, e aqueles que estavam nos veículos que ficavam para trás inclinavam-se para ver quem passava em tal andadura. O timbre na porta da carruagem de Avon, visto à luz de suas próprias lanternas, com certeza lhes dizia o suficiente, e a libré preta e dourada era inconfundível.

— Já se devia saber — observou o marquês de Chourvanne, tirando a cabeça da janela. — Quem mais podia dirigir numa andadura dessas?

— O duque inglês? — perguntou a mulher.

— Claro. Eu o encontrei ontem à noite e ele não disse uma palavra a respeito de vir à recepção hoje à noite.

— Theodore de Ventour disse-me que ninguém sabe prever as atitudes do duque.

— *Poseur!* — rosnou o marquês, saindo da janela.

A carruagem preta e dourada continuava o caminho, mal refreando até que alcançasse Versalhes. Entrou vagarosamente pelos portões, e Léon ficou na beira do banco para olhar, com interesse, a escuridão. Não conseguia ver quase nada, a não ser quando o veículo passava por uma lâmpada, até que entrassem no Pátio Real. O pajem olhou para um lado depois para o outro. O pátio de três lados estava resplandecente de luz, que brilhava em cada janela aberta, e mais adiante suplementado por grandes tochas. Carruagens seguiam numa fila comprida até a entrada, parando para permitir o desembarque dos passageiros, depois seguindo para que outras tomassem seu lugar.

Só quando finalmente pararam na porta é que o duque abriu os olhos. Olhou para fora, examinando sem muito interesse o pátio iluminado, e bocejou.

— Suponho que você deva descer — observou, esperando que o lacaio baixasse os degraus.

Léon desceu primeiro e virou-se para ajudar Sua Graça. O duque desceu lentamente, parou por um momento para olhar os veículos que esperavam e passou depressa pelos lacaios, com Léon em seu encalço, ainda segurando o manto e a bengala. Avon, com um movimento de cabeça, indicou que entregasse ambos a um criado que esperava e prosseguiu por várias salas de espera até o Pátio de Mármore, onde logo se perdeu na multidão. Léon seguia-o da melhor maneira que podia, enquanto Avon cumprimentava os amigos. Teve oportunidade de tomar conhecimento de tudo à sua volta, mas as vastas dimensões do pátio e sua magnificência o ofuscavam. Depois do que lhe pareceu um tempo interminável, descobriu que não estavam mais no Pátio de Mármore, tendo caminhado lenta mas seguramente para a esquerda. Agora se encontrava diante de uma grande escada de mármore, pesadamente incrustada de ouro, por onde várias pessoas subiam, procurando abrir caminho. Avon esbarrou numa dama excessivamente maquiada e ofereceu-lhe o braço. Juntos subiram a extensa escada, atravessaram o vestíbulo superior, e passaram por várias câmaras até que chegaram ao velho Olho de Boi. Refreando um impulso de agarrar as abas do paletó de Avon, Léon seguia-o o mais próximo que podia numa sala, ao lado da qual, todas as outras por que passaram não tinham o menor significado. Alguém dissera lá embaixo que a recepção estava ocorrendo na Galeria dos Espelhos; Léon deu-se conta de que era esse o lugar. Tinha a impressão de que a galeria imensa possuía o dobro do tamanho, iluminada por miríades de velas em candelabros cintilantes, repleta de milhares de damas e cavalheiros usando roupas de seda, até que descobriu que um lado inteiro era coberto por espelhos gigantescos. Do lado oposto havia várias janelas; tentou contá-las mas parou, meio desorientado, porque algumas das pessoas tiravam-lhe temporariamente a visão. O salão estava quentíssimo, embora fizesse frio, coberto por dois grandes tapetes Aubusson. Havia pouquíssimas cadeiras, pensou, para esta multidão. Mais uma vez o duque curvava-se para a direita e para a esquerda, parando às vezes para trocar algumas palavras com um amigo, mas sempre seguindo seu caminho para uma das extremidades da galeria. À medida que se aproximavam da lareira, a multidão se dissipava, e Léon foi capaz de ver mais do que os ombros do homem à sua frente. Um cavalheiro corpulento, em trajes de corte completos e muitas condecorações, estava sentado numa cadeira dourada junto ao fogo, com vários cavalheiros de pé ao seu redor, e uma dama loura numa cadeira a seu lado. A peruca do homem era quase grotesca, tão grande eram os rolos que a adornavam. Usava cetim rosa e renda dourada; estava cheio de joias e muito pintado, com sinais pretos no rosto espalhafatoso e uma espada de punho cravejado de brilhantes a seu lado.

Avon se virou para falar com Léon, dando um sorrisinho diante do olhar de assombro no rosto do pajem.

— Você acabou de ver o rei. Agora espere-me ali — disse e acenou com a mão para um vão de janela, e Léon começou a refazer seus passos, tendo a impressão de que o seu único apoio neste imenso lugar o tivesse abandonado.

O duque prestou homenagem ao rei Luís XV, e à pálida rainha a seu lado, ficando alguns minutos para falar com o delfim, e prosseguiu de modo ocioso para onde estava Armand de Saint-Vire, como camareiro do rei.

— *Mon Dieu*, como é reconfortante ver seu rosto, Justin! Não sabia que você estava em Paris. Desde quando voltou, *mon cher*?

— Há quase dois meses. Realmente isto é cansativo demais. Já estou com sede, mas acho que é impossível conseguir um pouco de borgonha.

Os olhos de Armand cintilaram, solidários.

— Na Sala de Guerra! — sussurrou ele. — Iremos juntos. Não, espere, *mon ami*, a Pompadour já o viu. Ah, ela sorri! Você tem muita sorte, Justin.

— Podia achar outro nome para isso — falou Avon, mas dirigiu-se para a amante do rei, e fez uma reverência exagerada enquanto lhe beijava a mão. Ficou ao lado dela até que o conde de Stainville veio solicitar-lhe a atenção, e depois conseguiu escapar para a Sala de Guerra. Lá encontrou Armand, com mais algumas pessoas, compartilhando dos vinhos leves, doces e açucarados da França.

Alguém entregou ao duque um cálice de borgonha; um dos lacaios apresentou um prato de bolos, que ele dispensou.

— Um interlúdio bem-vindo — observou ele. — *A ta santé, Joinlisse!* Seu criado, Tourdeville. Vamos dar uma palavrinha, Armand. — Levou Saint-Vire para onde havia um sofá. Sentaram-se e durante algum tempo falaram de Paris, da vida na corte e das agruras de servir à realeza. Avon permitiu que o amigo continuasse, mas, diante da primeira pausa no discurso bastante divertido de Armand, voltou ao assunto.

— Devo cumprimentar sua encantadora cunhada — disse ele. — Espero que ela esteja presente esta noite.

O rosto redondo e bem-humorado de Armand tornou-se fechado imediatamente por uma carranca sombria.

— Ah, sim. Sentada atrás da rainha, num canto obscuro. Se você está *épris* naquela direção, Justin, seu gosto deteriorou-se — retorquiu desdenhosamente. — Que Deus nos acuda! Como Henri pôde escolhê-la, está além da minha compreensão.

— Nunca creditei ao digno Henri muito tino — respondeu o duque. — Por que ele está em Paris e não se encontra aqui?

— Ele está em Paris? Estava em Champagne. Caiu em ligeira desgraça aqui — comentou Armand, forçando um sorriso. — Aquele temperamento desgraçado, compreende? Deixou madame, e o filho camponês.

— Camponês? — Avon colocou o monóculo.

— O quê, você ainda não o viu, então? Um rapaz rude, Justin, com alma de fazendeiro. E é esse menino que deve se tornar conde de Saint-Vire! *Mon Dieu*, mas o sangue de Marie não deve ser bom! Meu lindo sobrinho com certeza não herdou a rudeza de nossa parte. Bem, nunca achei que Marie fosse da nobreza real.

O duque baixou os olhos para o vinho.

— Estou certo de que tenho de ver o jovem Henri — falou ele. — Dizem que não parece nem com o pai nem com a mãe.

— Nem um pouco. Tem cabelos pretos, nariz grosseiro e mãos quadradas. É um padecimento para Henri! Primeiro casa com uma mulher choramingas, suspirosa, sem encanto e muito menos beleza, depois produz... aquilo!

— Podem até supor que você não está encantado com o sobrinho — murmurou Sua Graça.

— Não, não estou! Eu lhe digo, Justin, se tivesse sido um Saint-Vire verdadeiro podia suportar melhor. Mas este... este labrego apalermado! Deixaria um santo irado! — Pousou o copo numa mesinha com tanta força que por pouco não quebrou o frágil cristal. — Você pode dizer que sou tolo por ficar ruminando isso, Alastair, mas não consigo esquecer! Para me espezinhar, Henri casa com esta Marie de Lespinasse, que lhe dá um filho depois de três anos infrutíferos! Primeiro foi um bebê natimorto, e depois, quando já começava a me sentir seguro, ela nos espanta a todos com um menino! Deus sabe o que fiz para merecer isso!

— Ela o deixa atônito com um menino. Acho que nasceu em Champagne, não é?

— É, em Saint-Vire. Que os diabos o levem. Nunca pus os olhos no fedelho até três meses depois, quando o levaram para Paris. Então eu estava quase doente com o triunfo ilusório de Henri.

— Bem, preciso vê-lo — repetiu o duque. — Que idade ele tem?

— Não sei, nem me interessa saber. Tem dezenove anos — atalhou Armand. Viu o duque levantar-se, e, apesar de tudo, sorriu.
— Onde está o lado bom de resmungar, hein? A culpa é desta vida desgraçada que levo, Justin. Tudo é muito bom para você, que pode vir aqui de visita. Acho que é excelente e esplêndido, mas você não viu os aposentos que dão para os cortesãos. Buracos sem ar, Justin, dou-lhe minha palavra! Bem, vamos voltar para a galeria.

Saíram, e pararam por um momento logo na entrada da galeria.
— É, lá está ela — disse Armand. — Com Julie de Cornalle. Por que você deseja falar-lhe?

Justin sorriu.
— Veja, *mon cher* — explicou docemente —, há de me proporcionar uma satisfação imensa ser capaz de contar ao caro Henri que passei meia hora agradável com sua fascinante mulher.

Armand deu uma risadinha.
— Ah, se é isso que deseja...! Você gosta tanto do caro Henri, não é mesmo?
— Mas claro — respondeu o duque, sorrindo. Esperou até que Armand tivesse sumido na multidão, antes de chamar Léon, que, obedecendo às suas ordens, ficou imóvel no vão da janela. O pajem veio até ele, passando por dois grupos de senhoras que conversavam, e seguiu-o pela galeria até o sofá em que madame de Saint-Vire estava sentada.

Avon cumprimentou-a com uma reverência magnífica.
— Minha cara condessa! — Tomou a mão fina, e segurando-a com a ponta dos dedos apenas roçou de leve os lábios. — Honestamente não esperava por esta alegria.

Ela inclinou a cabeça, mas com o canto dos olhos observava Léon. A srta. De Cornalle afastara-se, e Avon sentou-se em seu lugar. Léon postou-se atrás dele.
— Creia-me, condessa — continuou o duque —, fiquei desolado por não a ver em Paris. Como vai seu encantador filho?

Ela respondeu nervosamente e, com a desculpa de arrumar a saia, mudou de posição no sofá, de modo que ficou encarando Avon, e assim era capaz de ver o pajem atrás dele. Os olhos levantaram-se agitados para o rosto do rapaz, e se arregalaram por um instante antes de baixarem. Percebeu que Avon a observava, sorridente, o que a deixava profundamente ruborizada, então abriu o leque com dedos que tremiam de leve.

— Meu... meu filho? Ah, Henri está bem, obrigada! Veja-o ali, com a srta. De Lachère.

Os olhos de Justin seguiram na direção do leque. Encontraram um jovem baixo, bastante corpulento, vestido no rigor da moda e sentado quieto ao lado de uma dama jovial que disfarçava com dificuldade um bocejo. O visconde de Valmé era muito bronzeado, com olhos castanhos e pálpebras pesadas, devido ao cansaço e ao aborrecimento. A boca um tanto larga, mas bem desenhada; o nariz, longe de seguir os traços aquilinos de Saint-Vire, demonstrava tendência para arrebitar.

— Ah, sim! — exclamou Justin. — Com certeza não o teria reconhecido, madame. Em geral, procura-se cabelos ruivos e olhos azuis num Saint-Vire, não é? — Riu gentilmente.

— Meu filho usa peruca — respondeu bem depressa. Outra vez lançou um olhar fugaz para Léon. Contorceu a boca ligeiramente, sem controle. — Ele... ele tem cabelos pretos. Muitas vezes acontece, creio.

— Ah, sem dúvida — concordou Justin. — A senhora está olhando para o meu pajem, madame? Uma combinação curiosa, não é?... os cabelos acobreados com sobrancelhas escuras.

— Eu? Não, por que devia...? — Com esforço, demonstrou coragem. — É uma combinação fora do comum, como o senhor disse. Quem... quem é o rapaz?

— Não tenho a menor ideia — respondeu Sua Graça suavemente. — Encontrei-o certa noite em Paris e o comprei pelo valor de uma joia. Um menino muito bonito, não é? Atrai muita atenção, asseguro-lhe.

— É... suponho que atraia. Parece difícil acreditar que... que o cabelo seja... seja natural. — Os olhos o desafiaram, e outra vez ele riu.

— Deve parecer bastante incrível — disse ele. — É tão raro ver-se esta combinação... específica. — Enquanto a condessa se agitava, irrequieta, abrindo e fechando o leque, ele destramente mudou de assunto. — Ah, olha o visconde! — observou. — Sua bela companheira o abandonou.

A condessa olhou para o filho do outro lado, que estava em pé irresoluto alguns passos distante. Este viu o olhar da mãe em sua direção, e se aproximou dela, com o andar pesado e firme, fitando curiosamente o duque.

— Meu... meu filho, monsieur. Henri, o duque de Avon.

O visconde fez uma reverência, mas embora a curvatura fosse exatamente da profundidade exigida, e o agitar do chapéu estivesse de perfeito acordo com os ditames da moda, em toda a cortesia faltava espontaneidade e graça. Curvava-se como alguém laboriosamente treinado na arte. Faltava polidez, e no lugar desta via-se um ligeiro indício de falta de jeito.

— Seu criado, monsieur. — A voz era agradável o suficiente, embora sem entusiasmo.

— Meu caro visconde! — Avon agitou com graça o lenço. — Estou encantado por conhecê-lo. Lembro-me do senhor quando ainda estava com seu professor particular, mas nos últimos anos me foi negado o prazer de encontrá-lo. Léon, uma cadeira para o monsieur.

O pajem saiu de trás do sofá e foi buscar uma cadeira baixa que estava encostada na parede, a alguns passos de distância. Colocou-a para o visconde, curvando-se enquanto o fazia.

— Por favor, monsieur, sente-se.

O visconde, surpreso, olhou-o de alto a baixo. Por um momento ficaram ombro a ombro, um magro e delicado, com olhos que combinavam com as safiras em torno do pescoço, os cachos brilhantes puxados para trás da testa branca, sob cuja pele se viam veias de um azul pálido. O outro era atarracado e bronzeado, com mãos quadradas e pescoço curto; empoado, perfumado e com pintas postiças, vestido de sedas e veludos opulentos, mas apesar de tudo bastante desajeitado e constrangido. Avon ouviu madame exalar um suspiro rapidamente, e o sorriso aumentou. Então Léon voltou para o lugar em que estava, e o visconde sentou-se.

— Seu pajem, monsieur? — indagou ele. — O senhor estava dizendo que não me conhece, não? Veja o senhor, eu não adoro Paris, e quando meu pai permite fico em Champagne, em Saint-Vire. — Sorriu, lançando um olhar triste para a mão. — Meus pais não gostam que eu fique no interior, monsieur. Sou um grande desgosto para eles.

— O interior... — O duque tirou do bolso do colete a caixa de rapé. — É agradável para a vista, sem dúvida, mas na minha mente está irrevogavelmente associado a vacas e porcos... até a carneiros. Males necessários mas constrangedores.

— Males, monsieur? Por quê...?

— Henri, o duque não está interessado nesses assuntos! — interpôs a condessa. — Não... não se fala em... em vacas e porcos numa recepção real — explicou, virando-se para Avon, sorrindo mecanicamente. — O rapaz tem um capricho absurdo, monsieur; deseja ser fazendeiro! Eu lhe digo que logo se cansaria. — Começou a abanar-se, rindo.

— Ainda assim mais um mal necessário — falou Sua Graça, com voz arrastada. — Fazendeiros. Aceita uma pitada, visconde?

O visconde serviu-se de uma pitada.

— Obrigado, monsieur. Veio de Paris? Talvez tenha visto meu pai.

— Tive tal felicidade ontem — respondeu Avon. — Num baile. O conde continua o mesmo de sempre, madame. — A zombaria estava francamente velada.

Madame enrubesceu.

— Espero que o senhor tenha encontrado meu marido bem de saúde, monsieur.

— Com excelente saúde, creio. Talvez possa ser o portador de algum recado que a senhora deseje enviar-lhe, madame?

— Eu lhe agradeço, monsieur, mas escreverei para ele... amanhã — respondeu ela. — Henri, quer me trazer um pouco de negus? Ah, madame! — Acenou para uma senhora que estava num grupo diante deles.

O duque levantou-se.

— Estou vendo meu bom Armand ali adiante. Por favor, deixe que me retire, madame. O conde vai ficar muito satisfeito por saber que a encontrei bem... juntamente com seu filho. — Curvou-se e deixou-a, afastando-se na multidão que diminuía. Mandou que Léon o esperasse no Olho de Boi e ficou por cerca de uma hora na galeria.

Quando se juntou a Léon no Olho de Boi, encontrou-o quase adormecido, mas se esforçando para se manter acordado. O pajem desceu a escada seguindo o duque e recebeu ordens para apanhar o manto e a bengala de Avon. Quando conseguiu fazer isso, a carruagem preta e dourada estava na porta.

Avon jogou o manto sobre os ombros e saiu. Ele e Léon entraram no veículo luxuoso, com um suspiro de satisfação Léon aninhou-se nas almofadas macias.

— Tudo é maravilhoso — observou ele —, mas muito atordoante. O senhor se importa se eu for me deitar, *Monseigneur*?

— Absolutamente — falou Sua Graça, cortês. — Espero que tenha ficado satisfeito por ter visto o rei.

— Ah, fiquei, é igualzinho às moedas! — exclamou Léon meio sonolento. — O senhor acredita que ele goste de morar num palácio assim tão grande, *Monseigneur*?

— Nunca lhe perguntei — replicou o duque. — Versalhes não lhe agrada?

— É tão grande — explicou o pajem. — Temia que o tivesse perdido.

— Que ideia alarmante! — observou Sua Graça.

— É, mas afinal o senhor apareceu... — A voz sumida e profunda estava ficando cada vez mais sonolenta. — Era tudo espelhos e velas, e damas, e... *bonne nuit, Monseigneur* — suspirou. — Sinto muito, mas tudo está embaralhado, e eu estou muito cansado. Acho que não ronco enquanto durmo, mas se isso acontecer, então, é claro, deve me acordar. E eu podia escorregar, mas espero que não. Estou bem no canto, por isso talvez continue aqui. Mas se eu escorregar para o chão...

— Aí, suponho, devo levantá-lo? — indagou Avon docemente.

— É — concordou Léon, já na fronteira do sono. — Não vou mais falar, agora. *Monseigneur* não se importa?

— Por favor, não precisa se incomodar comigo — respondeu Avon. — Estou aqui apenas para acomodá-lo. Se eu o perturbar, peço que não hesite em mencionar. Irei no cubículo.

Uma risadinha muito sonolenta saudou este gracejo, e uma mão pequena enfiou-se na do duque.

— Queria segurar seu paletó, porque achei que podia perdê-lo — murmurou Léon.

— Será que é por isso que você está segurando minha mão agora? — inquiriu Sua Graça. — Talvez você esteja com medo, a menos que eu deva me esconder sob o assento.

— Isso é tolice — replicou Léon. — Muita tolice. *Bonne nuit, Monseigneur.*

— *Bonne nuit, mon enfant.* Você não me perderá... ou eu o perderei... muito facilmente, acredito.

Não houve resposta, mas a cabeça de Léon mergulhou no ombro de Sua Graça, e ali ficou.

— Não há dúvida de que sou um tolo — observou o duque, colocando uma almofada sob o braço relaxado de Léon. — Mas se eu o acordar ele começará a falar outra vez. Que pena que Hugh não esteja aqui para ver!... O que foi que disse, meu menino?

Mas Léon tinha apenas murmurado no sono.

— Se você vai conversar dormindo, serei obrigado a tomar medidas severas a fim de prevenir isso — disse Sua Graça, recostando a cabeça no assento acolchoado. Então cerrou os olhos sorrindo.

VI

Sua Graça de Avon Recusa-se a Vender seu Pajem

Quando Davenant encontrou o duque no café da manhã seguinte, achou-o em excelente humor. Estava mais atencioso do que de costume, e sempre que seu olho pousava em Léon ele sorria, como se estivesse diante de um pensamento agradável.

— Tinha muita gente na recepção? — indagou Hugh, atacando um contrafilé sangrento. Ao contrário do duque, que nunca comia mais do que um pãozinho no café da manhã, ele fazia uma refeição substancial de ovos com toicinho de fumeiro e carnes frias, empurradas por cerveja inglesa, especialmente importada pelo duque, para seu deleite.

O duque serviu-se de uma segunda xícara de café.

— Estava repleta, meu caro Hugh. Foi em homenagem a algum aniversário, ou dia santo, ou algo no gênero.

— Você viu Armand? — Hugh estendeu a mão para a mostarda.

— Vi Armand, a condessa, o visconde e todo mundo que eu menos queria encontrar.

— Sempre se encontra. Suponho que a Pompadour ficou maravilhada ao vê-lo.

— Opressivamente maravilhada. O rei estava sentado no trono e sorria benevolentemente. Exatamente como uma moeda.

— Como o quê? — Hugh suspendeu o garfo no ar.

— Uma moeda. Léon explicará. Se bem que é possível que já tenha esquecido.

— Qual é o gracejo, Léon? Você sabe? — Hugh olhou de maneira indagadora para o pajem.

— Não, monsieur. — Léon balançou a cabeça.

— Ah, achei que talvez você não lembrasse — falou Sua Graça. — Léon ficou muito satisfeito com o rei, Hugh. Confidenciou-me que ele era exatamente como as moedas.

— Eu... eu acho que estava dormindo, *Monseigneur*. — Léon enrubesceu.

— Estava praticamente adormecido. Você sempre dorme como se tivesse morrido?

— N-não. Quer dizer... eu não sei, *Monseigneur*. Fui posto na cama todo vestido.

— É, eu fiz isso. Depois de dez minutos esforçando-me para acordá-lo, achei que seria mais simples levá-lo para cima, para a cama. Você não é apenas alegria, meu jovem.

— Sinto muito, *Monseigneur*, devia ter-me acordado.

— Se você me disser como se consegue fazer isso, eu o farei da próxima vez. Hugh, se você tem de comer carne, por favor, não a esfregue no meu rosto a essa hora.

Davenant, cujo garfo ainda continuava parado a meio caminho entre o prato e a boca, riu e continuou a comer.

Justin começou a separar as correspondências que estavam ao lado do prato. Algumas jogou fora, outras enfiou no bolso. Uma delas tinha vindo da Inglaterra e se estendia por várias folhas. Abriu-a e começou a decifrar os garranchos.

— É de Fanny — disse ele. — Rupert ainda está longe, parece. Aos pés da sra. Carsby. Quando o vi pela última vez estava loucamente apaixonado por Julia Falkner. De um extremo ao outro — afirmou, virando a página. — Agora, que interessante! O caro Edward deu a Fanny uma carruagem cor de chocolate com estofamento azul-claro. As rodas também foram escolhidas em azul — explicou, segurando a carta com o braço esticado. — Parece estranho, mas sem dúvida Fanny está certa. Não vou à Inglaterra há tanto tempo... Ah, desculpe! Você ficará aliviado ao ouvir, meu caro Hugh, que o trigo na Inglaterra ainda cresce como sempre. Ballentor travou outro duelo, e Fanny ganhou 50 guinéus no jogo na outra noite. John está no campo porque não se dá com o ar da cidade. E agora, John é seu cachorrinho de estimação ou seu papagaio?

— É o filho dela — disse Davenant.

— É? Sim, parece que você está certo. O que vem a seguir? Se eu puder lhe arrumar uma cozinheira francesa, ela jura que há de me amar mais do que nunca. Léon, diga a Walker para me arranjar uma cozinheira francesa... Deseja me visitar como eu sugeri há algum tempo... que ideia a minha!... mas é completamente impossível porque não pode deixar seu querido Edward sozinho, e teme que ele não a acompanhe à minha mansarda. Mansarda. Não é muito gentil da parte de Fanny. Preciso lembrar de falar-lhe isto.

— Mansão — sugeriu Hugh.

— Mais uma vez você está certo. Mansão é isso. O resto desta missiva fascinante ocupa-se das toaletes de Fanny. Vou guardá-la. Ah, já acabou?

— Acabei e vou sair — respondeu Davenant, levantando-se. — Vou andar a cavalo com d'Anvau. Vejo-o mais tarde.

Avon apoiou os braços na mesa, descansando o queixo nas costas das mãos cruzadas.

— Léon, onde mora seu notável irmão?

— *Mon... Monseigneur?* — Léon assustou-se e deu um passo atrás.

— Onde fica a hospedaria?

Subitamente Léon caiu de joelhos ao lado da cadeira de Avon, e agarrou a manga do duque com dedos desesperados. O rosto estava levantado para cima, pálido e agoniado, e os olhos grandes nadando em lágrimas.

— Ah, não, não, não, *Monseigneur!* O senhor não ia... Ah, por favor, isso não! Eu... eu nunca hei de dormir de novo! Por favor, por favor, me perdoe! *Monseigneur! Monseigneur!*

Avon olhou-o com as sobrancelhas erguidas. Léon pressionou a cabeça contra o braço do amo, tremendo por causa dos soluços contidos.

— Você me deixa perplexo — queixou-se o duque. — O que é que não devo fazer, e por que nunca mais vai dormir outra vez?

— Não... não me leve de volta para Jean! — implorou Léon, segurando-o com mais força ainda. — Prometa, prometa!

Avon afrouxou a compressão na manga.

— Meu caro Léon, suplico-lhe que não chore neste paletó, e eu não tenho intenção de dá-lo a Jean ou a qualquer outra pessoa. Levante-se e não seja ridículo.

— O senhor tem de prometer! O senhor vai prometer! — Léon sacudia o braço de Avon quase violentamente.

O duque suspirou.

— Muito bem: eu prometo. Agora diga-me onde posso encontrar seu irmão, meu rapaz.

— Não direi! Não direi! O senhor... ele... não lhe direi!

— Tenho muita paciência com você, Léon — declarou, os olhos cor de avelã endureceram —, mas não vou suportar sua rebeldia. Responda-me imediatamente.

— Não ouso! Ah, por favor, por favor, não me obrigue a dizer! Eu... eu não pretendia ser rebelde! Mas talvez Jean esteja arrependido agora que... que me deixou ir embora, e... e tentará f-fazer o senhor me devolver! — Agarrava-se na manga do duque agora, e outra vez Avon o afastou.

— Você acha que Jean conseguiria fazer-me devolvê-lo? — perguntou.

— N-não... eu não sei. Pensei que por eu ter dormido o senhor estivesse zangado, e... e...

— Já lhe disse que não é nada disso. Esforce-se para ter um pouco de juízo. E responda a minha pergunta.

— Sim, *Monseigneur*. Eu... eu peço desculpa. Jean... Jean mora na rua Saint-Marie. Lá só tem uma hospedaria... a Crossbow. Ah, o que vai fazer, *Monseigneur*?

— Nada alarmante em absoluto. Asseguro-lhe. Enxugue as lágrimas.

— Eu... eu perdi meu lenço — desculpou-se, procurando o lenço nos bolsos.

— É, você é muito jovem, não é? — comentou Sua Graça. — Acho que devo lhe dar o meu.

Léon pegou o lenço fino de rendas do duque, enxugou os olhos, assoou o nariz, e devolveu-o. Avon recebeu-o cautelosamente e olhou o lenço completamente amarrotado através do monóculo.

— Obrigado — disse. — Você está sendo gratuitamente meticuloso. Acho melhor que você o guarde agora.

Léon embolsou-o alegremente.

— É, *Monseigneur* — falou. — Agora estou feliz outra vez.

— E eu aliviado — disse o duque, levantando-se. — Agora de manhã não vou precisar de você. — Saiu e dentro de meia hora estava na carruagem, dirigindo-se para a rua Saint-Marie.

A rua era muito estreita, com lixo nas sarjetas dos dois lados, as casas estavam quase em ruínas, projetando-se para fora no primeiro andar. Praticamente nenhuma estava com as janelas intactas; havia vidraças quebradas em todos os lados, e, onde pendiam cortinas, estas estavam rasgadas e sujas. Algumas crianças semivestidas brincavam na rua e se espalharam para todos os lados quando a carruagem parou na calçada, para em seguida observarem o progresso deste veículo de primeira qualidade com olhos assombrados e comentários assustados.

A taberna Crossbow ficava na metade da rua sórdida, e pela porta aberta vinha o cheiro de cozinha e de água de repolho, atirada descuidadamente na sarjeta. A carruagem parou junto à hospedaria, e um dos lacaios saltou para abrir a porta para Sua Graça descer. O rosto mostrava-se bastante impassível, e só pela inclinação altiva do queixo traía as emoções.

O duque saltou lentamente do veículo, o lenço no nariz. Abriu caminho através da sujeira e do lixo para a porta da estalagem e entrou no que parecia ser a taberna e a cozinha. Uma mulher ensebada estava curvada sobre o fogo, segurando uma panela, e atrás do balcão em frente à porta estava o homem que tinha vendido Léon ao duque um mês atrás.

Ele se sobressaltou quando viu Avon entrar, e por um momento não o reconheceu. Adiantou-se adulador, esfregando as mãos, querendo saber o que *Monseigneur* desejava.

— Acho que você me conhece — disse Sua Graça gentilmente.

Bonnard encarou-o, e subitamente as pupilas se dilataram e o rosto muito vermelho empalideceu.

— Léon! Milorde... eu...

— Exatamente. Quero duas palavras com você em particular.

— Juro por Deus... — O homem olhou-o temeroso, passando a língua entre os lábios.

— Obrigado. Em particular eu disse.

A mulher, que ficara observando o encontro de boca aberta, avançou com os braços junto ao corpo. O vestido manchado estava desarrumado, o decote baixo no busto magro, e havia uma mancha de sujeira na face.

— Se a viborazinha disse alguma coisa contra nós — começou esganiçadamente, mas foi interrompida imediatamente pela mão levantada de Avon.

— Minha boa mulher. Não tenho o menor desejo de falar-lhe. Pode voltar para suas panelas. Bonnard, em particular!

Charlotte teria interrompido outra vez, mas o marido empurrou-a para o fogão, sussurrando para que ela tivesse cuidado com a língua.

— Sim, milorde, na verdade sim! Se me seguir... — Abriu a porta velha, roída pelos ratos, e conduziu Sua Graça para a sala de visitas. A sala mostrava-se parcamente mobiliada, mas não tão suja como a taberna. Avon foi para a mesa que ficava perto da janela, limpou a poeira da superfície com a ponta do manto, e sentou-se na beira de uma estrutura fraca.

— Agora, meu amigo, para que você não me interprete mal, ou procure fugir de mim, deixe que lhe diga que sou o duque de Avon. Sim, achei que se surpreenderia. Você percebe, tenho certeza, de que será muito perigoso jogar comigo. Vou fazer-lhe algumas perguntas a respeito de meu pajem. Primeiro quero saber onde ele nasceu.

— Eu... eu acho que no norte, *Monseigneur*. Em... Champagne, mas não tenho certeza. Nossos... nossos pais nunca falavam daquele tempo, e mal posso me lembrar... eu...

— Não? Parece estranho que você não saiba por que seus dignos pais foram morar em Anjou tão repentinamente.

Bonnard olhou-o desamparado.

— Meu... meu pai me disse que tinha recebido dinheiro! Na realidade, não sei mais nada, *Monseigneur!* Eu não mentiria. Juro que não mentiria!

— Vamos deixar isso de lado — disse, e os lábios finos curvaram-se sarcasticamente. — Como é que Léon é tão diferente de você nas feições e fisicamente?

Bonnard passou a mão pela testa. Não havia como enganar a perplexidade nos olhos.

— Eu não sei, *Monseigneur*. Muitas vezes fiquei pensando. Ele era uma criança frágil, mimada e acariciada, enquanto a mim faziam trabalhar na fazenda. Minha mãe não se importava nem um pouco comigo em comparação a ele. Tudo era Léon, Léon, Léon! Léon tem de aprender a ler e escrever, mas eu... o mais velho... tive de cuidar dos porcos! Um rapaz doentio, sempre foi petulante, *Monseigneur!* Uma víbora, a...

— Não vamos interpretar mal um ao outro, meu amigo. — Avon fechou a tampa da caixa de rapé com um dedo muito branco. — Nunca existiu Léon. Léonie, talvez. Quero que me explique isso!

O homem se encolheu.

— Ah, *Monseigneur!* Para falar a verdade, para falar a verdade eu fiz isso com a melhor das intenções! Era impossível ter uma menina daquela idade aqui, e havia trabalho para se fazer. Era melhor vesti-la de menino. Minha mulher... *Monseigneur* há de compreender... mulheres são ciumentas, milorde. Ela não ficaria com uma moça aqui. Para falar a verdade, para falar a verdade, se o menino... menina... disse alguma coisa contra nós, está mentindo! Podia tê-lo mandado para a rua, porque ele não tem direito em relação a mim. Ao contrário, eu fiquei com ele, vesti ele, alimentei ele e se ele disse que a gente o maltratou é mentira! Ele é um pirralho mau com um gênio violento. O senhor não pode me culpar por esconder o sexo dele, *Monseigneur!* Era para o bem dele, eu juro! Ele gostava bastante daquilo. Nunca exigiu ser menina!

— Sem dúvida ele esqueceu — disse Avon secamente. — Sete anos como menino... Agora... — Ele apresentou um luís. — Pode ser que isso lhe refresque a memória. O que você sabe de Léon?

— Eu... não compreendo, *Monseigneur.* O que eu sei dele? — perguntou o homem e olhou-o de modo atarantado.

Avon inclinou-se ligeiramente para a frente, e a voz tornou-se ameaçadora.

— Não adianta nada fingir ignorância, Bonnard. Eu sou muito poderoso.

Os joelhos de Bonnard tremiam.

— Para falar a verdade, *Monseigneur*, eu não compreendo! Não posso dizer aquilo que eu não sei! Tem alguma coisa errada com Léon?

— Você nunca pensou que ele, talvez, não fosse filho de seus pais?

— Não... por que, *Monseigneur*, o que quer dizer? Não fosse filho de meus pais. Mas... — Bonnard ficou de queixo caído.

— O nome Saint-Vire não lhe diz nada? — Avon recostou-se.

— Saint-Vire... Saint-Vire... não. Espera aí, o nome tem um som conhecido! Mas... Saint-Vire... eu não sei — ponderou e balançou a cabeça, desamparado. — Pode ser que tenha ouvido meu pai falar no nome, mas não consigo me lembrar.

— É uma pena. E, quando seus pais morreram, não havia nenhum documento que dissesse respeito a Léon?

— Se havia, milorde, eu nunca vi. Havia histórias antigas e cartas... Eu não sei ler, *Monseigneur*, mas tenho todas elas. — Ele olhou para o luís, e lambeu os lábios. — Mas se *Monseigneur* quiser ver por si mesmo. Estão ali, naquela cômoda.

— Quero. Tudo. — Avon assentiu.

Bonnard foi até a cômoda e abriu-a. Depois de procurar um pouco, encontrou alguns papéis, que levou para o duque. Avon folheou-os rapidamente. A maioria eram, como Bonnard disse, contas da fazenda, com uma ou duas cartas entre elas. Mas no fim da pilha estava um pedaço de papel dobrado, dirigido a Jean Bonnard, na propriedade do sr. conde de Saint-Vire, em Champagne. Era apenas uma carta de algum amigo ou parente e não tinha nada de importante a não ser o endereço. O duque tomou-a.

— Isso basta — afirmou e jogou o luís para Bonnard. — Se estiver mentindo para mim, ou me enganando, vai se arrepender. No momento desejo acreditar que você não sabe nada.

— Eu só contei a verdade, *Monseigneur*, juro!

— Esperemos que seja assim. Entretanto, uma coisa... — Apresentou outro luís — você pode me dizer. Onde poderei encontrar o pároco de Bassincourt, e qual é o nome dele?

— Sr. De Beaupré, *Monseigneur*, mas pode ser que já tenha morrido agora, pelo que sei. Era um velho quando deixamos Bassincourt. Morava numa casa pequena ao lado da igreja. Não pode haver engano.

Avon atirou o luís na mão ávida.

— Muito bem — disse, encaminhando-se para a porta. — Siga meu conselho, meu amigo, e esforce-se para esquecer que algum dia teve uma irmã. Porque, se não esquecer, haverá contas a ajustar pelo tratamento que lhe deu. Nunca hei de esquecê-lo, asseguro-lhe. — Foi embora depressa, passou pela taberna e foi para a carruagem.

Naquela tarde, quando Avon sentou-se na biblioteca de sua casa, escrevendo para a irmã, um lacaio entrou e anunciou que um sr. de Faugenac desejava vê-lo.

O duque levantou a cabeça.

— Sr. De Faugenac? Mande-o entrar.

Em poucos minutos, entrou um homenzinho atarracado que Sua Graça conhecia apenas superficialmente. Avon levantou-se quando ele entrou e curvou-se.

— Meu senhor!

— Meu senhor! — De Faugenac retribuiu a cortesia. — Perdoe-me a hora imprópria desta intromissão!

— Absolutamente — respondeu o duque. — Vá buscar vinho, Jules. Por favor, sente-se, monsieur.

— Não preciso de vinho, obrigado! Agora, se o senhor compreende, estou com uma aflição...

— Compreendo — concordou Sua Graça. — Será que há alguma coisa que eu possa fazer pelo senhor?

De Faugenac estendeu as mãos para o fogo.

— Sim, vim a negócios, monsieur. Ah, que palavra feia! Monsieur há de perdoar a interrupção, tenho certeza! Um fogo esplêndido, duque!

Avon fez uma reverência. Sentara-se no braço de uma cadeira e estava olhando para o visitante com uma leve surpresa. Sacou a caixa de rapé e ofereceu-a a De Faugenac, que se serviu de uma porção e espirrou violentamente.

— Finíssimo! — disse entusiasticamente. — Ah, o negócio! Monsieur há de pensar que eu vim por causa de uma incumbência estranha, mas eu sou casado! — Sorriu para Avon, e balançou a cabeça várias vezes.

— Eu lhe felicito, monsieur — falou Avon seriamente.

— Sim, sim! Sou casado! Isso explicará tudo.

— Sempre explica — respondeu Sua Graça.

— Ah, o gracejo! — De Faugenac explodiu numa gargalhada gostosa. — Nós, os maridos, sabemos, nós sabemos!

— Como não sou marido, o senhor há de me desculpar a ignorância. Estou certo de que o está prestes a me revelar. — Sua Graça estava ficando aborrecido, porque lembrara que De Faugenac era um cavalheiro pobre, que em geral se encontrava nos calcanhares de Saint-Vire.

— É mesmo. É mesmo. Minha mulher! Eis a explicação! Ela viu seu pajem, meu senhor!

— Ótimo! — observou o duque. — Estamos progredindo.

— Estamos...? O senhor disse progredindo? Estamos progredindo?

— Parece que errei — suspirou Avon. — Continuamos no mesmo lugar.

De Faugenac ficou atarantado por um momento, mas imediatamente seu rosto iluminou-se com novo sorriso.

— Outro chiste! Sim, sim, entendo!

— Tenho minhas dúvidas — murmurou Avon. — Estava dizendo que sua mulher tinha visto meu pajem.

— Ela ficou extasiada! — De Faugenac cruzou as mãos no peito. — Ficou com inveja! Ela anseia!

— Valha-me Deus!

— Ela não me deixa em paz!

— Elas nunca deixam.

— Ah! Não, nunca, nunca! Mas monsieur não entendeu o que eu quero dizer, o senhor não entendeu o que eu quero dizer!

— Mas certamente a culpa não é minha — disse Avon, cansado. — Tínhamos chegado ao ponto em que sua mulher não o deixa em paz.

— Eis o assunto em resumo! Ela sofre em silêncio por causa do adorável, tão encantador, tão elegante...

— Monsieur, minha política sempre tem sido a de evitar mulheres casadas.

— Mas... mas... o que monsieur quer dizer? — De Faugenac encarou-o. — É mais alguma brincadeira? Minha mulher anseia por seu pajem.

— Que decepção!

— Seu pajem, seu pajem tão elegante! Ela me atormenta dia e noite para que eu venha ao senhor. E aqui estou! Olhe-me!

— Estou olhando-o durante os últimos vinte minutos — observou Avon mordazmente.

— Ela me suplica para vir falar-lhe, para perguntar se o senhor venderia seu pajem! Não consegue descansar até que o tenha para segurar-lhe a cauda, segurar-lhe as luvas e o leque. Ela não consegue dormir à noite até que saiba que ele lhe pertence!

— Tenho a impressão de que a sua esposa está destinada a passar muitas noites insone — disse Avon.

— Ah, não, monsieur! Pense! Dizem que comprou seu pajem. Agora, não é verdade que o que pode ser comprado pode ser vendido?

— Possivelmente.

— Sim, sim! Possivelmente! Monsieur, sou escravo de minha mulher — afirmou, beijando as pontas dos dedos. — Sou como o pó de seus sapatos. — Cruzou as mãos. — Tenho de lhe proporcionar tudo o que ela deseja, ou eu morro!

— Por favor, pode usar minha espada — ofereceu Sua Graça. — Está no canto atrás do senhor.

— Ah, não! Monsieur não pode estar querendo dizer que recusa! É impossível! Pode dar o preço e eu pagarei!

Avon pôs-se de pé. Pegou uma campainha de prata e tocou-a.

— Monsieur — disse ele brandamente —, pode apresentar meus cumprimentos ao conde de Saint-Vire e dizer-lhe que Léon, meu pajem, não está à venda. Jules, a porta.

De Faugenac enrubesceu, desanimado.

— Monsieur? — Avon fez uma reverência.

— Está enganado! Não compreendeu!

— Creia-me, compreendi perfeitamente.

— Ah, mas o senhor não tem alma para contrariar assim o desejo de uma dama!

— A falta de sorte é minha. Estou desolado porque o senhor não pode se demorar mais. Monsieur, seu criado muito obediente! — Assim ele fez uma reverência despachando De Faugenac.

Logo depois que a porta se fechou com a saída do homenzinho outra vez foi aberta para Davenant entrar.

— Quem, em nome de tudo, era aquele? — perguntou.

— Uma criatura sem importância — respondeu Sua Graça. — Deseja comprar Léon. Uma impertinência. Estou de partida para o interior, Hugh.

— Para o interior? Por quê?

— Esqueci. Sem dúvida conseguirei trazer à mente o motivo algum dia. Seja paciente comigo, meu caro; ainda não enlouqueci de vez.

Hugh sentou-se.

— Você sempre foi louco. Por Deus, você é um anfitrião informal!

— Ah, Hugh, suplico-lhe seu perdão de joelhos! Confio na sua boa índole.

— Diabos, você é muito cortês! Léon deve acompanhá-lo?

— Não, vou deixá-lo a seus cuidados, Hugh, e aconselho-o a se preocupar com ele. Enquanto eu estiver fora, ele não deixará esta casa.

— Achei que havia algum mistério. Ele está em perigo?

— N-não. Não posso afirmar. Mas mantenha-o por perto, e não diga nada, meu caro. Não ficaria satisfeito se lhe acontecesse alguma coisa de mal. Incrível como possa parecer, estou me afeiçoando à criança. Devo estar no limiar da senilidade.

— Todos nós nos afeiçoamos a ele — disse Hugh. — Porém ele é um diabinho.

— Sem dúvida. Não permita que ele implique com você; é uma criança impertinente. É uma pena que ele não se dê conta disto. E aqui está ele.

Léon entrou e sorriu com confiança quando encontrou os olhos do duque.

— *Monseigneur* disse-me para estar pronto para acompanhá-lo às três horas, e já são três e meia — disse ele.

Os ombros de Hugh tremiam com o riso contido; virou o rosto, tossindo.

— Daria a impressão de que eu lhe devo desculpas — observou Sua Graça. — Por favor, por esta vez, desculpe-me. Afinal de contas não vou sair. Venha cá.

— Sim, *Monseigneur!* — aproximou-se Léon.

— Estou indo passar alguns dias no interior, meu menino, a partir de amanhã. Faça-me o favor de ver o sr. Davenant como seu amo na minha ausência, e não deixe esta casa de maneira nenhuma até que eu volte.

— Ah — o rosto de Léon mostrou-se abatido. — Não devo acompanhá-lo?

— Estou abrindo mão desta honra. Por favor, não discuta comigo. Isto é tudo o que eu queria dizer.

Léon virou-se e foi para a porta com passos silenciosos. Um ligeiro fungar escapou-lhe, e diante deste som Avon sorriu.

— Menino, isso não é o fim do mundo. Eu voltarei, espero, dentro de uma semana.

— Eu queria... ah, eu queria que o senhor me levasse!

— Isso certamente não é cortês para com o sr. Davenant. Acho que ele não é capaz de maltratá-lo. Não vou sair esta noite, por falar nisso.

Léon voltou.

— O senhor... o senhor não vai embora amanhã sem se despedir de mim, não é, *Monseigneur*?

— Você vai me ajudar a subir na carruagem — prometeu o duque, e deu-lhe a mão para beijar.

VII

Satã e o Sacerdote Juntos

A aldeia de Bassincourt, que fica a uns dez ou doze quilômetros a oeste de Saumur, em Anjou, era um lugar limpo e pequeno, com casas brancas, a maioria reunida em torno da praça do mercado, quadrada, com paralelepípedos do tamanho do punho de um homem. Ao norte a praça é flanqueada por várias casas dos habitantes mais abastados; a oeste por bangalôs menores e por uma alameda que conduz à praça, também para oeste, e que se estende para o campo, insinuando-se por esse caminho até alcançar as três fazendas situadas a oeste de Bassincourt. No lado sul estava a pequena igreja cinzenta, em cuja torre quadrada um sino rachado era acionado para chamar os aldeãos. A igreja ficava atrás do mercado com o cemitério ao redor, e além, de um lado, a modesta casa do pároco que, agachado no próprio jardim, parecia sorrir através da praça como quem tem domínio sobre o local.

Do lado leste da praça viam-se lojas uma junto da outra, o pátio de um ferreiro, uma hospedaria branca, em cuja porta aberta pendia um escudo verde-acinzentado, com pintura de um sol nascente. A placa balançava de um lado para o outro ao menor vento, rangendo um pouco quando a ventania era forte, mas a maior parte das vezes fazendo barulho apenas nas correntes enferrujadas.

Nesse dia específico de novembro a praça estava tomada por um burburinho, ecoando uma vez ou outra o riso esganiçado de uma criança, ou o bater dos cascos de cavalos nas pedras. O velho fazendeiro Mauvoisin tinha se dirigido a Bassincourt na sua carruagem com três porcos para vender e saltara na hospedaria para passar o tempo com o proprietário e para emborcar uma caneca da leve cerveja francesa enquanto os porcos grunhiam e chafurdavam atrás dele. Bem perto, reunidos num quiosque onde a sra. Gongnard vendia legumes, estava um grupo de mulheres, regateando e conversando alternadamente. Várias meninas com roupas fofas que lhes atingiam os tornozelos, os pés em tamancos desajeitados de madeira, ficavam conversando ao lado do pórtico antigo que levava ao cemitério; no centro da praça, perto da fonte, alguns carneiros eram pastoreados, enquanto um grupo de possíveis compradores abria caminho entre eles, apontando e inspecionando à vontade. Do pátio do ferreiro vinha o soar do martelo na bigorna, misturado com trechos espasmódicos de canto.

Nesta cena agitada e alegre cavalgava Sua Graça de Avon, num cavalo alugado. Chegou trotando na praça do mercado pela estrada ocidental que levava a Saumur, vestido completamente de preto, com rendas douradas. Assim que os cascos dos cavalos tiniram nas pedras desiguais, ele puxou as rédeas, e sentado graciosamente na sela, uma das mãos enluvadas descansando levemente na cintura, lançou um olhar lânguido à sua volta.

Chamou bastante atenção. Os aldeãos fixaram os olhos nele desde o chapéu pontiagudo às botas com esporas. Uma menina que ria abafado, observando aqueles olhos frios e os lábios finos curvados, murmurou que era o próprio diabo que chegava entre eles. Embora sua companheira zombasse diante da mocinha tola, benzeu-se sub-repticiamente, e recolheu-se ao abrigo do portal.

O olhar do duque correu a praça inteira e parou finalmente em um menino pequeno, que o observava com olhos esbugalhados e o dedo na boca. Uma das mãos na luva bordada chamou-o imperiosamente, e o garotinho deu um passo hesitante à frente, respondendo ao chamado.

Sua Graça baixou os olhos, sorrindo. Apontou para a casa ao lado da igreja.

— Estou certo ao achar que aquela é a residência do pároco? — O menino confirmou com a cabeça. — Você acha que eu o encontrarei lá?

— Sim, milorde. Ele voltou da casa da sra. Tournaud faz uma hora; com a sua licença, milorde.

Avon saltou agilmente da sela, e passou o bridão pela cabeça do cavalo.

— Muito bem, filho. Tenha a bondade de segurar este animal para mim até eu voltar. Ganhará um luís.

De boa vontade o garoto pegou o bridão.

— Um luís inteiro, milorde? Para segurar seu cavalo? — perguntou sem fôlego.

— É um cavalo? — O duque olhou o animal através do monóculo. — Talvez você esteja certo. Pensei que era um camelo. Leve-o embora, dê-lhe água — pediu, virando-se nos calcanhares e seguindo para a casa do pároco. Os aldeãos maravilhados viram a governanta do sr. de Beaupré fazê-lo entrar, e começaram a discutir um com o outro suas opiniões a respeito desta estranha visita.

Sua Graça de Avon foi conduzido através de um vestíbulo muito pequeno e limpíssimo até o santuário do pároco, uma sala ensolarada nos fundos da casa. A governanta de rosto rosado, com calma, introduziu-o à presença de seu amo.

— Aqui, *mon père*, está um cavalheiro que deseja falar-lhe — disse ela, e depois retirou-se, sem olhar outra vez para o duque.

O pároco estava sentado à mesa junto à janela, escrevendo numa folha de papel. Levantou os olhos para ver quem era o visitante, e, percebendo que era um estranho, pousou a pena e se levantou. Era magro, com mãos finas e bonitas, olhos azuis tranquilos e feições aristocráticas. Usava uma sotaina comprida, e a cabeça estava descoberta. Por um momento Avon achou que o cabelo branco como a neve era peruca, tão arrumadas e suaves mostravam-se as ondas, e depois viu que era natural, escovado para trás de uma testa baixa e larga.

— Sr. De Beaupré, eu creio? — Sua Graça curvou-se profundamente.

— Sim, mas vejo que o senhor tem uma vantagem sobre mim.

— Sou Justin Alastair — apresentou-se o duque, colocando o chapéu e as luvas sobre a mesa.

— Sim? Há de me perdoar, meu senhor, se não o reconheci de imediato. Estou afastado do mundo há muitos anos, e no momento não consigo trazer à mente se o senhor pertence aos Alastair de Auvergne, ou à família inglesa. — De Beaupré lançou-lhe um olhar avaliador e apontou uma cadeira.

Justin se sentou.

— Pertenço à família inglesa, meu senhor. Talvez conhecesse meu pai.

— Ligeiramente, muito ligeiramente — respondeu De Beaupré. — O senhor é o duque de Avon, não? Em que posso ter a honra de servi-lo?

— Sou o duque de Avon, como disse. Estava certo ao pensar que me dirigia a um parente do marquês de Beaupré?

— Sou o tio dele, monsieur.

— Ah! — Justin curvou-se. — O senhor é o visconde de Marrillon, então.

O pároco voltou a sentar-se à mesa.

— Renunciei ao título há anos, monsieur, julgando-o sem sentido. Minha família há de dizer ao senhor que estou louco. Eles não tocam no meu nome. — Sorriu. — Naturalmente, eu os desgracei. Preferi trabalhar aqui entre meu povo quando devia usar o chapéu de cardeal. Mas suponho que não se deslocou até Anjou para ouvir isso. O que posso fazer pelo senhor?

Justin ofereceu ao anfitrião um pouco de rapé.

— Espero, monsieur, que seja capaz de me ajudar — disse ele.

De Beaupré tomou uma pitada de rapé, levando-a delicadamente às narinas.

— É muito pouco provável, monsieur. Como disse, há muito isolei-me do mundo, e o que sabia dele já está bem esquecido.

— Isto, *mon père*, não tem nada com o mundo — replicou Sua Graça. — Desejo que o senhor se lembre de algo que aconteceu sete anos atrás.

— Então? — De Beaupré pegou a pena e passou-a pelos dedos. — Tendo feito isso, *mon fils*, o que deseja?

— Depois disso, monsieur, talvez possa se lembrar de uma família que morava aqui cujo nome era Bonnard. — O cura assentiu com a cabeça, sem tirar os olhos do rosto de Avon. — Mais especificamente a criança... Léonie.

— Imagino o que o duque de Avon sabe de Léonie. Não é provável que eu esqueça. — Os olhos azuis se mostravam inescrutáveis.

Sua Graça balançava a perna de um lado para o outro.

— Antes de prosseguir, *mon père*, quero que o senhor saiba que falo em confidência.

O pároco passou a pena ligeiramente pela mesa.

— E antes que eu consinta em respeitar a confidência, meu filho, quero saber o que deseja de uma menina camponesa, e o que essa menina camponesa representa para o senhor — respondeu ele.

— No momento ela é meu pajem — disse Avon brandamente. O pároco levantou as sobrancelhas.

— Então? O senhor costuma empregar moças como pajem, sr. duque?

— Não é um dos meus hábitos mais comuns, *mon père*. A menina não sabe que eu descobri seu sexo.

Outra vez a pena passou ritmadamente pela mesa.

— Não, meu filho? O que aconteceu com ela?

Avon olhou-o altivamente.

— Sr. De Beaupré, vai me perdoar, estou certo, por chamar sua atenção para o fato de minha moral não ser de sua conta.

O pároco enfrentou-lhe o olhar inflexivelmente.

— É de sua conta, meu filho, mas o senhor parece torná-la pública. Devo retorquir: o bem-estar de Léonie não é de sua conta.

— Ela não concordaria com o senhor, *mon père*. Vamos nos entender. Ela me pertence de corpo e alma. Comprei-a de um rufião que se diz seu irmão.

— Ele tinha motivo — disse De Beaupré calmamente.

— O senhor acha? Fique certo de que Léonie está mais segura comigo do que com Jean Bonnard. Vim lhe pedir para ajudá-la.

— Nunca ouvi dizer que... Satanás... escolhesse um sacerdote para seu aliado, monsieur.

Os dentes brancos de Avon mostraram-se num sorriso.

— Afastado do mundo como o senhor está, *mon père*, ainda assim ouviu dizer isso?

— Ouvi. Sua reputação é de conhecimento público.

— Fico lisonjeado. Neste caso, minha reputação é falaciosa. Léonie está segura comigo.

— Por quê? — perguntou De Beaupré serenamente.

— Porque, padre, existe um mistério ligado a ela.

— Não me parece razão suficiente.

— Não obstante deve ser suficiente. Minha palavra, quando a dou, é segurança suficiente.

O pároco cruzou as mãos diante dele e olhou com calma dentro dos olhos de Avon. Depois balançou a cabeça.

— Está muito bem, *mon fils*. Conte-me o que aconteceu com *la petite*. Aquele Jean não valia nada, mas não deixou Léonie comigo. Para onde a levou?

— Para Paris, onde comprou uma taberna. Vestiu Léonie de rapaz, e durante sete anos ela foi rapaz. Agora é meu pajem, até que eu acabe com esta comédia.

— E quando o senhor acabar, o que acontecerá?

Justin tamborilou a unha polida na tampa da caixa de rapé.

— Vou levá-la para a Inglaterra... para minha irmã. Tenho uma vaga ideia de... hã... adotá-la. Como minha pupila, o senhor compreende. Ah, ela terá uma dama de companhia, claro!

— Por que, meu filho? Se você deseja o bem de *la petite*, mande-a para mim.

— Meu caro padre, nunca desejei fazer bem a ninguém. Tenho um motivo para manter essa criança. E, é estranho dizer, ela me despertou uma afeição profunda. Uma emoção paternal, creia-me.

A governanta entrou nesse momento, trazendo uma bandeja com vinho e cálices. Colocou a bebida junto ao amo e retirou-se.

De Beaupré serviu ao visitante um cálice de vinho das Canárias.

— Prossiga, meu filho. Não vejo como posso ajudá-lo, ou por que o senhor fez esta viagem tão cansativa para me ver.

O duque elevou o cálice aos lábios.

— Uma viagem bastante tediosa — concordou. — Mas as estradas propriamente ditas são boas. Ao contrário das nossas na Inglaterra. Eu vim, padre, para lhe pedir que me conte tudo o que sabe a respeito de Léonie.

— Sei muito pouco, monsieur. Ela veio para este lugar quando era bebê e partiu assim que completou doze anos.

— De onde ela veio, *mon père*? — Inclinou-se para a frente, descansando um braço na mesa.

— Isto sempre foi segredo. Creio que eles vieram de Champagne. Nunca me disseram.

— Nem mesmo em segredo de confissão?

— Não. Isso seria inútil para o senhor, filho. Por palavras ao acaso que a sra. Bonnard deixava escapar, intuí que seu lugar de origem era Champagne.

— Padre — disse Justin, e seus olhos arregalaram-se um pouco —, quero que me fale francamente. O senhor, que viu Léonie crescer da infância à adolescência, acha que ela era filha dos Bonnard?

O pároco olhou pela janela. Por um momento não respondeu.

— Eu conjeturo, meu senhor...

— Nada mais? Não havia nada que mostrasse que ela não era uma Bonnard?

— Nada a não ser o rosto.

— E o cabelo... e as mãos. Ela não lhe lembra ninguém, padre?

— É difícil dizer naquela idade. As feições ainda não estão formadas. Quando a sra. Bonnard estava morrendo, tentou me dizer alguma coisa. Eu sei que dizia respeito a Léonie, porém morreu antes que conseguisse me dizer.

Sua Graça franziu as sobrancelhas rapidamente.

— Que inconveniente!

Os lábios do pároco se apertaram.

— E *la petite,* senhor? O que aconteceu com ela quando deixou este lugar?

— Foi, como lhe contei, obrigada a mudar de sexo. Bonnard casou-se com uma prostituta feiticeira e comprou uma taberna em Paris. Argh! — Sua Graça tomou uma pitada de rapé.

— Talvez então fosse melhor que Léonie fosse um menino — disse De Beaupré com calma.

— Sem dúvida. Encontrei-a uma noite quando estava fugindo de um castigo. Comprei-a, e ela se enganou tomando-me como herói.

— Confio, *mon fils,* que ela nunca tenha motivos para mudar de opinião.

Outra vez o duque sorriu.

— É um papel difícil de representar, meu padre. Vamos deixar isso de lado. Quando pus os olhos nela pela primeira vez, passou-me que ela era relacionada com... alguém que conheço. — Lançou um olhar rápido para o padre, mas o rosto de De Beaupré estava impassível. — Alguém que conheço. Sim. Agi na convicção efêmera. A convicção tem aumentado, *mon père*, mas não tenho provas. Foi por isso que o procurei.

— Procurou-me em vão, meu senhor. Não há nada para contar se Léonie é ou não uma Bonnard. Eu também suspeito, e por causa disso me dei ao trabalho com *la petite* e ensinei-lhe com o melhor de minha capacidade. Tentei mantê-la aqui quando os Bonnard morreram, mas Jean não permitiu. O senhor disse que ele a maltratava? Se eu imaginasse que isso fosse ocorrer, teria insistido mais para ficar com a criança. Não pensei nisso. É verdade que nunca tive afeição por Jean, porém ele era bom o suficiente com *la petite* naquele tempo. Ele me prometeu escrever de Paris, mas nunca o fez, e eu perdi seu rastro. Agora me parece que a Providência o levou a Léonie, e o senhor suspeita da mesma coisa que eu.

Justin pousou o cálice de vinho.

— O senhor suspeita, *mon père?* — Foi falado de modo constrangedor.

De Beaupré se levantou e foi para a janela.

— Quando vi a menina crescer com formas delicadas, quando vi aqueles olhos azuis e aquelas sobrancelhas escuras, junto com o cabelo ruivo, fiquei atarantado. Sou um velho, e isto foi há quinze anos ou mais, ainda que estivesse fora do mundo por muitos anos, e não tivesse visto ninguém daquele mundo desde o tempo da minha juventude. Pouquíssimas notícias nos chegam aqui; o senhor há de me achar incrivelmente ignorante. Como disse, observei Léonie crescer, e cada dia a via tornar-se mais e mais parecida com uma família que conhecera antes de me tornar sacerdote. Não é fácil se enganar com um descendente dos Saint-Vire, monsieur. — Virou-se olhando para Avon.

O duque recostou-se na cadeira. Sob as pálpebras pesadas os olhos brilhavam com frieza.

— E pensar que... suspeitando disso, padre... o senhor deixou Léonie escapar-lhe pelos dedos? O senhor também sabia que os Bonnard tinham vindo de Champagne. Era de esperar que lembrasse onde fica a propriedade de Saint-Vire.

O pároco baixou os olhos com altivez surpresa.

— Não consigo compreendê-lo, monsieur. É verdade que achava que Léonie era filha de Saint-Vire, mas qual o benefício que esse conhecimento lhe traria? Se a sra. Bonnard quisesse que eu soubesse, podia ter-me dito. Mas o próprio Bonnard reconheceu a criança como sua. Era melhor que Léonie não soubesse.

Os olhos cor de avelã ficaram completamente arregalados.

— *Mon père*, acho que temos opiniões diferentes sobre o assunto. Para falar claro, o que o senhor acha de Léonie?

— A conclusão é suficientemente óbvia, pensou ele — disse o pároco, ruborizando.

Avon fechou a caixa de rapé com um estalido.

— Não obstante, havemos de ter isso em palavras claras, padre. O senhor imagina que Léonie é filha ilegítima do conde de Saint-Vire. É possível que o senhor nunca tenha examinado a situação entre o conde e seu irmão Armand.

— Não conheço nenhum dos dois, monsieur.

— É evidente, *mon père*. Ouça-me por algum tempo. Quando encontrei Léonie naquela noite em Paris, vários pensamentos passaram pela minha cabeça. A semelhança com Saint-Vire é prodigiosa, asseguro-lhe. A princípio pensei como o senhor. Depois, num estalo, veio-me a imagem do filho de Saint-Vire quando pus os olhos nele pela última vez. Um camponês completo, padre. Um campônio desajeitado, corpulento. Lembrei que entre Saint-Vire e o irmão sempre houve o ódio mais mortal. O senhor percebe a tendência do assunto? A mulher de Saint-Vire é uma criatura enfermiça; todo mundo sabe que se casou com ele por causa de Armand. Agora preste atenção à ironia do destino. Passaram-se três anos. Madame não consegue presentear seu senhor com coisa alguma a não ser um filho natimorto. Depois... milagrosamente nasce um filho em Champagne. Um filho que agora está com dezenove anos. Eu o aconselho, padre, a se colocar no lugar de Saint-Vire por um momento, não esquecendo que o fogo dos cabelos de Saint-Vire só é capaz de nascer na cabeça de outro Saint-Vire. Ele está decidido que não deve haver o erro desta vez. Leva madame para o interior, onde é levada para cama, e tem... digamos... uma menina. Calcule o desespero de Saint-Vire! Mas, meu padre, suponhamos que ele estivesse preparado para essa possibilidade. Na sua propriedade havia uma família chamada Bonnard. Diremos que Bonnard era seu empregado. Madame Bonnard dá à luz um menino alguns dias antes do nascimento de Léonie. Num acesso de loucura o conde troca as crianças. Evidentemente ele subornou Bonnard de maneira pródiga; pelo que sabemos a família Bonnard veio para cá e comprou uma fazenda, trazendo com eles Léonie de Saint-Vire, e deixando o filho para se tornar... visconde de Valmé. *Eh bien?*

— Impossível! — exclamou De Beaupré, de maneira aguda. — Um conto de fadas!

— Não, mas escute — continuou Sua Graça. — Encontrei Léonie nas ruas de Paris. *Bien.* Levei-a para minha mansão e vesti a menina como meu pajem. Ela me acompanha a toda parte, e assim a exibo diante do nariz de Saint-Vire. Aquele mesmo nariz treme de apreensão, *mon père.* Isso não quer dizer nada, dirá o senhor. Espere! Levei Léon, eu a chamo de Léon, a Versalhes, onde madame de Saint-Vire está como convidada. Sempre se pode confiar que as mulheres acabam traindo um segredo, monsieur. Madame fica agitada além do que se pode descrever. Não consegue tirar os olhos do rosto de Léon. Um dia depois recebo oferta de um dos cortesões de Saint-Vire para comprar Léon. Está vendo? Saint-Vire não ousa deixar-se aparecer no assunto. Envia-me um amigo para trabalhar por ele. Por quê? Se Léon fosse uma criança ilegítima que ele deseja resgatar das minhas garras, seria mais fácil entrar em contato comigo e me dizer a verdade, não? Mas ele não faz isso. Léonie é sua filha legítima, e ele está com medo. Porque deve saber que posso provar isso. Devo dizer-lhe, *mon père*, que ele e eu não somos os amigos mais íntimos. Ele tem medo de mim e não ousa tomar uma atitude, a menos que eu revele alguma prova escrita da qual não tem conhecimento. Pode ser também que ele não esteja seguro de que eu sei, ou ainda suspeite da verdade. Não penso muito nisso. Tenho uma reputação bastante conhecida, padre, de... onisciência fora do normal. Daí, em parte, meu *sobriquet*. — Sorriu. — É meu dever saber de tudo, padre. Sou, portanto, uma personalidade nas altas esferas. Uma afirmação divertida. Retrocedendo: o senhor percebe que o conde de Saint-Vire encontra-se numa situação... assim, digamos, num dilema?

O pároco voltou lentamente para a cadeira e se sentou.

— Mas, monsieur... o que o senhor sugere é infame!

— Claro que é. Agora eu vinha esperando, *mon père*, que o senhor soubesse de algum documento que provasse a verdade da minha convicção.

De Beaupré balançou a cabeça.

— Nunca houve nenhum. Examinei todos os papéis com Jean, depois da peste.

— Saint-Vire é mais esperto do que eu tinha imaginado, então. Nada, o senhor diz? Parece que este jogo deve ser conduzido com muito cuidado.

De Beaupré praticamente não estava ouvindo.

— Então... quando estava para morrer, quando a sra. Bonnard se esforçou tanto para falar comigo, devia ter sido isso!

— O que ela disse, *mon père*?

— Tão pouco! *Mon père... écoutez donc... Léonie n'est pas... je ne peux plus...!* Nada mais. Morreu com essas palavras nos lábios.

— Uma pena. Mas Saint-Vire pensará que ela fez uma confissão... por escrito. Fico pensando se ele sabe que os Bonnard estão mortos. Sr. De Beaupré, se ele vier aqui, com esse mesmo intuito, deixe que ele pense que eu levei comigo... um documento. Acho que ele não virá. É provável que de propósito tenha perdido o rastro dos Bonnard. — Justin levantou-se e fez uma reverência. — Minhas desculpas por desperdiçar seu tempo desta maneira, padre.

O pároco colocou a mão no ombro de Justin.

— O que você vai fazer, filho?

— Se ela é realmente quem eu acho que seja, vou recuperar Léonie para sua família. Como ficarão gratos! Se não... — Fez uma pausa. — Bem, ainda não considerei esta possibilidade. Fique tranquilo que hei de proporcionar um meio de vida para ela. No momento ela precisa aprender a ser moça outra vez. Depois disso veremos.

O pároco olhou-o bem dentro dos olhos, por um momento.

— Meu filho, eu confio em você.

— O senhor me comove, padre. Como as coisas se apresentam, o senhor deve confiar em mim desta vez. Um dia trarei Léonie para vê-lo.

O pároco acompanhou-o até a porta, e juntos passaram para o pequeno vestíbulo.

— Ela sabe, monsieur?

Justin sorriu.

— Meu caro padre, estou muito velho para colocar meus segredos aos cuidados de uma mulher. Ela não sabe de nada.

— Pobrezinha! Como é que ela está agora?

Os olhos de Avon brilharam.

— Ela parece um diabinho, *mon père*, com toda a vivacidade de um Saint-Vire e muita imprudência, da qual não se dá conta. Segundo penso, ela viu muita coisa, e às vezes vislumbro-lhe um cinismo que chega a ser divertido. Quanto ao restante às vezes é esperta, às vezes inocente. Num minuto tem cem anos, no seguinte é um bebê. Como são todas as mulheres!

Tinham chegado ao portão do jardim, e Avon chamou o garoto que lhe segurava o cavalo.

Alguns traços ansiosos estavam suavizados no rosto de De Beaupré.

— Meu filho, o senhor descreveu a pequenina com sentimento. Fala como alguém que a compreende.

— Tenho motivos para conhecer seu sexo, padre.

— Pode ser. Mas algum dia já sentiu por alguma mulher o que sente por este... diabinho?

— Ela é mais menino do que menina. Admito que tenho afeição por ela. Entende, é tão agradável ter uma criança da sua idade... e sexo... sob seu domínio, que não pensa mal de ninguém nem tenta fugir. Para ela sou herói.

— Espero que o senhor seja sempre isso. Seja bom para ela, suplico-lhe.

Avon fez-lhe uma reverência, beijando-lhe a mão com um gesto de respeito um tanto irônico.

— Quando achar que não consigo mais manter a aparência de herói mandarei Léonie... por falar nisso, vou adotá-la... de volta para o senhor.

— *C'est entendu* — disse De Beaupré, assentindo. — No momento estou do seu lado. O senhor cuidará da pequenina, e talvez lhe recupere a posição. *Adieu, mon fils.*

Avon montou, atirou um luís para o garotinho e curvou-se outra vez, abaixando-se sobre a cernelha do cavalo.

— Eu lhe agradeço, padre. Parece que nos entendemos muito bem: Satã e o sacerdote.

— Talvez o senhor tenha escolhido mal seu nome, meu filho — disse De Beaupré, sorrindo um pouco.

— Ah, acho que não! Meus amigos me conhecem bem, entende? *Adieu, mon père!* — Pôs o chapéu, e partiu atravessando a praça, na direção de Saumur.

O garotinho, agarrando o luís, correu para o lado da mãe.

— *Maman, maman!* Foi o diabo! Ele mesmo falou!

VIII

Hugh Davenant Fica Impressionado

Uma semana depois da partida de Avon para Saumur, Hugh Davenant, sentado na biblioteca, esforçava-se para distrair Léon, muito desconsolado, com um jogo de xadrez.

— Preferia jogar cartas, se permite, monsieur — disse Léon cortesmente, ao ser indagado em relação a seu prazer.

— Cartas? — repetiu Hugh.

— Ou dados, monsieur. Só que não tenho dinheiro.

— Nós vamos jogar xadrez — falou Hugh, com firmeza, e avançou com o peão de marfim.

— Está bem, monsieur. — Léon, em seus pensamentos, achou Hugh um pouco maluco, mas se queria jogar xadrez com o pajem do amigo devia com certeza ser satisfeito.

— Acha que *Monseigneur* voltará em breve, monsieur? — indagou depois de algum tempo. — Eu eliminei seu bispo. — Fez isso para surpresa de Hugh. — Era uma armadilha — explicou ele. — Agora é xeque.

— Estou vendo. Estou ficando descuidado. Espero que *Monseigneur* retorne logo. Lá se vai sua trapaça... adeus para sua torre, meu rapaz.

— Achei que o senhor ia fazer isso. Agora eu mexo um peão para a frente, assim!

— Muita confusão para nada, *petit*. Onde você aprendeu a jogar? Xeque.

Léon interpôs um dos cavalos. Não estava prestando muita atenção ao jogo.

— Esqueci, monsieur.

— Sua memória é surpreendentemente curta, não é, meu amigo? — Hugh olhou-o de modo sagaz.

Léon espiou-o através das pestanas.

— Tenho, monsieur. É... é muito triste. E lá se vai sua rainha. O senhor não presta atenção.

— Não? Seu cavalo está eliminado, Léon. Você joga de maneira afoita.

— Sim, é porque eu gosto do risco. É verdade, monsieur, que vai nos deixar na semana que vem?

— É verdade, sim. Vou para Lyon. — Hugh escondeu o sorriso diante do possessivo "nos".

A mão de Léon hesitou incerta sobre o tabuleiro.

— Nunca estive lá — disse ele.

— Não? Ainda há tempo.

— Ah, mas não gostaria de ir! — Léon lançou-se sobre o peão desamparado e pegou-o. — Ouvi dizer que Lyon é um lugar de muitos aromas, e de gente que não é simpática.

— Por isso não quer ir? Talvez você seja esperto. O que se aproxima? — Hugh levantou a cabeça, ouvindo burburinhos.

Houve uma agitação ligeira lá fora; no momento seguinte um lacaio abriu a porta da biblioteca, e o duque entrou lentamente.

Mesa, tabuleiro de xadrez e cavalos voaram. Léon tinha saltado impetuosamente da cadeira e quase se atirara aos pés de Avon, esquecendo toda a etiqueta e o decoro.

— *Monseigneur, Monseigneur!*

Sobre sua cabeça, Avon encontrou o olhar de Davenant.

— Ele é leviano, certamente. Lhe imploro que se acalme, meu Léon.

Léon deu um último beijo em sua mão e se pôs de pé.

— Ah, *Monseigneur*, tenho me sentido miserável.

— Nunca teria suspeitado que o sr. Davenant fosse capaz de crueldade com crianças — observou Sua Graça. — Como vai, Hugh? — Avançou e tocou apenas a mão estendida de Hugh com as pontas dos dedos. — Léon, demonstre que está satisfeito por me ver apanhando as peças do xadrez. — Dirigiu-se para o fogo e ficou de costas para ele, com Hugh a seu lado.

— Você aproveitou bem o tempo? — perguntou Hugh.

— Uma semana muito proveitosa. As estradas são notáveis. Permita que eu lhe mostre que um peão insignificante está sob a cadeira. Nunca é inteligente descuidar dos peões.

— O que você quer dizer com isso? — indagou Hugh, olhando-o.

— É apenas um conselho, meu caro. Eu seria um excelente pai. Minha filosofia é quase igual à de Chesterfield.

— A conversa de Chesterfield é maravilhosa. — Hugh deu uma risadinha.

— Um tanto tediosa. Sim, Léon, o que é agora?

— Quer que eu traga vinho, *Monseigneur?*

— Estou certo de que o sr. Davenant o treinou bem. Não, Léon, você não trará vinho. Espero que ele não tenha sido um aborrecimento, Hugh.

Léon lançou um olhar ansioso para Davenant. Houvera uma ou duas ligeiras escaramuças por choques de vontades entre eles. Hugh sorriu-lhe.

— Seu comportamento foi admirável — disse.

Sua Graça vira o olhar ansioso e o sorriso encorajador.

— Sinto-me aliviado. Agora posso saber a verdade?

Léon levantou os olhos, sério, mas não disse nenhuma palavra. Hugh colocou a mão no ombro de Avon.

— Tivemos algumas briguinhas, Alastair. Foi só.

— Quem ganhou? — inquiriu Sua Graça.

— Acabamos chegando a um acordo — falou Hugh solenemente.

— Muito pouco inteligente. Você devia ter insistido em rendição incondicional. — Tomou o queixo de Léon nas mãos, e olhou-o nos olhos azuis brilhantes. — Do mesmo modo que eu teria feito — disse e beliscou o queixo. — Não teria, menino?

— Talvez, *Monseigneur*.

Os olhos cor de avelã apertaram-se.

— Talvez? O que é isso? Você ficou tão sem moral durante uma semana?

— Não, ah não! — As covinhas de Léon tremeram. — Mas sou muito obstinado, *Monseigneur*, às vezes. Claro que sempre tentarei fazer as coisas como desejo.

Avon libertou-o.

— Creio que há de fazer — disse inesperadamente, e acenou a mão branca na direção da porta.

— Será que é inútil perguntar por onde você andou? — indagou Hugh, assim que Léon saiu.

— Bastante.

— Ou para onde você pretende ir a seguir?

— Não, creio que posso responder isso. Vou para Londres.

— Londres? — Hugh estava surpreso. — Pensei que você pretendia ficar aqui alguns meses.

— Pensou, Hugh? Nunca pretendo nada. É por isso que mães de filhas encantadoras olham-me de esguelha. Vejo-me obrigado a voltar para a Inglaterra. — Tirou do bolso um leque de tecido delicado e abriu-o.

— O que o obriga? — Hugh franziu as sobrancelhas para o leque do duque. — Por que essa nova afetação?

Avon segurou o leque com o braço esticado.

— Exatamente o que me pergunto, caro Hugh. Encontrei-o esperando-me aqui. Veio de March, que me solicita... — Procurou no bolso uma folha de papel dobrada e, colocando o monóculo, leu as linhas rabiscadas alto. — Solicite... sim, estamos aqui. "Envio-lhe esta linda bagatela que, garanto, está agora se tornando a última moda aqui; todos os homens que aspiram ser elegantes a usam tanto no frio quanto no calor, de modo a nos rivalizarmos com as damas neste assunto. Solicito que faça uso dele, meu caro Justin; é pintado com grande habilidade, você há de concordar, e procurei-o no Geronimo, expressamente para você. As varetas douradas devem agradar-lhe, como espero que agradem." — Avon levantou os olhos da carta para observar o leque, que era pintado de preto, com desenhos, varetas e borlas douradas. — Fico me perguntando se gosto disso — falou, por fim.

— Afetação! — respondeu Hugh sucintamente.

— Sem dúvida. Não obstante, dará a Paris alguma novidade para falar. Comprarei um regalo para March. De arminho, acho. Você percebe que devo voltar à Inglaterra imediatamente.

— Para dar um regalo a March?

— Exatamente.

— Percebo que você usará isso como desculpa. Léon vai com você?

— Como você disse, Léon vai comigo.

— Pretendia pedir mais uma vez que você o desse para mim.

O duque abanou-se com elegância, manejando o tecido fino como uma mulher.

— Realmente não podia permitir, meu caro; não seria absolutamente apropriado.

— Agora, o que você quer dizer com isso, Justin? — Hugh olhou-o com severidade.

— É possível que você tenha andado com os olhos vendados? Pobre, pobre!

— Pode fazer o favor de explicar?

— Cheguei a pensar que você era onisciente — disse Sua Graça, suspirando. — Esteve com Léon a seus cuidados durante oito dias, e está tão inocente a respeito de sua decepção quanto estava quando pela primeira vez o apresentei a você?

— O que você quer dizer?

— Quero dizer que Léon é Léonie.

— Então você sabia! — Davenant levantou as mãos.

— Eu sabia? Sabia desde o princípio. Mas, e você? — Sua Graça parou de se abanar.

— Talvez uma semana depois que chegou aqui. Esperava que você não soubesse nada.

— Ah, meu caro Hugh! — Avon sacudiu-se com uma gargalhada suave. — Você me acha ingênuo! Só lhe perdoo porque restaurou minha fé na sua onisciência.

— Nunca sonhei que você suspeitasse! — Hugh deu alguns passos pela sala de um lado para o outro. — Escondeu isso muito bem!

— Você também, meu caro. — Avon voltou a abanar-se.

— Qual era seu objetivo permitindo que a mentira continuasse?

— Qual era o seu, hein, digno Hugh?

— Temia que finalmente você descobrisse a verdade! Queria afastar a criança de você.

Sua Graça sorriu lentamente, olhos praticamente fechados.

— O leque exprime minhas emoções. Devo beijar as mãos e os pés de March. Digo metaforicamente. — Agitou o leque suavemente de um lado para outro.

Davenant encarou-o por um momento, aborrecido com a indiferença. Depois um riso sem vontade tomou conta dele.

— Justin, por favor, largue esse leque! Se você sabe que Léon é uma menina, o que vai fazer? Suplico-lhe que a dê para mim...

— Meu caro Hugh! Pense, você tem apenas trinta e cinco anos... ainda bem jovem. Seria bastante inconveniente. Agora, eu... eu já passei dos quarenta. Um ancião e portanto inofensivo.

— Justin... — Hugh aproximou-se dele, e colocou a mão no seu braço. — Quer sentar e conversar sobre isso... com calma e razoavelmente?

— Com calma? Imaginou que eu quisesse vociferar com você? — O leque parou.

— Não. Não seja petulante, Justin, sente-se.

Avon dirigiu-se para uma cadeira e sentou-se no braço.

— Quando fica empolgado, meu caro, você me lembra um carneiro agitado. Bastante adorável, creia-me.

Hugh controlou os lábios trêmulos, e sentou-se do lado oposto do duque. Avon esticou a mão para onde ficava uma mesinha de pernas finas e colocou-a entre ele e Davenant.

— Assim. Não me sinto razoavelmente seguro. Continue, Hugh.

— Justin, não estou brincando...

— Ah, meu caro Hugh!

— ... e quero que você fique sério também. Largue esse maldito leque!

— Ele lhe desperta raiva? Se você me atacar pedirei socorro — afirmou, fechou o leque e segurou-o entre as mãos. — Sou todo ouvidos, querido.

— Justin, você e eu somos amigos, não é? Vamos pelo menos uma vez ter uma conversa franca.

— Mas você sempre fala com franqueza, caro Hugh — murmurou Sua Graça.

— Você tem sido bom... é, admito isso... com o pequeno Léon; permitiu que tomasse muitas liberdades com você. Às vezes praticamente não o reconhecia em relação a ele. Pensei, bem, não importa. E todo o tempo você sabia que era uma moça.

— Você está ficando bastante emocionado — observou Avon.

— Você sabia que era uma menina. Por que permitiu que ela continuasse a fingir? O que pretende obter através dela?

— Hugh... — Avon bateu na mesa com o leque. — Sua ansiedade dolorosa me obriga a perguntar: o que *você* pretende dela?

Davenant viu-lhe a raiva.

— Meu Deus, você acha que é engraçado? O que eu quero é isto: tê-la sempre longe de você, mesmo que me custe a vida.

— Isto está se tornando interessante — falou Avon. — Como é que você vai mantê-la longe de mim, e por quê?

— Você pode perguntar isso? Nunca pensei que você fosse hipócrita, Justin.

Avon abriu o leque.

— Se você me perguntar, Hugh, por que eu me permito suportá-lo, eu não conseguiria lhe dizer.

— Meus modos são atrozes. Sei disso. Mas tenho afeição por Léon e se eu permitisse que você ficasse com ele, inocente como é...

— Cuidado, Hugh, cuidado!

— Ah, *ela*, então! Se eu permitisse que... eu...

— Acalme-se, meu caro. Se eu não temesse que despedaçasse meu leque, eu o emprestaria a você. Posso tornar conhecidas minhas intenções?

— É o que eu quero!

— Não teria imaginado isso, de qualquer forma. Estranho como as pessoas podem se enganar. Ou como as duas podem estar erradas. Você se surpreenderá ao saber que tenho afeição por Léon.

— Não. Ela se tornará uma moça bonita.

— Lembre-me qualquer dia de ensinar-lhe como se consegue desprezo, Hugh. O seu é muito pronunciado, e assim não passa de uma careta. Não deve ser mais do que um ligeiro curvar de lábios. Assim. Mas, para resumir, pelo menos vai ficar surpreso por saber que eu não penso em Léonie como uma moça bonita.

— Isso me espanta.

— É muito melhor, meu caro. Você é um aluno atento.

— Justin, você está impossível. Isso não é assunto para brincadeira!

— Claro que não. Veja em mim... um tutor severo.

— Eu não compreendo.

— Vou levar Léonie para a Inglaterra, onde a colocarei sob a proteção de minha irmã até que tenha encontrado alguma dama discreta que vai desempenhar o papel de dama de companhia para minha pupila, Léonie de Bonnard. Novamente o leque expressa minhas emoções. — Executou um movimento rápido com ele pelo ar, mas Hugh, assombrado, estava encarando-o, boquiaberto:

— Sua... sua pupila! Mas... por quê?

— Ah, minha reputação! — lamentou Sua Graça. — Um capricho, Hugh, um capricho.

— Você vai adotá-la como sua filha?

— Como minha filha.

— Por quanto tempo? Se é apenas um capricho...

— Não é. Tenho um motivo. Léonie não vai me deixar até... digamos... até que encontre um lar mais adequado.

— Até que se case, você quer dizer?

As sobrancelhas escuras se juntaram de repente.

— Não queria dizer isso, mas tudo bem. Tudo o que significa é que Léonie está segura sob meus cuidados como se estivesse sob os seus, por necessitar de um sorriso melhor.

— Eu... você... Santo Deus, Justin, está brincando? — Hugh levantou-se.

— Creio que não.

— Quer dizer que está falando sério?

— Você dá a impressão de estar aturdido, meu caro.

— Mais parecido com um carneiro do que nunca, então — retorquiu Hugh, com um sorriso ligeiro, e estendeu a mão. — Se você está sendo honesto agora... e eu acho que está...

— Você me torna indefeso — murmurou Sua Graça.

— ... você está fazendo uma coisa que é...

— ... bem diferente de tudo que eu jamais fiz antes.

— Alguma coisa que é boa demais!

— Mas você não conhece meus motivos.

— Fico pensando se você mesmo conhece seus motivos — falou Hugh calmamente.

— Muito obscuros, Hugh. Tenho a ilusão de que conheço... muito bem.

— Não tenho tanta certeza. — Hugh se sentou outra vez. — É, você me aturdiu. E agora? Léon sabe que você descobriu que ele... ela... demônios, estou me emocionando outra vez... é de outro sexo?

— Ela não sabe.

Hugh ficou calado por alguns instantes.

— Talvez ela não deseje continuar com você quando contar-lhe — falou afinal.

— É possível, porém ela me pertence e deve agir como eu mandar.

Subitamente Hugh levantou-se de novo e foi para a janela.

— Justin, eu não gosto disso.

— Posso perguntar de que você não gosta?

— Ela... ela está muito afeiçoada a você.

— E daí?

— Não seria mais bondoso fazer algum arranjo... mandá-la embora?

— Para onde, meu amigo consciencioso?

— Eu não sei.

— Como é útil! Como eu também não sei, acho que podemos com segurança tirar essa ideia da cabeça.

Hugh virou-se e voltou para a mesa.

— Muito bem. Acho que não advirá nenhum mal disso, Justin. Quando você colocará um fim à sua condição de rapaz?

— Quando chegarmos à Inglaterra. Entende, estou adiando este momento o mais que posso.

— Por quê?

— Uma razão, meu caro, é que ela pode se sentir encabulada diante de mim com roupas de rapaz quando souber que sei o segredo. A outra... a outra... — Fez uma pausa e estudou o leque, franzindo as sobrancelhas. — Bem, sejamos honestos. Eu me afeiçoei a Léon e não quero trocá-lo por Léonie.

— Achei que era isso. — Hugh assentiu com a cabeça. — Seja bom para Léonie, Justin.

— É essa minha intenção — afirmou o duque, fazendo uma reverência.

IX

Léon e Léonie

No início da semana Davenant partiu de Paris para Lyon. No mesmo dia Avon convocou o mordomo, Walker, à sua presença, e informou-o de que partiria da França no dia seguinte. Muito acostumado com as decisões súbitas do amo, Walker não se surpreendeu. Era uma figura discreta, com rosto inflexível. Há muitos anos trabalhava para Avon, e, como se mostrava escrupulosamente honesto e digno de confiança, o duque o colocara como encarregado da mansão de Paris. Como Sua Graça possuía outra mansão na Praça de St. James, em Londres, e mantinha as duas abertas e com toda a criadagem, esse posto era de importância considerável. Era dever de Walker manter a mansão Avon em tal arrumação e ordem, de modo que estivesse sempre pronta para o duque ou seu irmão.

Quando Walker saiu da biblioteca, desceu a escada para informar a Gaston, o criado de quarto, Meekin, o cavalariço, e Léon, o pajem, que eles deviam ficar prontos para partir de Paris na manhã seguinte. Encontrou Léon sentado na mesa do quarto da governanta, balançando as pernas e comendo um pedaço de bolo.

Madame Dubois estava sentada numa poltrona grande, diante do fogo, olhando-o pesarosamente. Ela deu as boas-vindas a Walker com um sorriso encabulado, porque era uma mulher decente, mas Léon, lançando um olhar para a figura empertigada na porta, inclinou um pouco a cabeça e continuou comendo.

— *Eh, bien, m'sieur!* — Madame Dubois ajeitou o vestido, sorrindo para o mordomo.

— Peço-lhe desculpas por ter perturbado a senhora assim, madame. — Walker curvou-se. — Só vim procurar Léon.

Léon virou-se para encará-lo.

— Você me encontrou, Walker — disse ele.

Um ligeiro espasmo contorceu os traços de Walker. Léon era o único entre a equipe que nunca pusera um prefixo a seu nome.

— Sua Graça mandou chamar-me há alguns minutos para dizer que parte para Londres amanhã de manhã. Vim para avisá-lo, Léon, que deve estar pronto para acompanhá-lo.

— Ah! Ele já me disse isso esta manhã — falou Léon desdenhosamente.

Madame assentiu com a cabeça.

— É, e ele veio comer um último pedaço de bolo comigo, *le petit* — suspirou profundamente. — Para falar a verdade, meu coração fica apertado ao pensar que vou perdê-lo, Léon. Mas você... você está contente, seu pequeno ingrato!

— Nunca estive na Inglaterra, entende? — Desculpou-se Léon. — Estou tão emocionado, *ma mère*!

— *Ah, c'est cela!* Tão emocionado que esquecerá a velha e gorda madame Dubois.

— Não, eu juro que não a esquecerei! Walker, você quer um pouco do bolo da madame?

Walker empertigou-se.

— Não, obrigado.

— *Voyons*, ele está fazendo pouco de sua habilidade, *ma mère!* — disse Léon, com um risinho.

— Eu lhe asseguro, madame, que não é nada disso. — Walker curvou-se para ela e saiu.

— Ele parece um camelo — observou o pajem placidamente.

Repetiu essa observação para o duque no dia seguinte, quando estavam sentados na carruagem, a caminho de Calais.

— Camelo? — repetiu Sua Graça. — Por quê?

— Be-em... — Léon franziu o nariz. — Eu vi um, há muito tempo, e lembro que andava com a cabeça muito alta, e um sorriso na cara, igualzinho a Walker. Era tão imponente, *Monseigneur*. Entende?

— Perfeitamente — bocejou Sua Graça, recostando mais para o canto.

— Acha que eu vou gostar da Inglaterra, *Monseigneur*?

— É de esperar que goste, meu rapaz.

— E... e o senhor acha que enjoarei no navio?

— Espero que não.

— Eu também — disse Léon, cheio de fé.

Conforme se previu, a viagem foi bastante tranquila. Passaram uma noite na estrada a caminho de Calais e embarcaram no dia seguinte num navio noturno. Para grande desgosto de Léon, o duque mandou-o para o camarote, com ordens de permanecer lá. Talvez pela primeira vez em todas as que cruzou o Canal, Avon ficou no tombadilho. Quando desceu para o pequeno camarote e encontrou Léon dormindo profundamente numa cadeira, pegou-o no colo, colocando-o cuidadosamente no beliche e cobrindo-o com um agasalho de pele. Depois saiu de novo para andar pelo convés até de manhã.

Quando Léon apareceu no tombadilho, ficou chocado ao ver que o amo tinha ficado ali a noite inteira e disse isso. Avon puxou um dos cachos dele e, tendo tomado o café da manhã, desceu e dormiu até Dover. Então apareceu e com langor apropriado foi para terra, Léon em seus calcanhares. Gaston foi um dos primeiros a desembarcar, e, quando o duque chegou à hospedaria no cais, já tinha posto o proprietário em atividade. Uma sala de visitas particular esperava-os, com o almoço posto na mesa.

Léon examinou a comida com reprovação e muita surpresa. Um contrafilé de carne inglesa estava numa das extremidades da mesa, ladeado por presunto e alguns frangos. Um pato gordo na outra extremidade, com massas e pudins. Havia também uma garrafa de borgonha e uma jarra de cerveja espumante.

— Tudo bem, meu Léon?

Léon virou-se. Sua Graça entrou na sala e ficou atrás dele, abanando-se. Léon olhou severamente para o leque, e, vendo reprovação naquele olhar, Avon sorriu.

— Você não aprecia o leque, minha criança?

— Eu não gosto absolutamente, *Monseigneur*.

— Você me constrange. O que acha das carnes inglesas?

Léon balançou a cabeça.

— Horríveis, *Monseigneur*. É... é *barbare!*

O duque riu e veio para a mesa. Imediatamente Léon aproximou-se dele, pretendendo ficar atrás da cadeira.

— Criança, observe que foram postos dois lugares. Sente-se — pediu, sacudindo o guardanapo, e pegou os talheres de trinchar. — Quer experimentar o pato?

Léon sentou-se timidamente.

— Sim, por favor, *Monseigneur*. — Foi servido e começou a comer, nervoso, mas delicadamente, como Avon reparou. — Então... então isto é Dover — observou Léon depois de algum tempo, em tom cortês de conversa.

— Você está certo, criança — replicou Sua Graça. — Isto é Dover. Você está satisfeito até o ponto de aprovar?

— Sim, *Monseigneur*. É diferente ver tudo inglês, mas eu gosto. Não gostaria se o senhor não estivesse aqui, claro.

Avon serviu-se de borgonha.

— Acho que você é lisonjeador — observou, com severidade.

— Não, *Monseigneur*. Observou o senhorio?

— Eu o conheço bem. O que há com ele?

— Ele é tão pequeno e tão gordo, com um nariz tão, tão brilhante! Quando se curvou para o senhor, *Monseigneur*, pensei que fosse explodir! Parecia tão esquisito! — Os olhos cintilaram.

— Uma ideia horrível, minha criança. Parece que você tem um senso de humor ligeiramente horripilante.

Léon deu uma gargalhada deliciada.

— Sabe, *Monseigneur* — disse ele, em luta com um pedaço de pato, até ontem nunca tinha visto o mar! É maravilhoso, mas por um momento rápido fez minhas entranhas subirem e descerem. Assim... — Demonstrou o movimento com a mão.

— Meu caro Léon! Realmente, não consigo conversar sobre este tópico na hora da refeição. Você me faz ficar muito enjoado.

— Bem, aquilo me fez ficar enjoado, *Monseigneur*. Mas não vomitei. Eu fechei bem a boca...

Avon pegou o leque e bateu com vivacidade nas juntas da mão de Léon.

— Continue de boca fechada, criança, eu lhe suplico.

— Sim, *Monseigneur*, mas... — Esfregou a mão, olhando para o duque com admiração magoada.

— E não discuta.

— Não, *Monseigneur*. Eu não ia discutir. Eu só...

— Meu caro Léon, você está discutindo agora. E isto é muito desgastante.

— Eu estava tentando explicar, *Monseigneur* — disse Léon, com seriedade.

— Então não explique, por favor. Guarde sua energia para o pato.

— Sim, *Monseigneur*. — Léon continuou a comer em silêncio por três minutos talvez. Depois levantou a cabeça de novo. — Quando partimos para Londres, *Monseigneur*?

— Que maneira original de perguntar! — observou Sua Graça. — Dentro de uma hora.

— Então quando tiver terminado meu *déjeuner*, posso ir dar um passeio?

— Sinto-me desolado por ter que dizer não. Quero conversar com você.

— Conversar comigo? — repetiu Léon.

— Você acha que é loucura? Tenho algo importante para dizer. O que aconteceu agora?

Léon examinava uma morcela preta com uma expressão próxima do asco no rosto.

— *Monseigneur*, isto — falou, apontando desdenhosamente para o embutido —, isso não foi feito para *gente* comer!

— Alguma coisa está errada com ela? — indagou Sua Graça.

— Tudo! — afirmou Léon. — Primeiro fico enjoado no mar, e depois me sinto enjoado outra vez por causa de uma horrível... linguiça, é assim que o senhor chama isso? *Voyons*, é um bom nome! Linguiça lixo! *Monseigneur*, não deve comer isso! Vai fazer o senhor...

— Por favor, não descreva meus prováveis sintomas, bem como os seus próprios, criança. Estou certo de que você está muito enjoado, mas esforce-se para esquecer! Coma um desses doces.

Léon escolheu um dos bolinhos e começou a mordiscá-lo.

— Sempre se come essas coisas na Inglaterra, *Monseigneur*? — perguntou, apontando para a carne e para as linguiças.

— Invariavelmente, minha criança.

— Acho que seria melhor se não ficássemos muito tempo aqui — disse Léon com firmeza. — Agora já acabei.

— Então venha cá. — Sua Graça aproximou-se do fogo e se sentou num banco de carvalho. Léon sentou-se a seu lado obedientemente.

— Pois não, *Monseigneur*?

Avon começou a brincar com o leque, e a boca mostrava-se bastante triste. Estava franzindo ligeiramente as sobrancelhas, e Léon esquadrinhava o cérebro para pensar como podia ter ofendido seu amo. Subitamente Avon pôs a mão sobre a de Léon e segurou-a num aperto frio e forte.

— Minha criança, sinto necessidade de pôr um fim na pequena comédia que eu e você andamos representando. — Fez uma pausa e viu os olhos grandes ficarem apreensivos. — Sou muito afeiçoado a Léon, criança, mas houve tempo em que ele era Léonie.

— *Mon...seigneur!* — A mão pequena tremeu.

— É, minha criança. Veja você, desde o princípio eu sabia.

Léonie sentou-se rígida, os olhos fixos levantados para o rosto do duque, olhar de alguém extremamente abalado. Avon levantou a mão livre e acariciou a bochecha branca.

— Não é um assunto assim tão importante, criança — falou suavemente.

— O senhor... o senhor não vai me mandar... embora?

— Não mandarei. Eu não comprei você?

— Eu... eu posso continuar a ser seu pajem?

— Meu pajem não, criança. Sinto muito, mas não é possível.

Toda a rigidez abandonou o corpo leve. Léonie deu um grande soluço e enterrou o rosto na manga do paletó.

— Ah, por favor! Por favor!

— Criança, sente-se direito. Vamos, não admito que você estrague meu paletó. Você ainda não escutou tudo.

— Não escutarei! Não escutarei! — proferiu a voz abafada. — Deixe que eu seja Léon! Por favor, deixe que eu seja Léon!

Sua Graça levantou-a.

— Em vez de ser meu pajem você será minha pupila. Minha filha. É assim tão terrível?

— Eu não quero ser menina! Ah, por favor, *Monseigneur*, por favor. — Léonie escorregou do banco para o chão e ajoelhou-se a seus pés, agarrando-lhe a mão. — Diga sim, *Monseigneur*! Diga sim!

— Não, meu bebê. Enxugue as lágrimas e escute-me. Não me diga que perdeu o lenço.

— Eu não quero ser... menina! — Léonie tirou-o do bolso e enxugou os olhos.

— Absurdo, minha cara. Será muito mais agradável ser minha pupila do que meu pajem.

— Não!

— Você esqueceu — falou Sua Graça com severidade. — Eu não serei contrariado.

— Eu... eu sinto muito, *Monseigneur*. — Léonie engoliu outro soluço.

— Está muito bem. Assim que chegarmos a Londres, vou levá-la para minha irmã... não, não diga nada... minha irmã, Lady Fanny Marling. Está vendo, menina, você não pode morar comigo até que tenha encontrado alguma dama para lhe servir de... ah... dama de companhia.

— Eu não irei! Eu não irei!

— Você fará exatamente o que eu mandar, minha boa menina. Minha irmã vai vesti-la de acordo com sua nova posição e ensinar-lhe a ser... uma moça. Você aprenderá estas coisas...

— Não aprenderei! Nunca, nunca!

— ... porque eu estou ordenando. Então, quando estiver pronta, voltará para minha companhia, e eu vou apresentá-la à sociedade.

— Não irei para a casa de sua irmã! — Léonie puxou as mãos do duque. — Serei apenas Léon! O senhor não pode me obrigar a fazer nada, *Monseigneur, não* irei!

Sua Graça baixou os olhos para ela um tanto exasperado.

— Se você ainda fosse meu pajem, saberia como lidar com você — disse ele.

— Sim, sim! Bata-me, se quiser, e deixe que eu continue a ser seu pajem! Ah, por favor, *Monseigneur*!

— Infelizmente é impossível. Lembre-se, minha criança, que você é minha, e tem de agir como eu ordeno.

Léonie imediatamente caiu como um monte amarrotado ao lado do banco e soluçou nas mãos que segurava. Avon permitiu que chorasse desenfreadamente por três minutos talvez. Depois afastou as mãos.

— Você quer que a mande embora então?

— Ah! — começou Léonie. — *Monseigneur*, o senhor não faria isso! O senhor... ah não, não!

— Então obedeça-me. Está entendido?

Houve uma pausa demorada. Léonie olhava, desamparada, para os olhos frios, cor de avelã. Os lábios tremiam, e uma lágrima grande rolou-lhe pela face.

— Sim, *Monseigneur* — murmurou, e curvou a cabeça cacheada.

Avon inclinou-se e colocou o braço em volta da figura infantil, puxando-a para perto.

— Uma criança muito boa — falou ligeiramente. — Você aprenderá a ser moça para me agradar, Léonie.

— Isso lhe agradará, *Monseigneur*? — Pendurou-se nele, os cachos fazendo-lhe cócegas no queixo.

— Mais do que qualquer coisa, criança.

— Então... tentarei — disse Léonie, transparecendo estar de coração despedaçado. — O senhor não me d-deixará com s-sua irmã por m-muito tempo, não é?

— Só até encontrar alguém para tomar conta de você. Aí irá para minha casa no interior e aprenderá a fazer reverência, a flertar com o leque, a sorrir afetadamente, a ter ataques histéricos...

— Eu... não vou fazer isso!

— Espero que não — falou Sua Graça, sorrindo ligeiramente. — Minha cara menina, não há motivo para tanta infelicidade.

— Venho me passando por Léon há tanto... tanto tempo! Será muito, muito difícil!

— Acredito que será — disse Avon, e tomou-lhe o lenço amassado. — Mas você tentará aprender tudo o que lhe for ensinado, a fim de que eu possa me orgulhar da minha pupila.

— O senhor poderia sentir-se orgulhoso, *Monseigneur*? De... de mim?

— É bem possível, minha mocinha.

— Vou gostar disso — disse Léonie, mais feliz. — Serei muito boa.

— Para ser digna de mim? Gostaria que Hugh pudesse ouvir isso. — Os lábios finos do duque se contorceram.

— Ele... ele sabe?

— Fiquei sabendo, minha filha, que ele sempre soube. Permita-me sugerir que fique de pé. Assim. Sente-se.

Léonie retomou o lugar no banco e fungou, pesarosa.

— Tenho de usar anáguas, não dizer palavrões e sempre estar com uma mulher. É muito difícil, *Monseigneur*. Não gosto de mulheres. Gostaria de ficar com o senhor.

— E eu fico pensando o que Fanny vai dizer para você — observou Sua Graça. — Minha irmã, Léonie, é mulher da cabeça aos pés.

— Ela é como o senhor? — perguntou Léonie.

— Como devo entender isso? — indagou Sua Graça. — Ela não é como eu, menina. Tem cabelos louros e olhos azuis. O que foi?

— Eu disse bá!

— Você me parece parcial a esta observação. Isso não é feminino, minha cara. Você obedecerá a Lady Fanny e não zombará nem escarnecerá dos cabelos louros.

— Claro que não. Ela é sua irmã, *Monseigneur* — respondeu Léonie. — Será que ela gostará de mim? — Levantou-lhe o olhar com um brilho preocupado nos olhos.

— Por que não haveria de gostar? — falou Sua Graça de modo petulante.

— Ah... ah, eu não sei, *Monseigneur*! — Nos lábios de Léonie surgiu um sorrisinho rápido.

— Por mim ela será boa para você.

— Obrigada — disse Léonie docilmente e de olhos baixos. Como Avon não disse nada, levantou-os, e a covinha marota apareceu. Vendo isso, Avon passou-lhe a mão pelos cachos como se ela ainda fosse um menino.

— Você é agradável — disse ele. — Fanny tentará transformá-la numa mulher como as outras. Creio que não é isso que desejo.

— Não, *Monseigneur*. Eu hei de ser eu mesma. — Beijou-lhe a mão, e os lábios tremiam. Controlou-se e sorriu através das lágrimas. — O senhor pegou meu lenço, *Monseigneur*.

X

Lady Fanny Sente sua Virtude Ultrajada

Lady Fanny Marling, repousando num sofá, achava a vida monótona. Afastou o livro de poemas, sobre o qual estivera bocejando, e começou a brincar com um cacho dourado que se desgarrara sobre o ombro e ficara brilhando na renda do robe. Vestida *en déshabillé*, o cabelo claro não estava empoado e confinava-se frouxamente sob uma touca Mechlin, cujas fitas azuis encontravam-se atadas sob o queixo num laço coquete. Usava um traje de tafetá, com um amplo fichu sobre os ombros perfeitos; o quarto onde se encontrava, mobiliado em azul, branco e dourado, proporcionava-lhe motivo para se sentir satisfeita consigo mesma e com sua posição. Estava satisfeita, mas teria gostado mais se tivesse alguém com quem compartilhar o prazer estético. Por isso, quando ouviu o soar da campainha da porta da frente, os olhos azuis cristalinos brilharam, e esticou a mão para pegar o espelho.

Em poucos minutos um pajem todo de preto bateu na porta. Pousou o espelho e virou a cabeça para olhá-lo.

Pompey sorriu e balançou a cabeça lanuda.

— Cavalêro para a senhora, madame!

— Quem é? — perguntou ela.

— É Avon, minha cara Fanny. Sinto-me feliz por encontrá-la em casa.

Fanny gritou, bateu palmas e voou para cumprimentá-lo.

— Justin! Você! Ah, que notícia prodigiosa! — Não permitiu que lhe beijasse as pontas dos dedos, mas pendurou-lhe os braços no pescoço, e beijou-o. — Eu afirmo, faz um século que não o vejo! A cozinheira que você me mandou é uma maravilha! Edward vai ficar tão satisfeito por vê-lo! Que pratos! E fez um molho na última festa que dei que me deixou sem palavras!

O duque soltou-se, sacudindo os babados.

— Parece-me que Edward e a cozinheira não se desgrudaram — observou ele. — Espero encontrá-la bem, Fanny.

— Sim, ah sim! E você? Justin, você não imagina como estou contente porque voltou! Juro que senti terrivelmente sua falta! Ora, o que é isso? — Os olhos tinham visto Léonie, enrolada num longo manto, o tricórnio na mão, uma prega do paletó do duque na outra.

Sua Graça afrouxou a pressão na roupa e permitiu que Léonie lhe pegasse a mão.

— Isto, minha cara, era até ontem meu pajem. Agora é minha pupila.

Fanny se engasgou, então deu um passo para atrás.

— Sua... sua pupila! Este rapaz? Justin, você perdeu o juízo?

— Não, minha querida, não perdi. Solicito sua bondade para a srta. Léonie de Bonnard.

As faces de Fanny ficaram vermelhas. Empertigou o corpo pequeno e os olhos tornaram-se arrogantemente indignados.

— Realmente, senhor? Posso perguntar por que traz sua... sua pupila para cá?

Léonie encolheu-se um pouco, mas não disse nenhuma palavra. A voz de Avon tornou-se muito baixa.

— Eu a trago para você, Fanny, porque ela é minha pupila, e porque não tenho governanta para ela. Ela ficará contente com você, eu acho.

As narinas delicadas de Fanny tremiam.

— Você acha? Justin, como ousa? Como ousa trazê-la para cá? — Bateu o pé para ele. — Agora você estragou tudo! Eu o odeio!

— Será que você me concede alguns minutos para conversar em particular? — perguntou Sua Graça. — Minha menina, espere-me nesta sala. Dirigiu-se para uma das extremidades da sala e abriu uma porta, revelando uma antessala. — Venha, filha.

— O senhor não irá embora? — Léonie levantou os olhos meio suspeita.

— Eu não irei embora.

— Prometa! Por favor, tem de prometer!

— Essa paixão por juramentos e promessas! — disse Avon, suspirando. — Prometo, minha criança.

Léonie soltou-lhe a mão então e foi para a sala ao lado. Avon fechou a porta e voltou o rosto para a irmã irada. Tirou do bolso o leque e abriu-o.

— Você é realmente muito tola, minha cara — disse ele e aproximou-se do fogo.

— Sou pelo menos respeitável! Acho que é muita maldade e muito ofensivo da sua parte trazer sua... sua...

— Sim, Fanny? Minha...?

— Ah, sua *pupila*! Não é decente! Edward ficará muito, muito zangado, e eu odeio você!

— Agora, que você descarregou seu sentimento, sem dúvida vai permitir que eu explique. — Os olhos de Sua Graça estavam quase fechados, e os lábios mostravam desdém.

— Não quero explicações! Quero que leve embora esta criatura!

— Depois de contar minha história, se você ainda desejar isso, eu a levarei. Sente-se, Fanny. Essa expressão de virtude ultrajada não me diz nada.

— Você é muito mau! Se Edward chegar, ficará furioso — declarou e jogou-se numa cadeira.

— Então esperemos que ele não chegue. Seu perfil é encantador, minha querida, mas eu preferiria ver logo seus dois olhos.

— Ah, Justin! — Entrelaçou as mãos, a raiva esquecida. — Você ainda acha encantador? Eu juro, achei que parecia um pavor quando me olhei no espelho hoje de manhã! É a idade, suponho. Ah, estou me esquecendo de ficar zangada com você! Na realidade, estou tão agradecida por vê-lo outra vez que não consigo ficar com raiva! Mas você tem de explicar, Justin.

— Começarei a explicar, Fanny, com um aviso. Não estou apaixonado por Léonie. Se você acreditar no que digo, tornará as coisas mais simples. — Jogou o leque no sofá e pegou a caixa de rapé.

— Mas... mas, se você não está apaixonado por ela, por que... o que... Justin, eu não entendo! Você é muito irritante!

— Suplico-lhe que aceite minhas mais humildes desculpas. Tenho um motivo para adotar a menina.

— Ela é francesa? Onde aprendeu a falar inglês? Gostaria que explicasse!

— Estou me esforçando para fazer isso, minha querida. Permita-me dizer que você não me deu muita oportunidade de fazê-lo.

Ela fez beicinho.

— Agora está zangado. Bem, comece, Justin! A menina é bem bonita, garanto-lhe.

— Obrigado. Encontrei-a certa noite em Paris, vestida de menino, e fugindo do... hã... irmão antipático. Fiquei sabendo que esse irmão e a mulher desprezível a fantasiaram de rapaz desde que tinha doze anos. Assim seria mais útil para eles. Eles são proprietários de uma taberna reles, entende?

Fanny levantou o olhar.

— Uma criada de taberna! — Balançou os ombros e levou um lenço perfumado ao nariz.

— Exatamente. Num acesso de, digamos, loucura quixotesca, comprei Léonie, ou Léon, como dizia chamar-se, e levei-a para casa comigo. Tornou-se meu pajem. Asseguro-lhe que ela despertou bastante interesse nos círculos refinados. Agradava-me mantê-la como rapaz durante algum tempo. Ela calculava que eu ignorasse seu sexo. Tornei-me seu herói. Não é engraçado?

— É horrível! É claro que as moças esperam interessá-lo. Ora, Justin, como você pôde ser tão tolo?

— Minha cara Fanny, quando você conhecer Léonie um pouco melhor não a acusará de ter intenções em relação a mim. Ela é na realidade a criança que eu digo. Uma criança alegre, impertinente e de confiança. Tenho a impressão de que me vê como um avô. Resumindo: assim que cheguei a Dover, contei-lhe que sabia seu segredo. Talvez a surpreenda saber, Fanny, que a tarefa foi desgraçadamente difícil.

— Surpreende-me — disse Fanny com franqueza.

— Tinha certeza de que seria. Entretanto eu executei. Ela nem se esquivou de mim, nem tentou ser coquete. Você não pode ter ideia de como eu achei agradável.

— Ah, não tenho dúvida de que você achou isso! — retorquiu Fanny.

— Fico satisfeito por nos entendermos tão bem — declarou Sua Graça, curvando-se. — Por motivos que interessam apenas a mim, estou adotando Léonie e, porque não desejo que haja a mais leve sombra de escândalo em relação a ela, eu a trouxe para você.

— Você me desarma, Justin.

— Ah, espero que não! Você me contou há alguns meses que nosso primo por afinidade, o execrável Field, faleceu?

— O que seu falecimento tem a ver com isso?

— Acontece, minha querida, que nossa respeitável prima, sua mulher, cujo nome esqueci, está livre. Tenho na cabeça torná-la acompanhante de Léonie.

— Meu Deus!

— E assim que for possível hei de mandá-la com Léonie para Avon. A menina precisa aprender a ser moça de novo. Pobre criança!

— Está muito bem, Justin, mas você não pode esperar que eu abrigue essa menina! Juro que é absurdo! Pense em Edward!

— Suplico-lhe que me desculpe. Nunca penso em Edward a menos que não possa evitar.

— Justin, se você resolveu ser inconveniente...

— Absolutamente, minha cara — disse, o sorriso sumindo-lhe dos lábios. Fanny viu que os olhos mostravam-se inusitadamente severos. — Falemos sério pelo menos uma vez, Fanny. A convicção de que eu trouxera minha amante para sua casa...

— Justin!

— Estou certo que você perdoará minha maneira clara de falar. Essa convicção, dizia, é pura loucura. Nunca foi meu hábito comprometer os outros nos meus numerosos casos, e devia saber que eu sou suficientemente rigoroso quando se trata de você. — Havia um tom peculiar na voz, e Fanny, que já fora famosa por suas indiscrições, esfregou os olhos.

— C-como você pode ser t-tão mau! Acho que hoje você não está nada encantador!

— Mas creio que me fiz bem claro. Ocorre-lhe que a criança que eu trouxe não passa de uma menina?... Uma menina inocente?

— Tenho muita pena dela, se é assim! — observou Fanny rancorosamente.

— Não precisa ter pena dela. Pela primeira vez não pretendo prejudicar ninguém.

— Se você não pretende prejudicar, como é que pode pensar em adotá-la? — zombou Fanny, zangada. — O que você acha que o mundo dirá?

— Ficará surpreso, sem dúvida, mas, quando vir que minha pupila é apresentada por Lady Fanny Marling vai deixar de bater com a língua nos dentes.

— Eu apresentá-la? Você está delirando! Por que devia fazê-lo?
— Fanny encarou-o.

— Porque, minha querida, você me fará este favor. Fará como eu pedir. Também, embora você seja emocionalmente instável, e uma vez ou outra cansativa em excesso, nunca achei que fosse cruel. Seria crueldade mandar embora minha criança. Ela está muito solitária, amedrontada, entende?

Fanny levantou-se, torcendo o lenço entre as mãos. Olhou indecisa para o irmão.

— Uma menina das ruas duvidosas de Paris, de baixa reputação...

— Não, minha cara. Não posso dizer mais do que isso, porém ela não nasceu da *canaille*. Basta olhá-la para ver isso.

— Bem, uma moça de quem eu não sei nada... impingida a mim! Afirmo que é monstruoso! Possivelmente não conseguiria! O que Edward diria?

— Tenho certeza de que você conseguiria, se quisesse; adule o digno Edward.

— Sim, eu conseguiria, mas eu não quero essa menina — respondeu rindo.

— Ela não vai implicar com você, minha cara. Eu quero que a vista, providencie roupas dignas de minha pupila e seja gentil com ela. Isso é pedir muito?

— Como é que saberei se ela não vai lançar olhares amorosos para Edward, essa mocinha inocente?

— Ela tem muita coisa de rapaz. Claro, se você não tem certeza a respeito de Edward...

Ela jogou a cabeça.

— Na realidade, não se trata disso! Simplesmente não desejo abrigar uma moça ruiva, petulante.

Sua Graça curvou-se para apanhar o leque.

— Anseio por seu perdão, Fanny. Levarei a menina para algum outro lugar.

Fanny correu para ele, arrependida imediatamente.

— Na verdade você não levará! Ah, Justin, sinto muito ser tão ingrata.

— Você ficará com ela?

— Eu... sim, ficarei com ela. Mas não acredito em nada do que você diz a respeito dela. Apostarei meu melhor colar como a moça não é tão ingênua quanto faz você pensar.

— Você perderia, minha querida. — Sua Graça encaminhou-se para a porta da antessala e abriu-a. — Menina, venha!

Léonie veio, o manto pendurado no braço. Diante da visão dos trajes masculinos, Fanny fechou os olhos com dor profunda.

Avon acariciou o queixo de Léonie.

— Minha irmã comprometeu-se a cuidar de você até que eu a leve — disse ele. — Lembre-se, você fará tudo o que ela mandar.

Léonie olhou com timidez para Fanny, que estava com os lábios afetadamente dispostos e a cabeça erguida. Os grandes olhos observaram a postura inflexível e correram para o rosto de Avon.

— *Monseigneur...* por favor não me... deixe! — Era um sussurro desesperado, e deixou Fanny atônita.

— Virei vê-la muito breve, minha menininha. Você está em segurança com Lady Fanny.

— Eu não... quero que o senhor vá embora! *Monseigneur*, o senhor... não compreende!

— Menina, eu compreendo, sim. Não tenha medo; voltarei outra vez! — Virou-se para Fanny, curvando-se para beijar-lhe a mão. — Tenho de lhe agradecer, minha cara. Por favor, transmita meus cumprimentos ao excelente Edward. Léonie, quantas vezes já proibi você de agarrar as abas do meu paletó?

— Eu... eu sinto muito, *Monseigneur*.

— Você sempre diz isso. Seja uma boa menina e esforce-se para aguentar as anáguas. — Esticou a mão e Léonie ajoelhou-se para beijá-la. Alguma coisa brilhante caiu em seus dedos brancos, mas Léonie virou o rosto, enxugando sub-repticiamente os olhos.

— A-adeus, *Mon-Monseigneur*.

— Adeus, minha menina. Fanny, seu criado dedicado! — Fez uma reverência profunda e foi embora, fechando a porta.

Ficando sozinha com Lady Fanny, pequena mas ameaçadora, Léonie dava a impressão de estar presa ao chão, olhando desamparada para a porta fechada e torcendo o chapéu nas mãos.

— Senhorita — disse Fanny friamente —, se me seguir, vou mostrar-lhe seus aposentos. Tenha a bondade de se enrolar no manto.

— Sim, madame — disse com os lábios trêmulos. — Sinto... muito, madame — completou gaguejante. Um leve suspiro escapou-lhe, e ela com bravura reprimiu-o, e subitamente Fanny deixou a frieza de lado. Adiantou-se correndo, as saias prodigiosas farfalhando, e colocou os braços em torno da visitante.

— Ah, minha querida, eu sou uma bruxa! — falou. — Nunca se atormente, criança! Na verdade, estou envergonhada comigo! Vamos, vamos. — Conduziu Léonie para o sofá e fê-la sentar, acariciando-a e animando-a até que os soluços engasgados desapareceram.

— A senhora entende, madame — explicou Léonie, esfregando os olhos com o lenço —, sinto-me tão... tão sozinha. Não pretendia chorar, mas quando... *Monseigneur*... foi embora... foi terrível!

— Gostaria de compreender! — suspirou Fanny. — Você gosta muito do meu irmão, menina?

— Eu morreria por *Monseigneur* — respondeu Léonie, com simplicidade. — Só estou aqui porque ele quis.

— Ah, meu santo Deus! — exclamou Fanny. — Eis aí uma bela confusão! Minha querida, eu, que o conheço, lhe aviso: não se meta com Avon; não é sem razão que o chamam de Satanás.

— Para mim ele não tem nada de diabo. E eu não me importo.

Fanny levantou o olhar.

— Está tudo de cabeça para baixo! — queixou-se. Depois ergueu-se com um salto. — E você deve ir para o meu quarto, criança. Será tão divertido vesti-la! Veja! — Mediu-se com Léonie. — Somos quase da mesma altura, meu amor. Talvez você seja um pouco mais alta. Não o suficiente para ter importância. — Correu para onde o manto de Léonie tinha caído, apanhou-o e passou-o em volta de sua incumbência. — Temo que os criados vejam e fiquem de falatório — explicou. — Agora venha comigo — chamou, arrastando Léonie e passando-lhe um braço na cintura. Ao encontrar o mordomo na escada, acenou-lhe com a cabeça. — Parker, a pupila de meu irmão veio visitar-me inesperadamente. Tenha a bondade de providenciar para que preparem o quarto de hóspedes. E chame minha criada de quarto. — Virou-se para sussurrar no ouvido de Léonie. — Criatura muito fiel, discreta, dou-lhe minha palavra. — Levou a menina para o quarto de dormir e fechou a porta. — Agora o que vamos ver! Ah, sou capaz de jurar, vai ser tão divertido! — Beijou Léonie outra vez, e estava desmanchada em sorrisos. — Pensar que estava tão monótono! Juro que tenho para com meu querido Justin uma dívida de gratidão. Vou chamá-la de Léonie.

— Sim, madame. — Léonie recuou ligeiramente, temendo outro beijo.

Fanny foi para o guarda-roupa.

— E você deve me chamar de Fanny, minha cara. Vamos tirar essas... essas roupas pavorosas!

— Mas, madame, são roupas muito boas! — Léonie baixou os olhos para sua figura magra. — *Monseigneur* foi quem me deu.

— Criatura indelicada! Tire-as, eu digo! Devem ser queimadas.

— Então não vou tirá-las. — Sentou-se pesadamente na cama. Fanny virou-se, e por um momento ficaram se encarando. O queixo de Léonie estava inclinado, e os olhos escuros lançavam chispas.

— Você é muito chata — observou Fanny. — O que pode fazer com trajes masculinos?

— Não deixarei que os queime!

— Ah, quanto a isto está muito bem, minha querida! Guarde-os, se quiser! — disse Fanny apressadamente, e correu para a porta quando esta se abriu.

— Esta é Rachel! Rachel, esta é a srta. De Bonnard, pupila de meu irmão. Ela... ela quer algumas roupas.

A criada de quarto olhou para Léonie com encanto espantado.

— Eu também havia de querer, minha senhora — falou com austeridade.

Lady Fanny bateu o pé.

— Mulher má e insolente! Não ouse tripudiar! E se você disser uma palavra lá embaixo, Rachel...

— Eu não havia de me rebaixar tanto, minha ama.

— A senhorita... chegou da França. Ela... ela foi obrigada a usar estes trajes. Não importa por quê. Mas... mas agora ela deseja trocá-los.

— Não, não desejo — disse Léonie, com sinceridade.

— Deseja, deseja, sim! Léonie, se você teimar, vou me enfurecer.

Léonie olhou-a com alguma surpresa.

— Mas eu não estou teimando. Apenas disse...

— Eu sei, eu sei! Rachel, se você ficar assim, eu juro que vou dar um murro nos seus ouvidos.

Léonie cruzou uma perna sobre a outra.

— Acho que vou contar tudo a Rachel — declarou.

— Minha querida! Ah, faça como lhe aprouver! — Afastou-se bruscamente para uma cadeira e se sentou.

— Sabe? — disse Léonie gravemente. — Durante sete anos fui menino.

— Pelos deuses, senhorita! — exclamou Rachel.

— O que é isso? — inquiriu Léonie, interessada.

— Não é nada! — retrucou Fanny severamente. — Continue, criança.

— Eu fui pajem, Rachel, mas agora *Monseign...* quer dizer, o duque de Avon... quer me fazer sua... sua pupila, por isso tenho de aprender a ser menina. Eu não quero, compreende, mas tenho de aprender. Assim, por favor, você me ajudará?

— Ajudo, senhorita. Claro que ajudarei! — respondeu Rachel, e neste momento sua patroa saltou da cadeira.

— Criatura admirável! Rachel, arranje roupa de baixo! Léonie, eu lhe imploro, tire esses calções.

— A senhora não gosta deles? — perguntou Léonie.

— Gostar deles! — Fanny acenou com as mãos agitadas. — São monstruosos, impróprios. Tire-os!

— Mas o corte é excelente, madame. — Léonie continuou a se contorcer para tirar o paletó.

— Você não deve... positivamente não deve falar de tais coisas! — disse Fanny, com veemência. É indecoroso demais.

— Mas, madame, não se pode deixar de ver. Se os homens não as usarem...

— *Ah!* — Fanny rompeu numa gargalhada escandalizada. — Nem mais uma palavra!

Durante a hora seguinte Léonie vestiu roupas e mais roupas, enquanto Fanny e Rachel torciam e giravam-na, atavam e desatavam-na, empurrando-a de um lado para o outro. Ela se submetia pacientemente a todas as intervenções, mas não demonstrava interesse no processo.

— Rachel, meu vestido de seda verde! — ordenou sua senhoria, entregando uma anágua florida para Léonie.

— O verde, minha senhora?

— O de seda verde que não me assenta, garota estúpida! Depressa! Vai ficar encantador com seu cabelo ruivo, meu amor! — Pegou uma escova e começou arrumar os cachos em desordem. — Como é que você pôde cortá-los? Agora é impossível penteá-los. Não importa. Você usará uma fita verde trançada pelo cabelo, e... ah, depressa, Rachel!

Vestiram Léonie em seda verde. O decote era baixo no busto, para sua visível confusão, e se espalhava num grande arco abaixo da cintura.

— Ah, não disse que ficaria encantador? — gritou Fanny, dando um passo atrás para olhar sua criação. — Não posso suportar isso! Graças a Deus, Justin deve levá-la para o interior! Você está mesmo muito linda! Olhe no espelho, menina ridícula!

Léonie virou para ver-se num espelho comprido atrás dela. Parecia de repente mais alta e infinitamente mais bonita, com os cachos amontoando-se em torno do rosto pontudo e os grandes olhos sérios e cheios de admiração. A pele mostrava-se muito branca contra a seda verde-maçã. Olhou-se maravilhada, e entre as sobrancelhas surgiu uma ruga de preocupação. Fanny viu.

— O quê? Não está satisfeita?

— Está muito esplêndido, madame, e... tenho a impressão de ser bonita, acho, mas... — Lançou um olhar saudoso para onde estavam as roupas que tirara. — Eu quero meus calções.

— Mais uma palavra a respeito de calções e eu os queimo! Você me causa tremores, criança! — Fanny agitou as mãos.

— Não compreendo absolutamente por que a senhora não gosta... — Léonie levantou os olhos, com seriedade.

— Criatura irritante! Insisto para que se cale! Rachel, pegue estes... estes trajes e leve embora agora mesmo! Afirmo que não os quero no meu quarto.

— Eles não serão queimados! — falou Léonie desafiadoramente. Fanny enfrentou o olhar penetrante e soltou uma risadinha.

— Ah, como você desejar, meu amor! Ponha-os numa caixa, Rachel, e mande-os para os aposentos da srta. Léonie. Léonie, você vai ter de se cuidar sozinha! Diga-me, não está uma criação elegante? — Foi para junto da moça e ajeitou as pregas da seda pesada na posição.

Léonie olhou seu reflexo no espelho outra vez.

— Acho que eu cresci — observou. — O que vai acontecer se eu me mexer, madame?

— Ora, o que aconteceria? — perguntou Fanny, encarando-a. Léonie balançou a cabeça, incerta.

— Acho que alguma coisa arrebentará, madame. Talvez eu mesma.

Fanny deu uma gargalhada.

— Que absurdo! Ora, está amarrado tão frouxo que é capaz de cair do seu corpo! Não, nunca segure as saias tão alto! Ah, céus, menina, não deve mostrar as pernas! É certamente indecente.

— Ah! — exclamou Léonie, e, levantando as saias, caminhou cuidadosamente pelo quarto. — Tenho certeza de que vou arrebentar — suspirou ela. — Direi a *Monseigneur* que não consigo usar roupas femininas. Tenho a impressão de estar numa gaiola.

— Não diga que vai... *arrebentar*... outra vez! — implorou Fanny. — É expressão das mais inadequadas para uma dama.

Léonie parou de perambular de um lado para outro.

— Eu sou uma dama? — indagou.

— Claro que é! O que mais poderia ser? — A covinha maliciosa mostrou-se pela primeira vez, e os olhos azuis brilharam. — Bem, o que é agora? É assim tão engraçado? — perguntou Fanny, um tanto impaciente.

Léonie moveu a cabeça.

— Mas é, madame. E... e muito desconcertante — confessou, voltou ao espelho e curvou-se para a própria imagem. — *Bonjour, mademoiselle de Bonnard! Peste, qu'elle est ridicule!*

— Quem? — indagou Fanny.

Léonie apontou um dedo desdenhoso para si mesma.

— Aquela criatura tola.

— É você mesma.

— *Não!* — disse Léonie com convicção. — Nunca!

— Você é muito petulante! — exclamou Fanny. — Passei um aperto para vesti-la com o meu traje mais bonito... é, o mais bonito, embora, pode ter certeza, não me caísse bem... e você diz que é tolo!

— Não, madame. Sou eu que sou tola. Não podia ficar de calções só esta noite?

Fanny botou as mãos nos ouvidos.

— Certamente não escutarei. Não ouse mencionar essa palavra para Edward, eu lhe imploro!

— Edward? Que nome! Quem é?

— Meu marido. Um amor de criatura, dou-lhe minha palavra, mas morro só de pensar como se sentiria se você falasse em calções na frente dele! — Fanny teve um pequeno acesso de riso. — Ah, como será divertido comprar roupas para você! Adoro Justin por tê-la trazido! E o que será que Rupert dirá?

— Esse é o irmão de *Monseigneur, n'est ce-pas?* — perguntou Léonie, afastando o olhar do espelho.

— A criatura mais implicante — assentiu Fanny com a cabeça. — Bastante maluco, sabe. Mas nós, os Alastair, somos todos assim. Sem dúvida você já observou isso.

Os olhos grandes cintilaram.

— Não, madame.

— O quê! E você... morou com Avon durante três meses? — Fanny elevou o olhar. O som de uma porta se fechando em algum lugar lá embaixo despertou-a para a atividade repentina. — Pronto! É Edward que já voltou do White's! Acho que vou descer e... e conversar um pouco com ele enquanto você descansa. Pobre criança, aposto que está terrivelmente cansada!

— N-não — disse Léonie. — Mas a senhora contará ao sr. Marling que eu cheguei, não é isso? E se ele não gostar... e acho que ele não vai gostar... eu posso...

— Bobagem! — falou Fanny, ruborizando um pouco. — Nada disso, meu amor, asseguro-lhe. Edward ficará encantado! Claro que ficará, menina tola! Seria uma coisa fácil e eu podia dobrá-lo à minha vontade. Só que eu queria que você descansasse, e na verdade é o que fará! Eu aposto que você está caindo de cansaço! Não tente discutir comigo, Léonie!

— Eu não estou discutindo — observou.

— Não... bem, pensei que você podia, e isso me faz ficar muito zangada! Venha comigo, e a levarei para seu quarto — conduziu Léonie para um quarto azul, de hóspedes, e suspirou. — Encantador! — disse. — Gostaria que você não fosse tão bonita. Seus olhos são iguais àquelas cortinas de veludo. Eu as comprei em Paris, minha querida. Não são maravilhosas? Proíbo-a de tocar no vestido enquanto eu não estiver aqui, lembre-se! — Franziu lugubremente as sobrancelhas, acariciou a mão de Léonie e foi embora num turbilhão de sedas e rendas, deixando a menina sozinha no meio do quarto.

Léonie caminhou para uma cadeira e se sentou cuidadosamente com os calcanhares juntos e as mãos recatadamente cruzadas no colo.

— Isso — disse a si mesma — não é muito agradável, acho. *Monseigneur* foi embora, e eu nunca o encontraria nesta Londres enorme, horrível. Essa Fanny é uma tola, parece-me. Ou talvez seja maluca, como disse. — Léonie fez uma pausa para pensar no assunto. — Bem, talvez ela seja apenas inglesa. E Edward *não* gostará de ter-me aqui. *Mon Dieu*, suponho que ele achará que sou apenas *une fille de joie*. Isso é muito possível. Gostaria que *Monseigneur* não tivesse ido embora.

Este pensamento ocupou-lhe a mente alguns instantes e a levou a outro.

— Pergunto-me o que ele dirá quando me vir. Aquela Fanny disse que sou encantadora. É claro que ela é somente tola, mas eu acho que sou bonita. — Levantou-se, colocando a cadeira diante do espelho. Franziu as sobrancelhas para seu reflexo e balançou a cabeça. — Você não é Léon: isto é certo. Só uma parte sua é Léon.

Inclinou-se para olhar para os pés, calçados ainda nos sapatos de Léon.

— *Helás!* Até ontem eu era Léon, o pajem, e agora sou a srta. De Bonnard. E me sinto muito pouco à vontade nestas roupas. Acho também que estou um pouco amedrontada. Não me restou nem ao menos o sr. Davenant. Serei obrigada a comer morcela preta, e aquela mulher vai me beijar.

Deu um suspiro demorado.

— A vida é muito dura — observou tristemente.

XI

O Coração do Sr. Marling É Conquistado

Lady Fanny encontrou o marido na biblioteca, em pé diante do fogo, aquecendo as mãos. Era um homem de estatura média, com traços regulares e olhos cinzentos firmes. Virou-se quando a mulher entrou na sala, e esticou os braços para ela. Lady Fanny dirigiu-se para eles.

— Suplico que tenha cuidado com meu vestido, Edward. É novo e veio de Cerisette. Não é elegante?

— Prodigiosamente elegante — concordou Marling. — Mas se quer dizer que não devo beijá-la, hei de achá-lo pavoroso.

Levantou-lhe os olhos azuis cristalinos.

— Só um, então, Edward. Ah, o senhor é voraz! Não, Edward não ficarei presa. Tenho uma coisa incrivelmente emocionante para lhe contar — declarou e lançou-lhe um olhar de soslaio, calculando como ele iria receber a novidade. — Você lembra, meu amor, que eu estava tão *ennuyée* hoje que quase podia ter chorado?

— Como me lembro! — Sorriu Marling. — Você foi muito cruel comigo, doçura.

— Ah, não, Edward! Não fui cruel! Você é que estava muito implicante. E depois foi embora, e eu fiquei tão desanimada! Mas agora acabou tudo, e eu tenho uma coisa maravilhosa para fazer!

Edward passou um dos braços pela cintura fina dela.

— Por Deus, o que é?

— É uma menina — respondeu ela. — A menina mais linda, Edward!

— Uma menina? — repetiu ele. — Que capricho novo é esse? O que você quer com uma menina, minha querida?

— Ah, eu não a queria! Nunca pensei nela absolutamente. Como podia, quando nunca tinha posto os olhos nela? Justin a trouxe.

O braço em volta da cintura afrouxou.

— Justin? — disse Marling. — Ah! — A voz cortês, mas sem entusiasmo. — Pensei que ele estivesse em Paris.

— Estava, sim, até um ou dois dias atrás, e, se você pretende ser desagradável, Edward, eu chorarei. Eu *gosto* muito de Justin!

— Sei, querida. Continue a história. O que a menina, seja quem for, tem a ver com Avon?

— Essa é a parte surpreendente da história! — disse Fanny, com a mente clareando como por um passe de mágica. — Ela é filha adotiva de Justin! Não é interessante, Edward?

— *O quê?* — O braço de Marling soltou-a. — É o que de Justin?

— Filha adotiva — respondeu ela aereamente. — A criança mais doce, meu querido, e tão dedicada a ele! Afirmo que já a amo bastante, embora seja muito encantadora, e... ah, Edward, não fique zangado!

Edward pegou-a pelos ombros e a fez olhar para ele.

— Fanny, você quer me dizer que Alastair teve a coragem de trazer a menina para cá? E você estava louca o suficiente para aceitá-la?

— Na verdade, sim, e por que não? — indagou. — Que beleza seria mandar embora a pupila de meu irmão!

— Pupila! — Marling quase ria com desdém.

— Sim, senhor, sua pupila. Ah, não nego que tivesse pensado a mesma coisa que você quando a vi pela primeira vez, mas Justin jurou que não é assim. E Edward, você sabe como Justin é rigoroso comigo. Você não pode ficar zangado! Ora, é apenas uma criança, e meio rapaz ainda!

— Meio rapaz, Fanny? O que você quer dizer?

— Durante sete anos ela foi rapaz — disse Fanny, triunfante. Depois, vendo que as rugas em torno da boca do marido começaram a endurecer, ela bateu o pé, cheia de raiva. — Você é muito mau, Edward! Como ousa supor que o querido Justin traria sua amante para minha casa? É a ideia mais idiota que já vi! Ele quer que eu acompanhe a menina até que ele possa convencer a sra. Field a vir. E se ela foi um menino? O que isso pode significar?

Marling sorriu contra a vontade.

— Você deve admitir que para Justin adotar uma menina...

— Edward, acredito realmente que ele não pretende fazer mal a ela! Léonie vinha sendo seu pajem... Ah, agora você está chocado outra vez!

— Bem, mas...

— Não ouvirei uma palavra! — Fanny botou-lhe as mãos na boca. — Edward, você não ficará zangado nem será ríspido com ela, não é? — Persuadia-o com agrados. — Há um mistério a respeito de Léonie, tenho certeza, mas... ah, meu querido, você só precisa olhá-la nos olhos! Agora escute-me, caro Edward!

Ele prendeu-lhe as mãos nas suas, levando-a para o sofá.

— Muito bem, minha querida, escutarei.

Fanny sentou-se.

— Edward, meu muito querido! Sabia que seria bondoso! Veja você, Justin veio aqui hoje com Léonie vestida de menino. Fiquei tão encantada! Nunca imaginei que ele estivesse na Inglaterra! Ah, e tem um leque! Você consegue conceber coisa tão absurda, querido? Embora na verdade acredite que vá se tornar a última moda...

— Sim, Fanny, mas você estava explicando a respeito dessa moça... Léonie.

— Eu estava explicando — protestou ela fazendo beicinho. — Bem, ele mandou Léonie para outro quarto... meu querido, acho realmente que ela o adora, pobre criança... e suplicou-me para ficar com ela por alguns dias, porque ele não quer que haja qualquer sombra de escândalo em relação a ela. E eu devo vesti-la, e, Edward, não será divertido? Ela tem cabelos ruivos, sobrancelhas escuras e eu lhe dei meu vestido de seda verde. Você não pode imaginar como é cansativamente encantadora, embora talvez ela fique melhor de branco.

— Isso não importa, Fanny. Continue a história.

— Certamente. Parece que Justin encontrou-a em Paris... só que então achou que era um rapaz... e estava sendo maltratada por algum dono de taberna. Por isso Justin comprou-a e a tornou seu pajem. E ele diz que tem alguma afeição por ela e a tornará sua pupila. E ah, Edward, acabei de pensar como seria maravilhosamente romântico se ele se casasse com ela! Porém ela é apenas uma criança, e horrivelmente masculinizada. Imagine só!... Ela insiste em guardar os calções! Agora, Edward, diga que você será bom para ela e que eu posso mantê-la aqui. Diga, Edward, diga!

— Suponho que você deve mantê-la — falou ele, com relutância. — Não posso mandá-la embora. Mas eu não gosto disso.

Fanny beijou-o.

— Isso não tem a menor importância, Edward. Você vai se apaixonar por ela e eu vou ficar com ciúmes.

— Não precisa temer, sua tramoieirinha — disse, e lhe apertou a mão.

— Não, e eu estou muito contente. E agora vá e ponha aquele paletó marrom novo. Está incrivelmente na moda e eu quero que você fique apresentável esta noite.

— Nós vamos jantar fora? — perguntou ele. — Eu pensei...

— Santo Deus, Edward, tendo como hóspede aquela criança que acabou de chegar! De maneira nenhuma! — Com isso saiu da sala farfalhando, com ar de importância.

Uma hora depois, quando Marling estava sentado na sala de estar esperando a mulher, a porta foi aberta e Fanny entrou. Atrás dela vinha Léonie, hesitante. Edward levantou-se rápido, encarando-a.

— Meu amor — falou Fanny —, este é meu marido, sr. Marling. Edward, srta. De Bonnard.

Marling fez uma reverência e Léonie começou a retribuir, mas parou.

— Devo fazer uma reverência, não é assim? Ah, que saias! — Sorriu timidamente para Edward. — Por favor, monsieur, desculpe-me. Ainda não aprendi a fazer reverência.

— Apresente-lhe a mão, menina — ordenou Fanny.

A mãozinha foi estendida.

— Por favor, por quê? — perguntou Léonie.

Marling beijou-lhe as pontas dos dedos meticulosamente, e soltou-a. As faces de Léonie estavam ruborizadas, e ela olhou-o, duvidosa.

— *Mais, m'sieur* — começou ela.

— Senhorita? — Contra a vontade, Marling sorriu.

— *C'est peu convenable* — explicou Léonie.

— Nada disso — disse Fanny rispidamente. — Cavalheiros sempre beijam as mãos das damas. Lembre-se disso, meu amor. E agora meu marido vai lhe dar o braço para conduzi-la à sala de jantar. Ponha as pontas dos dedos no braço, assim. O que a aflige agora, criança?

— Não é nada, madame. Só que não me sinto eu mesma. Tenho a impressão de parecer muito esquisita.

— Diga a esta criança tola que não é isso, Edward — suspirou sua senhoria.

Edward percebeu que estava acariciando a mão de Léonie.

— Minha cara, é como minha esposa diz. Você parece bastante apropriada e encantadora.

— Ah! — exclamou Léonie.

XII

A Pupila de Sua Graça de Avon

Quinze dias depois, quando Léonie estava treinando uma reverência cortês diante do espelho em seu quarto, Fanny entrou avisando que Avon afinal aparecera. Léonie interrompeu a reverência com mais pressa do que graça.

— *Monseigneur!* — gritou ela, e teria voado se não fosse Fanny barrar-lhe a passagem resolutamente. — Solte-me, solte-me! Onde ele está?

— Por minha reputação, Léonie, isso não é modo de receber um cavalheiro! — disse sua senhoria. — Descer correndo a escada como uma rapariga grosseira, com o cabelo despenteado e o vestido levantado! Volte para o espelho.

— Ah, mas...

— Eu insisto!

Relutante, Léonie voltou e ficou impassível enquanto Fanny ajeitava-lhe o vestido de seda amarelo-claro, e penteava-lhe os cachos rebeldes.

— Léonie, criatura cansativa, onde está a fita?

Léonie apanhou-a docilmente.

— Não gosto de sentir fita no meu cabelo — queixou-se. — Preferia...

— Não adianta nada absolutamente — observou Fanny, com severidade. — Estou decidida a vê-la com a melhor aparência. Sacuda as anáguas e ficará com aparência melhor. Sacuda as anáguas e apanhe o leque. E se você ousar correr de modo impróprio para uma moça, ficarei muito mortificada...

— Deixe-me ir! Por favor, estou pronta!

— Então siga-me, menina, assim! — Fanny saiu e desceu a escada. — Lembre-se! Uma reverência correta, meu amor, e dê-lhe a mão para beijar. — Enquanto falava abriu a porta da sala de estar.

— Ah! — exclamou Léonie.

Sua Graça estava em pé junto à janela olhando para fora.

— Então minha irmã não a convenceu a parar de dizer "Ah!" — falou, virando-se. Por um momento não disse nada, mas ficou olhando sua pupila. — Criança, está ótima — disse lentamente.

Léonie baixou numa reverência, falando ao mesmo tempo.

— Devo fazer isso porque é assim que madame diz, e o senhor mandou que eu fizesse tudo exatamente como madame ensinasse, *Monseigneur*, mas ah, eu preferia curvar-me para o senhor! — Levantou-se graciosamente e dançou. — *Monseigneur, Monseigneur,* eu pensei que nunca havia de voltar! Estou tão satisfeita por vê-lo! — Levou-lhe a mão aos lábios. — Tenho sido boa e paciente, e agora o senhor me levará, por favor?

— Léonie!

— Bem, madame, eu quero tanto que ele me leve.

Avon levantou o monóculo.

— Fique quieta, menina. Fanny, beijo-lhe a mão e os pés. Estou quase surpreso diante do milagre que você operou.

— *Monseigneur*, o senhor acha que eu estou bonito? — perguntou Léonie, ficando nas pontas dos pés diante dele.

— É uma palavra inadequada, menina. Você não é mais Léon.

— Gostaria de ser ainda. *Monseigneur*, o *senhor* compreende o que é vestir anáguas?

Fanny assustou-se e franziu as sobrancelhas ameaçadoramente.

— Naturalmente que não, minha bela pupila — respondeu Justin, com seriedade. — Posso calcular que, depois da liberdade dos calções, anáguas sejam um pouco incômodas.

Triunfante, Léonie virou-se para Fanny.

— Madame, foi ele que disse! A senhora escutou! Ele falou de calções!

— Léonie... Justin, não permitirei que você a deixe lamentar os... os calções... como sempre faz! E não diga ah, Léonie!

— Ela a tem cansado, minha cara? Creio que lhe disse que ela é algo assim como um moleque.

Fanny cedeu.

— Na verdade nós a amamos com muito carinho! Podia desejar que você a deixasse conosco por mais tempo.

Léonie agarrou com firmeza a manga do paletó de Avon. Ele se soltou.

— Minha menina, deve se esforçar para ser mais educada. Pode-se deduzir que se sentiu infeliz com Lady Fanny.

— Sim, *Monseigneur*, muito infeliz. Não que ela não seja boa, porque ela foi muito boa comigo, mas eu lhe pertenço.

Por cima da cabeça de Léonie, Justin olhou zombeteiramente para a irmã.

— Isso a aflige, minha querida? Creio que você tenha razão, Léonie. Eu vim para lhe buscar.

Imediatamente ela ficou toda sorrisos.

— *Voyons*, agora estou feliz! Aonde vai me levar, *Monseigneur*?

— Para o interior, menina. Ah, o digno Edward! Seu criado dedicado, Edward.

Marling entrara silenciosamente. Com uma reverência ríspida retribuiu a de Avon.

— Gostaria de ter uma palavra com você, se for possível, Alastair — falou ele.

— Mas é possível? — questionou Sua Graça. — Sem dúvida você quer falar a respeito de minha pupila, não?

— Em particular, senhor. — Edward dava a impressão de estar aborrecido.

— Bastante desnecessário, meu caro Edward, asseguro-lhe — disse e acariciou o rosto de Léonie de modo displicente. — Sr. Marling sem dúvidas avisou-lhe que não sou companheiro adequado para a jovem e... ah... inocente criança, estou certo?

— Não-não. — Léonie inclinou a cabeça. — Sei tudo a esse respeito, sabe. Eu, eu não sou muito inocente, o senhor acha?

— Já chega, Léonie! — interpôs Fanny apressadamente. — Tome uma xícara de chá comigo, Justin; Léonie estará pronta para acompanhá-lo amanhã. Léonie, meu amor, deixei meu lenço no seu quarto. Quer ter a bondade de apanhá-lo para mim? E Edward pode ir também. Sim, Edward, por favor! — Assim despediu os dois e virou-se outra vez para o irmão. — Bem, Justin, fiz aquilo que você desejava que fizesse.

— De maneira admirável, minha cara.

— Não foi fácil, Justin — declarou, e os olhos cintilaram.

— Não importa, Fanny.

— E agora, Justin? — perguntou, olhando-o resoluta.

— Agora vou levá-la para Avon.

— Com a prima Field?

— Mas você podia duvidar disso? — Curvou-se.

— Facilmente. — Curvou os lábios. — Justin, qual seu objetivo? Você tem algum plano, eu sei. Acredito que não pretenda fazer nenhum mal a Léonie.

— É sempre inteligente acreditar o pior de mim, Fanny.

— Confesso que não o compreendo, Justin. É muito provocador.

— Deve ser — concordou ele.

— Justin, gostaria muito que você me dissesse o que se passa na sua cabeça! — Aproximou-se, falando em tom adulador.

Ele tomou uma pitada de rapé e fechou a caixa com um estalido.

— Você tem de aprender, minha cara Fanny, a dominar a sua curiosidade. Não basta que eu seja como um avô para esta criança? Devia ser suficiente.

— Em parte é, mas desejo tanto saber que plano você tem na cabeça!

— Tenho certeza de que quer, Fanny — disse ele, com solidariedade.

— Você é detestável — reclamou ela, e fez beicinho. Um sorriso repentino surgiu. — Justin, que novo capricho é esse? Léonie fala em você como de um patrão rigoroso. É sempre *"Monseigneur* não gostaria que eu fizesse isso", ou "a senhora acha que *Monseigneur* se importaria?" Isso não tem nada de você, meu caro.

— Se eu não conhecesse tão bem as coisas do mundo, sem dúvida seria um guardião mais tolerante — disse ele. — Como as coisas se apresentam, Fanny... — Sacudiu os ombros e tirou o leque de um dos bolsos grandes.

Léonie voltou à sala, segurando o vestido com uma das mãos pequenas.

— Não consegui encontrar seu lenço, madame — começou ela, e depois viu o leque de Avon. Um olhar de reprovação surgiu-lhe no rosto; havia um tanto de censura nos olhos azuis inocentes. Avon sorriu.

— Você vai se acostumar com isso, minha filha.

— Nunca — disse Léonie taxativamente. — Não me agrada absolutamente.

— Mas então — murmurou Sua Graça —, não o uso para lhe agradar.

— *Pardon, Monseigneur!* — respondeu ela com contrição, e olhou através das pestanas. A covinha irreprimível tremeu.

Ela o seduzirá, pensou Fanny. Ela é fascinante demais. Justin levou a pupila para Avon, no dia seguinte, de carruagem, na companhia da sra. Field, cuja monotonia Léonie via com respeito escasso. Justin deu com rapidez sua opinião a respeito da dama, e, quando chegaram a Avon, pegou-a.

— Esta casa — observou Léonie animadamente — é bonita. Eu gosto.

— Fico satisfeito por ouvir isso — replicou Sua Graça ironicamente.

Léonie olhou em torno do vestíbulo apainelado, com as cadeiras entalhadas, as pinturas e tapeçaria e a galeria acima.

— Talvez seja um pouco *sombre* — disse ela. — Quem é aquele cavalheiro? — Dirigiu-se para a armadura e olhou-a com interesse.

— Não é absolutamente um cavalheiro, minha menina. É a armadura que um dos meus ancestrais usava.

— *Vraiment?* — afastou-se para o pé da escada e inspecionou um retrato antigo. — É mais um de seus ancestrais, essa mulher tola?

— Muito famosa, minha querida.

— Mostra um sorriso idiota — observou Léonie. — Por que ela era famosa? Por que motivo?

— Principalmente por suas indiscrições. O que me lembra, filha, que eu quero falar com você.

— Sim, *Monseigneur!* — Léonie admirava agora um escudo que pendia sobre a lareira. — *"J'y serai"* Isso é francês.

— Sua inteligência é notável. Quero falar-lhe a respeito de minha prima, a sra. Field.

— Posso dizer o que eu acho, *Monseigneur?* — perguntou, olhando-o por sobre o ombro e fazendo uma careta.

Ele se sentou à grande mesa, entalhada, balançando o monóculo.

— Para mim, pode.

— Ela não passa de uma tola, *Monseigneur*.

— Sem dúvida. E, portanto, minha menina, você deve não só suportar suas tolices, mas deve fazer o possível para não lhe causar problemas.

— Devo, *Monseigneur*? — Dava impressão de que estava se questionando.

— Porque eu quero que seja assim, minha filha. — Justin olhou-a e reconheceu o brilho travesso nos olhos.

— Ah, *eh bien!* — O nariz pequeno, reto, enrugou-se.

— É o que imaginei — observou Avon, a voz velada. — Você promete, Léonie?

— Acho que não prometerei — contemporizou Léonie. — *Tentarei*. — Aproximou-se, ficando diante dele. — *Monseigneur*, é muita bondade trazer-me para este lugar lindo e me dar tudo como se não fosse apenas a irmã de um taberneiro. Muito, muito obrigada.

Justin olhou-a por um momento, e os lábios se contorceram num sorriso curioso.

— Você me acha um paladino de todas as virtudes, não é, *ma fille*?

— Ah, não! — respondeu inocentemente. — Acho que o senhor só é bom para mim. Com algumas mulheres o senhor não é absolutamente bom. Não posso deixar de saber dessas coisas, *Monseigneur!*

— E ainda assim, menina, está contente por continuar comigo?

— Mas claro! — respondeu, um tanto surpresa.

— Você está cheia de confiança — observou ele.

— Claro — disse outra vez.

— Isto — falou Avon, olhando para os anéis na mão — é uma experiência nova. Fico cogitando o que Hugh diria!

— Ah, ele iria contorcer a boca para baixo, assim! E balançaria a cabeça. Acho que às vezes ele não é muito inteligente.

Ele deu uma gargalhada e colocou-lhe a mão no ombro.

— Nunca pensei, *ma fille*, em tomar como pupila uma pessoa que me fosse tão cara ao coração. Suplico-lhe para ter cuidado para não chocar a sra. Field.

— Mas com o senhor eu posso dizer o que quiser?
— Você sempre diz — replicou ele.
— E o senhor vai ficar aqui?
— No momento, sim, tenho de acompanhar a sua educação, sabe? Existem coisas que você tem de aprender, e eu posso ensinar melhor.
— O que, *par example*?
— Montar.
— Num cavalo? *Vraiment?*
— A perspectiva lhe agrada?
— Agrada, ah, e como! E o senhor me ensinará a lutar com espada, *Monseigneur?*
— Não é uma ocupação feminina, *ma fille.*
— Mas eu nunca quis ser uma dama, *Monseigneur!* Se eu puder aprender a lutar com espada, tentarei me esforçar para aprender as outras coisas idiotas.

Ele baixou os olhos, sorrindo.
— Creio que você está tentando fazer uma barganha comigo! E se eu não lhe ensinar esgrima?

Com o sorriso, as covinhas mostraram-se.
— Ora, então temo que me farei de idiota quando o senhor me ensinar a fazer reverência, *Monseigneur.* Ah, *Monseigneur,* diga que me ensinará! Por favor, diga depressa! A senhora está vindo.
— Você força a mão — disse, curvando-se. — Eu a ensinarei, diabinha.

A sra. Field entrou no vestíbulo a tempo de ver sua protegida executar um passo bem-feito de dança. Murmurou queixas.

XIII

A Educação de Léonie

O duque ficou em Avon por mais de um mês, e durante esse tempo Léonie aplicou-se energicamente na tarefa de se tornar uma dama. O ideal da sra. Field para esta posição felizmente não era o de Avon. Não desejava ver sua pupila sentada bordando, o que era perfeitamente compreensível, talvez, porque, depois da primeira tentativa, Léonie tenha declarado que nada a convenceria a pegar numa agulha novamente. A sra. Field ficou um tanto aturdida por esta defecção, e pelo gosto de Léonie para lutar com espadas, porém era irresoluta e de muito boa índole para fazer mais do que murmurar admoestações nervosas. Demonstrava grande admiração pelo primo, e embora fosse Alastair por nascimento sentia-se completamente inferior. Fora feliz o suficiente com o marido, um cavalheiro obscuro com gosto pela agricultura, mas sabia que aos olhos da família desgraçara-se casando com ele. Enquanto viveu isto não a perturbou, mas agora, que ele falecera, e voltara ao que tinha sido certa vez seu próprio *milieu*, ficava desconfortavelmente consciente do retrocesso que fizera na juventude irresponsável. Tinha bastante medo de Avon, mas gostava da casa. Quando olhava à sua volta para as tapeçarias desbotadas, para as extensões aveludadas do gramado, para os inumeráveis retratos e espadas cruzadas acima do portal, lembrava de novo a glória passada dos Alastair, e um sentimento quase esquecido agitava-se dentro dela.

Léonie estava encantada com a propriedade de Avon e queria conhecer sua história. Caminhava com Justin pelas terras e aprendia como Hugo Alastair, vindo com o Conquistador, estabelecera-se ali e construíra uma bela habitação, que foi destruída nos conturbados tempos do rei Stephen; como fora construída outra vez por Sir Roderick Alastair; como recebera baronato, e prosperara, e como o primeiro conde, no tempo da rainha Mary, pusera abaixo o prédio antigo e erigira a casa atual. E aprendera como o bombardeio que tinha destruído parcialmente a Ala Oeste, quando o conde Henry mantivera tudo a favor do rei contra Cromwell, o usurpador, e fora recompensado durante a Restauração com um ducado. Viu a espada do último duque, a mesma que usara na tragédia de 15 a favor do rei Jaime III, e ouvira uma pequena parte das aventuras do próprio Justin, dez anos antes, em favor do rei Carlos III. Justin mencionou apenas ligeiramente esse período de sua vida; sua atuação naquela tentativa, Léonie supunha, fora secreta e tortuosa, mas ficou sabendo que o verdadeiro rei era Carlos Eduardo Stuart, e tomou conhecimento do homenzinho belicoso no trono como Jorge I.

A educação nas mãos de Justin era fonte de interesse e entretenimento para ela. Lá em cima, na galeria de quadros, ensinou-lhe dança, com olhos atentos para o menor erro, ou o menor sinal de falta de jeito na postura. A sra. Field vinha tocar na espineta para eles, e observava com um sorriso indulgente enquanto davam passos complicados na cadência. Refletia que nunca vira seu inacessível primo tão humano, como com esta menina risonha, cheia de vida. Dançavam minueto, e a fila comprida de ancestrais olhava-os com indulgência.

Avon fazia com que Léonie treinasse a reverência, e também que combinasse a marotice encantadora com a altivez de Lady Fanny. Mostrou-lhe como estender a mão para um homem beijar, como usar o leque e como colocar as pintas postiças. Caminhava com ela no jardim particular, ensinando-lhe todas as regras de comportamento até que estivesse perfeita. Insistia que devia cultivar uma postura majestosa. Aprendia depressa e ensaiava a lição mais nova diante dele, divertindo-se imensamente, radiante se recebia uma palavra de incentivo.

Já conseguia cavalgar, mas apenas escarrapachada. Ficava revoltada com a sela lateral feminina, e durante algum tempo se mostrou contrária. No espaço de dois dias sua vontade foi refreada contra Avon, mas sua polidez fria desarmou-a, e no terceiro dia aproximou-se dele com a cabeça curvada, balbuciando:

— Desculpe-me, *Monseigneur*. Eu... eu vou cavalgar como o senhor deseja.

Assim andaram juntos a cavalo pelas terras, até que ela dominou a nova arte, e depois saíram pelo campo, e aqueles que viam o duque ao lado da bela moça lançavam olhares um para o outro e balançavam as cabeças prudentemente, porque já tinham visto outras moças bonitas com Avon.

Pouco a pouco a propriedade, que durante tanto tempo sentira a falta de uma dona, começou a apresentar aspecto mais alegre. O espírito jovem, alegre, de Léonie percorria-a; abria completamente as cortinas e retirava telas importantes do depósito. Janelas ficavam abertas para permitir que o sol de inverno entrasse, e pouco a pouco a solenidade opressiva do lugar desapareceu. Léonie não tinha nada da elegância sóbria que era necessária para reinar ali. Derrubava almofadas adornadas, tirava cadeiras do lugar e deixava livros em mesas aleatórias, sem dar nenhuma importância aos protestos escandalizados da sra. Field. Justin permitia que agisse de acordo com sua vontade; divertia-se vendo seu turbilhonar, e gostava de ouvi-la dando ordens aos lacaios inexpressivos. O hábito de mandar era evidente: extravagante, sim, mas nunca exibiu qualquer falta de educação.

Logo suas lições foram postas em xeque. Numa ocasião ele disse de repente:

— Suponhamos, Léonie, que eu sou a duquesa de Queensberry e que você acabou de ser apresentada a mim. Mostre-me como faria a reverência.

— Mas o senhor não pode ser duquesa, *Monseigneur* — objetou ela. — É ridículo. O senhor não *parece* duquesa! Vamos fingir que o senhor é o duque de Queensberry.

— A duquesa. Mostre-me a reverência.

Léonie baixou mais e mais.

— Assim: baixo, mas não demais como se fosse para a rainha. A reverência que estou fazendo está muito boa, *n'est-ce pas*?

— É de esperar que você não fique falando o tempo todo — disse Sua Graça. — Abra as saias e não segure o leque assim. Mostre-me de novo.

Léonie obedeceu docilmente.

— É muito difícil me lembrar de tudo — queixou-se. — Agora vamos jogar piquê, *Monseigneur*.

— Por enquanto não. Reverência para... o sr. Davenant.

Abriu as saias muito regiamente, e com a cabeça mantida erguida estendeu uma das mãozinhas. Avon sorriu.

— É provável que Hugh fique atônito — observou ele. — Está muito bem, *ma fille*. Agora reverência para mim.

Ao ouvir isso ela baixou com a cabeça curvada e levou a mão do duque aos lábios.

— Não, minha filha.

— É assim que eu faço, *Monseigneur*. Gosto assim — disse, e levantou.

— Não está certo. Outra vez, com a profundidade apropriada. Você fez a reverência como se fosse para o rei. Eu não passo de um mortal comum, lembre-se.

Léonie procurou na mente uma resposta adequada.

— Ah, pelos deuses! — pronunciou vagamente.

Sua Graça enrijeceu, mas os lábios se contorceram.

— Eu... não... ouvi bem.

— Eu disse "ah, pelos deuses" — respondeu Léonie recatadamente.

— Eu ouvi — admitiu Sua Graça, com frieza na voz.

— Rachel disse isso — arriscou Léonie, espiando-o. — Ela é a criada de quarto de Lady Fanny, sabe? O senhor não gosta?

— Não. Gostaria que você evitasse ter como modelo de conversação essa criada de Lady Fanny.

— Sim, *Monseigneur*. Por favor, o que significa?

— Não tenho a menor ideia. É uma vulgaridade. Existem muitos pecados, *ma belle*, mas apenas um é imperdoável: a vulgaridade.

— Nunca mais direi isso — prometeu Léonie. — Em vez disso direi... *tiens*, o que é?... Pelas chagas de Cristo!

— Suplico-lhe que não faça uma coisa dessas, *ma fille*. Se você insiste em usar expressões vigorosas, restrinja-se a: por minha reputação, ou simplesmente meu Deus!

— Meu Deus? É, esta é bonita. Gostei. Gosto mais de pelos deuses, entretanto. *Monseigneur* não está zangado?

— Nunca fico zangado — disse Avon.

Outras vezes ele esgrimia com ela, e isso era o que ela mais gostava de fazer. Vestia camisa e calções dos velhos tempos e demonstrava bastante aptidão para o jogo. Tinha olhos rápidos e um pulso flexível, e bem depressa dominou os rudimentos desta arte masculina. O duque era um dos maiores espadachins da época, mas isto de modo algum desmerecia Léonie. Ensinou-lhe a esgrimir à moda italiana e mostrou-lhe muitos passos sutis que aprendera no exterior. Ela experimentou um deles, e como Sua Graça estava de guarda aberta naquele momento ela avançou. A ponta do florete foi parar abaixo do ombro esquerdo.

— *Touché* — disse Avon. — Foi bem melhor, menina.

— *Monseigneur*, eu o matei! O senhor está morto! Está morto! — disse Léonie, dançando emocionada.

— Você demonstra uma alegria imprópria — observou ele. — Não tinha ideia de que fosse tão sanguinária.

— Mas eu fui muito esperta! — gritou. — Não fui, *Monseigneur*?

— De maneira alguma — disse ele. — Minha guarda estava aberta.

— Ah, o senhor deixou que eu fizesse isso! — Ela abriu a boca.

— Não, você abriu caminho, *ma fille* — respondeu Sua Graça, compadecido.

Às vezes falava-lhe a respeito das personalidades da época, explicando quem era este, e quem era aquele, e como se relacionavam.

— Há March — falou ele —, que será duque de Queensberry. Você já me ouviu falar dele. Há Hamilton, que é famoso por causa da mulher. Ela era uma das Gunning... belezas, minha querida, que deixavam Londres em polvorosa não faz muito tempo. Maria Gunning casou-se com Conventry. Se você deseja inteligência, há o sr. Selwyn, que tem uma maneira própria inimitável. E não devemos esquecer Harry Walpole: ele odiaria ser esquecido. Mora na rua Arlington, menina, e onde quer que você vá pode estar certa de encontrá-lo. Em Bath creio que Nash ainda reina. Um novo-rico, mas um homem de gênio. Bath é seu domínio. Um dia vou levá-la lá. Depois temos Cavendish-Devonshire, minha cara; e os Seymour, e lorde Chesterfield, que você conhecerá pela inteligência e pelas sobrancelhas escuras. Quem mais? Temos lorde de Bath, e os Bentinck, e Sua Graça de Newcastle, de alguma fama. Se desejar as artes temos o tedioso Johnson: homem grande, minha querida, com uma cabeça ainda maior. Não merece sua consideração. Não é cortês. Há Colley Cibber, um de nossos poetas, sr. Sheridan, que escreve peças para nós, e o sr. Garrock, que as representa; e uma quantidade de outros. Na pintura temos Sir Joshua Reynolds, que lhe pintará um retrato, talvez, e uma grande quantidade de nomes que me fogem da memória.

Léonie assentiu com a cabeça.

— *Monseigneur*, tem de escrever os nomes para mim. Se não, como hei de lembrar?

— *Bien*. Chegamos agora a seu próprio país. De sangue real temos o príncipe de Condé, que está agora com, segundo lembro, vinte anos de idade... *à peu près*. Há o conde d'Eu, filho do duque de Maine, um dos bastardos, e o duque de Penthièvre, filho de um outro bastardo. Vejamos. Da nobreza há o sr. De Richelieu, o modelo da verdadeira cortesia, e o duque de Noailles, famoso por causa da batalha de Dettingen, e o príncipe d'Armagnac. Minha memória me falha. Ah, sim, há o sr. De Belle-Isle, que é neto do grande Fouquet. Agora está velho. *Tiens*, quase esqueci o estimável Chavignard, conde de Chavigny, menina... meu amigo. Poderia continuar para sempre, mas não farei isso.

— E tem a madame Pompadour, não tem, *Monseigneur*?

— Eu falei da nobreza, *ma fille* — disse Sua Graça com suavidade. — Não incluímos as *cocottes* entre elas. A Pompadour é uma beleza sem sangue nobre, e de inteligência... pequena. Minha pupila não vai perturbar a cabeça com coisas desse tipo.

— Não, *Monseigneur* — concordou Léonie um tanto desconcertada. — Por favor, conte-me um pouco mais.

— Você é insaciável. Bem, vamos tentar. D'Anvau, que você já viu. Um homenzinho alto e indolente, com certa fama como esgrimista. Lavoulère vem de família antiga, e sem dúvida tem suas virtudes, ainda que tenham escapado à minha observação. Marchérand tem uma mulher vesga. Não preciso dizer mais. Château-Mornay vai diverti-la por meia hora, nada mais. Os salões de madame de

Marguéry são famosos no mundo todo. Florimond de Chantourelle parece um inseto. Possivelmente uma vespa, porque sempre veste cores vivas, e sempre nos aborrece.

— E o senhor de Saint-Vire?

— Saint-Vire é meu muito estimado amigo. Claro. Um dia, menina, contarei a respeito do conde tão querido. Mas hoje, não. Só direi, minha filha... Tenha cuidado com Saint-Vire. Está entendido?

— Sim, *Monseigneur*, mas por quê?

— Isso também contarei algum dia — disse Sua Graça calmamente.

XIV

Lorde Rupert Alastair Entra em Cena

Quando Avon deixou o interior, Léonie a princípio ficou desconsolada. A sra. Field não era uma companhia alegre porque sua mente vagava por doença e morte, e os modos indóceis das gerações mais jovens. Felizmente o tempo tornou-se mais quente e Léonie conseguia fugir da dama para o parque, sabendo bem que madame não gostava de qualquer forma de exercício.

Quando Léonie saía a cavalo, esperava-se que tivesse um cavalariço acompanhando-a, mas com muita frequência dispensava essa formalidade e explorava o campo sozinha, apreciando a liberdade.

A uns doze quilômetros da propriedade de Avon ficava a de Merivale, que pertencia a lorde Merivale e a sua bela mulher, Jennifer. Nos últimos anos milorde tornara-se indolente, e sua senhoria, durante duas curtas temporadas a preferida de Londres, não gostava da vida na cidade. Passava praticamente o ano inteiro em Hampshire, mas às vezes, no inverno, ficava em Bath, e, de vez em quando, milorde, sentindo saudades dos amigos da juventude, viajava para a cidade. A maioria das vezes milorde ia sozinho nessas expedições, mas nunca ficava fora muito tempo.

Não havia muitas semanas quando Léonie cavalgou na direção de Merivale. Os bosques que ficavam em torno da velha casa branca a encantaram e dirigiu-se para lá, olhando à sua volta com grande interesse.

Folhas novas brotavam das árvores, e aqui e ali flores prematuras de primavera surgiam entre a grama. Léonie tomou o caminho através do matagal, maravilhando-se com a beleza do bosque, até que chegou a um riacho que espumava e cantava sobre pedras redondas do leito. Ao lado desse riozinho, num tronco de árvore caído, estava sentada uma dama de cabelos castanhos e pele queimada de sol, com um bebê brincando no tapete a seus pés. Um garotinho, com um paletó bastante enlameado, pescava esperançosamente no riacho.

Léonie recolheu as rédeas, consciente de ter ultrapassado os limites. O jovem pescador a viu primeiro e chamou a dama no tronco caído.

— Olha, mamãe!

A senhora olhou para a direção que o dedo apontava, e as sobrancelhas levantaram com surpresa.

— Sinto muito — gaguejou Léonie. — A mata estava tão linda... eu já vou.

A dama levantou-se, adiantando-se pela faixa de grama que as separava.

— Está tudo bem, madame. Por que deveria ir? — Depois viu que o rostinho sob a aba do chapéu era o de uma criança, e sorriu. — Não quer desmontar, minha cara, e fazer-me um pouco de companhia?

O olhar incerto, suplicante, partiu dos olhos de Léonie. Assentiu com a cabeça, enquanto no rosto surgiam as covinhas.

— *S'il vous plaît, madame.*

— Você é francesa? Está passando tempos aqui? — indagou a dama.

Léonie tirou o pé do estribo e escorregou para o chão.

— Sou, estou passando uma temporada em Avon. Sou a... ah, esqueci a palavra!... a... pupila de *Monseigneur,* o duque.

A expressão da dama ficou anuviada. Fez um movimento como se quisesse se interpor entre Léonie e as crianças. O queixo de Léonie se levantou.

— Não sou nada além disso, madame, *je vous assure.* Estou sob os cuidados de madame Field, a parenta de *Monseigneur.* É melhor que eu vá, não é?

— Suplico-lhe que me perdoe, minha cara. Peço que fique. Eu sou Lady Merivale.

— Achei que era — confessou Léonie. — Lady Fanny me falou da senhora.

— Fanny? — O rosto de Jennifer desanuviou. — Você a conhece?

— Passei duas semanas com ela, quando cheguei de Paris. *Monseigneur* achou que não era *convenable* que eu ficasse com ele até que encontrasse uma dama adequada para ser minha governanta, entende?

No passado, Jennifer tivera experiência das ideias de Sua Graça a respeito do que era apropriado, e por isso não entendia absolutamente, mas era educada demais para dizer isso. Léonie e ela sentaram-se no tronco de árvore enquanto o menininho a encarava de olhos arregalados.

— Eu acho que ninguém gosta de *Monseigneur* — observou Léonie. — Só algumas pessoas, talvez. Lady Fanny, o sr. Davenant e eu, claro.

— Ah, você gosta dele, então? — Jennifer olhou-a, cheia de admiração.

— Ele é muito bom para mim, compreende — explicou Léonie. — Aquele é seu filhinho?

— É, aquele é John. Venha cumprimentar a moça, John.

John obedeceu e aventurou uma observação.

— Seu cabelo é tão curto, madame!

Léonie tirou o chapéu.

— Mas como é bonito! — exclamou Jennifer. — Por que você o cortou?

Léonie hesitou.

— Madame, por favor não me pergunte. Não tenho permissão para contar a ninguém. Lady Fanny disse que eu não devo.

— Espero que não tenha sido por causa de doença — disse Jennifer, com um olhar ansioso para os filhos.

— Ah, não! — Léonie assegurou-lhe. Outra vez hesitou. — *Monseigneur* não disse para eu não falar. Foi só Lady Fanny, e nem sempre ela é muito esperta, a senhora não acha? E suponho que ela não ia querer que eu não lhe contasse, porque a senhora esteve no convento com ela, *n'est-ce pas?* Acabei de me tornar uma moça, entende, madame.

— Como, minha cara? — perguntou Jennifer, assustada.

— Desde que tinha doze anos fui menino. Depois *Monseigneur* me encontrou e eu fui seu pajem. E... então ele descobriu que eu não era absolutamente menino e me fez sua filha. A princípio eu não gostava, e estas anáguas ainda me aborrecem, mas de certa maneira é muito agradável. Tenho tantas coisas só minhas e agora sou uma dama.

Os olhos de Jennifer suavizaram. Acariciou a mão de Léonie.

— Que menina mimosa! Quanto tempo você ficará em Avon?

— Não sei exatamente, madame. Será como *Monseigneur* quiser. E tenho de aprender muitas coisas. Lady Fanny deverá me apresentar, eu acho. É muita bondade, não é?

— Amabilidade prodigiosa — concordou Jennifer. — Como é que você se chama, minha cara?

— Chamo-me Léonie De Bonnard, madame.

— E seus pais fizeram o... o duque seu tutor?

— N-não. Eles faleceram há muitos anos. *Monseigneur* fez isso por ele mesmo. — Léonie baixou os olhos para o bebê. — Este também é seu filho, madame?

— É, menina, este é Geoffrey Molyneux Merivale. Ele não é lindo?

— Muito — disse Léonie, cortesmente. — Não entendo muito de bebês — admitiu, levantando-se e pegando o chapéu de plumas. — Tenho de voltar, minha senhora. Madame Field ficará agitada. — Sorriu maliciosamente. — Ela lembra muito uma galinha, sabe?

Jennifer deu uma gargalhada.

— Mas você voltará outra vez? Venha à minha casa um dia, e lhe apresentarei ao meu marido.

— Voltarei, se lhe agrada, madame. Gostaria de voltar. *Au revoir, Jean; au revoir, bébé!*

O bebê balbuciou e agitou a mão sem rumo. Léonie alçou-se para a sela.

— Não se sabe o que dizer para um bebê — observou. — Ele é muito bonito, claro — acrescentou. Curvou-se, chapéu na mão, e virando retornou pelo caminho que tinha vindo para a estrada.

Jennifer pegou o bebê e, mandando que John a seguisse, foi pela mata e atravessou os jardins, dirigindo-se para a casa. Entregou o bebê para a ama e foi procurar o marido.

Encontrou-o na biblioteca, examinando as contas, um homem alto, desprendido, com olhos cinzentos bem-humorados, e boca de lábios firmes. Esticou a mão.

— Por minha fé, Jennifer, cada vez que eu a olho acho você mais bonita — disse ele.

Ela riu e foi sentar-se no braço da cadeira em que ele estava.

— Fanny nos acha fora de moda, Anthony.

— Ah, Fanny...! Ela gosta de Marling com todo o coração.

— Gosta muito dele, Anthony, mas segue a moda da cabeça aos pés e gosta que outros homens lhe sussurrem coisas bonitas no ouvido. Temo que nunca hei de gostar dos modos da cidade.

— Meu amor, se eu descobrir que "outros homens" estão sussurrando no seu ouvido...

— Meu senhor!

— Minha senhora?

— O senhor é monstruosamente deselegante, senhor! Como se eles... como se eu gostasse!

— Você podia ser o sucesso da cidade, Jenny, se quisesse! — Ele apertou-lhe o abraço.

— Ah, é isso o que deseja, meu senhor? — gracejou ela. — Agora eu sei que está decepcionado com sua mulher. Eu lhe agradeço, senhor! — Afastou-se dele, e fez uma reverência zombeteira.

— Escute, menina arteira, sou o homem mais feliz na face da terra — disse milorde, então saltou e agarrou-a.

— Minhas felicitações, senhor. Anthony, você não soube de nada por Edward, soube?

— Por Edward? Não, por que deveria saber?

— Hoje encontrei uma moça no bosque que esteve passando tempos com os Marling. Fiquei pensando se ele lhe escrevera contando.

— Uma moça? Aqui? Quem era ela?

— O senhor ficará surpreso, milorde. Ela é muito criança, e... e diz que é a pupila do duque.

— Alastair? — Merivale enrugou a testa. — Que novo capricho pode ser esse?

— Eu não podia perguntar, claro. Mas não é estranho que... aquele homem... a adote?

— Por acaso pode ter-se modificado, meu amor.

— Ele nunca faria isso. Sinto pena desta criança... — estremeceu — nas suas mãos. Convidei-a para vir nos visitar algum dia. Agi certo?

Ele franziu as sobrancelhas.

— Não terei negócios com Alastair, Jenny. Não sou do tipo que esquece que Sua Graça sequestrou minha mulher.

— Naquela época eu ainda não era sua mulher — protestou. — E... e essa criança... Léonie... não é assim absolutamente. Ficaria tão satisfeita se você deixasse que ela viesse.

Ele lhe fez uma reverência extravagante.

— Minha senhora, é a dona de sua própria casa — disse ele.

Assim, quando Léonie cavalgou outra vez em direção a Merivale, foi recebida alegremente tanto por Jennifer quanto por seu senhor. A princípio ficou bastante tímida, mas o nervosismo sumiu diante do sorriso de Merivale. Tomando uma xícara de chá conversou alegre e naquele momento virou-se para seu anfitrião.

— Queria conhecê-lo, milorde — disse animadamente. — Ouvi falar muito... ah, muito... a seu respeito!

Merivale sentou-se empertigado.

— Quem neste mundo...? — começou, inquieto.

— Lady Fanny e *Monseigneur*. Conte-me, monsieur, realmente parou a carruagem de lorde Harding...?

— Por causa de uma aposta, menina, por uma aposta!

Ela deu uma gargalhada.

— Ah, eu sabia! E ele ficou muito zangado, não foi? E isso teve que ser mantido em segredo, porque nos... nos círculos di-plo-má--ti-cos...

— Pelo amor de Deus, mocinha!

— E *agora* o senhor é chamado de Salteador!

— Não, não, só pelos mais íntimos!

Jennifer balançou a cabeça para ele.

— Ah, meu senhor! Continue, Léonie. Conte-me mais. Este miserável me enganou, você há de saber.

— Senhorita — falou Merivale, enxugando a testa suada —, tenha piedade!

— Conte-me — insistiu ela. — Não foi muito emocionante ser salteador por uma noite?

— Muito — respondeu, sério. — Mas de maneira alguma respeitável.

— Não — concordou ela. — Nem sempre as pessoas querem ser respeitáveis, eu acho. Eu sou uma provação muito grande para todos, porque não sou absolutamente respeitável. Parece que uma dama pode fazer muitas coisas ruins e ainda ser respeitável, mas se se fala em coisas como calções então não é considerada feminina. Acho isso muito complicado.

Os olhos dele brilharam. Tentou reprimir o riso e não conseguiu.

— Por minha fé, a senhorita deve vir nos visitar com frequência! Não é sempre que temos a oportunidade de encontrar uma daminha tão encantadora.

— Da próxima vez vocês é que devem me visitar — respondeu ela. — Isso está certo, não está?

— Acho que... — começou Jennifer, pouco à vontade.

— Sua Graça e eu não nos visitamos — encerrou Merivale.

Léonie agitou as mãos no alto.

— Ah, *parbleu*! Todos que encontro são a mesma coisa! Não me surpreende que às vezes *Monseigneur* seja mau quando todo mundo é tão ruim com ele.

— Sua Graça tem uma maneira de tornar difícil alguém ser... hã... bom para ele — disse Merivale tristemente.

— Monsieur — respondeu Léonie com grande dignidade —, não é inteligente falar assim de *Monseigneur* na minha presença. Ele é a única pessoa no mundo que se importa com o que acontece comigo. Portanto, não escutarei pessoas que tentam me alertar contra ele. Faz com que alguma coisa dentro de mim ferva e me torne irada.

— Senhorita — disse Merivale —, suplico-lhe que me perdoe.

— Eu lhe agradeço, monsieur — retrucou com seriedade.

Depois disso, Léonie com frequência foi a Merivale, e uma vez jantou lá com a sra. Field, que não sabia da ruptura entre Avon e Merivale.

Passaram-se quinze dias sem se ter notícias de Justin, mas finalmente uma carruagem de estrada, cheia de bagagem, chegou a Merivale, e um jovem alto, requintado, saltou. Foi admitido na casa e recebido por Jennifer, que riu quando o viu e estendeu-lhe as duas mãos.

— Ora, Rupert! Você veio para ficar?

Beijou-lhe as mãos e depois o rosto.

— Puxa vida, Jenny, você está encantadora demais, por minha alma que está! Senhor, aqui está Anthony! Fico cogitando se ele viu.

Merivale apertou-lhe a mão.

— Qualquer dia desses, Rupert, vou lhe dar uma lição — ameaçou. — O que você pretende fazer? Trouxe bagagem suficiente para três homens.

— Bagagem? Absurdo, homem! Ora, só tem algumas coisinhas ali, dou-lhe minha palavra! É preciso vestir-se, você sabe, é preciso vestir-se. Anthony, qual é a confusão com Justin? Fanny está diabolicamente misteriosa, mas a história de que ele adotou uma menina já corre por toda a cidade! Que me dane, mas isso é... — interrompeu, lembrando-se da presença de Jennifer. — Vim para cá para ver com meus próprios olhos. Deus sabe como é Justin! Eu não — disse, e olhou atentamente para Merivale, com o rosto cheio de consternação. — Ele não está em Avon, está?

— Acalme-se — contemporizou Merivale. — Ele não está aqui.

— Graças a Deus. Quem é a menina?

— Uma criança bonita — respondeu Merivale, com cuidado.

— Sim, já tinha calculado isso. Justin sempre teve bom gosto... — Outra vez parou. — Com mil raios, peço desculpas, Jenny! Eu esqueci. Descuido desgraçado da minha parte! — Olhou pesarosamente para Merivale. — Sempre tenho de dizer a coisa errada. É esta minha cabeça oca, e a garrafa... bem, bem!

Merivale conduziu-o para a biblioteca, onde um lacaio entrou afinal, trazendo vinho. Rupert acomodou seu corpo comprido numa cadeira e bebeu imoderadamente.

— Para falar a verdade, Tony — disse, em tom de confidência —, sinto-me mais à vontade quando as damas não estão presentes. Minha língua me escapa, que me dane! Não, mas que Jenny é uma mulher diabolicamente maravilhosa... — acrescentou de modo apressado. — O que me espanta é você me receber na sua casa. Quando se pensa que meu irmão fugiu com Jenny... — Balançou a cabeça comicamente.

— Você é sempre bem-vindo. — Sorriu Merivale. — Não tenho medo de que vá sequestrar Jenny.

— Meu Deus, não! Não estou dizendo que não tenha me divertido com mulheres... É necessário, sabe. Honrar o nome, meu rapaz... mas não tenho muito gosto por elas, Tony, absolutamente nenhum. — Encheu novamente o copo. — É uma coisa curiosa, quando se chega a pensar nisso. Aqui estou eu, um Alastair, sem nunca ter um escândalo ligado a meu nome. Às vezes sinto... — Suspirou. — Que é como se eu não fosse um Alastair de verdade. Ora, nunca houve um de nós...

— Eu não desejaria a depravação, Rupert — disse Merivale secamente.

— Ah, eu não sei! Olhe Justin, agora, e onde estiver com certeza existe alguma mulher. Não estou dizendo nada contra ele, preste atenção, mas não nos amamos muito. Direi uma coisa a favor dele, contudo: ele não é mesquinho. Ouso afirmar, e você não acreditará, Tony, mas desde que ele conseguiu aquela fortuna nunca mais precisei viver como parasita — disse, levantando o olhar com algum orgulho. — Nunca mais.

— É maravilhoso — concordou Merivale. — E você veio aqui realmente para ver Léonie?

— É assim que ela se chama? Sim, e o que mais?

— Pensei que podia ser para ver Jennifer e eu. — Os olhos cinzentos começaram a cintilar.

— Ah, claro, claro! — Assegurou-lhe Rupert, empertigando o corpo apressadamente. Viu o brilho e recostou-se outra vez. — Diabos o levem, Tony, você está rindo de mim! Sim, tenho ideia de ver a última conquista de Justin. Ela está sozinha na Corte?

— Não, está com uma prima de vocês. Sra. Field.

— O quê, não é a velha prima Harriet? Deus, o que Justin fará a seguir? Desta vez está de olhos fixos no que é apropriado, hã?

— Creio que é verdade que ela não é nada mais do que sua pupila. — Rupert inclinou uma sobrancelha incrédula.

— Razão pela qual você deve tratá-la com o respeito devido, ou viaja de volta para a cidade.

— Mas, Tony... Diabos, você conhece Justin!

— Fico pensando se algum de nós o conhece. Eu conheço esta menina.

— Verei com meus próprios olhos — disse Rupert. Deu um risinho. — Daria qualquer coisa para ver a cara de Justin quando descobrir que eu andei invadindo suas terras! Não que eu queira aborrecê-lo; ele é diabolicamente desagradável quando fica zangado. — Fez uma pausa, franzindo as sobrancelhas de modo prodigioso. — Você sabe, Tony, muitas vezes fico pensando o que ele sente por mim. Ele gosta de Fanny, juro. Era incrivelmente rigoroso com ela antigamente... nunca acharia isso, não é?... Mas eu... Ele me dá uma bela mesada agora, contudo raramente tem uma palavra amiga para mim.

— Você quer uma palavra amiga dele? — inquiriu Merivale, alisando uma prega na manga de cetim.

— Ah, bem! Ele é meu irmão, você sabe! A parte estranha é que costumava se preocupar muito com o que acontecia comigo quando eu era mais moço. Sempre foi desgraçadamente frio e de fala macia, claro. Não me importo de lhe contar, Tony, ainda fico um tanto nervoso com ele.

— Não finjo entendê-lo, Rupert. Costumava achar que havia algo de bom nele escondido em algum lugar. A menina... Léonie... adora-o. Tenha cuidado com o que disser em sua presença!

— Meu caro amigo, não é provável que eu diga algo...

— É mais do que provável — retorquiu Merivale. — Com sua cabeça confusa, seu patife!

— Agora, por favor, isso não é justo! — exclamou Rupert, levantando-se num salto. — Patife, foi o que você falou? E o que me diz de salteador, meu rapaz?

— *Touché!* Pelo amor de Deus, Rupert, não espalhe essa notícia pela cidade! — pediu Merivale, sacudindo as mãos.

Rupert ajeitou o cabelo desalinhado e conseguiu assumir uma expressão de superioridade imensa.

— Ah, não sou assim tão tolo quanto você pensa, Tony, asseguro-lhe!

— Bem, graças a Deus! — respondeu Merivale.

XV

Lorde Rupert Conhece Léonie

Rupert cavalgou para a corte logo no dia seguinte e anunciou sua chegada com um badalar prolongado da sineta da porta, acompanhado por várias batidas ressoantes. Léonie estava sentada junto ao fogo no vestíbulo, e o barulho assustou-a um pouco. Quando o mordomo chegou para receber o visitante, levantou-se e espiou pelo canto do biombo para ver quem era. Uma voz alegre, jovial, chegou-lhe aos ouvidos.

— Olá, Johnson! Ainda não morreu? Onde está minha prima?

— Ah, é o senhor, milorde? — falou o velho. — Ninguém mais faria tanto barulho na porta, pode ter certeza. Madame está lá dentro.

Rupert passou-lhe a frente com passos fortes para o vestíbulo. Diante da visão de Léonie olhando-o com alguma agitação junto à lareira, tirou o chapéu e fez uma reverência.

— Desculpe-me, senhorita. Diabos me levem, o que aconteceu a este lugar? — Lançou um olhar atônito à sua volta. — Há séculos parecia uma catacumba, e agora...!

— É lorde Rupert, madame — explicou Johnson, como se se desculpasse. Franziu as sobrancelhas severamente para seu jovem amo. — O senhor não pode ficar aqui. Esta é a pupila de Sua Graça. Senhorita Léonie de Bonnard.

— Eu estou em Merivale, velho ranzinza — disse Rupert, imprudente. — Se a senhorita disser para eu ir, eu irei.

— Rupert? Ah, o senhor é irmão de *Monseigneur*! — O nariz de Léonie enrugou-se, num gesto de perplexidade.

— *Mon...?* Ah, sim, sim! É isso mesmo!

Léonie deu um pulo para a frente.

— Fico muito satisfeita em conhecê-lo — disse educadamente. — Agora faço-lhe uma reverência e o senhor beija minha mão, *n'est-ce pas?*

— Sim, mas... — Rupert a encarou.

— *Eh bien!* — Léonie se curvou e, ao levantar, ofereceu-lhe a mão delicada. Rupert beijou-a meticulosamente.

— Nunca na minha vida uma dama me disse para beijar-lhe a mão — observou ele.

— Eu não devia ter dito? — perguntou ansiosamente. — *Voyons*, essas coisas são muito difíceis de aprender! Onde está *Monseigneur*, por favor?

— Deus, eu não sei, minha cara! Nossa família não é unida, dou-lhe minha palavra!

— É o jovem Rupert. Eu sei. Tenho ouvido falar no senhor. — Léonie olhou-o com seriedade.

— Não falam muito bem de mim, ficarei deprimido. Sou o excluído da família.

— Ah, não! Ouvi pessoas falarem a seu respeito em Paris, e acho que gostam muito de você.

— Gostam, por Deus? Você veio de Paris, minha cara?

Ela confirmou com a cabeça.

— *Monseigneur* me tinha como pa... — Bateu com as mãos na boca, e os olhos brilharam.

Rupert ficou muito intrigado. Lançou um olhar de soslaio para os cabelos curtos.

— Pa...?

— Não devo contar. Por favor, não me pergunte!

— Você nunca foi seu *pajem*?

Léonie encarou a ponta dos pés.

— Aqui tem história! — disse Rupert, maravilhado. — Seu pajem, por tudo que é mais sagrado!

— Você não deve contar! — disse ela, com honestidade. — Prometa!

— Mudo como um peixe, minha cara! — respondeu prontamente. — Nunca pensei em encontrar um conto de fadas assim! O que você está fazendo escondida aqui?

— Estou aprendendo a ser uma dama.

— Milorde que se dane, escondendo sua presença! Meu nome é Rupert.

— É *convenable* que o chame assim? — indagou ela. — Eu não sei essas coisas, sabe?

— *Convenable*, minha cara? Dou-lhe minha palavra que é! Você não é a pupila de meu irmão?

— S-sou.

— *Eh bien*, então, como diria você mesma! Que diabos o levem, eis aqui minha prima!

A sra. Field desceu a escada, espiando com os olhos míopes.

— Bem, com certeza! É você mesmo, Rupert? — exclamou ela.

— Sou, prima, sou eu mesmo. Espero encontrá-la com a costumeira boa saúde — respondeu Rupert, adiantando-se para encontrá-la.

— A não ser por um trivial ataque de gota. Léonie! Você aqui?!

— Eu me apresentei, prima. Creio que sou algo assim como tio para ela.

— Um tio? Ah, não, Rupert, claro que não!

— Eu não o considerarei como tio — disse Léonie com o nariz empinado. — Você não é suficientemente respeitável.

— Meu amor!

Rupert explodiu numa gargalhada.

— Nem eu a considerarei como sobrinha, menina. Você é insolente demais.

— Ah, não, Rupert! — assegurou-lhe madame. — Na verdade ela é muito boa! — Olhou-o duvidosamente. — Mas, Rupert, você acha que devia estar aqui?

— Mandando-me embora de minha própria casa, prima?

— Protesto, não queria dizer...

— Estou aqui para conhecer a pupila de meu irmão, prima, o que é mais do que normal — declarou, a voz convincente. As sobrancelhas de madame voltaram ao normal.

— Se acha que é, Rupert... por favor... onde é que está hospedado?

— Em Merivale, prima, à noite, mas aqui, e isso lhe agrada, durante o dia.

— Justin... Justin sabe? — aventurou madame.

— Você está sugerindo que Alastair faria objeção à minha presença, prima? — indagou com indignação justa.

— Ah, na verdade não! Você me entendeu mal! Não tenho dúvida de que é monótono demais para Léonie ter somente a mim para lhe fazer companhia. Talvez possa cavalgar com ela uma vez ou outra. A menina deixa o cavalariço em casa, o que é imensamente impróprio, como já lhe disse várias vezes.

— Cavalgarei com ela todos os dias! — prometeu Rupert, com jovialidade. — Quero dizer, se ela quiser.

— Acho que gostaria — disse Léonie. — Nunca encontrei ninguém *tout comme vous*.

— Se chegamos a um acordo — disse Rupert —, nunca encontrei uma moça como você.

A sra. Field suspirou e balançou a cabeça.

— Temo que ela nunca fique exatamente como eu desejaria — falou tristemente.

— Ela será o sucesso da cidade — profetizou Rupert. — Você irá até o estábulo comigo, Léonie?

— Vou pegar o meu manto. — Assentiu e subiu agilmente a escada.

Quando voltou, a sra. Field pregara um sermão curto para Rupert e fez o rapaz prometer que se comportaria com Léonie de modo adequado ao decoro.

Assim que deixaram a casa, Léonie, dançando ao lado de Rupert com passos animados, levantou-lhe o olhar com um sorriso confiante.

— Eu arquitetei um plano — anunciou. — Veio-me à cabeça subitamente! Você faria o favor de esgrimir comigo?

— Faria o quê? — proferiu Rupert, parando rápido.

— Lutar com espadas! Esgrimir! — Impaciente, ela bateu o pé.

— Que o diabo me carregue, e depois? Sim, esgrimirei com você, sua arteira.

— Muito, *muito* obrigada! Sabe, *Monseigneur* começou a me ensinar, mas foi embora, a sra. Field não sabe absolutamente esgrimir. Eu lhe perguntei.

— Você devia pedir a Anthony Merivale para lhe ensinar, minha cara. Justin é bom, admito, mas Anthony certa vez quase levou a melhor sobre ele.

— Ah! Eu sabia que havia um mistério! Conte-me, *Monseigneur*, provocou algum escândalo com madame Jennifer?

— Fugiu com ela diante do nariz de Anthony, minha cara.

— *Vraiment?* Ela não gostou disso, suponho.

— Por Deus, não! Mas que mulher gostaria?

— Eu não me importaria — disse Léonie, com calma. — Mas Lady Merivale... ah, ela é outra coisa! Ela estava casada na época?

— De maneira nenhuma. Não é comum Justin ter casos com mulheres casadas. Queria se casar com ela.

— Não teria dado certo — observou sabiamente. — Ela teria cansado *Monseigneur*. Milorde então foi resgatá-la?

— Foi e tentou combater Justin *à outrance*. Marling impediu-o. Nunca houve uma cena assim! Eles não se falam agora, você já deve saber. É estranho demais, já que nos conhecemos desde que éramos crianças. Marling também não gosta muito de Justin.

— Ah! — Léonie mostrava-se desdenhosa. — É um homem bom, aquele, mas de uma insipidez!

— Mas isso é o suficiente para um homem sóbrio se casar com Fanny, asseguro-lhe.

— Acho sua família muito estranha — observou. — Todos se odeiam. Ah não, Lady Fanny, às vezes, demonstra amar *Monseigneur!*

— Bem, você sabe, tivemos como mãe uma pessoa irascível — explicou Rupert. — E o velho duque não era santo, Deus é quem sabe! Não é de admirar que tivéssemos crescido como cães raivosos.

Chegaram ao estábulo, para onde fora levado o cavalo de Rupert. Ele falou com um dos cavalariços, cumprimentando-o com afabilidade, e foi inspecionar os cavalos que havia ali. Quando voltaram para casa, Léonie e ele davam a impressão de que se conheciam há anos. Rupert estava maravilhado com a pupila do irmão e já tinha resolvido ficar algum tempo em Merivale. Uma menina que falava tão abertamente quanto um rapaz e que, ficava evidente, não esperava que ele lhe fizesse a corte era novidade para Rupert. Um mês atrás prestara homenagens à srta. Julia Falkner; estava cansado do passatempo, e disposto a fugir de companhia feminina. Mas Léonie, pensava, com sua afabilidade e modos estranhos, seria um divertimento agradável. Era muito jovem, também, e até então seus amores foram sempre mais velhos. Prometeu a si mesmo algumas semanas de pura alegria, sem o medo de que fosse ficar preso ao compromisso de casamento.

Voltou no dia seguinte e o lacaio que o recebeu informou que Léonie o esperava na galeria dos retratos. Dirigiu-se para lá e encontrou-a andando de paletó e calções, inspecionando os ancestrais.

— Por Deus! — exclamou. — Seu... seu moleque!

Ela se voltou rapidamente e colocou um dedo nos lábios.

— Onde está madame?

— Prima Harriet? Não a vi, Léonie, você devia usar sempre essas roupas. Ficam bem em você, pode acreditar!

— Eu também acho — suspirou. — Mas se disser isso a madame ela ficará agitada e dirá que não é feminino. Trouxe os floretes para cima.

— Ah, devemos esgrimir, não é, amazona?

— Você concordou!

— Como quiser! Como quiser! Diabos, gostaria de ver a reação de Julia se ela visse isso! — Deu um risinho, travesso.

Ela moveu a cabeça. Ainda não lhe falara da srta. Falkner. Passou a mão à sua volta, mostrando os diversos retratos.

— Sua família é muito numerosa, não é? Este é bonito. Parece um pouco com *Monseigneur*.

— Meu Deus, menina, esse é o velho Hugo Alastair! Um camarada diabolicamente libertino! São homens sombrios, todos eles, e encaram o mundo com desprezo, como o próprio Justin. Venha ver este aqui: é meu respeitável pai.

Léonie olhou para o rosto dissimulado de Rudolph Alastair.

— Ele não me agrada absolutamente — falou, com severidade.

— Jamais agradou alguém, minha cara. Aqui está Sua Graça. Era francesa como você. Meu Deus, alguma vez já viu uma boca como essa? Fascinante, sabe, mas tinha um gênio desgraçado.

Léonie continuou a andar em direção ao último retrato. Um olhar de admiração surgiu-lhe nos olhos.

— E este é... *Monseigneur*.

— Foi feito há um ano. Bom, não?

Os olhos cor de avelã sob as pálpebras caídas olhavam zombeteiramente.

— É, está bom — concordou Léonie. — Não é sempre que ele sorri desse modo. Acho que estava de bom humor quando foi pintado.

— Diabólico, não é? Espantoso, certamente, mas, senhor, que máscara facial maldita! Nunca confie nele, menina; é um diabo.

— Ele não é. Você é que é um gr-rande idiota! — Um rápido rubor invadiu-lhe as faces.

— Mas é verdade, minha cara. Eu lhe digo que ele é o próprio Satã. Diabos, eu devia saber! — Virou-se bem a tempo de ver Léonie pegar um dos floretes. — Aqui! O que você será para...? — Não foi adiante, mas saltou com mais velocidade do que dignidade atrás de uma cadeira, porque Léonie, de olhos chamejantes, saltava em sua direção de maneira alarmante e com reprovação muito ardente. Rupert ergueu a cadeira e segurou-a para manter Léonie a distância, um olhar de decepção cômica no rosto. Aí, quando Léonie berrou do outro lado da cadeira, ele girou nos calcanhares e fugiu pela galeria abaixo rindo em pânico, Léonie seguindo-o. Conduziu-o a um canto, onde tinha de ficar forçosamente, usando a cadeira como proteção.

— Não, não! Léonie, eu peço! Ei, você quase me atingiu! O botão cairá com certeza! Diabos a levem, isto é monstruoso. Baixe isso, sua gata brava! Baixe isso!

O ódio sumiu do rosto de Léonie. Baixou o florete.

— Eu queria matar você — disse calmamente. — Eu o *matarei* se disser para mim coisas desse tipo a respeito de *Monseigneur*. Saia daí. Você é covarde!

— Eu gosto disso! — Rupert pôs a cadeira no chão com cuidado. — Baixe esse maldito florete, e eu saio.

Léonie olhou-o e de repente deu uma gargalhada. Rupert saiu do canto, alisando o cabelo desarrumado.

— Você estava muito engraçado! — arquejou Léonie.

Rupert olhou-a sombriamente. As palavras faltaram-lhe.

— Gostaria de fazer de novo só para ver você correr!

Rupert se afastou. Um sorriso surgiu.

— Pelo amor de Deus, não! — suplicou ele.

— Não, não vou fazer — falou Léonie amavelmente. — Mas você não deve dizer aquelas coisas...

— Nunca mais! Juro que não direi! Justin é um santo!

— Vamos esgrimir agora, e não fale mais — ordenou Léonie. — Sinto muito tê-lo assustado.

— Ufa! — falou Rupert orgulhosamente.

— Você *estava* com medo! Eu vi seu rosto. Foi tão divertido... — os olhos cintilavam.

— Já chega — disse Rupert. — Fui apanhado de surpresa.

— Foi, não agi bem — observou ela. — Sinto muito, você compreende, tenho gênio forte.

— É, eu compreendo — careteou Rupert.

— É muito triste, *n'est-ce pas*. Mas estou realmente arrependida. Naquele momento ele se tornou seu escravo.

XVI

A Chegada do Conde de Saint-Vire

Os dias passaram depressa e ainda assim o duque não aparecia. Rupert e Léonie cavalgavam, esgrimiam e brigavam juntos como duas crianças, enquanto, de longe, os Merivale assistiam, sorrindo.

— Minha cara — disse o senhorio —, de modo estranho ela me lembra alguém, mas não consigo imaginar quem seja.

— Acho que nunca vi alguém igual a ela — respondeu Jennifer. — Meu senhor, acabo de pensar que seria muito bom se ela se casasse com Rupert.

— Ah, não! — atalhou ele, rápido. — Ela é muito criança, com certeza, mas, por Deus, é muito mais velha do que Rupert!

— Ou não é tão mais velha quanto seria necessário. Todas as mulheres são mais velhas do que os maridos, Anthony.

— Eu protesto; sou um homem de meia-idade, sério.

— Você não passa de um rapaz; sou muito mais velha — tocou-lhe o queixo. Ele ficou embaraçado e um tanto preocupado. — E gosto que seja assim — falou ela.

Nesse meio-tempo, em Avon, Léonie e seu companheiro divertiam-se juntos. Rupert a ensinava a pescar, e passaram dias maravilhosos, indo juntos ao riacho, voltando ao cair da tarde, cansados e molhados, inacreditavelmente sujos. Rupert tratava-a como um rapaz, o que lhe agradava, e ele lhe contava casos intermináveis da sociedade, o que também era agradável. Mas, acima de tudo, ela gostava quando ele contava recordações do irmão. Estas, ela ouvia por horas infindáveis, olhos brilhando e lábios entreabertos para absorver cada palavra.

— Ele é... ele é um grandioso *seigneur!* — disse certa vez orgulhosamente.

— Ah, é, cada centímetro dele, direi eu. Também não mede despesas. É incrivelmente inteligente. — Rupert balançou a cabeça com prudência. — Às vezes acho que não há nada que ele não saiba. Deus sabe como descobre as coisas, mas descobre. Muito cheio de pose, claro, mas isso é incrivelmente estranho, dou-lhe minha palavra. Não se consegue esconder um segredo dele. E sempre vem a você quando menos se espera... ou se quer. Ah, é sagaz, diabolicamente sagaz.

— Acho que você gosta um pouquinho dele — disse Léonie, com astúcia.

— Diabos, um pouquinho. Ah, ele pode ser bastante agradável, mas é tão raro que seja! Sente-se orgulho dele, você sabe, mas ele é diferente.

— Gostaria que ele voltasse — suspirou Léonie.

Dois dias depois, Merivale, a caminho para a aldeia de Avon, encontrou os dois correndo como selvagens pelo campo. Puxaram as rédeas quando o viram e se aproximaram. Léonie estava corada e ofegante, Rupert mostrava-se mal-humorado.

— Este Rupert é um grande idiota — proclamou Léonie.

— Ela me fez perder tempo — queixou-se Rupert.

— Não quero a sua companhia — disse Léonie, nariz empinado.

Merivale sorriu com a disputa dos dois.

— Sua senhoria disse agora que eu não passava de um rapaz, mas, por Deus, vocês me fazem sentir que tenho barba branca —

falou ele. — Até logo para vocês! — Continuou a cavalgar para a aldeia, a fim de tratar de negócios. Parou um pouco na Avon Arms e foi ao restaurante. Na entrada esbarrou num homem elegante que estava de saída.

— Desculpe-me, senhor — disse ele e encarando o outro com espanto. — Saint-Vire! Ora, o que está fazendo aqui, conde? Não tinha ideia...

Saint-Vire voltara, zangado, mas fez uma reverência agora e, se seu tom não era cordial, pelo menos era cortês.

— Seu criado, Merivale. Não pensei que o veria aqui.

— Eu também. Com tanto lugar, encontrarmo-nos aqui, que inusitado! O que o traz aqui por estes lados?

Saint-Vire hesitou por um momento.

— Estou indo visitar amigos — disse, depois de algum tempo. — Moram... a um dia de viagem deste lugar na direção norte. Minha escuna está em Portsmouth — falou e esticou a mão. — Fui forçado a interromper minha viagem a fim de me recuperar de uma ligeira indisposição que me atacou *en route*. O que você faria? Não se deseja chegar *souffrant* à casa de amigos.

Merivale achou a história esquisita, e os modos de Saint-Vire mais esquisitos ainda, mas era educado demais para demonstrar que não acreditava.

— Meu caro conde, é muito oportuno. Você me dará o prazer de sua companhia no jantar em Merivale? Tenho de apresentá-lo à minha mulher.

Mais uma vez parecia que Saint-Vire hesitava.

— Meu senhor, retomo a viagem amanhã.

— Bem, vá a Merivale esta noite, conde, eu lhe peço.

Quase o conde sacudiu os ombros.

— *Eh bien*, monsieur, é muito gentil. Eu lhe agradeço.

Ele chegou naquela tarde a Merivale e fez uma reverência profunda sobre a mão de Jennifer.

— Madame, é um grande prazer. Há muito desejava conhecer a esposa do meu amigo Merivale. É muito tarde para felicitar, Merivale?

— Estamos casados há quatro anos, conde — respondeu Anthony, rindo.

— Ouviu-se falar muito da beleza da sra. baronesa — disse Saint-Vire.

Jennifer retirou a mão.

— Queira sentar-se, meu senhor. Sempre fico contente ao conhecer os amigos de meu marido. Para onde o senhor está se dirigindo?

Saint-Vire acenou vagamente a mão.

— Para o norte, madame. Vou visitar meu amigo... hã... Chalmer.

— Chalmer? Acho que não conheço... — A testa de Merivale enrugou-se.

— Ele vive muito recluso — explicou Saint-Vire, e dirigiu-se outra vez para Jennifer. — Madame, creio que nunca a encontrei em Paris.

— Não, senhor, não tenho saído do meu país. Meu marido vai lá às vezes.

— Devia levar madame — Saint-Vire sorriu. — Você é encontrado com frequência, *n'est-ce pas?*

— Não tanto quanto você — respondeu Merivale. — Minha mulher não gosta da vida da cidade.

— Ah, compreende-se então por que você não demora muito no exterior ultimamente, Merivale!

O jantar foi anunciado e eles foram para a sala ao lado. O conde sacudiu o guardanapo.

— A senhora mora num país encantador, madame. Os bosques aqui são soberbos.

— São ainda melhores na propriedade de Avon — disse Anthony. — Há carvalhos esplêndidos lá.

— Ah, Avon! Estou desolado por saber que o duque está fora. Esperava... mas não tem de ser.

No recesso do cérebro de Merivale a memória agitou-se. Certamente houvera algum escândalo há muitos anos.

— Não, Avon, eu creio, está em Londres. Lorde Rupert está hospedado conosco... ele está na sede agora, jantando com a sra. Field e a srta. De Bonnard, a pupila do duque.

— Senhorita De...?

— Bonnard. O senhor sabia que Avon adotou uma filha?

— Ouvi rumores — falou o conde lentamente. — Então ela está aqui?

— Por algum tempo apenas. Deve ser apresentada em breve, eu acho.

— *Vraiment?* — O conde bebeu vinho. — Sem dúvida ela está *ennuyée* aqui.

— Acho que ela está muito bem — respondeu Merivale. — Há muita diversão em Avon. Ela e aquele patife do Rupert gostam de brincar de pique-esconde nos bosques. Não passam de um casal de crianças!

— É? — Saint-Vire inclinou ligeiramente a cabeça. — E o duque, você disse, está em Londres?

— Não posso afirmar com certeza. Ninguém jamais sabe onde estará no momento seguinte. Léonie espera-o todos os dias, eu acho.

— É uma pena que não o tivesse encontrado — observou Saint-Vire mecanicamente.

Depois do jantar, Merivale e ele jogaram piquê juntos, e logo Rupert entrou com passos largos, ficando imóvel no portal, diante da figura do visitante.

— Ora... muito dedicado, conde — disse duramente, e dirigiu-se para onde Jennifer estava sentada. — O que este camarada está fazendo aqui? — murmurou-lhe no ouvido.

Ela levou o dedo aos lábios.

— O conde acabou de dizer que sente muito não ter encontrado seu... seu irmão, Rupert — falou com clareza.

Rupert encarou Saint-Vire.

— Eh! Ah, sim! Meu irmão ficará muito triste, asseguro-lhe, senhor. Veio visitá-lo?

Um músculo tremeu ao lado dos lábios grossos do conde.

— Não, milorde. Estou indo para casa de amigos. Pensei que talvez encontrasse o duque também no caminho.

— Por favor, deixe que eu seja o portador de algum recado que deseje mandar-lhe, senhor — falou Rupert.

— *Cela ne vaut pas la peine, m'sieur* — disse o conde cortesmente.

Assim que ele partiu, Rupert lançou um olhar mal-humorado para seu anfitrião.

— Diabos o levem, Tony, por que convidou aquele camarada para vir aqui? O que ele está fazendo na Inglaterra? Por minha alma, foi muito ruim tê-lo encontrado e ser gentil!

— Não vi nenhuma gentileza — observou Merivale. — Houve alguma disputa entre ele e Alastair?

— Disputa! Ele é nosso inimigo, meu caro! Ele insultou-nos o nome! Dou-lhe minha palavra que insultou! Você não sabe? Ele nos odeia como o diabo! Tentou chicotear Justin anos atrás.

O esclarecimento atingiu Merivale.

— Claro que lembro! Por que havia de fingir querer encontrar-se com Alastair?

— Eu não gosto dele — falou Jennifer, perturbada. — Seus olhos me fazem tremer. Acho que ele não é bom.

— O que me deixa atônito — disse Rupert — é por que ele seria a imagem viva de Léonie.

Merivale assustou-se.

— É isso, então! Eu não conseguia pensar onde já tinha visto alguém parecido com ela! O que isso pode significar?

— Ah, mas Léonie não se parece com ele! — protestou Jennifer. — É o cabelo ruivo que faz vocês dizerem isso. Léonie tem um rostinho meigo!

— Cabelo ruivo e sobrancelhas escuras — falou Rupert. — Diabos, creio que há mais coisa nisso aí do que nós pensamos! É bem próprio de Justin fazer jogo demorado, que me dane se não é isso!

Merivale riu dele.

— Que jogo, desmiolado? — perguntou rindo

— Eu não sei, Tony. Mas se você convivesse com Justin por tantos anos quanto eu, não riria disso. Justin não esqueceu a briga, juro! Ele nunca esquece. Tem alguma coisa por trás disso, aposto.

XVII

De Capturas, Perseguições e Confusões

— Aн, *PARBLEU!* — disse Léonie, desgostosa. — Esse Rupert está sempre atrasado, o *vaurien*!

— Meu amor muito querido — repreendeu-a a sra. Field —, essa expressão! Realmente, não é própria para uma jovem dama! Tenho de suplicar-lhe...

— Hoje não sou dama absolutamente — explicou Léonie. — Quero que *Monseigneur* volte.

— Minha querida, não é apropriado que você...

— Ah, bá — falou Léonie, indo embora.

Dirigiu-se para seus aposentos e sentou-se desconsolada na janela.

— Passaram-se duas semanas desde que *Monseigneur* me escreveu — refletiu ela. — E na carta me disse que não demoraria muito. *Voyons*, isso não é jeito de manter essa promessa! E Rupert está atrasado outra vez.

Surgiu-lhe uma centelha nos olhos. Deu um salto.

— Vou fazer uma brincadeira com Rupert — disse ela.

Com tal intenção, tirou os trajes masculinos do armário e arrancou as saias. O cabelo crescera mas ainda não estava comprido o suficiente para ficar preso por um coque. Ainda se amontoava em miríades de cachos macios. Escovou-os, tirando-os da testa, vestiu a camisa, os calções e o paletó e, pegando o tricórnio, correu escada abaixo. Felizmente a sra. Field não estava à vista, assim fugiu sem permissão ou reprimendas para o jardim. Foi a primeira vez que se aventurou a sair com seus trajes masculinos, e, como era um prazer proibido, os olhos cintilavam travessamente. Rupert, com toda a complacência, era um tanto conservador.

Com certeza ficaria chocado ao vê-la desfilando vestida assim pelo campo, era exatamente esse o seu objetivo. Dirigindo-se para os bosques, correu na direção da estrada na esperança de encontrá-lo.

A meio caminho, do outro lado da pradaria que a separava da mata, vislumbrou Rupert vindo do estábulo, carregando o chapéu embaixo do braço e assobiando alegremente. Léonie levou as mãos em concha à boca.

— Olá, Rupert! — gritou com alegria.

Rupert viu-a, parou por um momento, e depois dirigiu-se com passos fortes na sua direção.

— Diabos a levem, o que vai acontecer a seguir? — gritou. — Por minha alma, é um escândalo, que se dane se não é! Já para casa, sua atrevida!

— Não irei, Rupert! — gritou sarcasticamente, e se afastou dançando. — Você não pode me obrigar!

— Não posso, é? — berrou Rupert, e, deixando cair o chapéu, começou a correr.

Léonie mergulhou direto no bosque, fugiu como se quisesse salvar a própria vida, porque sabia muito bem que, se a alcançasse, Rupert não hesitaria em pegá-la e levá-la para casa.

— Espere só até eu a pegar! — Ameaçou Rupert, esbarrando na vegetação. — Diabos, rasguei meu babado, e a renda custou-me quinze guinéus! Que transtorno... mas onde está você!

Léonie soltou um grito zombeteiro, que ecoou pela mata, e continuou a correr, escutando Rupert progredir desajeitadamente atrás dela. Conduziu-o para fora e para dentro do bosque, através de arbustos, girando em círculos, e pelo riacho, sempre se mantendo apenas fora da visão, até que se viu chegando à estrada. Teria voltado se não tivesse a oportunidade de ver uma carruagem leve de viagem parada nas proximidades. Ficou surpresa e pôs-se na ponta dos pés para espiar por cima de um espinheiro baixo. A distância ouviu a voz de Rupert, meio exasperada, meio risonha. Jogou a cabeça para trás para chamá-lo e, quando fez isso, para seu espanto viu o conde de Saint-Vire, caminhando rapidamente por um dos caminhos que levava à mata. Estava de sobrancelhas franzidas e os lábios grossos mais pareciam uma tromba. Ele levantou os olhos e veio correndo na sua direção.

— Eu lhe desejo bom-dia, Léon, o pajem — disse ele, e as palavras pareciam farpas. — Não esperava encontrá-lo tão cedo. A sorte está comigo desta vez, eu acho.

Léonie recuou um pouco. O aviso de Avon estava em sua mente.

— *Bonjour, m'sieur* — disse ela, calculando o que ele estava fazendo na propriedade do duque, e por que estava na Inglaterra. — O senhor vai visitar *Monseigneur*? — perguntou, com a testa enrugada. — Ele não está aqui.

— Estou desolado — respondeu Saint-Vire sarcasticamente e foi direto para ela, que se encolheu, e num acesso de pânico inexplicável chamou por Rupert.

— Rupert, Rupert, *à moi!*

Ainda que gritasse, Saint-Vire estava com a mão sobre sua boca e o braço em torno da cintura. Lutando loucamente, foi arrancada do chão e obrigada a correr para onde estava a carruagem esperando. Sem piedade ela mordeu a mão que lhe tapava a boca. Ouviu o sussurro de um palavrão, a mão aliviou um pouco, e ela sacudiu a cabeça e gritou outra vez.

— Rupert, Rupert, *on m'emporte! À moi, à moi, à moi!*
A voz dele chegou a ela.
— Quem... o quê... O quê, diabos...?
Então foi atirada na carruagem, esperneou furiosamente, mas foi jogada de novo. Ouviu Saint-Vire dar uma ordem ao cocheiro; depois sentou-se ao lado dela, e o coche partiu sacolejando.

Rupert veio em passos decididos para a estrada, impetuoso e desarrumado, apenas a tempo de ver a carruagem desaparecer numa curva no caminho, na direção da aldeia.

A princípio supusera que Léonie estava apenas implicando com ele, mas o segundo grito trazia uma nota de pavor sincero; contudo, não havia mais sinal dela. Com a impetuosidade característica prosseguiu direto pela estrada perseguindo a carruagem, nunca parando para conjeturar a respeito da sabedoria de voltar ao estábulo para pegar o cavalo. Estava completamente exausto, sem chapéu, os punhos rasgados e a peruca torta. A carruagem sumiu da vista, porém ele continuou a correr até que lhe faltou o fôlego. Aí caiu no meio-fio. Quando recuperou o fôlego, disparou outra vez, rindo da situação cômica. Não fazia ideia de quem agarrara Léonie, ou por quê, mas tinha certeza de que ela estava na carruagem. Seu espírito combativo estava aguçado e, acidentalmente, o amor pela aventura, decidiu pegar a carruagem ainda que lhe custasse a vida. Assim, correndo e andando, alternadamente, chegou afinal à aldeia a quatro quilômetros de distância, e vendo a primeira casa mais uma vez acelerou o passo.

O ferreiro estava trabalhando na oficina, e levantou os olhos atônitos quando a figura bem conhecida de Rupert se aproximou.

— Ei, aí! — gritou Rupert. — Uma carruagem... passou por este caminho. Para onde... foi?

— Sim, milorde? — O ferreiro levantou, tirando um cacho da testa.

— Diabos... o levem! A carruagem!

— Sim, milorde, sim — falou o ferreiro, atarantado.

— Passou... por... aqui? — indagou Rupert em tom histérico. Afinal o ferreiro entendeu do que se tratava.

— Ora, sim, milorde, e parou em Arms. Partiu há vinte minutos.

— Maldição! Para onde?

O ferreiro balançou a cabeça.

— Peço desculpas, milorde, mas não estava olhando.

— Você é um idiota — disse Rupert e seguiu o caminho.

O proprietário de Avon Arms era mais comunicativo. Veio alvoroçado receber o amo, e levantou as mãos ao vê-lo.

— Meu senhor! Ora, perdeu o chapéu! Seu paletó, senhor...

— O paletó não tem importância — disse Rupert. — Para onde foi a carruagem?

— O coche do francês, senhor?

Rupert tinha se sentado no banco, mas de um salto pôs-se de pé.

— Francês? *Francês?* Então é isso, não é? Ah, o conde! Mas que diabo queria com Léonie?

O proprietário olhou-o solidariamente, e esperou que ele explicasse.

— Cerveja! — pediu Rupert e sentou-se outra vez. — E um cavalo e uma arma.

O proprietário estava mais perplexo do que nunca, mas afastou-se para pegar a cerveja numa caneca grande. Rupert bebeu-a depressa e respirou fundo.

— A carruagem parou aqui? — inquiriu. — O senhor viu a pupila de meu irmão nela?

— A srta. Léonie, meu senhor? Não, na verdade! O cavalheiro francês não saltou. Estava bastante apressado, senhor, parece-me.

— Canalha! — Rupert sacudiu o punho, irado.

O sr. Fletcher recuou um passo.

— Você não, idiota — falou Rupert. — Para que o coche parou?

— Ora, senhor, a conta não tinha sido paga, e o senhor deixara a maleta. O criado saltou, veio correndo aqui para acertar o débito comigo, pegou a maleta e saiu do lugar antes que eu tivesse tempo de respirar. São pessoas esquisitas, esses franceses, meu senhor, pois nunca sonharia que o cavalheiro se propusesse a partir hoje. Estavam apressados como o diabo, também, e nunca vi junta de cavalos tão bons!

— Que sua alma sombria apodreça! — Enfureceu-se Rupert. — O diabo está lá agora, sem erro. Um cavalo, Fletcher, um cavalo!

— Cavalo, senhor?

— Maldição, havia de querer uma vaca? Cavalo, homem, e depressa!

— Mas, senhor...

— Que te enforquem! Vá arrumar um cavalo e uma pistola!

— Mas, senhor, não tenho cavalos de montaria aqui! O fazendeiro Giles tem um cavalo forte, mas...

— Nenhum cavalo? Miséria, é uma desgraça! Vá pegar o animal que está com o ferreiro agora! Vá, já!

— Mas, meu senhor, aquele é do sr. Manvers, e...

— Diabos levem o sr. Manvers! Aqui, vou eu mesmo! Não, fique! Uma pistola, homem.

O estalajadeiro ficou embaraçado.

— Meu senhor, foi o sol que deve ter lhe atrapalhado as ideias!

— Sol nesta época do ano? — rugiu Rupert, completando desesperado. — Vá arranjar uma pistola, já!

— Sim, senhor, sim! — falou Fletcher, e retirou-se apressado.

Rupert tomou o caminho do ferreiro e encontrou-o assoviando para si mesmo enquanto trabalhava.

— Coggin! Coggin, estou chamando!

— Sim, meu senhor? — O ferreiro parou.

— Ande logo com esta ferradura, homem! Eu quero o cavalo!

— Mas... mas não é um dos cavalos de Sua Graça, senhor... — Coggin encarou-o, de boca aberta.

— Desde quando Sua Graça possui um bruto desses? Você acha que eu sou idiota?

— Mas este é o ruão do sr. Manvers, senhor!

— Não me importa quem seja o dono deste ruão! — gritou Rupert. — Eu o quero e isso basta! Quanto tempo você vai levar para ferrá-lo?

— Ora, senhor, vinte minutos ou talvez mais.

— Um guinéu para você se apressar! — Rupert procurou nos bolsos e tirou duas coroas. — E peça-o ao Fletcher — acrescentou, guardando as duas coroas de novo. — Não fique sentado olhando para mim, homem! Bata essa ferradura, ou eu pego o martelo para enfiar juízo na sua cabeça. Que me dane se não faço!

Ameaçado, o homem começou a trabalhar com boa vontade.

— O cavalariço foi a pé para a Fazenda Fawley, meu senhor — declarou ele depois de algum tempo. — O que sua senhoria deseja que eu lhe diga quando ele voltar?

— Diga-lhe para apresentar os cumprimentos de lorde Rupert Alastair ao sr. Manvers... quem, diacho, *é* o sr. Manvers?... e agradecer-lhe o empréstimo do cavalo. — Rupert caminhou em volta do animal, inspecionando os pontos. — Cavalo, não é? Um saco de ossos de ancas grandes! Homens não têm o direito de possuir um espantalho desses! Você me ouviu, Coggin?

— Ouvi, senhor. Certamente, senhor!

— Ande com essa ferradura, depois leve o animal para Arms. — Rupert saiu para a rua outra vez na direção da hospedaria, onde encontrou Fletcher esperando-o com uma pistola grande.

— Está carregada, senhor — avisou-lhe Fletcher. — Na verdade, milorde, o senhor tem certeza de que está bem?

— Não importa! Que direção tomou a carruagem?

— O caminho de Portsmouth, senhor, assim julgo. Mas com certeza não está pensando em ir atrás dela?

— O que mais havia de fazer, idiota? Quero um chapéu. Arranje-me um.

Fletcher resignou-se ao inevitável.

— Se o senhor condescendesse em aceitar meu chapéu domingueiro...

— Sim, será suficiente. Prepare a conta e eu pagarei... hã... quando voltar. Diabo de Coggin! Será que vai levar a noite inteira nesse trabalho? Já estão com mais de uma hora de adiantamento em relação a mim!

Mas afinal Coggin veio conduzindo o ruão. Rupert guardou a pistola no coldre da sela, apertou os arreios e montou. O ferreiro deu vazão a um último apelo.

— Meu senhor, o sr. Manvers é um cavalheiro rabugento e na realidade...

— Para o diabo com o sr. Manvers. Estou cansado do camarada! — falou Rupert e partiu a meio-galope.

O cavalo emprestado não era um corredor veloz, como logo descobriu Rupert. Alimentava suas próprias ideias quanto a manter uma andadura conveniente e quase sempre conseguia mantê-la, para sua própria satisfação e desespero de Rupert. Assim eram quase quatro horas da tarde quando ele chegou a Portsmouth e tanto ele quanto a montaria estavam muito cansados.

Foi direto para o cais, onde ficou sabendo que a escuna particular ancorada ali nos últimos três dias tinha partido há uma hora. Rupert jogou o chapéu do sr. Fletcher no chão.

— Que falta de sorte, estou atrasado demais!

O capitão do porto olhou-o com surpresa cortês e pegou-lhe o chapéu.

— Agora diga-me — falou Rupert, desmontando. — Foi um canalha francês que desembarcou?

— Foi, senhor, era um cavalheiro estrangeiro com cabelo ruivo e o filho.

— Filho? — exclamou Rupert.

— É, senhor, um rapaz que estava doente. O senhor disse que estava com febre. Ele o carregou para bordo como morto, todo embrulhado num manto grande. Eu disse para Jimmy aqui, "Jim, é uma vergonha embarcar o rapaz, doente como ele está".

— Narcotizada, por Deus! — exclamou Rupert. — Hei de beber-lhe o sangue por isso! Levou-a para a França, foi o que ele fez! Agora, o que há de querer com ela? Ei, você! Quando é que sai o próximo navio para o Havre?

— Ora, senhor, não há nenhum navio que lhe sirva até quarta-feira — disse o capitão do porto. Os punhos de Rupert podiam estar rasgados e o casaco enlameado, mas o capitão do porto conhecia um cavalheiro quando estava diante de um.

Rupert baixou os olhos para o homem, pesarosamente.

— Que sirva para mim, hã? Bem, bem! — Apontou o chicote para um vaso em ruínas carregado com fardos de tecido. — Qual o destino daquilo ali?

— Havre, senhor, mas é apenas um cargueiro, como vê.

— Quando parte?

— Hoje à noite, senhor. Já ficou aqui mais dois dias, esperando que o vento mudasse, mas partirá com a maré logo depois das seis.

— É esse o navio que me serve — falou Rupert rispidamente. — Onde está o comandante?

— Não passa de um navio sujo, senhor e nunca um... — O capitão do porto ficou perturbado.

— Sujo? Eu também estou sujo, diabos! — disse Rupert. — Vá procurar o capitão, e diga-lhe que quero uma passagem para a França esta noite.

Assim o capitão do porto partiu, para voltar dentro de pouco tempo com um indivíduo corpulento usando roupas toscas, com grande barba preta. Este cavalheiro olhou Rupert, impassível, e, tirando da boca o cachimbo de barro comprido, proferiu duas palavras.

— Vinte guinéus.

— O que é isso? — perguntou Rupert. — Não pago nada além de dez, seu biltre!

O homem barbado cuspiu deliberadamente no mar, mas não pronunciou nenhuma palavra. Um brilho perigoso surgiu nos olhos de Rupert. Bateu com o chicote de montar no ombro do homem.

— Camarada, eu sou o lorde Rupert Alastair. Você receberá dez guinéus de mim e quanto ao resto providenciarei para que se dane.

O capitão dos portos ficou de orelhas em pé.

— Ouvi dizer, milorde, que Sua Graça tem o *Silver Queen* ancorado no porto de Southampton.

— Que o diabo leve Justin! — exclamou Rupert, enraivecido. — Ele tem sempre o hábito de tê-lo aqui!

— Quem sabe se o senhor cavalgasse até Southampton...

— Cavalgar para o inferno! Hei de encontrá-lo sendo pintado, provavelmente. Agora, vamos, camarada, dez guinéus!

O capitão do porto levou o colega para um lado, e sussurrou apressadamente. Afinal ele voltou, e dirigiu-se a Rupert.

— Eu digo, meu senhor que quinze guinéus é um preço justo.

— Quinze guinéus é! — falou Rupert prontamente, pensando nas duas coroas que tinha no bolso. — Terei de vender o cavalo.

— Às seis horas nós partimos e não esperamos por ninguém — resmungou o comandante, e se afastou.

Rupert dirigiu-se para a cidade e com boa sorte conseguiu vender o ruão do sr. Manvers pela soma de vinte guinéus. Resolvida a venda, foi para a hospedaria no cais e refrescou-se com um banho e uma jarra de ponche. Assim, fortificado, embarcou no navio que partia e sentou-se num monte de cordas, apreciando muito a aventura mas nem um pouco satisfeito.

— Por Deus, nunca estive numa perseguição tão doida! — observou, olhando para o céu. — Eis que Saint-Vire desapareceu com Léonie, o Senhor sabe por quê, ou para onde, por falar nisso; e eu, no encalço, estou aqui, com cinco coroas no meu bolso e o chapéu do dono da hospedaria na cabeça. O que vou fazer quando encontrar a pirralha? É um negócio demasiado suspeito, isso que é, concluiu. Aposto que Justin está atrás de tudo isso. E onde, diabos, ele se meteu?

Subitamente jogou a cabeça para trás e deu uma gargalhada.

— Diabos, daria qualquer coisa para ver a cara da prima Harriet quando descobrir que eu sumi com Léonie! Ei, ei, eis aqui, com certeza, uma bela complicação, podem acreditar. Não sei onde estou, não sei onde Léonie está, e o mesmo acontece com ela. E em Avon ninguém sabe onde nós nos encontramos!

XVIII

A Indignação do Sr. Manvers

A sra. Field estava preocupada, porque já passava das seis da tarde e nem Léonie nem Rupert tinham voltado. Consideravelmente agitada, mandou um mensageiro a Merivale para perguntar se os traquinas estavam lá. Meia hora depois o lacaio voltou, com Merivale cavalgando a seu lado. Merivale foi depressa para a sala de estar e assim que entrou a sra. Field levantou-se.

— Ah, lorde Merivale! Ah, o senhor trouxe a menina para casa? Estou tão aflita, porque não a vi mais desde as onze horas da manhã, ou talvez mais tarde, ou um pouco mais cedo, não sei dizer ao certo. E nenhum sinal de Rupert, por isso pensei que talvez pudessem estar com o senhor...

Merivale interrompeu a torrente de palavras

— A última vez que vi os dois foi durante a manhã, quando Rupert saiu para vir para cá — disse ele.

O queixo da mulher caiu. E o leque também, e ela começou a chorar.

— Ah, Deus, ah, Deus, e Justin dizendo-me para tomar conta dela! Mas como posso dizer, com certeza foi seu próprio irmão! Ah, meu Deus, será que... será que eles fugiram para casar?

Merivale pousou o chapéu e o chicote na mesa.

— Fugir para casar? Absurdo, madame! Impossível!

— Ela sempre foi uma criança rebelde — chorou. — E Rupert tão sem juízo! Ah, o que devo fazer, senhor? O que devo fazer?

— Peço-lhe que enxugue as lágrimas, madame! — rogou Merivale. — Acho que não há nada tão sério como uma fuga para casar. Pelo amor de Deus, acalme-se.

Mas, para seu desespero, madame teve um ataque histérico. Milorde voltou-se para o criado.

— Volte a Merivale, meu homem, e peça a sua senhoria para vir se juntar a mim aqui — ordenou ele, com um olhar inquieto para a senhora prostrada. — E mande a criada de madame aqui! Talvez as crianças estejam nos pregando uma peça — murmurou para si mesmo. — Madame, suplico-lhe, não se alarme indevidamente!

A criada da sra. Field veio correndo com os sais, e um tempo depois a dama já estava um pouco recuperada, deitada no sofá e apresentando o céu como testemunha de que tinha se esforçado tanto quanto possível. A todas as perguntas que Merivale lhe fazia, só conseguia responder que não tivera ideia de tanta maldade, e, quando pensava em Justin, preocupava-se com o que ele iria dizer de tudo isso. Lady Merivale chegou e foi levada à sala de estar.

— Madame! Ora, madame, o que é isso? Anthony, eles não voltaram? Maldição, estão tentando nos assustar! Espero que seja isso. E é isso! Não se apoquente, madame, eles voltarão logo. — Dirigiu-se para a dama de companhia, que estava agitada, e começou a esfregar-lhe as mãos. — Suplico-lhe, madame, acalme-se. Não é um assunto tão grave, tenho certeza. Pode ser que tenham se perdido em algum lugar, porque saíram a cavalo, pode estar certa.

— Minha cara, Rupert conhece cada centímetro deste campo — disse Merivale calmamente. Virou-se para o lacaio: — Tenha a bondade de mandar alguém ao estábulo para ver se milorde e a srta. Léonie pegaram os cavalos.

Dez minutos depois o homem voltou com a notícia de que o cavalo de lorde Rupert estava solto numa baia e passara ali o dia inteiro. Sabendo disso, madame teve um outro ataque histérico, e Merivale franziu as sobrancelhas.

— Não entendo — observou ele. — Se eles fugiram para casar...

— Ah, Anthony, será que eles fizeram isso? — exclamou Jennifer, horrorizada. — Ah, certamente que não! Ora, a menina não consegue pensar em outra coisa que não seja o duque, e quanto a Rupert...

— Escute! — disse milorde atentamente, e levantou a mão.

Lá fora ouviram cavalos, e o rolar de rodas no cascalho. Madame assustou-se.

Anthony e Jennifer decidiram deixar a sofrida senhora e apressaram-se para o vestíbulo. A grande porta da frente continuava aberta e Sua Graça de Avon entrou na casa, num casaco elegante de veludo púrpura, enfeitado de dourado e, por cima de tudo, um sobretudo de muitas capas, descuidadamente aberto, e botas altas engraxadas. Parou no portal e levantou o monóculo para examinar os Merivale.

— Pobre de mim! — falou languidamente. — Uma honra inesperada. Sou seu criado dedicado, senhora.

— Ah, céus! — exclamou Merivale, para todos, como um menino arrependido.

Os lábios de Sua Graça tremeram, mas Jennifer ficou muito vermelha. Merivale adiantou-se.

— O senhor deve perdoar essa intromissão indesejada, duque — começou ele formalmente.

— Em absoluto — Sua Graça fez uma reverência. — Estou encantado. — Merivale retribuiu a reverência.

— Fui chamado para acudir a sra. Field — informou ele. — De outro modo não estaria aqui, creia-me.

Com calma, o duque livrou-se do sobretudo e ajeitou os babados dos punhos.

— Não seria melhor nos dirigir para a sala de estar? — sugeriu ele. — O senhor estava dizendo, parece-me, que tinha vindo acudir minha prima. — Tomou o caminho para a sala de estar e, curvando-se, fez com que entrassem. A sra. Field, vendo-o, deu um berro, e caiu para trás nas almofadas.

— Ah, misericórdia, é Justin! — gritou ela.

— Acalme-se, madame! Acalme-se! — disse Jennifer, correndo para ela.

— Você parece estar estranhamente aflita, prima — observou Sua Graça.

— Ah, Justin... ah, primo! Não tenho ideia! Pareciam tão inocentes! É difícil acreditar...

— Inocentes! Claro que eram! — bufou Merivale. — Já chega dessa loucura de fuga para casar! Não passa de conversa de crianças!

— Ah, Anthony, você acha isso mesmo? — perguntou Jennifer, agradecida.

— Não quero parecer importuno — falou o duque —, mas gostaria de uma explicação. Posso perguntar onde está minha pupila?

— Isso — disse Merivale — é o ponto principal do assunto.

O duque ficou completamente imóvel.

— Realmente! — falou com suavidade. — Peço que continue. Prima, tenho de pedir que pare de se lamentar.

Os soluços ruidosos baixaram. Agarrou a mão de Jennifer, que fungou, pesarosa.

— Não sei nada além disso — continuou Merivale. — Ela e Rupert estão ausentes desde as onze horas da manhã.

— Rupert? — perguntou Sua Graça.

— Devia ter-lhe dito que Rupert está hospedado conosco há três semanas.

— O senhor me espanta — disse Avon. Os olhos estavam duros como ágatas. Virou-se e colocou a caixa de rapé na mesa. — O mistério parece estar resolvido — completou.

— Senhor! — foi Jennifer quem falou. Sua Graça olhou-a, indiferente. — Se está pensando que... que eles fugiram para casar, tenho certeza... ah, tenho certeza de que não é nada disso! Uma ideia dessas nunca passou pela nossa cabeça!

— Então? — Avon olhou de um para outro. — Peço-lhes que me esclareçam!

Merivale balançou a cabeça.

— Por minha fé, não posso. Mas apostaria minha honra que amor nunca lhes passou pela mente. São verdadeiras crianças, e mesmo agora suspeito que possam estar nos pregando uma peça. Mais do que isso... — Fez uma pausa.

— Sim? — interrompeu Avon.

Jennifer contemporizou.

— A menina não fala em outra coisa a não ser no senhor! — disse impetuosamente. — O senhor tem toda sua... sua adoração!

— Achava isso — respondeu Avon. — Mas as pessoas podem enganar-se. Creio que há um ditado que diz que juventude quer juventude.

— Não é nada disso — Merivale afirmou. — Ora, eles estão sempre brigando! Além do mais não levaram cavalos. Pode ser que estejam escondidos em algum lugar para nos assustar.

Um lacaio aproximou-se.

— Sim? — falou Avon sem virar a cabeça.

— O sr. Manvers, Vossa Graça, deseja falar com milorde Rupert.

— Não conheço o sr. Manvers — disse o duque —, mas pode mandá-lo entrar.

Entrou um cavalheiro pequeno, ereto, de faces vermelhas e olhos zangados, brilhando. Olhou o grupo reunido e, dirigindo-se para o duque, proferiu uma pergunta:

— É lorde Rupert Alastair, senhor?

— Não, não sou — respondeu Sua Graça.

— É o senhor? — perguntou o homem, irado, a Merivale.

— Meu nome é Merivale — replicou Anthony.

— Então onde está lorde Rupert Alastair? — inquiriu o sr. Manvers, numa voz abafada pela raiva.

Sua Graça tomou rapé.

— Isso é o que todos nós queríamos saber — falou.

— Diabos, senhor, acha que pode brincar comigo? — bufou o sr. Manvers.

— Nunca brinquei com ninguém — respondeu o duque.

— Estou aqui para encontrar lorde Rupert Alastair! Exijo falar com ele! Quero que me dê explicações!

— Meu caro senhor — disse Avon —, por favor, junte-se a nós! Nós todos queremos isso.

— Quem, diabos, é o senhor? — gritou o homenzinho desesperado.

— Senhor — curvou-se Sua Graça. — Creio que *sou* o diabo. Assim dizem.

Merivale foi sacudido por um riso silencioso.

— Esta é uma casa de loucos? — perguntou o homem. — Quem é ele?

— Ele é o duque de Avon — disse Merivale sem firmeza.

O sr. Manvers pulou outra vez para Avon.

— Ah! Então o senhor é irmão de lorde Rupert! — concluiu.

— Para minha desgraça, senhor, creia-me.

— O que exijo saber é isto! — falou o sr. Manvers. — *Onde está meu ruão!*

— Não tenho a menor ideia — respondeu Sua Graça placidamente. — Nem mesmo tenho certeza de que sei do que o senhor está falando.

— Por Deus, eu também não sei — disse Merivale, com um risinho.

— Meu cavalo ruão, senhor! Onde está? Responda-me!

— Temo que o senhor tenha de aceitar minhas desculpas — falou o duque. — Não sei nada a respeito do seu cavalo. Na verdade, no momento, não estou interessado em seu cavalo... ruão ou outro qualquer.

O sr. Manvers levantou os punhos para o céu.

— Interessado nele! — explodiu. — Meu cavalo roubado!

— O senhor tem toda minha solidariedade — bocejou Sua Graça. — Mas não consigo ver o que isso tem a ver comigo.

O sr. Manvers deu um murro na mesa.

— Roubado, senhor, por seu irmão, lorde Rupert Alastair, exatamente neste dia!

As palavras provocaram um silêncio repentino.

— Continue! — pediu Sua Graça. — O senhor agora nos interessa demais. Onde, quando, como e por que lorde Rupert roubou-lhe o cavalo?

— Ele o roubou na aldeia, hoje de manhã! E posso dizer, senhor, que considero uma insolência flagrante! Uma insolência que me enfurece! Sou homem calmo, senhor, mas quando recebo um recado de um homem de posição, de título...

— Ah, ele deixou um recado, não é? — interpôs Merivale.

— Com o ferreiro, senhor! Meu cavalariço foi com o ruão à aldeia, e, como o cavalo perdeu uma ferradura, ele o levou ao ferreiro! Enquanto Coggin estava ferrando o animal, meu empregado foi a pé a Fawley para executar minhas ordens — respirou profundamente. — Quando voltou, o cavalo tinha desaparecido! O ferreiro... maldito seja por ser idiota!... diz-me que lorde Rupert insistiu em levar o cavalo... *meu* cavalo, senhor!... e deixou-me seus cumprimentos e me... me *agradecia* por emprestar-lhe o meu cavalo!

— Muito correto — disse Sua Graça.

— Diabo, senhor, é monstruoso!

Jennifer deu uma gargalhada.

— Ah, existe alguém como aquele rapaz? — exclamou ela. — O que, meu Deus, ele havia de querer com seu cavalo, senhor?

O sr. Manvers fechou a cara para ela.

— Exatamente, madame! Exatamente! O que ele queria com meu cavalo? O homem está maluco e devia ser preso! Coggin disse-me que ele chegou à aldeia correndo como um demente, sem chapéu na cabeça! E nenhum daqueles idiotas embasbacados teve o senso de impedi-lo de pegar meu cavalo! Um bando de idiotas, senhor!

— Não consigo acreditar nisso — disse Avon. — Mas ainda não sei como sua informação pode nos ajudar.

O sr. Manvers lutava consigo mesmo.

— Senhor, eu não vim aqui para ajudá-lo! — respondeu, irritado. — Vim exigir meu cavalo!

— Eu o entregaria, senhor, se estivesse comigo — disse Sua Graça, bondosamente. — Infelizmente lorde Rupert é que está com seu cavalo.

— Então exijo que seja recuperado!

— Não se preocupe! — aconselhou-o Avon. — Sem dúvida ele o devolverá. O que queria saber é por que lorde Rupert queria seu cavalo, e para onde ele foi.

— Se aquele parvo do dono da taberna é digno de confiança — falou o sr. Manvers —, ele foi para Portsmouth.

— Fugindo do país, evidentemente — murmurou Sua Graça. — Lorde Rupert estava acompanhado de uma dama?

— Não, não estava! Lorde Rupert partiu numa disparada desgraçada perseguindo uma carruagem, ou algo assim.

Os olhos do duque arregalaram-se.

— Estou começando a ver a luz — disse. — Continue.

Merivale balançou a cabeça.

— Ainda estou no escuro — confessou. — O mistério cresce.

— Ao contrário — replicou Sua Graça suavemente. — Estamos quase resolvendo o mistério.

— Não compreendo o que dizem... não compreendo ninguém! — explodiu o sr. Manvers.

— Não esperávamos que entendesse — disse Avon. — Lorde Rupert, o senhor disse, foi para Portsmouth perseguindo uma carruagem. Quem estava naquela carruagem?

— Algum francês maldito, Fletcher disse.

Merivale assustou-se; o mesmo aconteceu com Jennifer.

— Francês? — repetiu Merivale. — Mas o que Rupert...

Sua Graça sorria tristemente.

— O mistério está resolvido — disse ele. — Lorde Rupert, sr. Manvers, tomou emprestado seu cavalo para perseguir o sr. conde de Saint-Vire.

— Você sabia que ele estava aqui, então? — Merivale arquejou.

— Não sabia.

— Então, como, em nome de Deus...?

Outra vez o duque tomou rapé.

— Meu caro Anthony, digamos... intuição?

— Mas... mas por que Rupert perseguia Saint-Vire? E... e o que Saint-Vire estava fazendo a caminho de Portsmouth? Ele me disse que estava viajando para o norte a fim de visitar um amigo! Isso está além do meu entendimento!

— O que eu quero saber — falou Jennifer — é onde está Léonie.

— Sim, essa é a questão. — Merivale assentiu com a cabeça.

— Com sua licença, senhor — interpôs o sr. Manvers —, mas a questão é: Onde está meu cavalo?

Eles se voltaram para o duque procurando esclarecimento.

— Léonie — disse o duque — neste momento está a caminho da França, na companhia do conde de Saint-Vire. Rupert, eu calculo, também está a caminho da França, porque suponho que não tenha chegado a tempo de interceptá-los. O cavalo do sr. Manvers tem toda a probabilidade de estar em Portsmouth. A menos que, claro, Rupert o tenha levado para a França com ele.

O sr. Manvers caiu sentado na cadeira mais próxima.

— Levado... meu cavalo para a França, senhor? Ah, é monstruoso! É monstruoso!

— Pelo amor de Deus, Avon, seja mais claro! — suplicou Merivale.

— Por que Saint-Vire fugiu com Léonie? Ele nem a vira!

— Ao contrário — falou Avon —, ele a viu muitas vezes.

— Ah, senhor, ele não lhe fará mal? — perguntou Jennifer, pondo-se de pé.

— Não, ele não lhe fará mal, minha senhora — replicou Avon, e havia um brilho nos olhos. — Sabe, não haverá tempo para isso. Ele tem Rupert firme atrás dele... e eu.

— O senhor partirá?

— Claro que partirei. Siga meu exemplo e coloque sua confiança em Rupert. Por enquanto, parece que lhe serei eternamente grato.

— Alastair, o que, em nome de Deus, significa tudo isso? — indagou Merivale. — O próprio Rupert jurou que havia um mistério assim que viu a semelhança de Léonie com Saint-Vire.

— Então Rupert viu isso? Parece-me que subestimei a inteligência de meu irmão. Creio que posso satisfazer sua curiosidade. Venha à biblioteca comigo, meu caro Merivale.

A inimizade passada estava esquecida. Anthony foi para a porta. O sr. Manvers saltou da cadeira.

— Mas tudo isso não resolve o problema do meu cavalo! — falou ele amargamente.

Com a mão na porta, Avon parou e olhou para trás.

— Meu bom senhor — disse altivamente. — Estou cansado do seu cavalo. Quando chegar a hora, ele lhe será devolvido. — Saiu com Merivale, e fechou a porta. — Um momento, Anthony. Johnson!

— Vossa Graça? — O mordomo aproximou-se.

— Providencie para que Thunderbolt e Blue Peter sejam atrelados ao tílburi imediatamente, coloque a maleta grande nele e diga a uma das criadas para colocar numa mala uma muda de roupa para a srta. Léonie. Dentro de meia hora.

— Pois não, Vossa Graça — cumprimentou o velho, curvando-se.

— E agora, Merivale, por aqui.

— Por Deus, você é frio como o diabo! — exclamou Merivale e seguiu-o para a biblioteca.

Sua Graça foi para a escrivaninha e tirou dali um estojo com duas pistolas marchetadas de ouro.

— Resumindo, Anthony, o assunto é este: Léonie é filha de Saint-Vire.

— Nunca soube que ele tivesse uma filha!

— Ninguém sabe. Você pensou que ele tivesse um filho, não?

— Foi. Bem, naturalmente! Já vi o rapaz muitas vezes.

— Ele é tão filho de Saint-Vire quanto você — revelou Sua Graça, batendo na culatra da pistola. — O nome dele é Bonnard.

— Santo Deus, Alastair, você quer dizer que Sain-Vire teve a audácia de trocar as crianças? Por causa de Armand?

— Fico maravilhado por ver que você compreende tão bem a situação — falou o duque. — Peço-lhe que não passe isso adiante porque ainda não chegou a hora.

— Muito bem, mas que baixeza! Ele sabe que você tem conhecimento do fato?

— É melhor contar-lhe a história inteira — suspirou Avon.

Quando finalmente saíram da biblioteca, o rosto de Merivale era só emoções confusas, e ele parecia estar sem palavras. Jennifer encontrou-os no vestíbulo.

— O senhor está partindo? O senhor... a trará de volta?

— Isso não posso dizer — respondeu Avon. — Ela estará segura comigo, minha senhora.

— Sei, senhor, sinto que seja assim. — Baixou os olhos.

Sua Graça olhou-a.

— A senhora me surpreende — disse ele.

Ela estendeu a mão, hesitando.

— Ela me contou tanta coisa. Não posso evitar estar certa de sua... bondade. — Fez uma pausa. — Senhor, o que... o que se passou entre nós é passado e deve ser esquecido.

Sua Graça curvou-se sobre a mão; os lábios sorriam.

— Jenny, ficaria ofendida se eu dissesse que já esqueci você?

— Não — respondeu ela, e um riso tremeu-lhe na voz. — Ficaria satisfeita.

— Minha cara, não desejo nada melhor do que satisfazê-la.

— Acho — falou ela — que agora existe alguém que ocupa um lugar maior do que eu jamais ocupei em seu coração.

— Você errou, Jenny. Eu não tenho coração — replicou ele.

Fez-se um silêncio, que foi quebrado por um lacaio.

— Vossa Graça, o tílburi está esperando.

— Como é que você vai atravessar? — perguntou Merivale.

— No *Silver Queen*. Está no porto de Southampton. A menos que Rupert já o tenha comandado. Se isso tiver acontecido, suponho que tenho de alugar um navio.

O sr. Manvers aproximou-se.

— Senhor, não ficarei com a mulher histérica — disse ele. — O senhor insiste que está cansado de ouvir falar do meu cavalo, mas quero recuperá-lo imediatamente!

O duque tinha colocado o manto grande, e agora pegava o chapéu e as luvas.

— Milorde Merivale ficará encantado em atendê-lo — disse ele, com um sorriso vago. Fez uma reverência profunda para todos e partiu.

XIX

Lorde Rupert Ganha a Segunda Escaramuça

Léonie acordou, suspirando. A náusea começava a tomar conta dela e durante alguns minutos ficou com os olhos fechados, em semiconsciência. Gradativamente afastou os efeitos da droga e tentou levar a mão à cabeça. Olhou à sua volta, atônita, e descobriu que estava num sofá em aposentos estranhos, sozinha. Pouco a pouco a memória foi voltando, e ela levantou-se, indo até a janela.

— *Tiens!* — falou, olhando para fora. — Onde estou? Não conheço este lugar. Estou no mar. — Olhou o porto, perplexa. — Aquele homem deu-me uma bebida ruim, eu lembro. Ao que parece, caí no sono. Onde está o conde malvado? Acho que o mordi com muita força; que o chutei, tenho certeza. E então chegamos àquela hospedaria... onde era?... a quilômetros e quilômetros de Avon... e ele me deu café. — Ela deu uma risadinha. — E o atirei nele. *Como* ele disse palavrões! Depois me deu mais café e me fez beber. Rá! Ele chamava aquilo de café? Porcaria! E depois? *Peste*, não sei mais nada! — Voltou a olhar o relógio no consolo da lareira e franziu as sobrancelhas. — *Mon Dieu*, o que é isso? — Aproximou-se e olhou-

-o fixamente. — *Sotte!* — dirigiu-se a ele. — Como é que você pode estar marcando meio-dia? Era meio-dia quando ele me fez beber aquela porcaria horrível. *Tu ne marches pas.*

O tique-taque cadenciado demonstrou-lhe que mentia. Pôs a cabeça de lado.

— *Comment? Voyons*, eu não compreendo isso absolutamente. A menos que... — Os olhos se arregalaram. — Já é o dia seguinte? — perguntou-se. — *Já* é o dia seguinte! Aquele homem me fez dormir o dia e a noite inteiros! *Sacrebleu*, como sinto raiva dele! Estou satisfeita por tê-lo mordido. Sem dúvida ele pretende me matar, mas por quê? Talvez Rupert venha me salvar, mas acho que eu mesma me salvarei e não esperarei por ele, por que *não* quero que este conde me mate — cogitou ela. — Não, pode ser que ele não queira me matar. Mas se não quer... *Grand Dieu*, será que quer fugir comigo? Não, não é possível, porque ele acredita que eu seja um rapaz. E não acho que ele possa me amar muito. — Os olhos brilharam maliciosamente. — Agora irei — disse ela.

Mas a porta estava trancada, e as janelas eram pequenas demais para permitir que ela fugisse. O cintilar desapareceu, e a boca delicada demonstrava revolta.

— *Parbleu, mais c'est infame!* Ele me trancou aqui dentro, *enfin*! Ah, estou com muita raiva! — Colocou o dedo nos lábios. — Se tivesse uma adaga, eu o mataria, mas não tenho punhal, *tant pis*. E agora? — Fez uma pausa. — Estou um pouco amedrontada, eu acho — confessou. — Tenho de fugir desta pessoa malvada. Será melhor, talvez, se fingir que estou dormindo.

Soaram passadas. Rápida como o pensamento, Léonie voltou para o sofá, cobriu-se com o manto e ficou de olhos fechados. Uma chave foi inserida na fechadura, e alguém entrou. Léonie ouviu a voz de Saint-Vire.

— Traga aqui o *déjeuner*, Victor, e não deixe ninguém entrar. A criança ainda dorme.

— *Bien, m'sieur.*

Quem é Victor?, conjeturou Léonie. É o criado, suponho. *Dieu me sauve!*

O conde veio para o seu lado e curvou-se sobre ela, ouvindo-lhe a respiração. Léonie tentou aplacar as batidas inconvenientemente fortes do coração. O conde, com certeza, não notou nada de anormal, porque se afastou outra vez. Pouco depois Léonie ouviu o tinir de louça.

É muito duro ter de ficar escutando este animal comer quando estou com tanta fome, refletiu ela. Ah, mas hei de fazer com que fique muito arrependido!

— Quando monsieur quer que atrelem os cavalos? — indagou Victor.

Ah!, pensou Léonie. Ainda vamos viajar mais então!

— Não precisamos nos apressar agora — respondeu Saint-Vire. — Partiremos às duas.

Os olhos de Léonie quase se abriram. Controlou-se com esforço. *Le misérable!*, pensou selvagemente. Estou em Calais? Não, tenho certeza de que não. Talvez esteja no Havre. Não vejo o que fazer de imediato, mas com certeza vou continuar dormindo. Fomos para Portsmouth então. Acho que Rupert *virá*, se ele tiver visto o caminho que tomamos, mas não devo esperar por ele. Gostaria de morder este homem outra vez. *Diable*, parece que estou em grande perigo! Estou sentindo muito frio nas entranhas, e gostaria que *Monseigneur* viesse. Isso é bobagem, claro. Ele não sabe nada do que aconteceu comigo. Ah! Agora este animal come, enquanto eu passo fome! Com certeza hei de fazer com que se arrependa!

— O rapaz dorme demais, monsieur — falou Victor. — Já devia ter acordado.

— Não espero isso — replicou Saint-Vire. — Ele é jovem, e lhe dei uma dose forte. Não há motivo para preocupação e talvez seja melhor para o meu objetivo se ele dormir um pouco mais.

Sans doute!, pensou Léonie. Então foi isso! Ele me narcotizou! Ele é de uma maldade! Preciso respirar mais fundo.

O tempo foi se arrastando, mas afinal surgiu alguma agitação lá fora, e Victor entrou no cômodo outra vez.

— A carruagem está esperando, monsieur. Devo levar o rapaz?

— Eu o levarei. Pagou o débito?

— Sim, monsieur.

Saint-Vire encaminhou-se para Léonie e levantou-a. Ela amoleceu o corpo, para dar a impressão de que estava realmente dormindo.

Tenho de deixar minha cabeça cair para trás, assim! E minha boca um pouco aberta, assim! *Voyons*, estou sendo esperta! Mas não sei nem um pouco o que vai acontecer comigo. Este homem é um idiota.

Foi levada para fora, colocada na carruagem, e apoiada em almofadas.

— Vocês seguirão para Rouen — ordenou Saint-Vire. — *En avant!*

Isso torna-se cada vez mais difícil. Não vejo como possa fazer algo a não ser continuar a dormir enquanto este homem estiver ao meu lado. Em algum momento pararemos para trocar os cavalos, pois, parece-me, estes não são bons. Talvez este animal, o conde, salte então. Se pensa que estou dormindo fará isso, porque vai querer comer outra vez. Mas *ainda assim* não vejo como possa escapar. Farei uma prece ao *Bon Dieu* para que Ele me mostre uma maneira.

Nesse meio-tempo a carruagem seguia num passo razoável, o conde tirou um livro do bolso e começou a ler, relanceando de vez em quando para a figura inerte a seu lado. Uma vez tomou o pulso de Léonie e deu a impressão de ficar satisfeito, porque afundou-se no canto e retomou a leitura.

Devia ter passado mais de uma hora de viagem quando aconteceu. Houve um sacolejar horrível, um abalo, e a carruagem virou lentamente na vala, de modo que a porta do lado de Léonie ficou a apenas um metro da cerca. Ela foi jogada violentamente contra o lado do coche, com Saint-Vire por cima, e foi só à custa de força de vontade suprema que se absteve de bater-lhe com a mão a fim de se salvar.

Saint-Vire lutou para pôr-se de pé e apoiou-se na porta lateral, gritando para saber o que estava acontecendo. A voz de Victor respondeu:

— A roda traseira, monsieur! Temos um dos cavalos no chão e um dos tirantes arrebentado!

Saint-Vire proferiu diversos palavrões e olhou para a sua presa, hesitante. Mais uma vez curvou-se sobre ela, ouvindo-lhe a respiração e depois saltou para a estrada, fechando a porta. Léonie, que o ouviu juntar-se à confusão lá fora, levantou-se com um salto. Com cautela abriu a porta que se apoiava instável na cerca e saltou, andando na ponta dos pés. Os homens se encontravam junto às cabeças dos cavalos, e Saint-Vire estava oculto por um dos condutores temerários. Bastante curvada, para não se fazer notar, fugiu, e, chegando a uma brecha na cerca elevada, atirou-se abrindo caminho pelo campo à sua frente. Estava escondida, mas sabia que a qualquer momento Saint-Vire poderia descobrir-lhe a fuga, e isso a motivou a continuar a correr, tonta e trêmula, voltando pelo caminho que viera, procurando desesperadamente um esconderijo. O campo estendia-se pelos dois lados da estrada; a curva ficava a uns cem metros adiante, e não havia sinal de habitação humana.

Então ouviu a distância o som de cascos de cavalo na estrada dura, vindo a galope do Havre. Espiou através da cerca, calculando se ousaria chamar o cavalheiro furioso para parar e acudi-la. O cavalo estava fazendo a curva. Viu um casaco azul conhecido, enlameado de cima a baixo, punhos rasgados, e um rosto jovem, corado, tomado pelo nervosismo.

Abriu caminho pela cerca, voou para a estrada e acenou com as mãos.

— *Rupert, Rupert, j'y suis!* — esganiçou-se ela.

Rupert parou, fazendo o cavalo empinar nos quartos e deixou escapar um grito de triunfo.

— Depressa! Depressa! — Léonie batia os pés, e correu para o estribo.

Ele a suspendeu na sua frente.

— Onde está ele? Onde está aquele salafrário desgraçado? — perguntou. — Como é que você...

— Vire, vire! — ordenou ela. — Ele está ali, com aquela carruagem, e há outros! Ah, depressa Rupert! — Empurrou o cavalo para o outro lado, mas Rupert o mantinha imóvel.

— Não, diabos, hei de derramar-lhe o sangue, Léonie, eu jurei...

— Rupert, há três com ele, e você não tem espada! Agora ele já viu! *Nom de Dieu, en avant!*

Ele olhou por cima do ombro, indeciso. Léonie viu Saint-Vire tirar uma pistola do bolso e enfiou os calcanhares nos flancos do cavalo com toda a força. O animal saltou para a frente; uma bala passou sibilando pela face de Léonie, velozmente; Rupert soltou um palavrão horrível, e o cavalo disparou pela estrada. Surgiu uma segunda explosão e Léonie sentiu Rupert balançar na sela e ouviu-lhe a respiração apressada.

— *Touché*, por Deus! — arquejou ele. — Siga em frente, sua doida!

— *Laisse moi, laisse moi!* — gritou ela e arrancou as rédeas dele, forçando o cavalo assustado a fazer a curva. — Segure em mim, Rupert, está tudo bem agora.

Rupert ainda conseguiu gargalhar.

— Está bem, é? Deus... que... perseguição! Firme, firme! Há um... caminho mais adiante... vire... nunca vá para o Havre.

Ela enroscou a rédea nas mãozinhas e puxou corajosamente.

— Ele montará um dos cavalos — falou, pensando depressa. — E cavalgará para o Havre. É, é, vamos seguir pelo caminho, Rupert, *mon pauvre*, você está muito ferido?

— No ombro direito... não é nada. Deve... haver... uma aldeia. Lá está o caminho! Firme o cavalo, firme o cavalo! Boa menina! Ei, que aventura!

Entraram correndo no caminho, viram alguns bangalôs à frente e uma fazenda. Num impulso Léonie parou a montaria, virou-a de lado para a cerca e fez o cavalo avançar pelos campos. Depois dirigiu-o, através dos campos, num galope.

Rupert oscilava na sela.

— Para onde você... está indo? — perguntou roucamente.

— *Laisse moi!* — repetiu. — Aquela era muito perto da estrada. Com certeza ele iria nos procurar. Vou mais adiante.

— Diabos, deixe que ele nos procure! Hei de disparar um tiro através de seu coração maldito, ora se hei.

Léonie não deu atenção, mas continuou a cavalgar com o olho atento à procura de um abrigo. Sabia que Rupert estava perdendo sangue e que não aguentaria por muito tempo. Para a direita, a distância, viu a torre de uma igreja, e seguiu para lá, com o coração gelado de medo.

— Tenha coragem, Rupert! Segure-se em mim e tudo vai dar certo!

— Sim, estou bastante bem — falou Rupert com a voz fraca. — Coragem que se dane! Não hei de ser eu que vou fugir! Que se dane, posso enfiar a mão no buraco que fez em mim! Suavemente, suavemente, e tenha cuidado com as tocas de coelho!

Dois quilômetros adiante a vila foi alcançada, um abrigo pequeno e pacífico, onde a igreja jazia placidamente. Homens trabalhando nos campos olhavam espantados o casal de fugitivos, mas eles cavalgaram pelos paralelepípedos, até chegarem a uma hospedaria muito pequena, com uma tabuleta balançando sobre a porta, e estábulos arruinados pelo pátio.

Léonie recolheu as rédeas e o cavalo parou tremendo. Um cavalariço dirigiu-se para eles, de pano de chão na mão.

— Você aí! — gritou Léonie de modo imperioso. — Venha ajudar monsieur a desmontar! Depressa, grande idiota! Ele foi ferido por... por salteadores!

O homem olhou, amedrontado, para a estrada, mas, não vendo nenhum salteador à vista, atendeu ao chamado. Então o proprietário saiu para ver o que estava acontecendo, um homem enorme com uma peruca esfarrapada na cabeça e um brilho nos olhos. Léonie estendeu a mão para ele.

— Ah, *la bonne chance!* Ajude monsieur, eu lhe peço! Estávamos viajando para Paris e fomos atacados por um bando de ladrões de estrada.

— Pelas chagas de Cristo! — exclamou Rupert. — Você acha que eu fugiria de um bando de salteadores sujos? Pense numa outra história, pelo amor de Deus!

O senhorio passou um braço em torno de Rupert, levantando-o. Léonie escorregou para o chão e ficou tremendo.

— *Mon Dieu*, que fuga! — exclamou o proprietário. — Esses salteadores! Você, Hector! Pegue as pernas de monsieur e me ajude a levá-lo para o quarto de hóspedes.

— Diabos o levem, deixe minhas pernas em paz! — amaldiçoou Rupert. — Eu posso... eu posso andar!

Mas o senhorio, homem experiente, viu que ele estava quase desmaiando e levou-o para cima, sem mais confusão, para um quarto pequeno. Ele e o cavalariço puseram Rupert na cama, e Léonie caiu de joelhos a seu lado.

— Ah, mas ele está mortalmente ferido! — gritou ela. — Ajude-me a tirar-lhe o paletó!

Rupert abriu os olhos.

— Bobagem! — disse ele e mergulhou na inconsciência.

— Ah, um inglês! — exclamou o proprietário, lutando com o paletó muito apertado de Rupert.

— Um lorde inglês — assentiu Léonie com a cabeça. — E eu sou seu pajem.

— *Tiens!* Qualquer um havia de ver que se trata de um grande cavalheiro. Ah, um paletó tão bom e tão estragado! Devemos rasgar a camisa. — Começou a fazer isso e, virando-o para seu lado, deixou a ferida descoberta. — Precisa de um médico, *bien sûr*. Hector irá até o Havre. Estes salteadores!

Léonie encontrava-se ocupada estancando o sangue.

— É, um médico! — começou. — Ah, mas o Havre! Ele será... eles nos perseguirão lá! — Virou-se para o dono. — Se perguntarem a Hector, ele não deve informar nada a nosso respeito!

O proprietário ficou desnorteado.

— Não, não, eles não ousariam! Os salteadores ficam no campo, minha criança.

— Se... não fossem... salteadores — confessou Léonie, ruborizando. — Na realidade, não sou pajem de lorde Rupert.

— *Hein?* O que é isso? — inquiriu o senhorio.

— Eu... eu sou moça — disse Léonie. — Sou a pupila do duque inglês de Avon e... e lorde Rupert é seu irmão!

O proprietário olhou de um para o outro, franzindo as sobrancelhas seriamente.

— Ah, entendo bem! É uma fuga para casar! Agora vou lhe dizer, senhorita, que eu não...

— Não é, não! — falou Léonie. — É que o... homem que nos persegue roubou-me da casa de *Monseigneur*, o duque, narcotizou-me e trouxe-me para a França, e eu acho que ele me teria matado. Mas milorde Rupert chegou rapidamente, nossa carruagem perdeu uma roda, eu escapuli e corri e corri e corri! Então milorde chegou e o homem que me sequestrou atirou nele e... e foi só isso!

O hospedeiro mostrava-se incrédulo.

— *Voyons*, que história é essa que a senhorita está me contando?

— É a pura verdade — suspirou Léonie —, e quando *Monseigneur* vier o senhor verá que é como eu digo. Ah, por favor, o senhor tem de nos ajudar!

O proprietário não tinha prova contra aqueles olhos grandes, suplicantes.

— Bem, bem! — disse. — A senhorita está segura aqui, e Hector é discreto.

— E o senhor não vai deixar... aquele homem... nos pegar?

O senhorio bufou.

— Aqui quem manda sou eu — falou. — Eu digo que está segura. Hector cavalgará até o Havre para trazer um médico, mas quanto a esta conversa de duques! — Balançou a cabeça, indulgente, e mandou uma criada de olhos arregalados para arrumar alguma roupa de cama com madame.

Madame veio rapidamente, uma mulher quase tão grande quanto o marido, mas agradável o suficiente. Lançou um olhar para lorde Rupert, deu ordens severas e começou a rasgar lençóis. Não deu ouvidos a ninguém até que tivesse atado bem apertado o ferimento de lorde Rupert.

— *Hé, le beau!* — exclamou ela. — Que maldade! Agora vai ficar melhor. — Levou o dedo rechonchudo aos lábios e ficou afagando a outra mão no avental. — Temos de despi-lo — resolveu. — Jean, vá procurar uma camisola de dormir.

— Marthé — interpôs o marido. — Este rapaz é uma dama!

— *Quel horreur!* — observou madame placidamente. — É, é melhor que nós o dispamos, *le pauvre!* — Virou-se e mandou a criada e Léonie saírem, então fechou a porta.

Léonie desceu a escada para o pátio. Hector já estava a caminho de Havre; não havia ninguém à vista, por isso Léonie deixou-se cair num banco duro junto à janela da cozinha e começou a chorar.

— Ah! — disse furiosamente para si mesma. — *Bête! Imbécile! Lâche!*

Mas as lágrimas continuavam a descer-lhe pelo rosto. A figura pequena e úmida chamou a atenção de madame quando ela veio para o pátio.

Tendo ouvido a estranha história do marido, ficou chocada e irada. Com os braços caídos ao lado do corpo, começou severamente:

— Isto é uma grande maldade, senhorita! Quero que saiba que nós... — interrompeu-se, e aproximou-se. — Não, mas não, *ma petite!* Não há motivo para chorar. *Tais-toi, mon chou!* Tudo vai dar certo, confie em madame Marthé! — Enlaçou Léonie num grande abraço e dentro de poucos minutos uma voz rouca disse, abafada:

— Eu *não* estou chorando!

Madame sacudiu o corpo gordo com risinhos.

— *Não* estou! — Léonie empertigou-se. — Mas acho que sou muito infeliz e gostaria que *Monseigneur* estivesse aqui, porque tenho certeza de que aquele homem vai nos encontrar, e Rupert parece até que está morto!

— Então é verdade que existe um duque? — perguntou madame.

— Claro que é verdade! — falou Léonie, indignada. — Não sou mentirosa!

— Um duque inglês, *alors?* Ah, mas esses ingleses são de uma violência! Mas você... você é francesa, chuchu!

— Sou — respondeu Léonie. — Estou tão cansada que não consigo lhe contar agora.

— Eu é que sou idiota! — exclamou madame. — A senhorita devia estar na cama, *mon ange*, com um pouco de *bouillon* quente e a asa de um frango. Isso vai bem, *hein?*

— Sim, por favor — replicou Léonie. — Mas tem milorde Rupert, tenho medo de que ele morra!

— Que tolinha! — repreendeu madame. — Eu lhe digo... *moi qui te parle...* que está tudo bem com ele. Não é nada. Perdeu um pouco de sangue, está fraco e isso é tudo. A senhorita é que está morta de cansaço. Agora deve vir comigo.

Assim Léonie, exausta com os temores e pressões dos últimos dois dias, foi colocada na cama entre lençóis frescos, alimentada, ninada, ficando finalmente sozinha para dormir.

Quando acordou de manhã os raios de sol entravam pela janela e sons de movimento subiam da rua. Madame sorria-lhe da porta do quarto.

Sentou-se e esfregou os olhos.

— Ora... ora, já é de manhã! — falou. — Eu dormi tanto assim?

— Nove horas, sua preguiçosa. Está melhor agora?

— Ah, hoje estou muito bem! — respondeu Léonie, afastando os cobertores. — Mas Rupert... o médico...?

— *Doucement, doucement,* não disse que não era nada? O médico veio quando você estava dormindo, meu chuchu, num minuto a bala foi extraída e não houve nenhum dano, com a graça de Deus. Milorde está recostado nos travesseiros, pede e chama por você — disse madame e deu uma risadinha. — E, quando lhe levei um bom caldo, ele arrancou a peruca e exigiu um bife sangrando como gostam na Inglaterra. *Dépêchestoi, mon enfant.*

Vinte minutos depois Léonie foi dançando para o quarto de Rupert, encontrando o herói ferido apoiado nos travesseiros, bastante pálido, mas outra vez ele mesmo. Tomava, desgostoso, colheradas do caldo de madame, mas o rosto alegrou-se quando viu Léonie.

— Ei, sua maluca! Onde, diabos, estamos agora?

Léonie balançou a cabeça.

— Eu não sei — confessou. — Mas esta gente é bondosa, *n'est-ce pas?*

— Incrivelmente bondosa — concordou Rupert, para em seguida reclamar: — Aquela mulher gorda não quer me trazer comida, e estou diabolicamente faminto. Seria capaz de comer um boi, e é isso que ela me dá!

— Tome isso! — ordenou Léonie. — É muito bom, e um boi não é absolutamente bom. Ah, Rupert, tive medo de que você estivesse morto!

— De maneira alguma! — retrucou ele alegremente. — Mas estou fraco como um rato, maldito seja. Que me dane se sei onde estamos, nós dois! O que lhe aconteceu? E, por tudo que é mais sagrado, por que Saint-Vire fugiu com você?

— Eu não sei. Ele me deu uma bebida ruim, e eu dormi por horas e horas. Ele é um canalha. Eu o odeio. Estou satisfeita porque o mordi. Estou satisfeita porque joguei o café nele.

— Você fez isso, por Deus? Que me dane se algum dia encontrei uma menina igual a você! Hei de derramar o sangue de Saint-Vire por isso, espere só para ver se não derramo — declarou e balançou a cabeça com prudência, voltando-se para o caldo. — E aqui estou eu perseguindo você por Deus sabe onde, sem nenhuma moeda no bolso, nem uma espada a meu lado, e o chapéu do dono da hospedaria na minha cabeça! E o que estarão pensando em casa só Deus sabe!

Léonie enroscou-se na cama, e Rupert pediu-lhe que não se sentasse nos seus pés. Mudou de posição e contou suas aventuras. Feito isso, quis saber o que acontecera com Rupert.

— Bendito seja se eu sei! — disse Rupert. — Saí correndo atrás de você até a aldeia e lá fiquei sabendo o caminho que tinha tomado. Por isso arranjei um cavalo e parti para Portsmouth. Mas a sorte estava contra mim, pode acreditar! Você tinha partido uma hora antes, e o único navio que deixava o porto era uma banheira velha, suja... bem, bem! O que eu fiz então? Por minha alma quase esqueci! Não, está aqui comigo! Fui vender o cavalo. Vinte magros guinéus foi tudo que consegui, mas uma coisa pior...

— Vendeu um dos cavalos de *Monseigneur*? — exclamou Léonie.

— Não, não, era um bruto que peguei no ferreiro, que pertencia a um... diabos como é mesmo o nome do sujeito... Manvers!

— Ah, entendo! — disse Léonie, aliviada. — Continue. Você fez *muito* bem, Rupert!

— Não foi tão mal, não é? — indagou Rupert, modesto. — Bem, comprei a passagem na velha banheira, e chegamos ao Havre à uma hora, mais ou menos.

— Não partimos do Havre às duas! Ele achou que você não nos seguiria, e falou que estávamos bastante seguros agora!

— Seguros, hã? Hei de lhe mostrar! — Rupert sacudiu o punho. — Onde é que eu estava?

— No Havre — lembrou Léonie.

— Ah, sim, é por isso! Bem, na hora em que paguei a passagem e que meus guinéus acabaram, vendi meu alfinete de gravata de brilhante.

— Ah, era tão bonito!

— Isso não importa. O problema que tive para me livrar daquela coisa maldita, você, com certeza, não vai acreditar. Por minha alma, acho que eles pensavam que eu o tinha roubado!

— Mas você conseguiu vendê-lo?

— Consegui, por menos da metade do valor, maldito! Então fui para a hospedaria para perguntar por você e comer alguma coisa. Santo Deus, mas eu estava faminto!

— E eu também! — suspirou Léonie. — E aquele homem comia, comia a toda hora!

— Você me atrapalhou — disse Rupert, com severidade. — Onde é que eu estava? Ah, sim! Bem, o senhorio me disse que Saint-Vire tinha partido na carruagem para Rouen às duas horas, assim o que tinha a fazer a seguir era alugar um cavalo para recomeçar a perseguir vocês. É tudo o que tenho para contar, e foi um esporte incrivelmente bom! Mas onde estamos agora, ou o que devemos fazer?

— O conde virá, você não acha? — perguntou Léonie ansiosamente.

— Não sei. Ele não pode raptá-la enquanto eu estiver aqui. Gostaria de saber o que aquela praga quer com você. Sabe, é muito difícil, porque nenhum de nós tem ideia de que jogo deve fazer — admitiu e franziu as sobrancelhas, pensando. — Claro, Saint-Vire pode vir raptá-la outra vez. Primeiro há de ter cavalgado para o Havre, pode ficar certa, e quando descobrir que não estamos lá ele pode esquadrinhar o campo, porque sabe que me atingiu e que é provável que eu esteja escondido em algum lugar nas proximidades.

— O que devemos fazer? — perguntou Léonie, com o rosto pálido.

— O quê, você não está com medo, está? Raios, ele não pode sumir com você diante do meu nariz!

— Ah, ele pode, Rupert, ele pode! Você está tão enfraquecido que não pode me ajudar!

Rupert fez um esforço para se levantar, e para sua decepção não conseguiu. Ficou deitado, enfurecido.

— Bem, diabos, posso atirar!

— Mas não temos pistola! — objetou Léonie. — A qualquer momento ele pode chegar, e esse pessoal jamais seria capaz de mantê-lo a distância.

— Pistola, menina, pistola! Deus, o que você vai dizer a seguir? Claro que eu tenho uma! Você acha que sou idiota? Procura nos bolsos do meu paletó.

Léonie saltou da cama e tirou o casaco de Rupert da cadeira. Retirou a pistola pesada do sr. Fletcher de um dos bolsos, e apontou-a animadamente.

— Rupert, você é muito esperto! Agora podemos matar aquele animal!

— Ei, baixe isso! — ordenou Rupert um tanto alarmado. — Não sabe nada de pistolas, e haverá um acidente se você atirar com ela! Esta coisa está carregada e engatilhada!

— Eu sei *sim* a respeito de pistolas! — falou Léonie, indignada. — Você aponta assim! E puxa esta coisa!

— Pelo amor de Deus, baixe isso! — gritou Rupert. — Você está apontando essa maldita coisa para mim, pirralha idiota! Ponha isso na mesa ao meu lado e procure minha algibeira. Está no bolso dos calções.

Léonie, relutante, deixou a pistola na mesa, e revirou outra vez procurando a algibeira.

— Quanto nós temos? — perguntou Rupert.

Léonie esvaziou a algibeira na cama. Três guinéus rolaram no chão e um caiu na sopa de Rupert, espalhando o líquido.

— Por minha alma, você é uma mulherzinha descuidada! — falou Rupert, pescando a moeda na tigela. — Sumiu mais uma, embaixo da cama.

Léonie abaixou-se procurando os guinéus errantes, recuperou-os e sentou-se na cama para contá-los.

— Um, dois, quatro, seis e um luís... ah, e outro guinéu, e três soldos, e...

— Não é assim! Aqui, dê-me! Há mais um que foi parar debaixo da cama, droga!

Léonie estava rastejando embaixo da cama procurando a moeda quando ouviram o som de rodas lá fora.

— O que é isso? — perguntou Rupert, rispidamente. — Depressa para a janela!

Com dificuldade, Léonie desvencilhou-se e correu para a janela.

— Rupert, é ele! *Mon Dieu, mon Dieu,* o que vamos fazer?

— Você consegue vê-lo? — indagou Rupert.

— Não, mas há uma carruagem, e os cavalos estão bufando! Ah, escute, Rupert!

Ouviram vozes lá embaixo, repreendendo. Evidentemente madame estava protegendo a escada.

— Saint-Vire, eu aposto minha vida! — exclamou Rupert. — Onde está aquela pistola? Diabos levem este caldo! — Jogou a tigela e o resto do conteúdo no chão, colocou a peruca e esticou a mão para a pistola, um olhar muito sombrio no rosto abatido.

Léonie correu e tomou a arma.

— Você não está suficientemente forte! — disse, insistente. — Veja, você está exausto! Deixe-me! Eu o mato com um tiro.

— Não! — reprovou Rupert. — Você o atingirá com estilhaços! Dê-me isso! Diabos a levem, faça o que estou mandando!

A agitação lá embaixo diminuiu um pouco e podiam-se ouvir passos subindo a escada.

— Dê-me essa pistola e vá para o outro lado da cama — ordenou Rupert. — Por Deus, teremos um bocado de diversão agora! Venha aqui!

Léonie voltara para a janela e se posicionou com a pistola apontada para a porta, o dedo no gatilho. A boca estava fechada com força e os olhos chamejavam. Rupert lutava, impaciente, para se levantar.

— Pelo amor de Deus, dê-me isso! Não queremos matar o sujeito!

— Queremos, queremos sim — disse Léonie. — Ele me deu uma bebida ruim.

A porta se abriu.

— Se der mais um passo neste quarto eu atirarei para matar! — falou Léonie, com clareza.

— E eu achei que você ia ficar satisfeita ao me ver, *ma fille* — disse uma voz suave, arrastada. — Suplico-lhe que não atire em mim para matar. — De sobretudo, botas e esporas, nem um fio da peruca elegante fora do lugar, Sua Graça de Avon ficou no portal, monóculo levantado, um sorriso fraco curvando-lhe os lábios finos.

Rupert explodiu numa gargalhada e caiu nos travesseiros.

— Deus nos acuda, mas nunca pensei que em minha vida ficaria agradecido vendo-o, Justin! — falou com dificuldade. — Que me dane se pensei.

XX

Sua Graça de Avon Assume o Comando do Jogo

As cores voltaram às faces de Léonie.

— *Monseigneur!* — falou, sem fôlego, voando em sua direção, rindo e chorando ao mesmo tempo. — Ah, *Monseigneur*, o senhor veio, o senhor veio! — Aninhou-se, ofegante, aos braços dele, quase se pendurando.

— Ora, *ma fille!* — falou, com severidade, Sua Graça. — O que é isso? Você duvidou que eu viesse?

— Tire a pistola das mãos dela — recomendou Rupert fracamente, mas com um sorriso.

A pistola estava comprimida contra o coração de Sua Graça. Tirou-a da mão de Léonie, colocando-a no bolso. Baixou o olhar para os cabelos encaracolados com um sorriso curioso e finalmente acariciou-os.

— Minha criança querida, não deve chorar. Venha, é mesmo o verdadeiro *Monseigneur!* Não há motivo para ter medo.

— Eu n-não estou com *medo!* — falou Léonie. — Estou mesmo é alegre!

— Então peço-lhe que demonstre a alegria de modo mais conveniente. Posso perguntar o que está fazendo com estas roupas?

Léonie beijou-lhe a mão e enxugou os olhos.

— Eu gosto delas, *Monseigneur* — respondeu, pestanejando.

— Não duvido — comentou Avon, desviando da menina para ir em direção à cama. Então curvou-se e pôs a mão branca e fria no pulso de Rupert. — Você está ferido, rapaz?

Rupert conseguiu sorrir.

— Não é nada. Um buraco no ombro, maldito seja!

Sua Graça tirou um frasco de um dos bolsos e colocou-o nos lábios de Rupert. Este bebeu e o tom azulado que lhe circundava a boca desapareceu.

— Acho que tenho de lhe agradecer — disse o duque e tirou um travesseiro. — Você agiu muito bem, meu rapaz. Na verdade, você me surpreendeu.

Rupert ruborizou.

— Ora, não foi nada! Não fiz quase nada. Foi Léonie que fugiu. Por Deus, estou incrivelmente satisfeito por ver você, Justin!

— É, você já falou isso. — Sua Graça colocou o monóculo e olhou para as moedas espalhadas sobre a cama. — O quê, se permitem que eu pergunte, é toda essa fortuna?

— Ah, é nosso dinheiro, *Monseigneur!* — respondeu Léonie. — Estávamos contando quando o senhor chegou.

— *Nosso* dinheiro! — exclamou Rupert. — É boa essa, por minha alma que é! Ainda tem algum no chão.

— E o que é isso? — indagou Sua Graça, virando-se para a tigela quebrada.

— Isso é culpa do Rupert — denunciou Léonie. — É a sopa; ele escutou suas passadas e atirou-a no chão.

— Minha chegada parece ter produzido efeitos estranhos em vocês — observou Sua Graça. — Quem dos dois pode me dizer onde está meu muito estimado amigo Saint-Vire?

Rupert, apoiando-se num cotovelo, tentou se levantar.

— Pelas chagas de Cristo, como é que você sabe que foi ele?

Sua Graça reconduziu-o aos travesseiros.

— É minha obrigação saber sempre de tudo, Rupert.

— Bem, sempre jurei que você estava por trás de tudo isso! Mas como, diabos, descobriu que ele tinha raptado Léonie? Onde você estava? Como calculou que eu estava atrás deles?

— É, como é que o senhor sabia onde nos encontrar? — perguntou Léonie. — E por que Saint-Vire me raptou?

O duque tirou o sobretudo e alisou uma prega da manga de veludo.

— Vocês me confundem, meus filhos. Uma pergunta de cada vez, suplico-lhes.

— Como é que você sabia quem tinha sumido com Léonie?

O duque sentou-se na cama e estalou os dedos para Léonie, que veio imediatamente sentar-se a seus pés.

— Foi realmente muito simples — falou.

— Simples, foi, por Deus! Então pelo amor de Deus, Justin, conte--nos o que esteve fazendo, pois, juro, não faço a menor ideia!

Avon mexeu nos anéis.

— Ah, acho que você sabe — falou. — Léonie foi raptada por um grandessíssimo canalha e você a resgatou.

— Ela se resgatou! — Rupert deu um risinho.

— É. Eu me resgatei — concordou Léonie com um movimento de cabeça. — Quando a roda se soltou da carruagem, eu fugi pela estrada. *Depois* Rupert chegou.

— É, mas não é só isso — interrompeu Rupert. — O que Saint--Vire pode querer com Léonie? Você sabe?

— Sei, meu caro rapaz.

— Bem, *eu* acho que foi muita insolência — observou Léonie. — Por que ele me quer?

— Meus filhos, vocês não podem esperar que eu lhes conte todos os meus segredos.

— Mas, *Monseigneur, não* acho que seja justo! Vivemos uma grande aventura e o fizemos sozinhos, e nem ao menos sabemos o que há a esse respeito, e agora o senhor não nos conta?

— Eu acho que você devia contar, Justin — interpôs Rupert. — Sabemos ser discretos, você sabe.

— Não, minhas crianças. Minha opinião a respeito de sua discrição não é tão boa quanto minha opinião a respeito de sua coragem e seus recursos. Por falar nisso, o que você fez com o ruão do sr. Manvers?

Rupert encarou-o.

— Meu Deus, existe alguma coisa de que você não tenha conhecimento? Quem lhe contou isso?

— O próprio sr. Manvers — replicou o duque. — Cheguei a Avon na noite do dia em que vocês... hã... partiram. O sr. Manvers foi recuperar o animal.

— Maldita seja sua insolência! — falou Rupert. — Deixei-lhe um recado! O sujeito acha que não pode me confiar um cavalo?

— Foi exatamente essa impressão que me causou — disse Sua Graça. — O que fez com ele?

— Bem, para falar a verdade, eu o vendi — respondeu Rupert, sorrindo.

O duque recostou-se na cadeira.

— Então tenho muito medo de que o sr. Manvers não se satisfará a não ser com nossas vidas — suspirou ele. — Peço que não calcule que lhe reprovo a maneira de agir, mas gostaria de saber por que você se desfez do ruão assim tão depressa.

— Bem, sabe, eu não tinha dinheiro — explicou Rupert. — Esqueci que tinha o alfinete de gravata para vender. Além disso, o que mais podia fazer com o animal? Não queria trazê-lo para a França.

O duque olhou-o com um olhar um tanto divertido.

— Você se meteu nessa aventura sem um tostão? — inquiriu.

— Não, tinha um par de coroas no bolso — respondeu Rupert.

— Você faz com que eu me sinta incrivelmente velho — queixou-se Sua Graça. Sorriu para Léonie. — O que aconteceu a você, minha menina?

— Ah, eu estava apenas implicando com Rupert! — Léonie falou animadamente. — É por isso que estou com estas roupas. Vesti-as para irritá-lo. Então, fugi para o bosque, mas aquele animal estava lá...

— Um momento, minha menina. Perdoe minha ignorância, mas não sei quem é o... animal.

— Ora, o conde malvado! — explicou Léonie. — Ele *é* um animal, *Monseigneur*.

— Compreendo. Não aprecio a escolha da palavra, apesar disso.

— Bem, acho que é uma palavra muito boa para ele — disse Léonie, sem se deixar abater. — Ele me agarrou e me atirou na carruagem, e eu o mordi até que saísse sangue.

— Você me constrange, menina. Mas continue.

— Gritei por Rupert tão alto quanto consegui, além de ter chutado o animal...

— O conde de Saint-Vire.

— É, o animal... nas pernas, inúmeras vezes. Ele não gostou absolutamente.

— Isso — disse Sua Graça — também não me surpreende.

— Não. Eu o teria matado se estivesse com meu punhal, estava muito zangada... ah mas *muito* zangada! Mas como não o levei, só pude chamar Rupert.

— O conde de Saint-Vire ainda tem alguma coisa para agradecer — murmurou Sua Graça. — Ele não sabe nada a respeito do gênio de minha pupila.

— Ora, mas o senhor não ficaria com raiva, *Monseigneur*?

— Muita, criança; mas continue.

— Ah, o senhor já sabe o resto, *Monseigneur*! Ele me deu uma bebida ruim... uma porcaria chamada café.

— Então vamos chamar de café, menina, eu lhe peço. Posso suportar "animal", mas "porcaria" não suportarei.

— Mas era, *Monseigneur!* Atirei nele, e ele disse palavrões.

Sua Graça olhou-a inescrutavelmente.

— Parece-me que você foi uma companheira de viagem agradável — observou. — E então?

— *Então* ele trouxe mais daquela porcaria... café e me obrigou a beber. Fiquei narcotizada, *Monseigneur*, e adormeci.

— Pobre criança! — Sua Graça mexeu em um cacho. — Mas muito indômita, apesar de tudo.

— Não há nada mais para contar, *Monseigneur.* Acordei no dia seguinte no Havre e fingi que estava dormindo. Então a carruagem quebrou, e fugi.

— E Rupert? — O duque sorriu para o irmão.

— Por minha fé, acho que só parei de correr quando cheguei aqui! — falou Rupert. — Ainda estou um tanto sem fôlego.

— Ah, Rupert foi muito esperto! — intrometeu-se Léonie. — *Monseigneur*, ele até vendeu o alfinete de gravata de brilhante para me seguir e veio para a França num navio velho, sujo, sem chapéu nem espada!

— Absurdo, pirralha tola; Fletcher deu-me seu chapéu domingueiro. Você fala demais, Léonie. Pare com isso!

— Eu não falo demais, falo, *Monseigneur*? E foi como eu contei. Não sei o que teria me acontecido se não fosse Rupert.

— Nem eu, *ma fille.* Nós temos uma dívida de gratidão muito grande para com ele. Não é sempre que deposito confiança nos outros, mas fiz isso nos últimos dois dias.

Rupert ruborizou e gaguejou.

— Foi Léonie que fez tudo. Ela que me trouxe para cá, seja lá onde for. Onde é que nós estamos, Justin?

— Vocês estão em Le Dennier, a uns dezesseis quilômetros do Havre, meus filhos.

— Bem, em todo caso, este é um mistério desvendado! — disse Rupert. — Léonie atravessou o país e isso acabou me deixando desnorteado. Ah, ela tapeou Saint-Vire maravilhosamente, dou-lhe minha palavra!

— Mas se você não tivesse vindo eu não teria fugido — enfatizou Léonie.

— Se for para falarmos sobre isso — disse Rupert —, só Deus sabe o que teria acontecido se você não nos alcançasse, Justin.

— Compreendo que minha pupila sanguinária teria atirado no prezado conde... hã... para matar.

— Teria, sim — ratificou Léonie. — *Isso* lhe serviria de lição!

— Serviria, com certeza — concordou Sua Graça.

— O senhor há de atirar nele por mim, por favor, *Monseigneur*.

— Claro que não, menina. Ficarei encantado ao ver o caro conde.

— Jurei que hei de derramar-lhe o sangue, Justin — Rupert olhou-o rispidamente.

— Eu estou vinte anos na sua frente, meu caro, mas ainda espero a hora certa — disse Sua Graça, sorrindo.

— É, foi o que imaginei. Qual é o seu jogo, Avon?

— Um dia eu lhe conto, Rupert. Hoje, não.

— Bem, eu não gostaria de estar na pele dele neste caso — falou Rupert, com franqueza.

— Não, acho que ninguém gostaria — observou Sua Graça. — Ele deve aparecer aqui a qualquer momento. Menina, levaram uma mala para seu quarto. Faça-me o favor de se vestir de novo *à la jeune fille*. Você encontrará um embrulho que Lady Fanny lhe mandou, que contém, suponho, um vestido de musselina estampada. Vista-o; deve ficar-lhe bem.

— Ora, *Monseigneur*, trouxe as minhas roupas? — exclamou Léonie.

— Trouxe, minha filha.

— Por Deus, você é um demônio eficiente! — observou Rupert. — Vamos, Justin, conte-nos sua parte na aventura.

— Conte-nos, *Monseigneur*, por favor! — acrescentou Léonie.

— Há muito pouco a contar — suspirou Sua Graça. — Minha parte nesta perseguição é muito pouco emocionante.

— Deixe-nos saber! — pediu Rupert. — O que o levou a Avon num momento tão oportuno? Diabos, existe alguma coisa sobrenatural em você, Satanás, que existe, existe!

Léonie indignou-se diante disso.

— Você não deve chamá-lo por esse nome! — repreendeu ela severamente. — Só ousa fazer isso porque está doente, e não posso duelar com você!

— Minha estimada tutelada, que conversa lamentável é essa a respeito de duelo? Espero que não esteja habituada a duelar com Rupert!

— Ah, não, *Monseigneur*, só fiz isso uma vez! Ele apenas correu e escondeu-se atrás de uma cadeira. Ele estava com medo!

— Grande maravilha! — retorquiu Rupert. — Ela é uma gata brava, Justin. Pega-o de surpresa, antes que se saiba onde se está, por Deus!

— Parece-me que me ausentei por tempo demais — disse Sua Graça.

— Sim, *Monseigneur*, ficou muito, muito tempo ausente! — disse Léonie, beijando-lhe a mão. — Mas, muitas vezes foi bom!

Os lábios de Sua Graça contorceram-se. Imediatamente a covinha surgiu.

— Eu sabia que o senhor não estava realmente zangado! — falou Léonie. — Agora conte-nos o que fez.

O duque acariciou-lhe o queixo.

— Cheguei a casa, minha menina, para encontrá-la invadida pelos Merivale, sua dama de companhia prostrada com ataque histérico.

— Bá, ela é uma tola — disse Léonie desdenhosamente. — Por que milorde Merivale estava lá?

— Era o que eu ia lhe contar, minha querida, quando você me interrompeu com sua censura à minha prima. Milorde e Lady Merivale foram lá a fim de ajudar a procurá-la.

— Por minha fé, deve ter sido um encontro engraçado! — acrescentou o irreprimível Rupert.

— Não deixou de ter seu lado divertido. Por eles fiquei sabendo de seu desaparecimento.

— Você achou que nós tínhamos fugido para casar? — inquiriu Rupert.

— Essa possibilidade surgiu-me na mente — admitiu Sua Graça.

— Fugir para casar? — repetiu Léonie. — Com Rupert? Ah, preferia fugir para casar logo com o velho bode no campo!

— Se chegarmos a este ponto, preferiria fugir com uma tigresa — retorquiu Rupert. — O mais depressa possível, por Deus!

— Quando esta troca de amabilidades acabar — disse Sua Graça languidamente —, eu continuarei. Mas não deixe que eu os interrompa.

— É, continue — falou Rupert. — O que aconteceu a seguir?

— A seguir, meus filhos, o sr. Manvers saltou em cima de nós. Temo que o sr. Manvers não esteja feliz com você, Rupert, nem comigo, mas deixemos isso de lado. Por ele fiquei sabendo que você, Rupert, tinha partido atrás de uma carruagem que levava um cavalheiro francês. Depois disso foi fácil. Viajei naquela noite para Southampton... você não pensou em embarcar no *Queen*, rapaz?

— Lembrei-me da embarcação, mas não estava com disposição para perder tempo cavalgando até Southampton. Continue.

— Agradeço-lhe. Sem dúvida, o teria vendido assim que chegasse à França. Fiz a travessia ontem, e cheguei ao Havre ao pôr do sol. Lá, meus filhos, fiz inúmeras indagações e também passei a noite. Pelo dono da hospedaria fiquei sabendo que Saint-Vire partira com

Léonie na carruagem para Rouen às duas da tarde, e depois que você, Rupert, alugara um cavalo meia hora depois... por falar nisso, aquele cavalo ainda está com você, ou aconteceu-lhe o mesmo que aconteceu com o ruão?

— Não, está aqui, pode ter certeza — disse Rupert, rindo.

— Você me deixa pasmo. Tudo isso fiquei sabendo pelo estalajadeiro. Era bastante tarde para que eu partisse a fim de procurá-los, e, além do mais, ainda tinha esperança de que você, Rupert, voltasse ao Havre. Quando não retornou, temi que não tivesse conseguido alcançar o meu querido amigo Saint-Vire. Por isso esta manhã, meus filhos, tomei uma carruagem e segui pelo caminho para Rouen, e dei com um veículo abandonado — Sua Graça pegou a caixa de rapé, e abriu-a. — A carruagem de meu muito estimado amigo, com suas armas brasonadas na porta. Não foi inteligente da parte dele deixar a carruagem abandonada por ali a fim de que eu a encontrasse, mas é possível, claro, que ele não me esperasse.

— Ele é um idiota, *Monseigneur*. Ele nem sabia que eu estava fingindo que dormia.

— Segundo você, minha menina, o mundo está povoado de idiotas. Creio que tem razão. Resumindo: parecia-me provável que Léonie tivesse fugido; além do mais, parecia-me provável que ela tivesse fugido na direção do Havre. Mas, como nenhum de vocês tinha chegado àquele porto, supus que estivessem escondidos em algum lugar a caminho da cidade. Portanto, *mes enfants*, dirigi de volta pela estrada até que dei com um caminho partindo dali. Então, prossegui por esse caminho.

— Nós seguimos pelos campos — interrompeu Léonie.

— Um caminho mais curto, sem dúvida, mas não se podia esperar que uma carruagem o tomasse. No vilarejo em que cheguei não sabiam nada de vocês. Continuei a viajar, e, finalmente, por caminhos tortuosos, encontrei este lugar. A sorte, como veem, favoreceu-me. Façamos votos para que meu muito dileto amigo seja igualmente feliz. Menina, vá trocar de roupa.

— Sim, *Monseigneur*. O que vai fazer agora?

— Isto nós vemos depois — disse Avon. — Fora daqui!

Léonie foi embora. Sua Graça olhou para Rupert.

— Meu jovem louco, algum médico já examinou seu ferimento?

— Examinou, ele veio ontem à noite, maldito seja!

— O que ele disse?

— Ah, nada! Ele vai voltar hoje.

— Por sua expressão suponho que ele tenha recomendado alguns dias na cama, filho.

— Dez, maldito seja! Mas amanhã estarei muito bem.

— Ainda assim permanecerá aqui, até que o digno cirurgião lhe permita levantar. Tenho de mandar buscar Harriet.

— Deus, você tem de fazer isso? Por quê?

— Para servir de dama de companhia para minha pupila — disse Sua Graça, com calma. — Faço votos para que minha carta não provoque novo ataque histérico. É melhor Gaston partir imediatamente para o Havre. — Levantou-se. — Quero caneta, tinta e papel. Suponho que os encontrarei lá embaixo. É melhor você dormir durante uma hora, meu caro.

— Mas e Saint-Vire? — perguntou Rupert.

— O tão querido conde com toda certeza está esquadrinhando o campo. Espero vê-lo logo.

— Sim, mas o que você fará?

— Eu? Não farei nada especificamente.

— Daria tudo para ver-lhe o rosto quando o encontrar aqui!

— É, acho que ele não ficará satisfeito — disse Sua Graça e saiu.

XXI

A Frustração do Conde de Saint-Vire

Os donos do Black Bull em Le Dennier jamais receberam gente de tal categoria na humilde hospedaria. Madame mandou um criado correr a toda disparada até a casa da vizinha, madame Tournoise, e rapidamente a senhora chegou com a filha a fim de ajudar madame nos serviços. Quando ficou sabendo que a figura que tinha chegado à hospedaria era nada menos que um duque inglês com todo o séquito, ficou de olhos arregalados, maravilhada, e, quando Sua Graça desceu lentamente a escada usando um paletó do tom mais claro de lavanda, com lenço e colete prateados, ametistas na gravata e nos dedos, ficou de olhos fixos e boquiaberta.

Sua Graça foi para a pequena sala de estar e pediu material para escrever. O proprietário veio correndo com um tinteiro e perguntou se *Monseigneur* desejava tomar alguma coisa. Sua Graça pediu uma garrafa de vinho das Canárias e três copos e sentou-se a fim de escrever para a prima. Um sorrisinho brincava-lhe nos lábios.

Minha Muito Estimada Prima,
Faço votos para que no momento em que receber esta missiva já esteja recuperada da indisposição incômoda que a abateu quando tive o prazer de vê-la, três dias atrás. Sinto-me desolado por ser obrigado a lhe acrescentar mais um transtorno, mas creio que tenho de lhe solicitar que se junte a mim o mais rápido possível. Gaston, portador desta carta, a acompanhará. Peço-lhe que arrume suas malas para uma estada demorada, porque tenho ideias de prosseguir no devido tempo para Paris. Minha pupila, ficará aliviada ao saber, está comigo nesta encantadora aldeia, na companhia de lorde Rupert.
Tenho a honra de ser, minha prezada prima,
Seu criado mais dedicado, humilde e obediente,

Avon

Sua Graça assinou o nome com um floreado, ainda sorrindo. A porta se abriu e Léonie entrou, toda vestida de uma fluida musselina branca, com uma faixa azul na cintura e uma fita da mesma cor no cabelo.

— *Monseigneur*, não foi bondade de Lady Fanny me mandar este vestido lindo? Estou bonita, o senhor não acha?

O duque colocou o monóculo.

— Minha filha, você está encantadora. O gosto de Lady Fanny é impecável. — Levantou-se e pegou uma caixa fina de veludo da mesa. — Suplico-lhe que aceite esta insignificante demonstração de meu afeto por você, menina.

Léonie saltou para ele.

— *Mais um* presente, *Monseigneur*? Acho que o senhor é *muito* bom para mim! O que é?

Sua Graça abriu o estojo. Os lábios de Léonie formaram um "ah" inaudível.

— *Mon...seigneur!*

O duque tirou as pérolas da caixinha de veludo e prendeu-as no pescoço de Léonie.

— Ah, *Monseigneur*, obrigada! — agradeceu, engasgada, segurando o fio comprido entre os dedos. — São tão lindas! Adoro-as, ah, muito! O senhor gostaria que lhe fizesse uma reverência, ou posso apenas beijar-lhe a mão?

Sua Graça sorriu.

— Não precisa fazer nem uma coisa nem outra, menina.

— Farei as duas — falou Léonie, baixando as saias estendidas e deixando um dos pezinhos aparecer por baixo da musselina. Depois beijou a mão do duque e se levantou. Finalmente inspecionou as roupas de Sua Graça.

— Considero esse traje muito bonito — falou. Avon fez-lhe uma cortesia. — Eu gosto — disse Léonie. — *Monseigneur*, sinto-me muito corajosa agora. O que vai fazer com aquele animal quando ele chegar?

— Terei a honra de lhe apresentar, minha querida — respondeu Avon. — Deixe-o receber a reverência mais altiva. É um joguinho que estamos fazendo.

— É? Mas eu não quero fazer reverência para ele. Quero que ele se sinta arrependido.

— Acredite em mim, ele ficará muito arrependido, mas ainda não chegou a hora. Tenha sempre em mente, *ma fille*, que até agora você nunca colocou os olhos no meu muito estimado amigo.

— Ah, mas como assim? — perguntou ela. — Eu o conheço muito bem, e ele me conhece!

— Esforce-se para cultivar um pouco de imaginação — disse Sua Graça, suspirando. — O tão querido conde roubou-me o pajem, Léon. Você é minha pupila, srta. Léonie de Bonnard.

— Ah! — exclamou Léonie duvidosamente. — Devo ser cortês, *enfin*?

— Muito cortês, menina. E lembre-se, você está aqui por questões de saúde... Não sabemos de nada de sequestros, ou bebidas ruins, ou mesmo de... hã... animais. Você pode fazer o jogo do faz de conta?

— Posso, *Monseigneur!* Ele fingirá, o senhor acha?

— Tenho motivos para achar, criança, que ele interpretará o papel dele na história.

— Por que, *Monseigneur?*

— Porque, filha, ele tem um segredo e suspeita que eu o compartilhe. Mas como é um segredo altamente desonroso, ele não gostaria de pensar que eu tenho qualquer conhecimento dele. Nós esgrimimos, entende, mas, enquanto eu vejo meu caminho com clareza, ele se move na escuridão.

— Ah, entendo — disse ela. — Ele ficará surpreso ao encontrá-lo, *n'est-ce pas!*

— Creio que ficará — concordou Sua Graça. Foi para a mesa e serviu dois cálices de vinho das Canárias. Um deles entregou a Léonie. — Minha querida, bebo a seu resgate em segurança.

— Ah, obrigada, *Monseigneur!* A que devo beber? — inclinou a cabeça para um lado. — *Voyons*, beberei apenas a *mon cher, seigneur!*

— Muito bem — falou o duque. — Gaston! *A la bonne heure!* Você voltará a Avon, Gaston, imediatamente.

— Pois não, *Monseigneur.* — O rosto de Gaston murchou.

— Vai levar com você esta carta para minha prima. Ela deve vir para a França em sua companhia. — O rosto de Gaston iluminou-se visivelmente. — Depois, deve ir a milorde Merivale e obter dele as roupas de milorde Rupert. Compreendeu?

— *Todas* as roupas de milorde Rupert, *Monseigneur?* — perguntou Gaston, espantado.

— Todas. Se o criado de quarto de milorde estiver lá, traga-o também. Tinha até esquecido a criada da srta. Léonie. Dê-lhe instruções para pôr na mala o restante das roupas da senhorita e trazê-las com ela... e depois para mim aqui.

Gaston piscou rapidamente.

— Sim, *Monseigneur* — falou com esforço.

— Você embarcará no *Silver Queen,* claro, e trará seus encargos para Portsmouth de coche — Sua Graça jogou-lhe uma algibeira cheia de dinheiro. — Em Portsmouth, a caminho de Avon, você procurará um certo cavalo ruão.

— *Bon Dieu!* — murmurou Gaston. — Um cavalo ruão, *Monseigneur.*

— Um cavalo ruão que pertence a um certo sr. Manvers de Crosby Hall, vendido por milorde Rupert na segunda-feira. Você o comprará outra vez. — Outra algibeira foi atirada em sua direção. — O preço não interessa. Você providenciará para que o animal seja entregue em Crosby Hall, com os cumprimentos de milorde Rupert e... hã... agradecimentos. Isso também está entendido?

— Está, *Monseigneur* — disse Gaston sombriamente.

— *Bien.* Acho que hoje é quarta-feira. Você estará aqui o mais tardar na segunda-feira. Diga a Meekin para vir falar comigo. Você pode ir.

O cavalariço veio rapidamente.

— Vossa Graça mandou chamar-me?

— Mandei. Você partirá para Paris, meu amigo, dentro de uma hora.

— Sim, Vossa Graça.

— A fim de avisar Walker da minha chegada. Trará na volta a berlinda grande, a carruagem leve de viagem e um tílburi leve para a bagagem de milorde Rupert. Providenciará a troca de cavalos para me esperar em Rouen, em Tign e em Pontoise. Passarei uma noite no Coq d'Or em Rouen.

— Muito bem, Vossa Graça. Qual o dia que devo dizer ao dono da hospedaria?

— Não tenho a menor ideia — falou o duque. — Mas quando eu chegar vou querer quatro quartos, uma sala de visitas particular e alojamentos para meus criados. Posso ter certeza de que me fiz bem claro?

— Pode, Vossa Graça.

— É só isso — disse Avon.

Meekin curvou-se e saiu.

— *Voyons* — falou Léonie do lugar em que estava sentada ao lado do fogo. — Fico muito satisfeita ao ouvi-lo dizer faça isso, faça aquilo! Gosto de ouvi-los responder apenas "Sim, *Monseigneur*", então irem rapidamente atender às suas ordens.

Avon sorriu.

— Em toda minha vida só tive um criado empregado por mim que ousou questionar minhas ordens — disse.

— Jura? — Léonie levantou os olhos, com toda inocência. — Quem, *Monseigneur*?

— Um pajem que tive, minha querida, chamado... hã... Léon.

Os olhos cintilaram, porém ela cruzou as mãos decorosamente.

— *Tiens!* Fico pensando como se atrevia, *Monseigneur.*

— Creio que não havia nada que ele não ousasse — observou Avon.

— É verdade? O senhor gostava dele, *Monseigneur*?

— Você é petulante, minha cara.

Ela riu, corou e assentiu com a cabeça.

— Não é elogio — acrescentou Sua Graça, e aproximou-se do fogo. — Mandei buscar sua dama de companhia, ouviu?

— Ouvi. — Fez uma careta. — Porém ela não vai chegar até segunda-feira, vai? Por que iremos para Paris?

— Não importa se é Paris ou qualquer outro lugar — replicou Avon. — Sua educação está quase completa. Você vai fazer reverências para a alta sociedade.

— Vou mesmo, *Monseigneur*? *Vraiment?* Acho que será *fort amusant*. Eu irei ao Vassaud?

O duque franziu as sobrancelhas.

— Não, *ma fille*, você não irá. Vassaud é um daqueles lugares que você há de se esforçar para esquecer.

— E... e a Maison Chourval? — perguntou, olhando-o.

— Eu a levei lá? — Sua Graça ainda tinha as sobrancelhas franzidas.

— Mas claro, *Monseigneur*, só que o senhor mandou que eu esperasse no vestíbulo.

— Então ainda me sobrou alguma decência. Com toda a certeza você também esquecerá a Maison Chourval. Mas primeiro me diga, o que você achou do lugar?

— Muito pouco, *Monseigneur*. Não é um lugar bonito, eu acho.

— Não, criança, você está certa. Não é um lugar bonito, nem foi... bonito... da minha parte levá-la lá. Não é nesse mundo que você entrará.

— Conte-me! — suplicou Léonie. — Irei a bailes?

— Claro, *ma belle*.

— E o senhor dançará comigo?

— Minha querida, haverá muitos pretendentes para solicitar-lhe a mão. Não precisará de mim.

— Se o senhor não dançar comigo, não dançarei de modo algum — avisou ela. — O senhor dançará, *Monseigneur*, não dançará?

— Talvez — respondeu ele.

— Eu não gosto de talvez — retrucou ela. — Prometa!

— Você é realmente *exigeante* — queixou-se. — Já passei da idade de dançar.

— *Eh bien!* — Léonie inclinou o queixo. — Eu, eu também sou jovem demais para dançar. *Nous voilá!*

— Você, minha mocinha — disse Sua Graça com severidade —, é uma criança travessa e voluntariosa. Não sei por que a suporto.

— Não, *Monseigneur*. E o senhor dançará comigo?

— Muito incorrigível — murmurou ele. — Dançarei, menina.

Um cavalo veio trotando pela rua e parou na porta da hospedaria.

— *Monseigneur*... o senhor acha... que é... ele? — perguntou Léonie, nervosa.

— Parece provável, minha cara. O jogo começa agora.

— Não estou sentindo-me... *bastante* corajosa, *Monseigneur*.

— Você não irá se desgraçar, nem a mim, menina. Não há nada a temer.

— N-não, *Monseigneur*.

O dono da hospedaria entrou.

— *Monseigneur*, é o médico para ver milorde.

— Que decepção — falou Sua Graça. — Eu irei. Fique aqui, filha, e, se o meu muito estimado amigo chegar, lembre que você é minha pupila e comporte-se com a cortesia devida.

— Sim, *Monseigneur* — balbuciou ela. — Voltará logo, não é?

— Pode ficar certa. — Sua Graça saiu com um farfalhar de seda. Léonie sentou-se outra vez e olhou para as pontas dos pés. Entreouviu, no quarto de Rupert, passos e o som abafado de vozes. Esses indícios de que o duque se aproximava reanimaram-na um pouco, mas quando ouviu o som de cascos nas pedras da rua um pouco do colorido delicado do rosto sumiu.

Desta vez não há dúvida de que é aquele animal, pensou. *Monseigneur* não vem... Ele quer que eu faça o jogo sozinha por pouco tempo, eu acho. *Eh bien, Léonie, courage!*

Podia ouvir lá de fora a voz de Saint-Vire, elevada por causa da raiva. Depois seguiram-se passadas rápidas e pesadas, então a porta foi aberta, e ele parou na soleira. As botas estavam sujas de lama e o paletó também; carregava um chicote de montaria e luvas, e a gravata bem como o cabelo estavam desalinhados. Léonie olhou-o com alguma altivez, copiando os modos de Lady Fanny à perfeição. Por um instante o conde deu a impressão de não a ter reconhecido; depois avançou com passos fortes, o rosto vermelho de raiva.

— Pensou que tinha me enganado, senhora pajem, não é? Não me tapeiam assim tão facilmente. Não sei onde obteve essas roupas finas, mas não lhe servem de nada.

Léonie pôs-se de pé e deixou os olhos vaguearem por ele.

— Está enganado, monsieur — disse ela. — Esta sala é particular.

— Muito bem desempenhado — desdenhou ele. — Mas não sou nenhum idiota para ser mistificado por esses ares e graça. Venha, onde está seu manto? Não tenho tempo a perder!

Ela permaneceu onde estava.

— Não entendo, monsieur. Isto é uma invasão. — Deixou a palavra rolar-lhe na língua e ficou satisfeita com isso.

O conde agarrou-lhe o braço e sacudiu-a ligeiramente.

— O manto! Depressa, ou será pior para você.

Grande parte da cortesia fria abandonou Léonie.

— Tire a mão do meu braço! — disse rispidamente. — Como ousa tocar-me?

Ele a empurrou para a frente, um braço em volta da sua cintura.

— Já chega! O jogo acabou, minha cara. É melhor se acalmar e me obedecer. Não a machucarei se fizer o que eu mando.

Da entrada veio o farfalhar de seda. Uma voz fria, altiva, falou:

— O senhor está enganado, monsieur. Tenha a bondade de soltar minha tutelada.

O conde saltou como se tivesse sido alvejado por um tiro e rodou, uma das mãos no punho da espada. Avon estava na entrada da sala, monóculo suspenso.

— *Sacré mille diables* — blasfemou Saint-Vire. — *Você!*

Um sorriso singularmente lento e desagradável curvou os lábios de Sua Graça.

— É possível? — sussurrou. — Meu muito estimado amigo Saint-Vire!

Saint-Vire afrouxou a gravata como se estivesse sufocando.

— Você! — repetiu, a voz pouco mais elevada do que um sussurro. — Você está aqui em carne e osso? Até... aqui... eu encontro você!

Avon adiantou-se. Um perfume marcante desprendia-se das roupas enquanto caminhava; numa das mãos segurava um lenço de renda.

— Um *rencontre* bastante inesperado, não é, conde? — falou. — Tenho de apresentar minha pupila, srta. De Bonnard. Creio que ela aceitará suas desculpas.

O rosto do conde ficou rubro, mas se curvou para Léonie, que lhe apresentou uma reverência magnífica, murmurando algumas palavras incompreensíveis.

— Sem dúvida, você tomou-a por outra pessoa, não? — perguntou Sua Graça. — Acho que você nunca a encontrou antes.

— Não. Como monsieur diz... tomei-a por outra pessoa... *Mille pardons, mademoiselle.*

Sua Graça tomou rapé.

— Estranho como as pessoas podem se enganar — observou. — Semelhanças são tão inexplicáveis, não é, conde?

— Semelhanças...? — Saint-Vire assustou-se.

— Você não acha isso? — Sua Graça tirou do bolso um leque cor de lavanda montado em varetas de ouro, e abanou-se languidamente. — Fico imaginando o que trouxe o conde de Saint-Vire a este lugar tão simples.

— Vim a negócios, sr. duque. Também fico imaginando o que trouxe o duque de Avon aqui.

— Negócios, caro conde, negócios! — falou Avon suavemente.

— Vim para recuperar uma... propriedade... que perdi... no Havre! — replicou o conde violentamente.

— Que coincidência! — observou Avon. — Vim exatamente com o mesmo objetivo. Nossos caminhos parecem fadados a... hã... cruzarem-se, meu caro conde.

Saint-Vire mostrou os dentes.

— É, monsieur? Com... com o mesmo objetivo, o senhor disse? — Forçou um riso. — Na realidade é uma coincidência!

— Bastante notável, não? Mas, ao contrário da sua, minha propriedade me foi roubada. Eu a mantinha sob... hã... custódia.

— É mesmo, monsieur? — A boca do conde estava desagradavelmente seca e era evidente que ele estava sem saber o que dizer.

— Confio que o caro conde tenha encontrado sua propriedade — disse Avon em um tom suave.

— Ainda não — respondeu Saint-Vire lentamente.

Sua Graça serviu o terceiro cálice de vinho e ofereceu-o a ele. Mecanicamente o conde aceitou.

— Espero que eu possa ajudá-lo a restituí-la — disse Sua Graça, e bebeu, meditativo, o vinho.

— Monsieur? — Saint-Vire engasgou.

— Não pouparei esforços — continuou Sua Graça. — A aldeia não é uma região grande de caça, pode ter certeza. O senhor sabe que está aqui, não?

— É... não... não sei. Não precisa se preocupar, monsieur.

— Ah, meu caro conde! — protestou Sua Graça. — Se lhe vale tanto esforço — disse, e os olhos piscaram para aquelas botas sujas de lama —, tanto esforço de sua parte, tenho certeza de que merece também minha atenção.

O conde deu a impressão de escolher as palavras cuidadosamente.

— Tenho motivos para pensar, monsieur, que é daquelas joias que têm uma... falha.

— Acho que não — respondeu Avon. — Então era uma joia? Agora a que me foi roubada é da classe das armas.

— Espero que o senhor tenha a sorte de encontrá-la — disse Saint-Vire, atormentado, mas mantendo o autocontrole.

— Sim, meu caro conde, sim. Quase sempre a sorte me favorece. Estranho. Deixe que lhe assegure que farei o maior empenho para devolver-lhe a... joia... não foi isso o que o senhor disse?... para o senhor.

— Não é provável que a encontre — disse Saint-Vire, entre os dentes.

— O senhor esqueceu o elemento sorte, caro conde. Tenho muita fé na minha sorte.

— O que estou procurando, com certeza, não o interessa, sr. duque.

— Ao contrário — replicou docemente Sua Graça. — Havia de me proporcionar grande prazer ser capaz de ajudá-lo neste assunto. — Lançou um olhar para Léonie, que estava de pé junto à mesa, ouvindo atônita, com as sobrancelhas franzidas, a troca de palavras. — Eu tenho uma... digamos, habilidade? Muito grande... para encontrar... hã... propriedades perdidas.

Saint-Vire ficou lívido. A mão tremeu quando levou o cálice aos lábios. Avon olhou-o preocupado.

— Meu caro conde, tenho certeza de que o senhor não está passando bem. — Outra vez os olhos dirigiram-se para as botas de Saint-Vire. — Deve ter percorrido um caminho longo, caro conde — falou com solicitude. — Sem dúvida está bem cansado.

O conde tartamudeou e pousou o cálice com estrépito.

— Como o senhor diz, eu... eu não estou me sentindo bem. Venho sofrendo de uma... ligeira indisposição, que me prendeu no quarto nos últimos três dias.

— É bastante notável — espantou-se Sua Graça. — Meu irmão... Conhece-o? Sim, conhece bem... neste momento está lá em cima, também sofrendo ligeira indisposição. Temo que haja alguma coisa insalubre no ar deste lugar. Acho um tanto úmido, não?

— Em absoluto, monsieur! — grunhiu Saint-Vire.

— Não? Esses distúrbios desagradáveis, creio, têm um jeito de atacar as pessoas em qualquer clima.

— Como milorde Rupert também achou — disse Saint-Vire asperamente. — Espero que a... indisposição não lhe tenha provocado desagrado por meu país.

— Ao contrário — falou Sua Graça brandamente. — Está ansioso para prosseguir viagem para Paris. Ele e eu, caro conde, acreditamos firmemente naquele velho ditado: nada que o álcool não cure.

As veias da testa de Saint-Vire intumesceram.

— É mesmo? Espero que milorde não aja precipitadamente.

— O senhor não deve se preocupar com ele, caro conde. Estou... como se vê... atrás dele, e tenho uma cabeça maravilhosamente fria. Assim me dizem. Mas o senhor... ah, isso é um outro assunto! O senhor deve se cuidar. Permita que implore para desistir de sua... busca... até que se sinta melhor.

— O senhor é bom demais, monsieur. Mas não deve se preocupar com minha saúde — disse, crispando as mãos.

— Está enganado, caro conde. Tenho o mais vivo interesse na sua... hã... saúde.

— Creio que estarei muito bem, monsieur. Minha indisposição não é muito séria, fico satisfeito por dizer.

— Ainda assim, meu caro conde, é sempre bom proceder com cautela, não é? Nunca se sabe quando estas aflições sem importância podem assumir proporções grandes. Já soube que uma simples friagem atinge os pulmões e abate um homem logo no início da vida. — Sorriu agradavelmente para o conde, que de repente pôs-se de pé, virando a cadeira.

— Maldito seja, o senhor não tem prova! — gritou ele.

As sobrancelhas de Sua Graça levantaram-se. Os olhos zombavam.

— Asseguro-lhe, caro conde, que soube de um caso assim.

Saint-Vire recompôs-se com esforço.

— Não há de acontecer... comigo, acho — falou grosseiramente.

— Ora, esperemos que não — concordou o duque. — Creio que ninguém... morre... antes da hora certa.

O conde procurou o chicote, e ficou torcendo-o nas mãos.

— Com sua permissão, monsieur, vou partir. Já perdi bastante tempo. Senhorita, seu criado! — Cuspiu as palavras, agarrou as luvas e dirigiu-se cegamente para a porta.

— Tão cedo? — lamentou Sua Graça. — Faço votos de ter a felicidade de encontrá-lo em Paris. Tenho de apresentar minha tutelada à sua encantadora esposa.

Saint-Vire abriu a porta e torceu a maçaneta violentamente. Olhou para trás com desdém.

— O senhor está cheio de planos, monsieur. Esperemos que nenhum deles dê errado.

— Certamente — concordou Avon, curvando-se. — Por que haviam de dar errado?

— Às vezes há... uma falha! — atalhou Saint-Vire.

— O senhor me confunde — falou Sua Graça. — Refere-se à sua joia perdida ou a meus planos... ou aos dois? Devo preveni-lo de que sou um bom juiz de pedras preciosas, caro conde.

— É, monsieur? — O rubor tomou conta do rosto de Saint-Vire outra vez. — É possível que esteja agindo sob uma ilusão, sr. duque. Ainda não acabamos de jogar a partida.

— De modo algum — retrucou o duque. — O que me lembra que ainda não perguntei por seu filho encantador. Por favor, como está ele?

O conde mostrou os dentes.

— Está muito bem, monsieur. Não tenho preocupações a seu respeito. Seu criado! — A porta foi fechada com violência.

— Ah, o tão estimado conde! — murmurou Avon.

— *Monseigneur*, o senhor não fez nada com ele! — exclamou Léonie. — Pensei que o senhor ia castigá-lo.

— *Ma fille*, há de chegar o dia em que hei de castigá-lo — respondeu Avon, e jogou o leque de lado. A voz mudou e soou áspera aos ouvidos de Léonie. — E não haverá misericórdia para ele nas minhas mãos.

Léonie olhou-o espantada e com alguma admiração.

— O senhor dá a impressão de estar muito zangado, *Monseigneur*! O olhar veio descansar-lhe no rosto. Dirigiu-se para ela e, pegando-lhe o queixo na mão, olhou dentro dos olhos. Sorriam confiantemente para ele. Abruptamente soltou-a.

— Tenho motivo, filha. Hoje você viu um vilão.

— Sim, um animal — disse, confirmando com a cabeça. — O senhor não o deixará levar-me outra vez, não é, *Monseigneur*?

— Não, minha criança. Ele nunca mais colocará as mãos na senhorita. Eu juro.

Ela franziu as sobrancelhas, observando-o.

— O senhor se mostra diferente, *Monseigneur*, parece-me. Não está zangado *comigo!*

A tristeza abandonou-lhe a boca, e sorriu.

— Seria impossível, minha querida. Iremos agora mitigar a monotonia de Rupert.

XXII

Chega mais um Parceiro para o Jogo

Segunda-feira começou e acabou sem sinal de Gaston ou de seus encargos. Sua Graça franziu as sobrancelhas, mas Léonie pulou de alegria e sugeriu a possibilidade de a sra. Field ter morrido de agitação.

— Não me parece que você esteja preocupada demais — falou Avon secamente.

— Não, *Monseigneur*. Acho que estamos muito felizes sem ela. O que faremos hoje?

Mas o duque não ficou satisfeito. Rupert levantou os olhos para ele com um sorriso.

— Nunca soube que você se preocupasse tanto com o que é justo, Justin, que me dane se soube! — Encontrou um olhar frio e por instantes ficou sério. — Sem ofensa, Avon, sem ofensa! Você pode ser tão pudico quanto quiser, porque eu não me importo. Porém ela não é.

— Léonie é tão cabeça oca quanto você — falou Sua Graça esmagadoramente.

— Ai, Deus — disse Rupert. — Imaginei que sua satisfação em relação a nós duraria pouco tempo.

Léonie, magoada, falou:

— Não sou tão cabeça oca quanto Rupert. O senhor está sendo muito injusto, *Monseigneur*.

— É isso mesmo, Léonie. Iguale-se a ele e dê de ombros. — Rupert olhou-a com admiração. — É mais do que algum dia fiz na minha vida.

— Eu não tenho medo de *Monseigneur*— disse Léonie, levantando o narizinho. — Você não passa de um covarde, Rupert.

— Minha filha — falou o duque, virando a cabeça —, não se esqueça de que você deve um pouco de gratidão a Rupert.

— Ei, eu estou por cima e você por baixo! — comentou Rupert. — Oh, Deus, estamos numa gangorra!

— *Monseigneur*, fui grata a Rupert a manhã inteira e agora chega. Faz-me ficar zangada.

— Eu observei isso. Seus modos deixam muito a desejar.

— Acho que o senhor também está muito zangado — arriscou Léonie. — *Voyons*, o que importa Gaston não ter chegado? Ele é tolo e gordo e a sra. Field parece uma galinha. Nós não os queremos.

— Eis aqui um excelente espírito filosófico! — exclamou Rupert. — Você costumava ser mais autêntico, Justin. O que lhe aconteceu?

Léonie virou-se para ele, triunfante.

— Eu lhe disse que ele estava diferente, Rupert, e você só riu! Nunca o vi desagradável antes.

— Por Deus, vê-se logo que você não conviveu muito com ele! — acrescentou Rupert, audaciosamente.

Sua Graça afastou-se da janela.

— Vocês formam um par inconveniente — falou. — Léonie, você devia demonstrar mais respeito por mim.

Viu-lhe o sorriso nos olhos e os seus cintilaram respectivamente.

— *Monseigneur*, era pajem então, e o senhor me teria punido. Agora sou uma dama.

— E você pensa que não posso mais puni-la, minha filha?

— Ela nem se importa! — riu Rupert.

— Devia me importar! — atalhou Léonie. — Fico triste até quando *Monseigneur* franze as sobrancelhas!

— Que Deus nos proteja! — Rupert fechou os olhos.

— Mais uma dessas — observou Sua Graça — e você não sai da cama hoje, meu filho.

— Ah, sim! Você tem o chicote na mão! — suspirou Rupert. — Estou calado! — Mudou de posição e encolheu-se um pouco.

O duque inclinou-se para arrumar os travesseiros.

— Não estou muito certo de que você vá se levantar absolutamente hoje, rapaz — disse. — Está melhor?

— Estou... quero dizer, praticamente não sinto nada agora — mentiu milorde. — Diabos, não ficarei mais na cama, Justin! Dessa maneira, nunca partiremos para Paris!

— Devemos esperar que fique em condições — observou Avon.

— Muita bondade sua. — Sorriu Rupert.

— Você não deve ser impertinente com *Monseigneur*, Rupert — repreendeu Léonie.

— Muito obrigado, menina. É preciso que alguém apoie meu prestígio em declínio. Se você tiver de sair da cama hoje, é melhor que descanse agora, Rupert. Léonie, se quiser dar um passeio a cavalo estou à sua disposição.

Levantou-se de um salto.

— Vou vestir meu traje de montaria imediatamente. *Merci, Monseigneur.*

— Daria tudo para ir com vocês — falou Rupert, desejosamente, quando ela saiu.

— Paciência, menino — Sua Graça puxou as cortinas da janela. — Nem eu nem o médico mantemos você na cama para nos divertir.

— Ah, você é um enfermeiro incrivelmente bom! Digo isso a seu favor — careteou Rupert. Sorriu um tanto encabulado para o irmão.

— Não desejaria nada melhor.

— Falando francamente, eu mesmo me surpreendo às vezes — disse Sua Graça e saiu.

— É, e me surpreende, e como! — murmurou Rupert. — Daria tudo para saber o que aconteceu com você. Nunca ninguém jamais mudou tanto!

E na realidade Sua Graça mostrava-se incomumente bondoso durante aqueles dias irritantes, e o sarcasmo mordaz, que outrora ferira Rupert, desaparecera de seus modos. Rupert ponderou sobre essa mudança inexplicável durante algum tempo e não conseguiu resolver o mistério. Mas naquela tarde na sala de estar, usando roupas de Sua Graça, viu os olhos de Avon pousarem em Léonie por um momento e ficou espantado com a expressão. Apertou os lábios num assovio mudo.

— Valha-me Deus! — disse a si mesmo. — Ele está apaixonado por aquela pirralha!

Já era terça-feira e Gaston não apareceu, o que fez as sobrancelhas franzidas de Avon ficarem mais sombrias.

— Tenho certeza de que madame morreu — comentou Léonie, maliciosamente. — *Tiens, c'est bien drôle!*

— Você tem um senso de humor pervertido, menina — observou Sua Graça. — Já notei isso várias vezes. Partiremos para Paris na sexta-feira, com ou sem Gaston.

Mas, logo depois do meio-dia de quarta-feira, uma agitação na rua da aldeia chamou a atenção de Rupert, que estava sentado junto à janela da sala de visitas; resolveu olhar para ver se era afinal Gaston.

Uma carruagem alugada, de grandes dimensões, parou na porta, seguida por outra com bagagens até no teto. Gaston saltou deste veículo agilmente e correu para a porta da primeira carruagem. Um dos lacaios baixou os degraus, a porta foi aberta e uma criada saltou. Atrás dela surgiu uma dama pequena envolta num grande manto de viagem. Rupert fixou os olhos e explodiu numa gargalhada.

— Ai, Deus, é Fanny! Senhor, quem havia de pensar nisso?

Léonie correu para a janela.

— É sim! É sim! *Mon Dieu, que c'est amusant! Monseigneur,* é Lady Fanny!

Sua Graça caminhou preguiçosamente para a porta.

— Então eu compreendo — disse placidamente. — Temo que a infeliz dama de companhia tenha morrido mesmo, menina. — Abriu a porta. — Então, Fanny?

Lady Fanny caminhou rigidamente, beijou-o e deixou cair o manto no chão.

— Deus, que viagem eu fiz! Meu amor querido, você está mesmo em segurança? — Beijou Léonie. — Tenho andado febril de curiosidade, dou-lhe minha palavra! Vejo que está usando o vestido de musselina que lhe mandei. Sabia que ia ficar encantador, mas nunca amarre a faixa assim, menina. Ah, e aí está Rupert! Pobre rapaz, você parece tão horrivelmente pálido!

Rupert afastou-a.

— Chega, Fan, chega! O que diabos a trouxe aqui?

— Minha prima estava quase morrendo com ataques histéricos, o que você faria na minha posição? — protestou ela. — Além disso, foi monstruosamente emocionante; afirmo que não conseguia ficar quieta!

O duque colocou o monóculo.

— Posso perguntar se o digno Edward está ciente de que você veio se juntar a nós? — perguntou ele com voz arrastada.

As covinhas de Lady Fanny surgiram.

— Estou tão cansada de Edward! — declarou. — Vem se mostrando muito implicante ultimamente. Duvido que o tenha mimado. Imagine só, Justin, ele disse que eu não devia encontrar-me com você.

— Você me espanta — concluiu Sua Graça. — Entretanto vejo que você está aqui.

— Seria muito bom se eu deixasse Edward pensar que podia me dar ordens à vontade! — exclamou. — Ah, tivemos uma cena espantosa. Deixei-lhe um bilhete — acrescentou ingenuamente.

— Isso deve consolá-lo, sem dúvida — replicou Sua Graça cortesmente.

— Não acho que o console — disse ela. — Espero que esteja prodigiosamente furioso, mas *anseio* por alegria, Justin, e Gaston disse que você estava de partida para Paris!

— Não sei se vou levá-la, Fanny.

Ela fez beicinho.

— Ah, vai, e vai mesmo! Não voltarei para casa. O que Léonie faria sem uma dama de companhia? Porque Harriet está de cama, meu caro, e jurou que não aguentaria mais — disse, virando-se para Léonie: — Meu amor, você teve uma melhora considerável, por Deus, como melhorou! E esse vestido de musselina lhe cai às maravilhas. Deus, quem lhe deu essas pérolas?

— Foi *Monseigneur* — disse Léonie. — São lindas, *n'est-ce pas*?

— Daria meus olhos por elas — falou com franqueza Lady Fanny. Afundou numa cadeira com muito farfalhar de saias. — Eu lhe imploro, conte-me o que lhe aconteceu, porque Harriet é uma grande tola e está tão abalada com os ataques histéricos que não me contou nada a não ser o suficiente para aguçar-me a curiosidade. Estou morta de curiosidade, juro.

— Então — disse Sua Graça —, eu também estou curioso. De onde você veio, Fanny, e como conversou com Harriet?

— Conversar com ela? — exclamou. — Ah, Deus, Justin! "Minha cabeça, coitada da minha cabeça!", gemia ela, e: "Ela sempre foi uma menina selvagem!" Não consegui que pronunciasse mais nenhuma palavra. Estava prestes a sacudi-la, dou-lhe minha palavra!

— Sua palavra uma ova, Fan, você é uma tagarela! — exclamou Rupert. — Como é que você foi a Avon?

— Avon, Rupert? Afirmo que não vejo aquele lugar há mais de um ano, embora na verdade tive uma intuição de visitar minha muito querida Jennifer no outro dia. Mas não deu em nada, porque havia o sarau de Lady Fountain, e mal pude me livrar...

— Diabos levem o sarau de Lady Fountain! Onde está minha prima?

— Em casa, Rupert. Onde mais estaria?

— Como assim, não podia estar com Edward?

Fanny fez um movimento violento com a cabeça.

— Pelo menos os dois compartilhariam do mesmo humor — murmurou o duque.

— Não duvido disso — observou Fanny pensativamente. — Sem dúvida ficará furioso, pode ter certeza. Onde é que eu estava?

— Não dizia nada com nada, minha cara. Estamos ansiosos para que tome um rumo.

— Que desagradável da sua parte, Justin! Harriet! Claro! Ela foi para a cidade sob os cuidados de Gaston e ficou a ponto de falecer nos meus braços. Derramou suas lágrimas de lamúria no meu melhor vestido de tafetá e afinal mostrou-me sua carta, Justin. Jurou que não viria para a França, fizesse você o que fizesse. Então tive de aturar mais lamentos... Disse que ficaria doente se pusesse os olhos no mar. Ah, passei um bom aperto com ela, asseguro-lhe! Não fazia outra coisa a não ser gemer a respeito de um rapto, de um chapéu de Rupert encontrado em Long Meadow, próximo ao bosque, de um homem que veio procurar um cavalo, e também de sua partida para Southampton, Justin. Eram vários detalhes da história, mas não havia como ligar uma coisa à outra. Gaston podia ter me explicado melhor... Deus, Justin, por que tem um imbecil como criado de quarto?... e, para finalizar, resolvi vir e ver por mim mesma o que acontecera. Depois, se lhe agrada, Edward só sabia dizer que eu não devia vir! Por minha reputação, as coisas chegaram a um ponto bem crítico entre nós, pensei eu! Aí, quando ele foi para o White's, não foi o Cocoa Tree, lembro, porque tinha de encontrar Sir John Cotton lá, mandei Rachel fazer as malas e parti com Gaston para vir até você. *Me voici*, como diria Léonie.

— *Voyons!* — Os olhos de Léonie cintilaram. — Acho que a senhora agiu muito bem, madame! A senhora irá para Paris também? Estou prestes a ser apresentada à sociedade, segundo *Monseigneur*, e ir a bailes. Venha, por favor, madame!

— Fique certa, eu irei, meu amor. É exatamente a coisa pela qual estou ansiando. Minha vidinha, existe uma chapeleira na Rue Royale que tem os modelos mais lindos! Ah, hei de dar uma lição em Edward!

— É provável — observou Sua Graça — que Edward venha atrás de você exigindo meu sangue. Devemos esperar que chegue.

— Edward querido! — suspirou. — Gostaria mesmo que viesse, mas ouso jurar que não virá. E agora, pelo amor de Deus, deixe eu saber a sua história... ou morrerei de curiosidade.

Assim, Léonie e Rupert mais uma vez expuseram a história de suas aventuras para ouvidos solidários. Fanny entremeou o relato com exclamações, e, quando ouviu a respeito da fuga difícil, agarrou Rupert sem que ele pudesse reagir. No fim de tudo olhou com espanto para Sua Graça e explodiu numa gargalhada.

O duque sorriu-lhe.

— Isso faz com que você se sinta uma pessoa de meia-idade, minha cara? Ai de mim!

— Na verdade, não! — Lady Fanny abanou-se. — Em minha vida monótona tenho a impressão de ser centenária, mas esta aventura... por Deus, é a mais louca que já ouvi... leva-me de volta à adolescência, podem acreditar! Justin, você devia tê-lo picado em pedacinhos com seu espadim, o vilão!

— É o que eu acho — intrometeu-se Léonie. — Queria que ele se arrependesse, madame. Foi uma grande impertinência.

— Sua intenção é mais do que justa, meu amor, mas, se você com toda calma jogou-lhe uma xícara de café, aposto como o fez ficar suficientemente arrependido. Deus, que atrevida que você é, filha! Mas juro que invejo sua coragem. Saint-Vire? Sim, conheço-o bem. Usa uma peruca que pode incendiar seis medas e possui os olhos mais desagradáveis que alguém conhece. O que ele queria com você, coração?

— Eu não sei — respondeu Léonie. — E *Monseigneur* não quer me contar.

— Ah, então você sabe, Justin? Devia ter calculado isso! Está fazendo algum jogo diabólico — falou e fechou o leque com um estalido. — Está na hora de eu tomar parte realmente! Não verei esta criança em perigo por suas artimanhas loucas, Justin. Pobre anjo, tremo só de pensar no que poderia ter-lhe acontecido!

— Seu desvelo pela segurança de minha tutelada é encantador, Fanny, mas creia que eu sou capaz de protegê-la.

— Claro que é! — disse Léonie. — Eu não pertenço a ele? — Colocou a mão no braço de Sua Graça e levantou a cabeça sorrindo-lhe.

Lady Fanny fitou-a e os olhos estreitaram-se. No rosto de Rupert surgiu um sorriso de quem sabe o que está acontecendo, e de repente levantou-se de um salto, dizendo que iria olhar sua bagagem ser descarregada.

— Por minha fé, não vai caber na hospedaria! — observou Rupert com um risinho. — Onde é que você vai dormir, Fan?

— Não me importo de dormir em um sótão! — respondeu ela. — Na realidade, esperava dormir nos estábulos! Seria adequado numa aventura assim.

— Creio que não precisamos sacrificá-la — afirmou Sua Graça. — Gaston transferirá minhas malas para o quarto de Rupert. Assim você pode ficar com o meu quarto.

— Meu caro, será mais do que suficiente! Mostre-me o caminho, Léonie. Por Deus, menina, você fica mais encantadora a cada dia! — Abraçou sua cintura e saíram juntas.

— Meu Deus, eis aqui uma bela trapalhada! — falou Rupert quando a porta se fechou atrás das damas. — Fanny está num excelente humor, mas, senhor, ela deve nos acompanhar?

— Calculo que o digno Edward terá uma palavra para dizer quanto a isso — replicou Avon.

— Como é que Fanny pôde escolher um cão tão insípido e fazer você concordar com ela, eu não sei! — observou Rupert.

— Meu caro rapaz, concordei porque ele era insípido o suficiente para aturá-la. E tem dinheiro.

— Então foi isso, claro, mas, por Deus, ele é o maior desmancha-prazeres que conheço. Você levará Fanny sozinha?

— Acredito que sim — respondeu Avon. — Não poderia encontrar anfitriã melhor.

— Você vai receber convidados, Justin? — perguntou Rupert, encarando-o.

— Prodigamente, Rupert. Será cansativo demais, mas como tutor de Léonie tenho deveres que devo me esforçar para cumprir.

Rupert sentou-se empertigado na cadeira e falou rispidamente.

— Pode contar com minha presença para a temporada, Justin.

— Sinto-me honrado, claro. — Curvou-se Sua Graça.

— Sim, mas... mas você permitirá que me junte ao grupo? — perguntou Rupert.

— Você acrescentará bastante *cachet* à minha pobre casa — falou Avon com voz arrastada. — Sim, filho, você pode se juntar a nós, desde que se comporte com circunspecção adequada e evite praguejar contra meu muito estimado amigo, Saint-Vire, pelas costas ou não.

— O que, não devo desafiá-lo? — indagou Rupert.

— É tão sem propósito — suspirou Sua Graça. — Pode deixá-lo por conta do meu... hã... arbítrio terno... com a consciência tranquila. O buraco que está no seu ombro foi acrescentado à dívida que ele tem comigo. Ele pagará... integralmente.

— Pobre diabo! — exclamou Rupert, sentidamente. Olhou no fundo dos olhos do irmão e parou de sorrir. — Meu Deus, Justin, você o odeia tanto assim?

— Ah! — exclamou Sua Graça. — ... roubo a exclamação do vocabulário de minha menina... um odeia o outro. O que é venenoso e desprezível esmaga-se sob o pé, e assim o farei.

— Por causa do que aconteceu há vinte anos... com você? — perguntou Rupert, com bastante ousadia.

— Não, rapaz. Não por isso, embora também pese na balança.

— Pelo que ele fez a Léonie, então?

— Pelo que ele fez com minha menina — repetiu suavemente Sua Graça. — Sim, filho.

— Há mais coisa aí do que os olhos veem — comentou Rupert com convicção.

— Muito mais — concordou Sua Graça. A dureza fora do comum desapareceu-lhe do rosto e deixou-o tão inescrutável como sempre. — Lembre-me, rapaz, que lhe devo um alfinete de gravata de brilhante. Era apenas uma pedra de beleza rara, não?

— Era, você me deu há anos.

— Fico me perguntando o que deu em mim — falou Sua Graça.

— Sem dúvida você estava... hã... se aproveitando do fato de ter feito algo que aprovo.

XXIII

O Sr. Marling Permite que o Persuadam

Lady Fanny tomou o desjejum na cama na manhã do dia seguinte e estava bebendo o chocolate quando Léonie bateu à porta. Ela levou a mão à elegante touca de dormir e ajeitou os cachos dourados antes de dizer "Entre!"

— Ah, é você, filha! Misericórdia, vai cavalgar tão cedo?

Léonie usava o traje de montar, com botas envernizadas, luvas de couro, com borlas, e um grande chapéu preto na cabeça com uma pena comprida que lhe varria o ombro.

— Vou, madame, mas só se não precisar de mim. *Monseigneur* disse que devia vir perguntar.

Lady Fanny mordiscou um biscoito doce e olhou para os pés da cama com interesse enlevado.

— Não, filha, não. Por que havia de precisar de você? Deus, como está corada; daria meu melhor colar para ter sua pele. Pode ter certeza, um dia eu tive. Vá, meu amor. Não deixe Justin esperar. Rupert já se levantou?

— O criado de quarto o está vestindo, madame.

— Farei companhia a ele na sala de visitas — disse e empurrou a xícara. — Suma, filha! Espere! Diga a Rachel para vir aqui, meu amor, por favor.

Léonie saiu alegremente. Meia hora depois, Lady Fanny, um tanto quanto alvoroçada, se encaminhou para a sala de visitas, usando musselina florida e o cabelo, que não estava empoado, sob uma touca elegante. Rupert levantou os olhos quando ela entrou e pôs de lado o livro sobre o qual vinha bocejando.

— Senhor, você acordou cedo, Fan!

— Desci para lhe fazer companhia — arrulhou e foi sentar-se ao lado dele junto à janela.

— As surpresas não acabam nunca — disse Rupert, percebendo que a amabilidade de Fanny devia ser recompensada. — Você parece ter vinte anos, esta manhã, Fan, pode acreditar que parece! — falou ele, com simpatia.

— Rupert querido! Você acha mesmo?

— Acho... enfim, chega deste assunto! Léonie foi andar a cavalo com Sua Graça.

— Rupert — falou sua senhoria.

— Sim, o que é?

— Já decidi que Justin deve se casar com a moça — disse Fanny, levantando os olhos.

— Deverá, você acha? — Rupert ficou imperturbável.

— Meu caro rapaz, ele está completamente apaixonado!

— Eu sei... não sou cego, Fan. Porém, ele já esteve apaixonado antes.

— Você está muito implicante, Rupert! Por favor, o que isso tem a ver com a questão?

— A questão é que ele não casou com nenhuma delas — replicou milorde.

— Rupert! — Fanny fingiu estar chocada.

— Não seja pudica, Fanny! É o Edward que está fazendo isso, eu sei.

— Rupert, se você pretende ser indelicado com o querido Edward...

— Diabos levem o Edward! — exclamou Rupert alegremente. Fanny olhou-o por um momento em silêncio e de repente sorriu.

— Não vim aqui para discutir com você, rapaz desprezível. Justin não a tomaria como amante.

— Não, diabos, tem razão. Está tão rigoroso que quase não o reconheço. Mas casamento...! Ele não vai ser apanhado assim com tanta facilidade.

— Apanhado? — perguntou. — Não existe isso! A menina não tem pretensão de se casar com ele. E é por isso que ele a desejará como esposa, preste atenção no que digo.

— É possível — comentou Rupert dubiamente. — Mas... Senhor, Fanny, ele já passou dos quarenta e ela é um bebê!

— Ela tem vinte, ou quase. Seria encantador! Ela sempre o achará maravilhoso e não dará importância à sua moral, porque ela mesma não tem nenhuma; e ele... ah, ele será o marido mais rigoroso da cidade, e o mais encantador! Ela será sempre a menina dele, juro, e ele *Monseigneur*. Estou resolvida que ele casará com ela. Agora, o que acha?

— Eu? Eu ficaria bastante satisfeito, mas... ah Deus, Fanny não sabemos quem ela é! Bonnard? Nunca soube da existência desse sobrenome, e tem um som desgraçadamente burguês, diabos, tem mesmo! E Justin... bem, você sabe, é Alastair de Avon, e não fica bem para ele se casar com qualquer uma.

— Ora! — disse Fanny. — Aposto minha reputação como essa menina tem origens que não são comuns. Há algum mistério, Rupert.

— Qualquer tolo pode ver isso — falou Rupert, com franqueza. — E se você me perguntar, Fan, diria que ela tem parentesco com Saint-Vire. — Recostou-se outra vez na cadeira e esquadrinhou o rosto da irmã à procura de surpresa. Não encontrou.

— Onde eu estaria com a cabeça se não tivesse percebido isso? — indagou Fanny. — Tão logo ouvi que era Saint-Vire quem a enaltecia, tive certeza de que ela era sua filha ilegítima.

— Meu Deus — cuspiu Rupert. — Você teria casado Justin assim mesmo?

— Eu nem deveria me importar — disse milady.

— Ele não faria isso — disse Rupert, convicto. — Ele é um libertino, mas conhece as obrigações para com a família, posso lhe garantir.

— Bá! — atalhou milady. — Se ele a ama, não irá se afligir por causa da família. Que importância eu dei à família quando desposei Edward?

— Calma, alto lá! Marling tem seus defeitos, não vou negar, mas não há sangue ruim em sua família, e você pode pesquisar suas origens até...

— Criatura estúpida, eu não poderia ter tido Fonteroy com um simples estalar de dedos? Ou lorde Blackwater, ou Sua Graça Cumming? Ainda assim escolhi Edward, que comparado a eles não era ninguém.

— Droga, ele não era bastardo!

— Eu não teria me importado, lhe dou minha palavra!

Rupert balançou a cabeça.

— Isto é indulgência, Fanny, diante de Deus, é indulgência. Não gosto disso.

Milady fez uma careta.

— Oh, vá dizer a Justin que não gosta, meu caro! Vá dizer a ele...

— Não estou me intrometendo nos assuntos de Justin, obrigado. Ele fará o que quiser, mas aposto tudo como ele não casará com bastardas.

— Feito! — aceitou. — Ah, Rupert! Perdi minha esmeralda grande num jogo semana passada! Chorei todas as lágrimas que tinha e Edward só conseguiu dizer que devia servir-me de lição!

— Isso é bem próprio de Edward. — Rupert assentiu com a cabeça. — Eu não sei!

— Não, você não sabe, rapaz cansativo! Ele há de me dar outra esmeralda. — Piscou rapidamente. — Para falar a verdade, ele é muito bom para mim. Fico pensando se virá aqui. Juro que me sentirei muito infeliz se não vier!

— Bem, ele veio, e bastante *à propos,* também. — Os olhos de Rupert estavam na rua.

— O quê! É realmente ele, Rupert? Você não está implicando comigo?

— Não, é ele mesmo, pela aparência, numa fúria violenta.

Lady Fanny, em êxtase, suspirou.

— Edward querido! Ele deve estar muito furioso comigo, tenho certeza.

Marling entrou rapidamente. Estava abatido pela viagem, os olhos pesados por causa da falta de sono, e a boca mostrava-se de um jeito irredutível. Olhou para a mulher bonita de cima a baixo em silêncio.

— Chegou quem estava faltando — disse Rupert jovialmente. — A família está completa agora, demos graças a Deus! Desejo-lhe bom-dia, Edward!

— Edward, afirmo que é tolice da sua parte. — Lady Fanny levantou-se e estendeu a mão.

— Você voltará comigo hoje, Fanny. — Ignorou a mão estendida. — Não aceito que me desafie.

— Ufa! — exclamou Rupert baixinho. — Ora, ora... Fique à vontade!

Lady Fanny segurou o riso.

— Ah, senhor, não está elegante! Por favor, já se olhou no espelho? O senhor apresenta-se a mim enlameado e desarrumado! E eu que gosto tanto de homens que estejam *point de vice!*

— Deixaremos, por favor, minha aparência fora disso. Já suportei demais seus caprichos, Fanny. Você voltará comigo para a Inglaterra.

— Na realidade, senhor, acha mesmo que voltarei? — Um brilho de desafio insinuava-se nos olhos de Lady Fanny.

— A senhora é minha mulher, madame.

— Mas não sou sua escrava, senhor. Peço-lhe que desfaça esta carranca! Não me agrada.

— Isso mesmo! — acrescentou Rupert. — Como deixou minha prima, Marling?

— Sim, senhor, e *por que* você deixou a pobre e querida Harriet? Não agiu bem, Edward.

— Fanny, já acabou? Eu lhe aviso, não estou com disposição para traquinagens!

— Cuidado, Fan, cuidado! — falou Rupert, divertindo-se imensamente. — Ele há de deserdá-la, isso ele fará!

Marling virou-se para encará-lo:

— Não estou achando engraçado, Alastair. Creio que nos entenderemos melhor se nos deixar.

— Como ousa, Edward? O pobre rapaz acabou de deixar o leito, com um ferimento no ombro que só escapou do pulmão por alguns centímetros!

— Não estou preocupado com os ferimentos de Rupert — disse Marling friamente. — Ele sobreviverá sem a minha solidariedade.

— É, mas diabos, sofrerei um colapso se tiver de olhar para seu rosto sombrio por mais tempo! — retorquiu Rupert. — Pelo amor de Deus, sorria, homem!

— Ah, sim, Edward, sorria! — suplicou Fanny. — Dá-me dor de cabeça vê-lo com essa carranca.

— Fanny, conceda-me cinco minutos em particular.

— Não, senhor, não concederei. Está realmente mal-humorado para falar-me dessa maneira, e eu afirmo: quero mais do que isso.

— Céus, Marling! — disse Rupert. — Vá arranjar alguma coisa para o desjejum. Sentir-se-á melhor, juro! É o estômago vazio que o faz se sentir irascível: conheço bem a sensação. Um pouco de presunto agora e alguns biscoitos com café farão de você um homem novinho em folha, pode ter certeza!

Lady Fanny riu. A carranca de Marling ficou mais sombria, os olhos, mais duros.

— Lamentará isso, madame. A senhora brinca comigo muito mais do que deveria.

— Ah, senhor, não estou com disposição para aturar seus heroísmos! Por favor, guarde-os para Harriet! Sem dúvida, ela os aprecia!

— Tente com Justin — sugeriu Rupert. — Aqui está ele, com Léonie. Meu Deus, que reunião feliz!

— Pela última vez, Fanny... não pedirei de novo... você me concede alguns minutos sozinha?

— Sozinha? — repetiu Rupert. — É claro que concede, tantos quantos você quiser! O negócio é solidão, então é isso! Solidão e um presunto gordo...

— Meu caro Marling, espero que esteja passando bem. — Sua Graça entrara silenciosamente.

— Minha saúde está ótima, obrigado, Avon. — Marling tirou o chapéu.

— Mas o ânimo... — falou Rupert. — Ah, Deus!

— Confesso — disse Marling, com firmeza —, meu ânimo está um tanto... abalado.

— Jamais diga isso! — Rupert fingiu estar atônito. — Você fez uma travessia ruim, Edward, seu fígado virou de pernas para o ar.

— Sua conversa é sempre tão edificante, Rupert. Contudo, creio que podemos dispensá-la — disse Avon, virando-se.

Rupert calou-se de imediato. Fanny jogou a cabeça para trás. Avon se dirigiu para a mesa e serviu-se de um cálice de borgonha, oferecendo a Marling, que recusou.

— Estou aqui, senhor, para levar minha mulher para casa. Tendo em vista que ela se recusa a me acompanhar, não há mais nada a ser dito. Já estou de partida.

Avon colocou o monóculo e através dele olhou a irmã.

— Sim, Justin. Recuso-me. Vou para Paris com você.

— Sinto-me gratificado, claro — retrucou Sua Graça. — Não obstante, minha cara, você irá com seu marido.

— Eu lhe agradeço! — Marling riu asperamente. — Não a levarei, se ela vier atendendo a ordens suas! Deve atender às minhas.

— Não atenderei a ordens de ninguém! — O rosto de Lady Fanny ficou vermelho como o de uma criança prestes a chorar. — Vocês são muito maus!

Marling não disse nada. Ela passou o lenço pelos olhos.

— Você chega... implicante, e... e... e brigando... não vou com você! Eu o odeio, Edward!

— Não faltava mais nada — disse Marling, dirigindo-se para a porta.

Ouviu-se um farfalhar de saias quando Fanny correu pela sala.

— Ah, Edward, eu não queria dizer isso, você sabe que eu não queria!

— Você voltará comigo? — perguntou, mantendo-a a distância.

Ela hesitou, depois levantou os olhos para seu rosto. Duas grandes lágrimas rolavam-lhe pelas faces. Marling tomou-lhe as mãos e apertou-as.

— Para falar a verdade — falou suavemente — não posso suportar vê-la chorar, amor. Vá com Justin.

Ao ouvir isso, ela atirou-se nos seus braços e soluçou.

— Ah, Edward, eu irei! É verdade, eu irei! Você tem de me p--perdoar!

— Minha querida! — Ele apertou-a mais nos braços.

— Sinto-me decididamente *de trop* — observou Sua Graça, e serviu-se de outro cálice de borgonha.

— Eu irei, Edward, mas eu... ah, queria tanto ir para Paris!

— Então vá, querida. Não lhe nego nenhum prazer.

— Mas não p-posso suportar deixar você! — soluçou Fanny.

— Permitem que eu faça uma sugestão? — Sua Graça avançou lentamente. — Com certeza não é ocasião para estes ressentimentos. O assunto é muito simples. — Fez uma cortesia magnífica para Marling. — Por favor, meu caro Edward, venha conosco para Paris.

— Ah, eu agradeço, mas...

— Sim, eu sei — falou Avon languidamente. — Você preferiria não passar pelos portais sacrílegos de minha residência.

— Protesto... — falou Marling, ruborizado.

— Não é preciso, creia-me. Não apresentaria um plano assim tão desagradável se não fosse o fato de precisar de Fanny.

— Não entendo por que havia de precisar dela, Avon.

Sua Graça mostrava-se incrédulo.

— Meu muito estimado Edward, pensei que com seu senso rigoroso de decoro o motivo devia imediatamente saltar-lhe ao entendimento.

— Léonie! Tinha esquecido. — Marling ficou irresoluto. — Você não consegue arranjar outra dama para lhe fazer companhia?

— Sem dúvida podia encontrar uma centena, mas eu exijo uma anfitriã.

— Então é melhor Fanny ficar com você. Voltarei à Inglaterra.

— Edward, se você não for para Paris, devo voltar com você. Mas gostaria tanto que viesse! — disse Fanny, suspirando.

Naquele momento Léonie apareceu, e bateu palmas ao ver Marling.

— *Parbleu*, é o sr. Marling! *Bonjour, m'sieur!*

— Espero que esteja bem, filha. Sua aparência me diz isso. — Ele sorriu e beijou-lhe a mão.

— Minha menina encontra simpatia até em olhos austeros — murmurou Sua Graça. — Menina, estou tentando convencer o sr. Marling a honrar minha humilde casa com sua presença. Por favor, acrescente suas súplicas às minhas.

— Sim? — Léonie olhou de um para o outro. — Venha, por favor, monsieur. Pedirei a *Monseigneur* que convide o sr. Davenant também.

Apesar de seu estado de espírito, Avon sorriu.

— Uma ideia feliz, *ma fille*.

— Ora, filha, creio que não devo — respondeu Marling. — Leve minha esposa e deixe-me ir para casa.

— Ah! — falou Léonie. — É porque o senhor não gosta de *Monseigneur*, não é?

— Minha menina, não é nada se não sincera demais — observou Avon. — Essa é a verdade em poucas palavras, filha.

— O senhor não o acha suficientemente respeitável. Mas na verdade agora ele é muito respeitável, *je vous assure!*

Rupert emitiu um som engasgado; Fanny sacudiu os ombros e Marling caiu numa gargalhada irreprimível. Léonie, decepcionada, olhou para o trio convulso e virou-se para o duque.

— O que aconteceu a eles, *Monseigneur*? Por que estão rindo?

— Não faço a menor ideia, menina — replicou Avon.

— Eu os acho tolos. Muito tolos.

O riso desanuviou o ambiente. Marling olhou para o duque e falou sem firmeza.

— Confesso... é sua falta de... de respeitabilidade que afeta... um pouco minha credibilidade!

— Tenho certeza de que deve mesmo afetar — respondeu Sua Graça. — Mas terei Davenant para apoiá-lo. Ele ficará maravilhado por se juntar a você, a fim de lamentar minha moral depravada.

— A perspectiva é muito animadora — disse Marling. Olhou, inseguro, para a mulher. — Mas acho que não há lugar para mim nesta louca aventura.

— Meu caro Edward, há lugar para mim? — perguntou Sua Graça, com ar de sofrido. — Conto com você para me ajudar a impor um pouco de decoro neste grupo.

Marling olhou o paletó de Avon, de veludo vermelho-vivo, indagadoramente.

— Devo contribuir com sobriedade; mas, e você, Avon? Você proporciona a pompa, parece-me.

— Você me lisonjeia. — Curvou-se Avon. — Você nos acompanhará?

— Sim, Edward, sim! Ah, por favor!

— *Voyons*, será *fort amusent, m'sieur*. O senhor tem de ir.

Rupert ousou levantar a voz.

— É, junte-se a nós, Marling. Quanto mais gente melhor.

— Tendo em vista solicitações tão bondosas, o que posso dizer? — Marling pegou a mão da mulher. — Agradeço-lhe, Avon. Eu irei.

— Então é melhor Gaston voltar a Londres para pegar sua bagagem — falou Sua Graça.

— Ele morrerá, *Monseigneur*. Eu sei. — Léonie deu um risinho.

— Como você pode observar — interpôs Avon para Marling —, morte e desastres são fontes infalíveis de diversão para minha pupila.

— Ela é arteira, Avon, não é? Mas uma bela arteira — sentenciou Marling, colocando a mão na cabeça de Léonie.

— *Vraiment?* Eu sou bela, *Monseigneur?* Acha mesmo? — perguntou, arregalando os olhos.

— Tolerável, minha menina, tolerável.

— Estava com medo que o senhor não achasse, *Monseigneur*. — O rosto entristeceu.

— Filha, não a chamo *"ma belle"*? — Avon beliscou-lhe o queixo.

— *Merci, Monseigneur! Tornou-me* muito feliz, *enfin!* — Léonie agarrou-lhe a mão e levou aos lábios.

Marling olhou repentinamente para a mulher. Ela sorriu e baixou os olhos. Marling virou-se para Rupert.

— Acho que vou aceitar seu excelente... ainda que fora de hora... conselho, meu rapaz.

Rupert sorriu.

— O que, o presunto? É, foi realmente um bom conselho, que me dane se não foi! Mas não nego que o dei para provocá-lo, Edward.

— Você conseguiu, tratante. Avon, não lhe pedirei que mande Gaston à Inglaterra. Posso eu mesmo voltar lá e me encontrar com vocês em Paris na semana que vem.

— Meu caro Edward, é bom para Gaston agitar-se um pouco. Está ficando gordo e lerdo. Ele nos encontrará em Paris.

— Você é muito atencioso. — Marling curvou-se.

— Não é essa minha fama — retrucou Sua Graça, tocando a campainha.

Na manhã seguinte, o grupo partiu para Paris. Lady Fanny estava corada, Marling divertido, Rupert irreverente, Léonie emocionada e o duque sossegado e plácido como sempre. A população inteira de Le Dennier parou para ver a passagem desta cavalgada e ficou maravilhada com a carruagem com uma pilha alta de bagagem no topo, na berlinda grande com as armas de sua graça brasonadas na porta e os dois coches menores que a seguiam.

Os Marling ocupavam uma destas, enquanto Avon, Léonie e Rupert viajavam na berlinda. Rupert apoiava-se em almofadas para aliviar o desconforto das sacudidelas, e passava o tempo jogando cartas com Léonie. Sua Graça recostava-se no seu canto, observando os dois, e divertindo-se um pouco.

XXIV

Hugh Davenant Tem uma Surpresa Agradável

Descansaram em Rouen durante o fim de semana e chegaram a Paris na terça-feira. Walker esperava-os no vestíbulo da mansão Avon, e em nenhum momento demonstrou reconhecer Léonie. Tudo estava em ordem para os hóspedes de Sua Graça, e imediatamente Lady Fanny encarregou-se da casa. Viu suas malas serem desfeitas e espalhou ordens para todo lado. Falou com Avon na biblioteca para saber a que horas Léonie ia ver madame Dubois, a governanta.

— Bem, Justin, e agora? — perguntou Fanny, sentando-se em frente a ele na escrivaninha. — Devemos fazer algum estardalhaço?

— Decididamente, Fanny. Tanto estardalhaço quanto possível. Aguardo suas sugestões.

— Um baile — sugeriu ela. — Será suficiente para começar. — Mordeu a ponta do dedo, pensativa. — Primeiro devo providenciar roupas para a menina e para mim. Afirmo que estou quase em farrapos! Brocado branco para Léonie, acho, ou um tom de verde. Com aquela cabeça flamejante...

— Minha cara, desejo que ela seja *poudrée*.

— Como desejar, Justin. Sim, talvez fique bonito. Veremos. Ouso jurar que você tem razões para desejar isso. Remeterei os convites para daqui a quinze dias. É tempo suficiente para ter certeza, mas não se desespere com as respostas. Seu nome e o meu, meu caro...! — Os olhos cintilaram. — Juro que hei de ter Paris inteira aqui! E depois?

— Depois, minha querida Fanny, Versalhes — respondeu ele.

— Está ótimo. Você fará certo alarde em torno dela, Justin. — Lady Fanny concordou com a cabeça.

— É minha intenção — replicou. — Envie seus convites, minha cara.

— Despesas? — Inclinou a cabeça para um lado.

— Não se preocupe com isso. Acho que teremos o jovem Condé e De Penthièvre. O duque de Richelieu também.

— Deixo-os a seus cuidados. Devemos ter madame du Deffand, claro, e a duquesa de La Roque. — Lady Fanny semicerrou os olhos. — Meu muito estimado Justin, não haverá ninguém importante que não venha ao baile, dou minha palavra! Mas, Deus, que trabalho terei pela frente! Eles virão por curiosidade, pode confiar! — Dirigiu-se num farfalhar até a porta. — As toaletes da menina, Justin?

— Algum dia questionei o seu gosto, Fanny?

— Como será divertido! É como se eu tivesse uma filha, embora graças a Deus não tenha! Ela usará algo elaborado?

— Como convém à minha pupila, mas *à la jeune fille*.

— Ah, não precisa se preocupar! Você não se queixará. Pobre de mim, não fico tão entusiasmada desde a minha juventude, quando você me levou a Versalhes, Justin. A casa inteira terá de ser aberta. Sou capaz de apostar que alguns cômodos estão completamente empoeirados. Vai ser necessário um exército para colocar tudo em ordem. O baile é apenas o início das minhas atividades, asseguro-lhe. — Riu maravilhada. — Teremos *soirées* e reuniões para jogos de cartas, talvez um sarau e... ah, devemos provocar bastante alarido! — Apressou-se em sair, cheia de determinação.

Sua Graça sentou-se para escrever uma carta para Hugh Davenant.

Daí em diante a mansão Avon mergulhou em atividade interminável. Chapeleiros e costureiras entravam e saíam, professores de dança e *coiffeurs;* e os criados invadiam todas as salas fechadas e as abriam, varriam, arrumavam. Sua Graça quase não ficava em casa. Estava nervoso para aparecer em público, fazendo circular a novidade de sua volta. Rupert estava destinado a provocar curiosidade, de modo que ele, assim que se recuperou, partiu para as casas de jogos e para as residências dos velhos amigos, e, como era de seu feitio, espalhou a novidade do novo capricho do irmão. A beleza de Léonie não perdia nada nas suas descrições; dava indícios de um mistério, e assegurava a todos que Avon contava com a presença do príncipe de Condé no baile, e também do sr. De Richelieu. Burburinhos circulavam por Paris, enquanto Fanny estava sentada em seu quarto com as respostas positivas aos convites para o evento espalhadas ao seu redor.

— Ah, será maravilhoso! — exclamava. — Não disse que Paris inteira viria?

Mas Léonie fugia de professores de dança e costureiras e se escondia na biblioteca, onde em geral o duque era encontrado. Ficava na soleira, olhando-o pensativamente. Ele levantava o olhar, deixando de lado a caneta, e estendia a mão para ela.

— E então, *ma fille?*

Ela corria para ele, e punha-se de joelhos ao lado da cadeira.

— *Monseigneur,* isso me assusta.

— O que a assusta, filha? — Ele acariciou os cabelos brilhantes carinhosamente.

Ela fez um gesto abrangente.

— Isso... tudo! Há tanta gente importante que vem, e todos andam tão ocupados. Eu mesma não tenho tempo para conversar com *Monseigneur.*

— Você não gosta disso, filha?

Enrugou o nariz.

— *Ah, quant à ça...!* Emociona-me, *Monseigneur,* e... e sim, gosto muito. Mas é como em Versalhes. O senhor lembra que eu o perdi. Era tão grande e brilhante.

— Criança... — Baixou os olhos para ela. — Estou sempre aqui. — Sorriu um pouco. — Acho, menina, que sou eu que corro o perigo de perder você quando for apresentada ao mundo.

Balançou a cabeça com veemência.

— Nunca! Nunca! *Voyons, Monseigneur,* deixo-me envolver nessa alegria que se apresenta para mim, e por algum tempo eu gosto disso. Mas sempre quero fugir para o senhor. Então sinto-me segura e... e as coisas não me deixam atônita. Entende?

— Perfeitamente — respondeu Sua Graça. — Eu não a abandonarei, menina.

— Não, *Monseigneur.* — Aninhou a mão na dele, suspirando ligeiramente. — Por que o senhor faz tudo isso por mim?

— Tenho minhas razões, criança. Não precisa aborrecer-se com elas.

— Não, *Monseigneur* — disse outra vez, obediente. — Está muito distante agora o tempo de Jean e Charlotte.

— Desejo que esqueça isso, *ma mie.* Foi um pesadelo... nada mais.

— *Bien, Monseigneur* — concordou, descansando a cabeça no braço dele e ficou assim durante muito tempo.

Naquela mesma tarde, Hugh Davenant chegou, e disseram-lhe que o duque estava jantando. Deu o sobretudo e o chapéu para o lacaio e, dispensando o homem, foi sozinho para a sala de jantar, de onde vinha o barulho de conversa.

A sala comprida estava iluminada por velas, em candelabros de ouro sobre a mesa. A prataria faiscava, os cristais brilhavam e a luz suave espalhava-se por todo o ambiente. Na cabeceira da mesa, Lady Fanny estava sentada, com Marling à direita, numa discussão acalorada com Rupert, que se encontrava em frente. Ao lado de Marling via-se Léonie, vestida de seda amarelo-clara rendada. Dizia alguma coisa para Sua Graça, que se encontrava na outra cabeceira da mesa quando Davenant entrou, então ela levantou os olhos ao ouvir a porta abrir e subitamente bateu palmas.

— *Tiens*, é o sr. Davenant! Ele chegou! Veja, *Monseigneur*!

Sua Graça se levantou e colocou o guardanapo na mesa.

— Meu caro Hugh! Você chegou em boa hora. Jacques, ponha **um** lugar para meu senhor.

Davenant cruzou as mãos por um momento, acenando de cabeça para Rupert e Marling.

— Não pude resistir ao convite... ou foi uma convocação? — indagou ele. Curvou-se para Fanny: — Minha senhora!

Ela, muito bem-humorada, apresentou-lhe a mão.

— Afirmo que estou satisfeitíssima por vê-lo, Hugh. Parece que não o vejo há um século!

— Linda como sempre — disse, beijando-lhe a mão. Mas os olhos detinham-se em Léonie.

— Ah! — Lady Fanny fez beicinho. — Hugh, fiquei na sombra; é, certamente, fiquei na sombra... por causa desta pirralha! É tão constrangedor! — Sorriu e acenou para Léonie.

Léonie avançou com os melhores modos e fez uma reverência. Um sorriso malicioso tremia-lhe na boca; fixou em Davenant olhos arregalados e inocentes.

— É possível? — falou e curvou-se para seus dedos.

— Você está mesmo impressionado? — Sua Graça veio ficar ao lado da pupila.

— Completamente! Não acreditaria que fosse possível! Você merece cumprimentos, Alastair.

— Ora, também acho — replicou o duque.

— Às vezes, monsieur, ainda sou Léon. — Fez uma reverência exótica.

— Sim, isso é Léon. — Hugh sorriu. — Você gosta de ser Léonie?

— A princípio não gostava nem um pouco — respondeu. — Mas agora acho que é muito agradável. Quando se é moça a gente tem coisas lindas, vai-se a bailes. Haverá um baile aqui na próxima semana, monsieur.

— Foi o que ouvi dizer — falou. — Quem comparecerá?

Sentaram-se outra vez à mesa, Davenant em frente a Léonie. Foi Fanny que respondeu:

— Todo mundo, Hugh, dou-lhe minha palavra! Por minha reputação, este baile me deu trabalho!

— É, e você fez desta casa um verdadeiro vespeiro — resmungou Rupert. — Como vai, Hugh?

— Como sempre, Rupert. E você?

— Muito bem — respondeu Rupert. — Todos nós estamos transformados, como vê. Nunca houve uma família mais unida, e todos amáveis uns com os outros... Deus sabe quanto isso vai durar!

Davenant riu do outro lado da mesa para Marling.

— Soube que lhe devo fazer companhia nesta residência mal-afamada, Marling!

— Fomos convidados para dar o tom de sobriedade. — Marling assentiu com a cabeça. — Foi ideia de Léonie. Como deixou seu irmão?

— Desde que você o tenha deixado mesmo, Hugh, fico satisfeito — careteou Rupert.

— Ah, sim! — disse Sua Graça. — O lamentável Frederick! Como vai ele?

— Ah, nunca houve um homem tão cansativo quanto Colehatch! — exclamou Fanny. — Imagine só, Hugh, certa vez ele me amou! O grande lorde Colehatch. Deus, devia sentir-me honrada!

— Ele se mostra tão lamentável como sempre — replicou Hugh. — Não ficou satisfeito ao saber que pretendia visitar esta casa outra vez.

— Senhor, ele queria você, Fan? — exclamou Rupert. — Bem, sempre soube que aquele homem era tolo.

— Eu lhe agradeço, milorde! — Davenant fez uma mesura fingida. — Vocês todos estão sendo imensamente agradáveis em relação a meu respeitável irmão.

— Ah, e em relação a mim também! — falou Fanny. — Rapaz horrível! Você lembra, Justin, que Colehatch andou me cortejando?

— Minha memória falha quando tento desemaranhar seus pretendentes, minha cara. Foi ele que me pediu a sua mão com uma pistola na minha cabeça? Não, creio que esse foi Fonteroy. Colehatch, parece-me, escreveu uma carta correta, que ainda prezo, candidatando-se à sua mão. Ele disse que desejava ignorar suas pequenas faltas, minha cara, como sua leviandade e sua extravagância.

— Fanny, peço-lhe desculpas por ele! — Riu Hugh.

Marling serviu-se de um pêssego.

— Que paixão ardente! — observou. — Espero não ter dito que relevaria suas falhas.

— Meu muito estimado Edward, você disse que me adorava dos calcanhares ao último fio de cabelo! — suspirou Fanny. — Deus, que tempos eram aqueles! Cumming, pobre alma, duelou com John Drew porque ele fez pouco de minha inteligência, e Vane, você lembra de Vane, Justin? Queria fugir comigo!

— E a senhora fugiu? — inquiriu Léonie, muito interessada.

— Deus, filha, o que vai perguntar a seguir? Ele não tinha um tostão, pobrezinho, e estava louco pelo negócio.

— Gostaria que duelassem por mim — disse Léonie. — Com espadas.

— Gostaria, Léon-Léonie? — Davenant divertia-se.

— Mas claro, monsieur! Seria tão emocionante. A senhora os viu duelar, madame?

— Santo Deus, filha. Claro que não vi. Não é para ser visto.

— Ah! — Léonie ficou decepcionada. — Pensei que pudesse.

Davenant olhou para o duque.

— A dama dá a impressão de apreciar derramamento de sangue — observou.

— Tem verdadeira paixão por estas coisas, meu caro. Nada lhe agrada mais.

— Você não deve incentivá-la, Justin! — falou Fanny. — Juro que é escandaloso!

Os olhos de Léonie cintilaram alegremente.

— Há uma coisa que fiz *Monseigneur* me ensinar, e que é muito sanguinolento — disse. — Vocês não sabem!

— O que é, coquete?

— Ah, eu não contarei! — Balançou a cabeça sabiamente. — Vão dizer que não é próprio para uma dama.

— Ah, Justin, o que você andou fazendo? Alguma proeza travessa, sou capaz de apostar.

— Conte-nos! — pediu Marling. — Despertou nossa curiosidade, filha, e logo começaremos a imaginar.

— Ai, Deus, você quer dizer... — começou Rupert.

Léonie acenou com mãos agitadas.

— Não, não *imbécile! Tais toi!* — Apertou os lábios com firmeza. — O sr. Marling ficaria chocado, e madame diria que não é absolutamente respeitável. *Monseigneur*, ele não deve contar!

— Hão de suspeitar de que se trata de algum segredo maldito — falou Sua Graça. — Creio que já lhe pedi várias vezes para não chamar Rupert de *imbécile*, criança.

— Mas, *Monseigneur*, ele é *imbécile* — protestou. — O senhor sabe que ele é!

— Sem dúvida, *ma fille*, mas não digo isso para todo mundo.

— Então não sei como chamá-lo — disse Léonie. — Ele me chama de irascível, *Monseigneur*, e de gata brava!

— E ela é, por Deus! — exclamou milorde.

— Eu *não* sou, Rupert, sou uma dama. *Monseigneur* é que diz.

— Uma afirmação evidentemente falsa — retrucou Sua Graça. — Mas nem consigo lembrar de jamais ter dito coisa deste tipo, criança.

Olhou travessamente para ele através das pestanas. Era um de seus artifícios mais cativantes.

— Mas, *Monseigneur*, há poucos minutos apenas o senhor disse que sua memória não é nada boa.

Houve uma explosão de gargalhadas; os olhos de Avon ficaram iluminados com isso. Pegou o leque e conseguiu bater com ele nos dedos de Léonie. Ela deu um risinho e virou-se triunfante para os outros.

— *Voyons*, fiz todos rirem! — disse. — E *queria* fazer vocês rirem! Sou espirituosa, *enfin*!

Davenant estava olhando para Avon, espantado, porque os olhos do duque descansavam na sua tutelada com tanto prazer terno que Davenant quase não conseguia acreditar que era o duque que ele estava olhando.

— Ah, Deus, como é criança! — exclamou Fanny, passando o lenço nos olhos. — Juro que nunca teria ousado falar assim com Justin na sua idade!

— Nem eu! — concordou Rupert. — Mas não há nada que ela não ouse, maldita, não há! — Virou-se para Davenant. — Nunca houve uma menina assim, Hugh! Você sabe que ela até foi sequestrada?

— Sequestrada? — Davenant passou os olhos à sua volta, um tanto incrédulo. — O que é isso?

— Ah, aquele animal! — falou Léonie, com desdém.

— Meu amor! — Saltou Lady Fanny. — *O que* foi que a ouvi dizer?

— Bem, madame, *Monseigneur* permite que diga animal. Não se importa, não é, *Monseigneur*?

— Minha filha, não é uma expressão delicada, nem eu estou encantado com ela, mas creio ter dito que poderia suportá-la se você evitasse falar por... hã... porcaria.

— Foi, foi o que o senhor disse — falou, triunfante.

— Mas o que vocês querem dizer? — indagou Davenant. — Quem raptou Léonie? É verdade?

Marling, do outro lado da mesa, confirmou com a cabeça.

— A maior baixeza de que já ouvi falar.

— Mas quem fez isso? Quem é o... o animal?

— O perverso conde de Saint-Vire! — disse Léonie. — Ele me deu uma bebida ruim e me trouxe para a França. Rupert salvou-me!

Davenant sobressaltou-se, então olhou para Avon.

— Saint-Vire! — disse ele e repetiu, bem baixinho: — Saint-Vire.

Sua Graça olhou rapidamente a sua volta, mas os lacaios tinham deixado a sala.

— É Hugh, é. O conde tão estimado.

Davenant abriu a boca para falar, e depois fechou-a outra vez.

— Foi isso mesmo — falou Sua Graça.

— Mas Avon — falou Marling —, Fanny contou-me que foram enviados convites para Saint-Vire e sua mulher. Por que fez isso?

— Creio que tenho razões — disse Sua Graça, pensativo. — Sem dúvida hão de me voltar à mente uma vez ou outra.

— Se o sujeito vier, jamais serei capaz de me conter! — falou Rupert.

— Não calculo que venha, meu filho. Hugh, se você já terminou, sugiro que voltemos à biblioteca. É o único lugar em que Fanny não mexeu.

Fanny levantou-se e sacudiu-lhe o dedo.

— Vou deixá-la toda aberta na noite do baile, não se assustem! Minha ideia é colocar as mesas de jogo lá.

— Não — falou Léonie, com firmeza. — É a nossa sala, *Monseigneur*. O senhor não deve permitir que ela faça isso! — Colocou as pontas dos dedos nos braços curvados do duque e preparou-se para sair com ele. Hugh escutou um apelo angustiado. — *Monseigneur*, aquela sala, *não!* Sempre nos sentamos lá. O senhor me levou lá na primeira noite.

— Você ouviu, Fanny? — Avon virou a cabeça.

— É muito aborrecido! — falou de modo muito sofrido. — Que diferença pode fazer, filha? Qual é o seu motivo?

— Madame, não consigo encontrar a palavra. É aquilo que *Monseigneur* diz quando a senhora lhe pergunta por que ele faz uma coisa.

Rupert abriu a porta.

— Por minha fé, sei o que ela quer dizer! Um capricho! — comentou.

— *C'est cela!* — Léonie deu um saltinho. — Você está muito inteligente esta noite, Rupert.

As damas foram cedo para a cama, e, enquanto Rupert arrastava Marling de má vontade para Vassaud, Avon e Hugh ficaram sozinhos na biblioteca calma. Hugh olhou em torno com um sorrisinho.

— Ah, Deus, é como nos velhos tempos, Justin!

— Três meses atrás, para ser preciso — falou Sua Graça. — Estou me tornando uma coisa assim semelhante a um patriarca, meu caro.

— Está? — perguntou Davenant, sorrindo para si mesmo. — Posso cumprimentá-lo por sua tutelada?

— Cumprimente, por favor! Ela está a seu gosto?

— Infinitamente. Paris ficará encantada. Ela é autêntica.

— Algo como uma arteira — afirmou, condescendente, Sua Graça.

— Justin, o que Saint-Vire tem a ver com ela?

As sobrancelhas finas elevaram-se.

— Parece que lembro, meu caro, que sua curiosidade foi sempre uma coisa que lamentei em você.

— Nunca esqueci a história que você me contou nesta mesma sala, Justin. Léonie é a ferramenta com a qual você espera esmagar Saint-Vire?

— Você me cansa, Hugh. Sabe, sempre tive a ideia de fazer meu jogo... sozinho — respondeu Avon, bocejando.

Davenant, que não conseguia fazer Avon falar, acabou desistindo. Marling entrou afinal, dizendo que era provável que Rupert só voltasse de manhã.

— Quem estava lá? — indagou Davenant.

— As salas estavam repletas, mas eu conhecia poucas pessoas — respondeu Marling. — Deixei Rupert jogando dados com Lavoulère. — Levantou os olhos para o duque. — O rapaz é incorrigível, Avon. Qualquer dia desses ele aposta a própria alma.

— Ah, espero que não! — observou Avon. — Suponho que anda perdendo.

— Anda — replicou Marling. — Não tenho nada com isso, Justin, mas acho que você devia se esforçar para verificar essa febre de jogo.

— Concordo — falou Davenant. — O rapaz é muito irresponsável. Avon caminhou até a porta.

— Meus caros, deixo-os com suas moralidades — disse suavemente e se retirou.

Hugh riu, mas Marling franziu as sobrancelhas.

— Satanás impossível! — falou Hugh.

— Parece que ele não se preocupa com o bem-estar de Rupert — disse Marling opressivamente. — Ele devia ter alguma ascendência sobre o rapaz.

— Ah, meu caro Marling, Rupert tomará jeito quando Avon resolver levantar o dedo.

— Está muito bem, Hugh, mas ainda não o vi levantá-lo.

— Eu já vi — respondeu Davenant. Então aproximou a cadeira do fogo. — Vejo também uma mudança enorme em Satanás.

— Sim — admitiu Marling. — É influência da menina. Minha esposa sonha com casamento.

— Creio que devia ser assim. — Hugh cruzou as pernas. — Existe isso nos olhos de Avon quando ele olha para Léonie...

— Eu não confio nele...

— Ora, pela primeira vez acho que confio. — Hugh riu um pouco. — Quando vi Léonie, então Léon, pela última vez era "sim, *Monseigneur*" e "não, *Monseigneur*". Agora é "*Monseigneur*, o senhor tem de fazer isso", e "*Monseigneur*, eu quero isso"! Ela o traz à sua mercê, e, por Deus, ele gosta!

— Ah, mas seus modos não demonstram que tenha intenção de cortejá-la, Hugh! Você já viu como fala com ela, repreendendo, corrigindo?

— Sim, e já ouvi o tom da voz de... por minha fé... de ternura! Esta corte não será comum, acho, mas há casamento no ar.

— Ela é vinte anos mais moça do que ele!

— Você acha que isso importa? Não arranjaria para Justin uma noiva de sua própria idade. Havia de lhe dar um bebê, que deve ser amado e protegido. E juraria que ele há de cuidar bem dela!

— Pode ser. Eu não sei. Ela o admira, Davenant! Ela o venera!

— A partir daí vislumbro a sua salvação — disse Hugh.

XXV

Léonie É Apresentada à Alta Sociedade

Lady Fanny deu um passo para trás a fim de obter um ângulo melhor para ver sua criação.
— Não consigo me decidir — disse ela. — Colocarei uma fita no cabelo, ou... não, já sei!... apenas uma rosa branca! — Apanhou uma na mesa a seu lado. — Você não precisa usá-la na cintura, minha cara. Onde está a presilha que Justin lhe deu?
Léonie, sentada diante do espelho, entregou a presilha de pérolas e brilhantes. Fanny prosseguiu a fim de prender a rosa com a presilha acima da orelha direita, de modo que se aninhasse entre os cachos empoados, que estavam habilmente penteados de maneira a dar ideia de um trabalho de profissional. O *friseur* fizera milagres. Os cachos amontavam-se fartamente em torno da cabeça digna de uma rainha, e um fora esticado para cair sobre o ombro.
— Não podia ficar melhor! — observou Fanny. — Dê-me a escovinha macia, camareira!
A criada de Léonie entregou-a, e ficou atenta aos vários potes.
— Só um toque de ruge, eu acho — disse Fanny. — O mais leve indício... assim! O batom, menina! — A escovinha macia adejou

pelo rosto de Léonie. Fanny analisou seu trabalho criteriosamente.
— Está muito bom. Agora vamos às pintas postiças! Duas, eu acho. Não se mexa, filha! — Dedos experientes pressionaram as pintas no lugar: uma abaixo da covinha, uma acima do malar. — Maravilhoso! — gritou. — Misericórdia, olha a hora! Tenho de me apressar! Levante-se, Léonie, e você, moça, passe-me o vestido!

Léonie ficou em pé com as roupas de baixo de renda, babados e mais babados caindo sobre um grande arco nos quadris, e observou Lady Fanny sacudir as pregas do macio brocado branco. Ela enfiou-o destramente sobre a cabeça, de modo a não estragar o penteado, passou-o pelo arco, posicionou-o no lugar e disse à criada que o atasse. Os pés de Léonie apareciam por baixo das anáguas em sapatos de cetim branco com saltos que estavam recobertos de minúsculos brilhantes. Fivelas brilhavam neles — mais um presente de Avon. A menina apontou-lhe a ponta do pé e examinou o efeito com seriedade.

Fanny veio arrumar o fichu de renda em torno dos ombros de Léonie, que surgiam da renda, inclinados e muito brancos. Afofou os babados, atou as fitas, e prendeu mais duas rosas com o broche de pérolas.

— Ora, madame, o que é isso? — indagou Léonie depressa. — Não é meu, eu sei!

— Ah, não é nada além de uma bagatela, meu amor, que pretendia lhe dar! Suplico-lhe que não se preocupe!

— Madame, a senhora é *muito* boa para mim. Obrigada! — Léonie corou.

Alguém bateu na porta; a criada foi abrir e voltou ao quarto com uma bandejinha de prata, onde se viam dois embrulhos e rosas brancas num suporte de prata.

— Para a senhorita.

— Para mim? Quem mandou? — Curvou-se sobre a bandeja para ler os cartões. — Rupert... sr. Marling... sr. Davenant! Mas como são bondosos! Por que todos me dão presentes, madame?

— Meu coração, é sua primeira aparição. Suspeito que Hugh perguntou a Justin que flores deveria enviar-lhe. — Pegou o buquê.
— Veja, filha, o suporte é finamente lavrado! O que diz o cartão?
Léonie susteve-o entre os dedos.
— Para Léon, de Hugh Davenant. *Voyons*, esta noite não sou Léon, mas srta. De Bonnard! O que pode ser isso?... do Sr. Marling... ah, um anelzinho! Madame, olhe! — Tirou o papel do último embrulho e revelou um leque de tecido muito fino, pintado, montado em varetas de marfim. — Ah, aquele esperto do Rupert! Madame, como é que ele sabia que eu desejava um leque?
Fanny balançou a cabeça misteriosamente.
— Deus, filha, não me pergunte! Pare de pular pelo quarto, idiota! Onde estão as pérolas de Justin?
— Ah, as pérolas! — Léonie correu para a penteadeira e tirou de uma das caixas o fio branco, comprido.
Fanny enrolou-o duas vezes em torno do pescoço, lançou outro olhar preocupado para o relógio, borrifou perfume no lenço e em Léonie, ajeitou mais uma vez o traje de brocado e correu para a porta.
— A senhora vai se atrasar tanto! — exclamou Léonie. — Só porque me vestiu. Esperarei pela senhora, posso?
— Sim, filha, claro! Quero estar lá quando Jus... quando eles a virem. Venha comigo e espere sentada enquanto termino de me vestir.
Mas Léonie não conseguia ficar parada esperando. Desfilava em frente ao espelho, fazia reverências para si mesma, agitava o leque e cheirava as rosas.
À noite Rachel trabalhou com rapidez, e logo Fanny estava de pé, num vestido de seda cor-de-rosa, com uma anágua de renda prateada e o maior arco que Léonie já tinha visto. Passou de leve a esponja macia no rosto outra vez, enfiou as pulseiras nos braços e fixou plumas ondulantes no penteado maravilhoso.
— Ah, madame, está excelente! — disse Léonie, parando de andar de um lado para outro.

Lady Fanny fez uma careta para sua própria imagem.

— Não importa nada a minha aparência esta noite — observou ela. — Você gosta da renda prateada, filha? E dos sapatos? — Levantou as saias e mostrou o lindo tornozelo.

— Sim, madame. Eu gosto... ah, muito! Agora vamos descer e ver o que *Monseigneur* acha!

— Num minuto encontro-me com você, meu amor. Rachel, meu leque e minhas luvas! Léonie, segure seu buquê na outra mão e enfie a fita do leque no pulso. Sim, está excelente. Agora estou pronta.

— Estou tão entusiasmada que tenho a impressão de que vou explodir! — falou Léonie.

— Filha, lembre que deve ficar em guarda por causa da língua! Não quero "explosões" ou "animais" saindo de sua boca esta noite, se você gosta de mim.

— Não ouvirá, madame, eu lembrarei. E nem "calções" também!

— Claro que não! — Riu Fanny, de modo abafado, e saiu para a escada. Então parou no patamar e abriu espaço ao seu lado. — Vá na minha frente, filha. Lentamente, lentamente! Ah, querida, você partirá corações, eu sei! — Mas isto foi dito quase para si mesma.

Léonie desceu vagarosamente a ampla escada, que estava brilhantemente iluminada esta noite, com braçadas de velas altas colocadas nos nichos na parede. Abaixo, no vestíbulo, reunidos junto ao fogo, os cavalheiros esperavam Sua Graça com condecorações brilhando no paletó de cetim púrpura; lorde Rupert em azul-claro, com rendas muito ricas e um colete estampado, elegante; Marling de marrom-arroxeado; e Davenant de castanho. Léonie parou no meio da escada e abriu o leque.

— Olhem para mim! — disse, reprovadora.

Viraram-se rapidamente ao som de sua voz, e viram, com velas de cada lado, uma pequena figura, toda de branco, desde os cachos arrumados até os saltos cravejados de brilhantes: brocado branco com decote baixo passando pelos ombros, anágua de renda branca, rosas brancas no busto e na mão. Só os olhos possuíam um azul profundo, cintilante, e os lábios entreabertos lembrando cerejas, as bochechas levemente coradas.

— Linda! — falou Rupert, com voz engasgada. — Por Deus, você está linda!

— Venha, *ma belle*! — Sua Graça avançou para o pé da escada e estendeu a mão.

Ela correu para ele. O duque curvou-se sobre a mão, quando ela corou e fez uma pequena reverência.

— Estou bonita, *Monseigneur*, não acha? Lady Fanny que fez tudo isso, e veja, *Monseigneur*, ela me deu este broche e Rupert me deu as flo... não, o leque. Foi o sr. Davenant que me deu as flores e o sr. Marling, este lindo anel! — Dirigiu-se dançando na direção dos que a admiravam. — *Muito* obrigada a todos vocês! Rupert, você está ótimo esta noite! Nunca vi você tão... tão arrumado e *tout à fait beau*!

— E então, Justin? Consegui? — perguntou Lady Fanny, descendo a escada.

— Minha querida, você se superou — afirmou, e os olhos a examinaram de cima a baixo. — Seu traje não deixa nada a desejar.

— Ah! — Sacudiu os ombros. — Eu não sou nada hoje à noite.

— Você é *très grande dame*, minha querida — disse ele.

— Isso, talvez — assentiu com a cabeça. — Era minha intenção.

Rupert levantou o monóculo.

— Você sempre se mostra bonita, Fan; digo isso a seu favor.

Os lacaios perto do grande pórtico subitamente ficaram em posição de sentido.

— Deus, já estão começando a chegar? — gritou Fanny. — Venha, filha! — Conduziu-a para o grande salão de baile, que era tão grande quanto a casa. Léonie olhou em torno de modo apreciador.

— *Voyons*, isto me agrada! — disse, e dirigiu-se para uma das grandes cestas de flores a fim de examinar os botões frágeis. — Nós somos muito ilustres e a casa é magnífica. *Monseigneur*, Rupert está bonito, não é?

Avon examinou o irmão mais moço, alto, jovial.

— Você diria que ele é bonito? — perguntou com voz arrastada.

— Diabos o levem, Justin! — balbuciou Rupert.

Um lacaio que estava na entrada ampla dizia os nomes. Rupert se retraiu e Lady Fanny deu um passo adiante.

Uma hora depois Léonie tinha a impressão de que a casa inteira estava cheia de damas e cavalheiros alegremente vestidos. Fizera centenas de reverências; ainda podia escutar a voz de Lady Fanny, dizendo: "Tenho a honra de apresentar-lhe a srta. De Bonnard, madame, pupila de meu irmão!"

Logo cedo naquela noite Avon aproximara-se dela com um jovem a seu lado: um jovem vestido no rigor da moda, com condecorações no peito e uma peruca maravilhosa na cabeça. Avon dissera:

— Minha pupila, príncipe. Léonie, o sr. príncipe de Condé deseja ser-lhe apresentado.

Fez uma reverência profunda; Condé retribuiu o gesto.

— Mas a senhorita é *ravissante!* — murmurou.

Léonie levantou-se e sorriu timidamente. O príncipe levou a mão ao coração.

— A senhorita me honraria com a primeira dança? — perguntou.

Achou que era um rapaz encantador, nada mais. Colocou a mão em seu braço e sorriu radiosamente para ele.

— Sim, por favor, monsieur. É o meu próprio baile! Não é emocionante?

Condé, que estava acostumado com debutantes um tanto quanto chatas, ficou encantado com sua alegria genuína. Os músicos começaram a tocar, os pares tomaram posição atrás dele e de Léonie.

— Temos de ir na frente? — perguntou em particular.

— Mas claro, senhorita, claro! — Sorriu. — A senhorita abre seu próprio baile.

Lady Fanny, em pé ao lado da porta, tocou o braço de Rupert.

— Quem é o par da menina? Deve ser um príncipe de sangue pelo visto, considerando as condecorações! Quem é ele?

— O jovem Condé — respondeu. — Você não havia de conhecê-lo, Fan. Ele só tem vinte anos mais ou menos.

— Deus, como Justin conseguiu que ele viesse tão cedo? — ofegou. — Com ele ao lado dela, Léonie está feita na vida! Olha, está rindo! Ah, ela o cativou, não há dúvidas! — Virou a cabeça para trás a fim de procurar Avon. — Justin, como conseguiu que Condé chegasse aqui tão cedo? Você é um bruxo, juro!

— Sim, foi bem pensado, não foi? — falou Sua Graça. — Você a apresentará a seguir a De Brionne. Ele acabou de chegar. Quem é aquela criança com rosas prateadas no vestido?

— Meu caro, eu não sei! Há tantas caras novas que não consigo lembrar a quem pertencem! Justin, Condé está encantado! Não há um homem no salão que não se apresse para ficar perto de Léonie, tendo visto o príncipe tão enlevado! Ah, madame! — Ela afastou-se para cumprimentar uma retardatária.

— Acho que irei ao salão de jogos e tomarei conta de lá — disse Rupert engenhosamente, já preparado para sair.

— Não é necessário, meu filho — falou Sua Graça, barrando-lhe o caminho. — Hugh tem tudo sob controle. Você, rapaz, conduzirá a srta. De Vauvallon.

— Ah, por Deus! — gemeu Rupert, mas dirigiu-se para onde a senhorita estava sentada.

Quando Fanny teve um tempo livre para observar Léonie, viu que a menina estava sentada no sofá da alcova, bebendo negus com o acompanhante. Os dois davam a impressão de estarem divertindo um ao outro imensamente. Fanny ficou olhando, muito satisfeita, e, finalmente esquivando-se do grupo de rapazes que clamavam para que fossem apresentados, levou o conde de Brionne até à alcova, apresentando-o. Condé levantou-se e fez uma reverência.

— Ah, senhorita, deve guardar um minutinho para mim mais tarde! — falou. — Quando pode ser?

— Nós havemos de nos encontrar em algum lugar — disse Léonie. — Eu sei! Sob a grande palmeira ali, às... às onze e dez! — Os olhos cintilaram. — Parece uma aventura!

— Senhorita, estarei lá! — prometeu Condé, rindo.

Fanny deu um passo à frente.

— A pupila de meu irmão, monsieur. O sr. Brionne, Léonie.

Léonie pousou o copo, levantou-se e fez uma reverência. A testa estava enrugada. Inexoravelmente Fanny levou Condé embora.

— A senhorita parece preocupada? — De Brionne entregou-lhe o copo outra vez.

Ela se virou para ele e sorriu de modo encantador.

— Monsieur, eu sou muito estúpida. Não consigo lembrar quem é o senhor!

De Brionne ficou um tanto abalado por um momento. Não era assim que as jovens costumavam se dirigir ao filho de Louis de Lorraine. Mas não conseguiu resistir ao fascínio dos olhos de Léonie. Além do mais, onde Condé estivera satisfeito, De Brionne certamente não se sentiria afrontado. Retribuiu o sorriso.

— Veio há pouco tempo para Paris, senhorita?

Ela confirmou com a cabeça.

— Sim, monsieur. Agora deixe-me pensar. *Eu* sei! O senhor é o neto do conde de Armagnac, sr. le Grand!

O conde achou muito engraçado. Era provável que nunca tivesse encontrado antes uma dama que cogitasse assim tão ingenuamente a respeito de sua genealogia. Preparou-se para se divertir, e descobriu que era necessário dar nome à maioria das pessoas que passavam para a edificação de Léonie.

— *Voyons, m'sieur*, o senhor conhece quase todo mundo! — disse ela depois de algum tempo. — Está sendo muito útil para mim. Agora diga-me quem é que está dançando com *Monseigneur*?

— *Monseigneur?*
— Sim, o duque... meu... meu tutor.
— Ah...! Aquela é madame du Deffand.
— Verdade? — Léonie encarou a dama intensamente. — Ela diverte *Monseigneur*, parece-me.
— Ele é uma dama muito espirituosa — comentou De Brionne seriamente. — Condé apontou-lhe as pessoas importantes?
— Não... não — respondeu, e as covinhas surgiram em seu rosto. — Encontramos uma porção de outros assuntos para conversar, monsieur. Ele contou-me a respeito de duelos, e sobre como é ser príncipe.
— Perguntou-lhe isso, senhorita? — De Brionne começou a rir.
— Perguntei, monsieur — respondeu Léonie inocentemente.
Na entrada Fanny fazia uma reverência profunda para o duque de Penthièvres, que tinha acabado de chegar. Ele beijou-lhe a mão com elegância.
— Minha cara Lady Fanny! Ficamos *bouleversé* quando soubemos do retorno da tão encantadora Lady Fanny!
— Ah, monsieur! — Sorriu e abriu o leque.
Avon aproximou-se oferecendo o braço à madame du Deffand.
— Meu caro Penthièvre, sinto-me rejubilado ao vê-lo.
— *Mon cher Duc! Madame, votre serviteur!* — Fez uma reverência. — Diga-me Alastair, onde está a tutelada de que só se ouve falar?
— Minha pupila... deixe-me ver, estava com De Brionne há poucos minutos. Não, agora está dançando com meu irmão. De branco com a rosa no cabelo.
De Penthièvre olhou para o outro lado do salão onde Léonie rodopiava graciosamente em torno de Rupert. As mãos estavam dadas no alto, o pé inclinado e ela sorria.
— Então! — falou Penthièvre. — Nossas debutantes vão arrancar os cachos empoados, duque!

As salas ficavam cada vez mais cheias. Algum tempo depois, Lady Fanny, saindo da sala de aperitivos, encontrou o marido no vestíbulo e disse, radiante:

— Meu amor adorado, que sucesso! Já viu a menina? De Penthièvre já dançou com ela, e Condé! Onde está Justin?

— Foi para a saleta. Você está satisfeita, minha querida?

— Satisfeita! Nas próximas semanas Paris não falará em outra coisa a não ser da festa e de Léonie, eu lhe prometo! — Apressou-se para a sala de aperitivos, e encontrou-a repleta, com Léonie no centro de um grupo maravilhado e encantado. Fanny tomou o braço de uma dama desacompanhada sob sua asa e saiu com ela à procura de um cavalheiro.

Na sala de jogos discutia-se o último capricho do duque.

— *Mon Dieu*, Davenant, mas que beleza! Que vivacidade! Que olhos maravilhosos! — exclamava Lavoulère. — Quem é ela?

O cavalheiro d'Anvau interrompeu-o antes que Hugh pudesse responder.

— Ah, ele está orgulhoso dela, não está, Satánas?! Vê-se claramente.

— Ele tem motivos para estar — observou Merrignard, brincando com a caixa de dados. — Não só é bonita, mas também *espiéglerie!* Estive entre os afortunados que obtiveram um tempo com ela. Condé está muito *épris*.

O cavalheiro olhou para Hugh.

— Ela me lembra alguém. Não consigo descobrir quem. Já vasculhei a memória, mas foge-me.

— Sim, é verdade. — Lavoulère assentiu com a cabeça. — Quando pus os olhos nela veio-me um vislumbre de que a tinha encontrado antes. É possível que isso tenha acontecido, Davenant?

— Bastante impossível — respondeu Hugh, com exuberância. — Ela acabou de chegar da Inglaterra.

Madame de Marguéry, que jogava lansquenê numa mesa ao lado, levantou os olhos.

— Porém ela é francesa, com certeza, não? Quem eram seus pais?

— Não sei, madame — falou Hugh, dizendo a verdade. — Como a senhora sabe, Justin não é muito comunicativo.

— Ah! — exclamou madame. — Ele adora fazer mistério! É para despertar a curiosidade em todos nós! A moça é muito encantadora, e bem-nascida, claro. Aquela inocência ingênua deve assegurar-lhe sucesso. Gostaria que minhas filhas a tivessem.

Nesse meio-tempo, Lady Fanny mandara Rupert tirar Léonie da sala de aperitivos. Voltou de braço dado com milorde e deu um risinho alegre.

— Madame, o príncipe disse que eu tenho olhos que parecem estrelas, e um outro homem disse que um raio dos meus olhos o tinha matado, e...

— Ora, filha! — disse Fanny —, nunca conte essas coisas em público! Vou apresentá-la a madame de La Roque. Venha!

Mas à meia-noite Léonie fugiu do salão de baile e vagou pelo vestíbulo. Condé, vindo de uma das outras salas, encontrou-a ali.

— A pequena borboleta! Fui procurá-la, senhorita, e não consegui encontrá-la.

— Por favor, monsieur, viu *Monseigneur*? — Léonie levantou os olhos, sorrindo-lhe.

— Vi dezenas de *Monseigneurs*, pequena borboleta! Qual deles a senhorita quer?

— O meu *Monseigneur* — disse Léonie. — O duque de Avon, claro.

— Ah, ele está em uma sala mais afastada, senhorita, mas eu não sirvo?

— Não, monsieur. Quem eu quero é ele.

Condé tomou-lhe a mão e sorriu.

— A senhorita não é bondosa, princesa das fadas! Pensei que gostasse de mim, pelo menos um pouco, será?

— Gosto, sim. Gosto muito do senhor — afirmou-lhe Léonie. — Mas agora eu quero *Monseigneur*.

— Então vou buscá-lo imediatamente para a senhorita — disse Condé à guisa de galanteio.

— Não! Eu irei encontrá-lo, monsieur. O senhor me leva!

Condé apresentou prontamente o braço.

— Agora está um pouco mais bondosa, senhorita! Este *Monseigneur* vai levá-la a Versalhes, suponho?

— Sim, acho que sim. O senhor estará lá? Esteja, por favor, monsieur!

— Com certeza estarei lá. Depois, no sarau de madame de Longchamp hei de encontrá-la, com certeza.

— Eu não sei — replicou ela. — Acho que irei a muitos saraus, mas *Monseigneur* ainda não me disse quais. Ah, lá está ele! — Soltou o braço de Condé e correu para onde Sua Graça estava em pé. — *Monseigneur*, estive procurando-o. O príncipe trouxe-me. Muito obrigada, monsieur! — Estendeu-lhe a mão, dispensando-o. — Agora vá e dance com... com... ah, com alguém! Eu não sei os nomes!

— O senhor a levará à corte, duque? — perguntou Condé, beijando-lhe a pequena mão.

— À recepção da próxima semana — respondeu Sua Graça.

— Então fico satisfeito — disse Condé, fazendo uma reverência e deixando-os.

O duque olhou para sua tutelada de maneira um tanto divertida.

— Você dispensou a realeza muito sumariamente, querida.

— Ah, *Monseigneur*, ele é muito jovem, e muito parecido com Rupert! Ele não se importou, não acha?

— Não deu a impressão de se importar — concluiu o duque. — O que quer comigo, criança?

— Nada, *Monseigneur*. Só pensei em vir procurar o senhor.

— Está cansada, menina — disse e levou-a para o sofá. — Ficará sentada calmamente comigo por algum tempo.

— Sim, por favor, *Monseigneur*. Acho que a festa está *muito* bonita. Já dancei com muita gente importante e todos foram muito bondosos comigo, para falar a verdade.

— Fico satisfeito ao ouvir isso, filha — falou, com seriedade. — O seu príncipe lhe agrada?

— Ah, ele é *fort amusant*! Contou-me tantas coisas sobre a corte, *Monseigneur*, e me explicou quem eram as pessoas... ah, não!... isso foi o sr. De Brionne. Eu disse "bá" para o príncipe, temo, mas ele gostou e riu. Dancei com Rupert... e ah, *Monseigneur*, com o sr. d'Anvau! Ele disse que tinha certeza de já ter-me visto antes! — Os olhos agitaram-se. — Queria dizer "Mas claro, monsieur. Eu lhe servi vinho no Vassaud uma noite!"

— Espero sinceramente que você não tenha dito isso, criança.

— Ah, não, fui muito discreta, *Monseigneur*. Eu disse "*Tiens*! Acho que nunca o vi antes, monsieur." Não era a pura verdade, era?

— Não importa, filha, foi uma resposta bastante apropriada. E agora vou apresentá-la a um amigo muito antigo que deseja falar com você. Venha, mocinha!

— *Qui est-ce?* — perguntou, caminhando lentamente pelos salões, em direção ao vestíbulo.

— É o sr. De Richelieu, minha filha. Você será muito cortês com ele.

— Sim, *Monseigneur* — anuiu docilmente, e cumprimentou com a cabeça um jovem requintado que lhe sorria e tentava chamar-lhe atenção. — Tenho sido muito cortês com todos esta noite. Exceto Rupert, claro.

— Isso nem precisa dizer — observou Sua Graça, e levou-a outra vez para o salão de baile.

Um senhor de meia-idade, elegante, estava sentado junto ao fogo numa das extremidades, mantendo uma conversa animada com uma dama curvilínea de certa beleza. Avon esperou que outros se juntassem em torno da dama e então deu um passo à frente.

Richelieu o viu e veio a seu encontro.

— Ah, Justin, a apresentação prometida! Sua bela pupila!

Léonie se desvencilhou do braço de Avon e fez uma reverência. Richelieu curvou-se para ela e, tomando-lhe a mão, acariciou-a.

— Filha, tenho inveja de Justin. Justin, vá embora! Cuidarei muito bem da senhorita.

— Não tenho dúvidas — afirmou Sua Graça e afastou-se para encontrar Lady Fanny.

Armand de Saint-Vire saltou sobre ele quando cruzava o vestíbulo.

— Meu amigo, quem é esta moça? — indagou. — Supliquei uma apresentação. Lady Fanny teve a bondade de me apresentar. Conversei com uma fada, *mon Dieu, qu'elle est jolie*, e durante todo o tempo perguntava a mim mesmo: quem é ela? Quem é ela?

— E obteve alguma resposta? — inquiriu Sua Graça.

— Não, Justin, não obtive! Portanto, eu lhe pergunto: quem é ela?

— É minha tutelada, caro Armand. — Sorriu Sua Graça, e continuou até alcançar a srta. De la Vogue que se aproximava.

Fanny estava na sala de aperitivos, com Davenant. Acenou para Justin quando ele entrou.

— Mereço um momento de descanso! — disse ela alegremente. — Por Deus, Justin, apresentei vários jovens uns aos outros e não fui capaz de gravar-lhes os nomes! Onde está Léonie?

— Com Richelieu — respondeu ele. — Não, Fanny não precisa ficar preocupada. Ele está sob juramento de ser discreto. Hugh, esta noite foi Deus quem o enviou para mim.

Lady Fanny começou a abanar-se.

— Todos nós estamos trabalhando um pouco — falou ela. — Meu pobre Edward está com as viúvas, jogando, e Rupert praticamente não entrou no salão de jogos.

— O trabalho mais duro foi o seu — observou Hugh.

— Ah, mas tenho me divertido tão prodigamente! — retrucou ela. — Justin, não sei quantos pretendentes estiveram fazendo a corte para Léonie! Condé está extasiado, contou-me. Não sou uma dama de companhia maravilhosa? Quando apresentei Léonie tive a impressão de que estava com cinquenta anos... é, Hugh, é a pura verdade!... mas quando encontrei outra vez com Raoul de Fontanges... ah, então voltei à adolescência! — disse, levantando os olhos.

Mas neste momento as pessoas começaram a ir embora e afinal ficaram sozinhos no vestíbulo, cansados mas triunfantes.

Rupert bocejou prodigiosamente.

— Deus, que noite! Borgonha, Hugh? — Serviu vários cálices. — Fan, você rasgou sua renda.

Fanny afundou numa cadeira.

— Meu caro, não me importo se estiver em farrapos. Léonie, minha querida, você parece cansada! Ah, meu pobre Edward, você foi maravilhoso com as viúvas!

— Ah, sim! — disse Sua Graça. — Tenho de agradecer-lhe, Edward. Você foi mesmo incansável. Menina, você ainda consegue manter os olhos abertos?

— Consigo, *Monseigneur*. Ah, madame, o príncipe disse que meu vestido estava encantador!

— É... — Rupert balançou a cabeça para ela. — Daria tudo para saber como você se sentiu esta noite, menina arteira! O velho Richelieu fez-lhe a corte?

— Ah, não! — Léonie mostrou-se surpresa. — Ora, ele é um homem muito velho!

— Ai de mim, pobre Armand! — disse Sua Graça. — Não lhe diga isso, menina, eu lhe imploro.

— Nem a ninguém, meu amor — disse Fanny. — Se espalharia por toda Paris! Ele ficaria entristecido!

— Bem, quem lhe fez a corte? — perguntou Rupert. — Além de Condé, é claro.

— Ele não me cortejou, Rupert! Ninguém me cortejou. — Léonie olhou ao redor com inocência. — Ele apenas disse que eu era uma princesa das fadas. É, e disse algo a respeito dos meus olhos.

— Se isto não é fazer a... — Rupert encontrou o olhar do irmão e interrompeu a fala. — Ah, é! Sou um tolo, não há nada a temer!

— *Monseigneur* — falou Léonie. — Fico pensando que foi um sonho! Se eles soubessem que já fui seu pajem, acho que não teriam sido tão bondosos comigo. Eles pensariam com certeza que eu não era suficientemente respeitável!

XXVI

A Apresentação de Léonie

Depois do baile, convites começaram a chegar rapidamente à mansão Avon. Mais de uma dama pedia que Lady Fanny perdoasse o curto espaço de tempo da solicitação e as honrasse em tal e tal noite, no baile, ou sarau, ou jogos. Fanny examinava cuidadosamente a pilha de cartões e sentia-se triunfante.

— Justin, meu querido! — exclamava. — Não ficaremos mais de três noites em casa, dou-lhe minha palavra! Eis aqui um cartão de madame du Deffand, para o próximo mês: um sarau. Este é da condessa de Meuilly: um baile. E aqui temos um da cara madame de Follermartin, para sábado! E este...

— Tenha pena de nós, Fanny! — disse Sua Graça. — Aceite e recuse como quiser, mas não nos canse com suas listas. Menina, o que você tem aí?

Léonie entrara dançando com um buquê na mão, ao qual estava preso um cartão.

— *Monseigneur*, não são lindas? Foi o príncipe de Condé quem as enviou. Acho-o muito atencioso comigo!

Fanny olhou para o irmão.

— Então começamos — comentou ela. — Me pergunto, onde será que vamos terminar?

— Devo acabar preso por dívidas, não tema! — observou Rupert afundado numa poltrona. — Duzentos guinéus batidos ontem à noite, e...

— Rupert, é um desperdício! — exclamou Marling. — Por que você aposta tão alto?

Rupert não se dignou a responder, usando desprezo para diminuir a questão. Foi Davenant quem preencheu o silêncio.

— Creio que é de família — falou. — Rupert, claro, é um biltre.

— Ah, não! — interveio Léonie. — Ele é bastante idiota, mas não é um biltre! *Monseigneur*, diga-me o que devo usar em Versalhes amanhã! Madame disse azul, mas eu queria usar meu vestido branco outra vez.

— Não, menina. Usar o mesmo vestido duas vezes seguidas com certeza provocaria um escândalo. Você deve usar dourado, amarelo-claro e as safiras que certa vez lhe dei. E seu cabelo não será empoado.

— Como? — indagou Lady Fanny. — Por que, Justin?

Hugh aproximou-se da lareira.

— Seria, Justin, por causa dos cabelos, iguais aos de Ticiano, que sempre foram uma de suas paixões avassaladoras?

— Exatamente. — Sua Graça curvou-se. — Que memória excelente você tem, meu caro!

— Não estou entendendo — queixou-se Fanny. — O que você quer dizer?

— Não tenho muita certeza — disse Avon. — Sugiro que pergunte a Hugh. Ele é onisciente.

— Agora você está se mostrando desagradável! — Fanny fez beicinho. — Amarelo-claro, sim, ficará bem. Léonie, meu amor, devemos encomendar uma anágua de crinolina dourada em Cerise;

ouvi dizer que são a última moda — disse e ficou absorvida por modos e modas.

Ela, Avon e Rupert acompanharam Léonie a Versalhes. Marling e Davenant eram semelhantes ao demonstrarem desagrado por cortes e recusaram-se a acompanhar o grupo, preferindo passar uma noite calma jogando piquê e examinando o último exemplar do *Adventurer*, que tinha chegado de Londres naquele dia.

Assim Léonie e seus acompanhantes os deixaram com seus divertimentos e partiram rápido na carruagem para Versalhes. O passeio provocou disposição evocativa em Léonie. Sentada ao lado de Lady Fanny, cujas saias se espalhavam a seu redor, dirigiu-se ao duque em frente.

— *Monseigneur*, lembra que quando eu fui a Versalhes o senhor deu-me esta corrente? — Tocou as safiras que lhe caíam pelo colo branco.

— Lembro, criança. Lembro também que na nossa volta você adormeceu e não queria acordar.

— Sim, é verdade. — Concordou com a cabeça. — Parece muito estranho estar indo para a corte outra vez, assim! — Mostrou-lhe as anáguas e abriu o leque. — O príncipe estava na festa de madame de Cacheron ontem à noite, *Monseigneur*.

— Ouvi dizer — falou Avon, um tanto quanto desligado.

— E dançou duas vezes com a pirralha! — acrescentou Fanny. — Foi positivamente inadequado!

— Sim, foi isso mesmo — concordou Rupert. — Se me perguntassem, diria que ele foi lá exclusivamente para ver Léonie.

— É, foi o que ele fez — disse Léonie ingenuamente. — Ele me disse. Eu gosto dele.

Rupert olhou-a com severidade.

— Bem, você não deve se sentar e conversar com ele Deus sabe sobre o quê — observou, como se fosse um professor. — Quando quis voltar, não sabia onde encontrá-la.

Léonie fez-lhe uma careta.

— Você está falando assim porque está com suas melhores roupas — disse-lhe ela. — Elas fazem com que se sinta pretensioso e muito importante. *Eu* sei!

Rupert explodiu numa gargalhada.

— Por Deus, essa é boa! Mas não nego que este é um paletó incrivelmente bom. — Olhou a manga cor de vinho clarete com algum prazer.

— Não é tão... tão *distingué* quanto o cinza e cor-de-rosa de *Monseigneur* — acrescentou Léonie. — *Monseigneur*, quem encontrarei esta noite?

— Ora, filha, pensei que você tivesse dezenas de compromissos acertados! — observou Lady Fanny.

— Tenho, madame, mas quis dizer gente nova.

— Ah, ela é insaciável! — murmurou Rupert. — Há de se gabar de uma coleção maravilhosa de conquistas antes que o mês termine, prestem atenção ao que eu digo!

— Você verá o rei, a rainha e possivelmente o delfim — enumerou Sua Graça.

— E madame de Pompadour. Eu quero vê-la porque ouvi dizer que ela é muito bonita.

— Muito — concordou Sua Graça. — Verá também o favorito dela, De Stainville, *Monsieur* e o conde d'Eu.

— *Tiens!* — falou Léonie.

Quando chegaram a Versalhes, ela seguiu Lady Fanny escada acima, em direção à Galeria dos Espelhos, e, olhando à sua volta, suspirou profundamente.

— *Como* eu lembro! — exclamou.

— Pelo amor de Deus, filha, não repita isso! — suplicou Fanny. — Você nunca esteve aqui antes. Não quero ouvir mais nenhuma de suas recordações!

— Não, madame — disse Léonie, desconcertada. — Ah, lá está o sr. De La Valaye!

La Valaye se aproximou para conversar com eles e lançou um olhar curioso para o cabelo sem pó de Léonie. Rupert afastou-se na multidão, procurando alguém com quem tivesse afinidade, e não foi visto durante algum tempo.

Muitas pessoas viraram-se para olhar Léonie.

— *Dis donc* — falou De Stainville. — Quem é essa linda ruiva? Não a reconheço.

Seu amigo, De Sally, tomou rapé.

— Você não ouviu falar? — indagou. — É a mais recente beleza! É tutelada de Avon.

— Ah! Sim, ouvi alguma coisa — disse De Stainville, assentindo com a cabeça. — É o novo brinquedo de Condé, hã?

— Não, não, meu amigo! — De Sally balançou a cabeça veementemente. — A nova deusa de Condé!

Léonie fazia reverência para a duquesa de la Roque. De Stainville viu Lady Fanny.

— Então Alastair trouxe a irmã encantadora! *Madame, votre serviteur!*

Fanny virou-se.

— Deus, então é o senhor! — Estendeu a mão. — Afirmo que faz um século que não o vejo!

— Madame, o tempo desaparece quando olho para a senhora — cumprimentou De Stainville, beijando-lhe a mão. — Mas certamente me chamava de Etienne, não este frio senhor!

Lady Fanny escondeu-se atrás do leque.

— Juro que não me lembro disso! — falou. — Sem dúvida eu era muito tola... foi há tanto tempo!

De Stainville puxou-a de lado e ficaram falando dos dias passados. Percebendo que a irmã estava muito ocupada, Avon resgatou Léonie do círculo cada vez maior de admiradores, e levou-a embora para cumprimentar o conde d'Eu, que passava pela galeria. Logo Fanny deixou De Stainville e veio juntar-se a Avon. O conde curvou-se para ela.

— Madame, receba meus cumprimentos por sua protegida — declarou e acenou a mão cheia de joias para Léonie, que estava conversando com uma debutante tímida que lhe fora apresentada em seu baile.

— Ela lhe agrada, monsieur? — Fanny acenou com a cabeça.

— Não podia ser de outra maneira, madame. Ele é *éclatante!* Aqueles cabelos e olhos! Prevejo um *succès énorme*! — Curvou-se e continuou a andar de braços dados com um amigo.

Léonie voltou para junto de Avon.

— *Monseigneur*, acho que rapazes muito jovens são tolos — disse francamente.

— Sem dúvida, menina. Quem é o infeliz que despertou sua reprovação?

— Foi o sr. De Tanqueville, *Monseigneur*. Ele disse que sou cruel. E eu não sou, não é?

— Claro que é, filha! — disse Lady Fanny. — Todas as jovens damas devem ser cruéis. É *de rigueur!*

— Ah, bá! — falou Léonie. — *Monseigneur,* onde está o rei?

— Perto da lareira, criança. Fanny, leve-a até o rei.

— Você acertou tudo, Justin? — Fanny agitou o leque.

— Certamente, minha cara. Vocês são esperadas.

Assim Fanny conduziu Léonie pelo salão e fez uma reverência para Sua Majestade, que ficou satisfeito com a polidez. Atrás dele, com *Monsieur* e mais alguns, via-se Condé. Léonie encontrou-lhe o olhar, e as covinhas surgiram maliciosamente. Sua Majestade ficou satisfeito por Lady Fanny ter apresentado a srta. De Bonnard; a rainha murmurou um elogio a tanta beleza, e Fanny prosseguiu a fim de dar espaço para a apresentação seguinte.

— *Bon!* — exclamou Léonie. — Agora já falei com o rei — disse, virando-se para Avon e os olhos cintilavam. — *Monseigneur*, é como já disse! É igualzinho às moedas.

Condé abriu caminho até ficar a seu lado, e Lady Fanny retirou-se discretamente.

— Ah, princesa das fadas, a senhorita aquece nossos corações esta noite!

Léonie levou a mão aos cachos.

— Mas não é absolutamente gentil de sua parte falar do meu cabelo ruivo! — protestou ela.

— Ruivo? — exclamou Condé. — Tem a cor do cobre, princesa, e seus olhos se parecem com as violetas que traz no colo. Como uma rosa branca você me encantou, e, agora, como uma rosa dourada, aumenta meu fascínio.

— Monsieur — falou Léonie, com severidade —, é assim que o sr. De Tanqueville fala. Não gosto nada disso!

— Senhorita, estou a seus pés! Diga-me o que posso fazer para reconquistar-lhe a graça!

Léonie olhou-o especulativamente. Ele riu.

— Oh! Deve ser uma grande aventura cavalheiresca, *enfin*?

Os olhos dela agitaram-se.

— É só que estou com muita sede, monsieur — disse, sem rodeio.

Um cavalheiro a poucos passos deles olhou-a com espanto e virou-se para um amigo.

— *Mon Dieu*, você ouviu isso, Louis? Quem é esta beleza que tem a audácia de mandar Condé buscar-lhe algo para beber?

— Ora, você não sabe? — indagou o amigo. — É a srta. De Bonnard, a pupila do duque inglês! Ela é excêntrica, e Condé está cativado por seu comportamento fora do comum.

Condé ofereceu o braço a Léonie. Juntos passaram para o salão ao lado, onde ele procurou um cálice de ratafia para ela. Quinze minutos depois, Lady Fanny encontrou-os ali, ambos muito bem-humorados,

Condé tentando ilustrar, para o benefício de Léonie, uma artimanha da esgrima, usando o monóculo como florete.

— Deus, filha, o que está fazendo? — indagou Fanny. Fez uma reverência para Condé. — Monsieur, não a deixe cansá-lo, suplico-lhe.

— Ah, eu não o estou cansando, madame, juro! — desculpou-se Léonie. — Ele também estava com sede! Ah, ali está Rupert!

Rupert aproximou-se com o cavalheiro d'Anvau. Quando o cavalheiro viu Léonie as sobrancelhas arrepiaram-se.

— Quem? Quem? *Quem? M'sieur, on vous demande.*

Condé afastou-se com um aceno de mão.

— Senhorita, o galardão prometido?

Léonie deu-lhe as violetas que estavam no colo, com um sorriso atraente nos lábios enquanto fazia isso. Condé beijou-lhe a mão, depois as flores e voltou para a galeria com o ramo perfumado preso no paletó.

— Bem! — comentou Rupert. — Por minha alma!

— Vamos, Rupert! — disse Léonie. — Leve-me para conhecer a madame de Pompadour agora.

— Não, diabos, não farei isso! — replicou milorde graciosamente. — Só consegui escapar neste momento com d'Anvau. É um assunto miseravelmente desagradável!

— Filha, preciso de você — falou Fanny, levando-a outra vez para a galeria, e deixando-a com a amiga muito querida, madame de Vauvallon, enquanto ela mesma saía à procura de Avon.

Encontrou-o afinal perto do Olho de Boi, com Richelieu e o duque de Noailles. Ele se aproximou rapidamente.

— Bem, Fanny, onde está minha menina?

— Com Clothilde de Vauvallon — respondeu. — Justin, ela deu suas violetas para Condé, e ele as está usando! Até onde isso vai chegar?

— A lugar nenhum, minha cara — retrucou Sua Graça placidamente.

— Mas, Justin, não é bom desdenhar assim da realeza! Demonstrar favor grande demais arruína tão seguramente quanto demonstrar favor pequeno demais.

— Suplico-lhe que não se desgaste, minha querida. Nem Condé nem a menina estão apaixonados um pelo outro.

— Apaixonados! Faço votos que não estejam! Mas toda essa coqueteria e...

— Fanny, às vezes você se mostra muito cega. Condé está se divertindo, nada além disso.

— Ah, está muito bem! — sacudiu os ombros. — E agora?

— Agora, minha querida, desejo que leve Léonie e a apresente a madame Saint-Vire.

— O quê? — perguntou, observando-o.

— Ah, acho que ela está interessada! — disse Sua Graça, e sorriu. Quando Lady Fanny levou Léonie até madame de Saint-Vire, a mão dela crispou-se no leque, e nem toda a pintura disfarçou-lhe a palidez.

— Madame! — Lady Fanny viu a mão crispada, e ouviu a respiração acelerada. — Faz tanto tempo que não nos vemos! Espero encontrá-la passando bem.

— Estou muito bem, madame. A senhora está com... com seu irmão em... Paris? — falou com esforço.

— Sim, estou servindo de dama de companhia para esta menina! — retrucou Fanny. — Não é ridículo? Permita-me que lhe apresente a pupila de meu irmão? Srta. De Bonnard, madame de Saint-Vire! — Ela se manteve afastada.

A mão de madame estendeu-se involuntariamente.

— Filha... — disse ela e a voz tremia. — Sente-se ao meu lado um pouco, suplico-lhe! — Virou-se para Fanny. — Madame, eu tomarei conta dela. Gostaria... gostaria de conversar com ela.

Léonie ficou olhando para o rosto da mãe. Madame tomou-lhe a mão e acariciou-a.

— Vamos, minha queridinha! — disse, titubeando. — Há um sofá junto à parede. Ficará comigo alguns... só alguns... minutos?

— Sim, madame — falou Léonie cortesmente, e ficou calculando por que aquela senhora pálida estava tão agitada. Não se sentia nada satisfeita por ter ficado com a mulher de Saint-Vire, mas foi com ela para o sofá e sentou-se a seu lado.

Madame dava a impressão de estar perdida. Ainda segurava a mão de Léonie, e os olhos devoravam a menina.

— Diga-me, *chérie* — disse finalmente. — Você é... você é feliz?

— Mas claro, madame. Claro que sou feliz! — respondeu, surpresa.

— Aquele homem — disse madame, pressionando o lenço nos lábios — aquele homem... é bom para você?

— A senhora está falando de *Monseigneur*, meu tutor, madame? — perguntou Léonie.

— Sim, *petite*, sim. Dele. — A mão de madame tremia.

— *Naturellement* que ele é bom para mim — replicou Léonie.

— Ah, você se ofendeu, mas na realidade, na realidade... Filha, você é tão jovem! Eu... eu podia ser... sua mãe! — Riu desenfreadamente. — Por isso você não se importará com o que eu vou lhe dizer, não é? Ele... seu tutor... não é um homem bom, e você... você...

— Madame — disse Léonie, puxando a mão —, não quero ser grosseira com a senhora, compreenda, mas não permitirei que fale assim de *Monseigneur*.

— Você gosta tanto dele assim?

— Sim, madame, eu o adoro *de tout mon cœur*.

— Ah, *mon Dieu!* — sussurrou madame. — E ele a... adora também?

— Ah, não! — replicou Léonie. — Pelo menos, eu não sei, madame. Ele é muito bom para mim.

Os olhos da mulher perscrutaram-lhe o rosto.

— Está bem — disse ela com um suspiro. — Diga-me, filha, há quanto tempo você mora com ele?

— Ah... ah, *depuis longtemps!* — falou Léonie vagamente.

— Filha, não brinque comigo! Eu... eu não contaria seus segredos! Onde o duque a encontrou?

— Perdão, madame. Já esqueci.

— Ele mandou que você esquecesse! — acrescentou rapidamente. — Foi assim, não foi?

Alguém aproximou-se do sofá; a mulher encolheu-se um pouco e ficou calada.

— Que belo encontro, senhorita — disse Saint-Vire. — Espero que esteja gozando de boa saúde.

O queixo de Léonie estava inclinado.

— Monsieur? — indagou, inexpressiva. — *Ah, je me souviens!* É o sr. de Saint-Vire! — Virou-se para madame. — Conheci monsieur em... *peste*, esqueci! Ah, sim!... em Le Dennier, perto do Havre, madame.

— Tem boa memória, senhorita — A expressão de Saint-Vire ficou sombria.

— Sim, monsieur. Não me esqueço das pessoas... nunca! — Léonie olhou-o no fundo dos olhos.

A menos de dez passos de distância deles, Armand de Saint-Vire estava em pé, como se tivesse criado raízes no chão.

— *Nom d'un nom d'un nom d'un nom!* — falou sufocado.

— Essa — disse uma voz suave atrás dele — é uma expressão que jamais admirei. Não tem... hã... força.

Armand virou a cabeça para trás a fim de encarar o duque.

— Meu amigo, você tem de me dizer agora quem é essa srta. De Bonnard!

— Duvido — retrucou Sua Graça, e tomou uma pitada de rapé.

— Mas olhe para ela! — falou Armand, angustiado. — É Henri! A encarnação de Henri, agora que os vejo lado a lado!

— Você acha? — perguntou Sua Graça. — Acho-a muito mais bonita do que o caro conde, e um tipo muito mais refinado.

Armand sacudiu-lhe o braço.

— Quem... é... ela?

— Meu caro Armand. Não tenho a menor intenção de lhe contar, por isso suplico-lhe não me aperte o braço com tanta violência. — Tirou a mão de Armand da manga e alisou o cetim. — Assim. Você fará bem, meu amigo, ficando cego e mudo a respeito de minha tutelada.

— Acha? — Armand olhou-o indagadoramente. — Gostaria de saber que jogo está fazendo. Ela é filha dele, Justin. Seria capaz de jurar!

— Será muito melhor se não disse mais uma coisa dessas, meu caro — observou Sua Graça. — Deixe-me fazer este jogo até o fim. Garanto que não ficará desapontado.

— Mas eu não compreendo! Não consigo imaginar o que você acha que vai fazer com...

— Então, por favor, não tente, Armand. Já disse que você não ficará desapontado.

— Devo ficar calado? Mas brevemente Paris inteira estará falando disso!

— Eu também acho — concordou Sua Graça.

— Henri não gostará disso — ponderou Armand. — Mas não vejo como isso pode prejudicá-lo. Então por que você...

— Meu caro, o jogo é mais intrincado do que você pensa. É melhor você não se meter nisso, creia-me.

— Bem — disse Armand, mordendo o dedo. — Posso confiar em você para lidar com Henri, suponho. Você gosta tanto dele quanto eu, certo?

— Menos ainda — replicou Sua Graça, e dirigiu-se para o sofá onde Léonie estava sentada. Curvou-se para madame de Saint-Vire. — Seu criado, madame. Mais uma vez nos encontramos neste salão selecionado. Meu muito caro conde! — Curvou-se para Saint-Vire. — Vi que o senhor reencontrou minha pupila.

— Exatamente, duque.

Léonie levantara-se e ficara ao lado de Sua Graça, que a tomou pela mão, olhando zombeteiramente para a condessa.

— Tive a felicidade de encontrar meu muito estimado amigo inesperadamente há apenas um mês — disse-lhe. — Ambos estávamos, se me lembro direito, procurando... hã... uma propriedade perdida, não é? Parece que há alguns tratantes lamentáveis neste país maravilhoso. — Sacou a caixa de rapé e viu o conde enrubescer.

Então o visconde de Valmé apareceu, disfarçando um bocejo com a mão larga.

— Seu filho é tão encantador — disse Avon com a voz fraca.

Madame levantou-se depressa e uma das varetas do leque embaraçou-se nos dedos inquietos. Ela mexeu os lábios sem emitir som; encontrou os olhos do marido e ficou calada.

O visconde curvou-se para Sua Graça e olhou, com admiração, para Léonie.

— Seu criado, duque — disse e virou-se para Saint-Vire. — Vai me apresentá-la, senhor?

— Meu filho, srta. de Bonnard! — Saint-Vire falou bruscamente.

Léonie fez uma reverência, olhando fixamente para o visconde.

— Está *ennuyé*, visconde, como sempre? — Avon guardou a caixa de rapé. — Anseia pelo campo e... por uma fazenda, não é?

O visconde sorriu.

— Ah, monsieur, não deve zombar desse meu desejo tolo! Para falar a verdade, aborrece meus pais.

— Mas sem dúvida uma... hã... ambição digna de elogios? — Avon perguntou, estendendo as sílabas. — Esperaremos que algum dia isso se realize. — Inclinou a cabeça, ofereceu o braço a Léonie e foi embora descendo a comprida galeria.

Os dedos de Léonie apertaram-lhe a manga.

— *Monseigneur*, eu lembrei! Veio-me à mente como um relâmpago!

— O que é isso, minha menina?

— Aquele jovem. *Monseigneur*, já o encontramos antes, quando eu era pajem, e não consegui pensar com quem era parecido. Mas só agora me ocorreu! Ele parece com Jean! É ridículo, não é?

— Extremamente ridículo, *ma fille*. Não desejo que você repita isso para ninguém.

— Não, *Monseigneur*, claro que não. Agora sou muito discreta, o senhor sabe.

Avon viu Condé a distância, com as violetas presas no paletó, e ensaiou um sorriso.

— Eu não sabia, menina, nem tinha observado traços de discrição em você, mas deixemos isso de lado. Por onde andará Fanny?

— Está conversando com o sr. De Penthièvre. Acho que ele gosta dela... ah, e muito! Ei-la aqui. Dá a impressão de estar muito satisfeita. Espero que o sr. De Penthièvre lhe tenha dito que está tão bonita como quando tinha dezenove anos.

Avon pousou o copo.

— Positivamente, minha menina, você está se tornando muito sagaz. Conhece assim tão bem minha irmã?

— Eu gosto muito dela, *Monseigneur*. — Léonie apressou-se a acrescentar.

— Não duvido, *ma fille* — declarou e olhou para Fanny, que parara para falar com Raoul de Fontanges. — Não obstante, é muito surpreendente.

— Mas, *Monseigneur*, ela é tão atenciosa comigo. Claro, às vezes ela é muito... — Léonie interrompeu-se, olhando para o duque em busca de aprovação.

— Concordo inteiramente com você, menina. Muito tola — falou Sua Graça, sem se perturbar. — Bem, Fanny, podemos partir agora?

— Era exatamente isso que queria lhe perguntar! — falou. — Que aperto! Ah, meu caro Justin, De Penthièvre estava dizendo cada coisa para mim! Juro que estou ruborizada! Do que você está rindo? Meu amor, o que madame de Saint-Vire tinha para lhe dizer?

— Ela é louca — respondeu Léonie, convictamente. — Olhava para mim dando a impressão de que ia chorar, e não gostei nem um pouco dela. Ah, aqui está Rupert! Rupert, por onde andou?

Rupert sorriu.

— Acredite-me, dormindo, naquela saleta ali. O quê, vamos embora afinal? Deus seja louvado!

— Dormindo! Ah, Rupert! — exclamou Léonie. — Foi *fort amusant! Monseigneur*, quem é aquela bela dama ali?

— Deus, filha, é a Pompadour! — sussurrou Fanny. — Você vai apresentá-la, Justin?

— Não, Fanny, não vou — falou Sua Graça suavemente.

— Eis um toque de altivez — observou Rupert. — Pelo amor de Deus, vamos embora antes que esses jovenzinhos se acerquem de Léonie outra vez.

— Mas, Justin, estará certo? — perguntou Fanny. — Ela pode acabar se ofendendo, ou coisa parecida.

— Não sou cortesão dos franceses — retrucou Sua Graça. — E portanto não apresentarei minha tutelada à amante do rei. Creio que Léonie pode dispensar os sorrisos ou o franzir de sobrancelhas da dama.

— Mas, *Monseigneur*, eu gostaria tanto de...

— Criança, acho bom você não discutir comigo.

— Ah, ela não deve! — disse Rupert, *sotto voce.*

— Não, *Monseigneur*. Mas eu queria...

— Cale-se, minha filha. — Avon conduziu-a para a porta. — Contente-se por ter sido apresentada a suas majestades. Talvez não sejam tão poderosas como a Pompadour, mas são infinitamente mais bem-nascidas.

— Pelo amor de Deus, Justin! — arquejou Fanny. — Alguém pode ouvir!

— Pense em nós! — suplicou Rupert. — Seremos todos encarcerados, se não tiver cuidado, ou deportados do país.

Avon virou a cabeça.

— Se eu achasse que havia a menor possibilidade de ter você encarcerado, filho, gritaria minhas observações para toda esta sala apinhada — disse ele.

— Acho que o senhor não está de bom humor, *Monseigneur* — falou Léonie, reprovando. — Por que não posso ser apresentada à Pompadour?

— Porque, menina — replicou Sua Graça —, ela não é... hã... respeitável o suficiente.

XXVII

A Mão de Madame de Verchoureux

A princípio, burburinhos começaram a circular por Paris, depois gradativamente o falatório ficou cada vez mais e mais alto. Paris lembrava um escândalo muito antigo e dizia que o duque inglês adotara uma filha ilegítima De Saint-Vire para vingar-se de injúrias passadas. Paris achava que Saint-Vire se irritaria consideravelmente ao ver sua descendente nas mãos do seu maior inimigo. Depois conjeturava o que o duque inglês pretendia fazer com a srta. De Bonnard, e não encontrou solução para o enigma. Paris desaprovava e achava que os caminhos de Avon eram inescrutáveis e provavelmente diabólicos.

Nesse meio-tempo, Lady Fanny andava pela cidade com Léonie, providenciando para que suas atividades sociais na temporada não fossem facilmente esquecidas. Léonie divertia-se muito, e Paris a apreciava ainda mais. Durante as manhãs, cavalgava com Avon, e duas facções surgiram daí em diante entre seus admiradores. Uma facção sustentava que a divina Léonie ficava melhor na sela; a outra dizia com firmeza que era no salão de baile que era incomparável. Um cavalheiro jovem desafiou outro por causa do resultado, mas

Hugh Davenant estava presente e pegou os dois jovens esquentadinhos, severamente, e deu-lhes a tarefa de evitarem falar no nome de Léonie, e o caso acabou sem dar em nada.

Outros tentavam fazer a corte a Léonie, o que a aborrecia, fazendo com que não demonstrasse dar a menor importância a seus entusiasmos. Era capaz de mostrar dignidade quando queria, e os seus admiradores ficavam rapidamente envergonhados. Sabendo de seu desconforto certa noite quando estava ajudando Léonie a vestir-se, Lady Fanny esqueceu-se de si mesma e exclamou:

— Você agiu muito bem, meu amor! Que duquesa você dará, pode ter certeza!

— Duquesa, madame? — perguntou Léonie. — Como?

Lady Fanny olhou-a e depois para a nova pulseira sobre a cama.

— Não me diga que não sabe, sua arteira!

— Madame...! — Agora Léonie estava tremendo.

— Ah, minha querida, ele está completamente apaixonado por você, como todo mundo deve saber! Venho observando essa paixão crescer, e... minha querida, não há ninguém que eu gostaria mais de ter como irmã do que você, asseguro-lhe!

— Madame, a senhora... a senhora deve estar enganada!

— Enganada? Eu? Confie em mim para reconhecer os indícios, meu amor! Conheço Justin há anos, e nunca o vi como agora. Criança tolinha, por que ele lhe dá todas essas joias?

— Eu... eu sou sua pupila, madame!

— Ora! — Estalou os dedos. — Isso não tem importância! Diga-me por que a fez sua tutelada?

— Eu... eu não sei, madame. Eu... não pensei.

Lady Fanny beijou-a outra vez.

— Você há de ser duquesa antes que o ano acabe, não tema!

— Não é verdade! Não diga essas coisas! — Léonie empurrou-a.

— Ora, onde está o problema? Algum dia existiu um homem de quem tivesse gostado como gosta de *Monseigneur*?

— Madame... — Léonie cruzou as mãos com força. — Sou muito ignorante, mas eu sei... já ouvi o que as pessoas dizem quando homens como *Monseigneur* casam... casam com damas sem berço. Sou apenas a irmã de um taberneiro. *Monseigneur* não poderia se casar comigo. Não... não tinha pensado nisso.

— Sou eu que sou uma tola de botar a ideia na sua cabeça! — falou Fanny, cheia de remorso.

— Madame, eu lhe suplico, não diga nada a ninguém.

— Não, filha, mas todos sabem que você tem Avon na palma da mão.

— Não tenho, não! Odeio-a quando fala assim!

— Ah, minha cara, não passamos de duas mulheres! O que interessa? Justin não medirá esforços, creia-me. Você pode não ter berço algum, como diz, mas acha que ele não se importará ao olhar em seus olhos?

Léonie balançou a cabeça, teimosa.

— Eu sei que não sou idiota, madame. Seria uma desgraça para ele casar-se comigo. É preciso ter berço.

— Ora essa, filha! Se Paris a aceita sem questionar, por que Avon não faria o mesmo, também?

— Madame, *Monseigneur* não ama aqueles que são malnascidos. Já o ouvi dizer isso inúmeras vezes.

— Nem pense nisso, filha — disse Lady Fanny, desejando não ter permitido que a língua lhe escapasse ao controle. — Venha, deixe que eu lhe amarre as fitas! — Agitou-se em volta de Léonie, e depois de algum tempo sussurrou-lhe no ouvido: — Minha querida, você não o ama?

— Ah, madame, madame, sempre o amei, mas não achava... até que a senhora me fez ver...

— Então, filha, então! Não chore, eu lhe imploro! Seus olhos ficarão vermelhos.

— Não me importo com meus olhos! — disse Léonie, mas secou as lágrimas e permitiu que Lady Fanny pusesse pó de arroz no rosto outra vez.

Quando desceram juntas, Avon estava no vestíbulo, e ao vê-lo as faces de Léonie coraram. Ele a observou com muita atenção.

— O que a aflige, menina?

— Nada, *Monseigneur*.

Beliscou-lhe o queixo, acariciando-o.

— É pensar no seu admirador principesco que a faz corar, *ma fille*? Diante disso Léonie recuperou-se.

— Ah, bá! — exclamou desdenhosamente.

Condé não estava presente ao sarau de madame De Vauvallon, mas havia muitos outros que vieram especialmente para ver Léonie, e não eram poucos que tinham chegado mais cedo na esperança de tê-la como par para alguma dança. Avon chegou tarde, como sempre, e madame de Vauvallon, que não tinha filhas em idade de casar, saudou-o com um sorriso e um gesto de desespero.

— Meu amigo, estou com vários pretendentes, os quais não me deixam em paz até que eu prometa que lhes apresento *la petite!* Fanny, Marcherand voltou! Deixe-me encontrar... *ulalá*! Ou devo dizer escolher um galã para Léonie, e vou lhe contar o escândalo! Venha, menininha! — Tomou a mão de Léonie e a conduziu para o salão. — Paris está em suas mãos. Se minhas filhas fossem mais velhas, ficaria com ciúme! Agora, filha, quem você vai escolher para dançar?

Léonie olhou em torno do salão.

— Não me importo, madame. Tomarei... Ah, ah, ah! — Soltou a mão da senhora e avançou correndo. — Lorde Merivale, lorde Merivale! — exclamou alegremente.

Merivale voltou-se rápido.

— Léonie! Bem, filha, como vai você? — Beijou-lhe a mão. Ela estava radiante. — Esperava vê-la aqui esta noite.

Madame De Vauvallon juntou-se a eles.

— Ora, que comportamento! — falou indulgentemente. — É este seu cavalheiro? Muito bem, *petite*. Não precisam de apresentação, acho... — Sorriu com benevolência para eles, e voltou para onde estava Fanny.

Léonie entrelaçou sua mão na de Merivale.

— Monsieur, estou muito contente por vê-lo. Madame também está aqui?

— Não, filha, esta é uma de minhas visitas periódicas. Sozinho. Não negarei que fui arrastado para cá por causa de certos rumores que ouvimos em Londres.

— Que rumores, monsieur? — Inclinou a cabeça de lado.

O sorriso dele se alargou.

— Por minha fé, boatos do *succès fou* que vem sendo alcançado por...

— Mim! — exclamou, batendo palmas. — Milorde, sou *le dernier cri*! *Vraiment*, é assim! Quem diz é Lady Fanny. *C'est ridicule, n'est-ce pas?* — Viu que Avon se dirigia para eles e, decisiva, o chamou. — *Monseigneur*, viu quem eu encontrei?!

— Merivale? — Sua Graça fez uma reverência. — Agora, por quê?

— Andamos ouvindo coisas em Londres — respondeu Merivale. — Ai, Deus, não podia deixar de vir!

— Ah, estamos muito contentes! — interrompeu Léonie com entusiasmo.

Sua Graça ofereceu rapé a Merivale.

— Ora, creio que minha menina fala por todos nós — disse ele.

— Ei, é você, Tony, ou já bebi demais? — indagou uma voz jovial. Lorde Rupert aproximou-se e apertou a mão de Merivale. — Onde está hospedado? Quando chegou?

— Ontem à noite. Estou com De Châtelet. E... — Passou os olhos de um para o outro. — Estou um tanto ansioso para saber o que aconteceu com todos vocês!

— E você soube da nossa fuga, não é? — falou Rupert. — Deus, que perseguição! Como anda meu amigo, que me dane se não lhe esqueci o nome outra vez! Manvers! Como está ele?

Merivale acenou com uma das mãos.

— Suplico-lhe que não fale esse nome na minha presença! — pediu ele.

— Vocês três fugiram do país, e, por Deus, foi o melhor que fizeram.

— Sugiro que passemos para a saleta — disse Avon, tomando a frente. — Espero que você tenha sido capaz de satisfazer o sr. Manvers.

Merivale balançou a cabeça.

— Só seu sangue é provável que o satisfaça — falou. — Conte-me o que aconteceu com vocês.

— Na minha língua — reforçou Sua Graça com voz arrastada —, e devagar.

Assim, mais uma vez foi contada a história da captura e do resgate de Léonie. Nesse momento, madame de Vauvallon veio à procura de Léonie e a levou a fim de dançar com um jovem entusiasmado. Rupert vagou para o salão de jogos.

Merivale olhou para o duque.

— E o que diz Saint-Vire do sucesso de Léonie? — indagou.

— Quase nada — replicou Sua Graça. — Mas não está satisfeito, temo.

— Ela sabe?

— Não.

— Mas a semelhança é espantosa, Alastair. O que diz Paris?

— Paris — respondeu — murmura. Desta maneira, meu caro amigo, Saint-Vire vive apavorado que descubram.

— Quando é que você pretende dar o bote?

Avon cruzou as pernas e olhou pensativamente para o sapato de fivelas de brilhante.

— Por enquanto, meu caro Merivale, está nas mãos dos deuses. O próprio Saint-Vire deve fornecer-me a prova para a minha história.

— Estranho, desgraçadamente estranho! — comentou Merivale. — Você não tem nenhuma prova?

— Não.

— Parece que isso não o preocupa! — Merivale riu.

— Não — suplicou Sua Graça. — Não. Creio que posso pegar o conde numa armadilha através de sua encantadora esposa. Faço um jogo de espera, entende?

— Fico satisfeito por não estar na pele de Saint-Vire. Seu jogo deve ser uma tortura para ele.

— Ora, acho que sim — concordou Avon, satisfeito. — Não estou ansioso para pôr fim a suas angústias.

— Você é muito vingativo!

Houve um momento de silêncio; depois Avon falou.

— Fico conjeturando se você se deu conta na íntegra da crueldade do meu amigo. Pense um momento, peço-lhe. Que misericórdia demonstraria para um homem que pôde condenar sua própria filha a uma vida como a que minha pupila levou?

— Não sei nada da vida dela. Foi ruim? — Merivale empertigou-se na cadeira.

— Foi, meu caro; na verdade, foi péssima. Até os doze anos ela, uma Saint-Vire, foi criada por um camponês. Depois disso, viveu entre a *canaille* de Paris. Imagine uma taberna numa rua escura, um brutamontes como patrão, uma bruxa como patroa, o vício, em todas as formas mais baixas, sob o nariz da minha menina.

— Deve ter sido um... inferno! — exclamou Merivale.

— Exatamente — concordou Sua Graça. — Foi o pior tipo de inferno, segundo eu sei.

— O que me espanta é que ela tenha passado por isso sem sofrer danos.

— Não saiu ilesa de todo, meu caro Anthony. Aqueles anos deixaram sua marca — disse, e os olhos de avelã ergueram-se.

— Era inevitável, suponho. Mas confesso que não vi marca nenhuma.
— É possível que não tenha visto. Você vê a malícia e o espírito audacioso.
— E você? — Merivale observou-o, com curiosidade.
— Eu vejo o íntimo, meu caro! Mas tenho experiência com o sexo, como você sabe.
— E você vê... o quê?
— Certo cinismo, originado pela vida que levou; um veio de sabedoria estranha; melancolia por trás da alegria; às vezes medo e quase sempre a lembrança da solidão que lhe fere a alma.

Merivale baixou os olhos para a caixa de rapé e começou a seguir o desenho com um dedo.

— Sabe — falou lentamente —, acho que você amadureceu, Alastair.
— Foi uma bela melhora em relação à minha reputação, na realidade — respondeu, levantando-se.
— Você não pode falhar aos olhos de Léonie.
— Não, é o mais divertido, não é? — Avon sorriu, mas havia amargura no sorriso. Merivale notou.

Quando voltaram para o salão de baile, ficaram sabendo por Lady Fanny que Léonie saíra há algum tempo com Rupert e desde então não fora vista.

Na realidade, saíra com Rupert para a saleta, onde ele lhe trouxe alguma coisa para beber. Encaminhou-se para eles uma certa madame de Verchoureux, uma megera simpática que era tudo para Avon antes de Léonie aparecer na vida dele. Olhou para Léonie com ódio nos olhos e parou por um momento ao lado do sofá.

Rupert pôs-se de pé e curvou-se. Madame fez uma reverência.
— É a... srta. De Bonnard? — indagou.
— Sim, madame. — Léonie levantou-se e também fez uma reverência. — Sou muito tola, não consigo, no momento, lembrar o nome da madame.

Rupert, supondo que se tratasse de uma das amigas de Fanny, voltou para o salão de baile; Léonie ficou só, enfrentando a amante rejeitada de Avon.

— Eu a felicito, senhorita — disse a dama, com sarcasmo. — Parece que teve mais sorte do que eu.

— Madame? — Os olhos de Léonie não cintilavam mais. — Já tive a honra de lhe ser apresentada?

— Eu sou Henriette de Verchoureux. Você não me conhece.

— Perdão, madame, mas a conheço... bastante — retrucou Léonie rapidamente. Madame já fora protagonista de um grande escândalo e de certa forma era notória. Léonie se lembrava dos tempos em que Avon a visitava com muita frequência.

A mulher corou, enfurecida.

— Realmente, senhorita? É também muito conhecida... srta. De Bonnard. A senhorita é muito inteligente, *sans doute*, mas para aqueles que conhecem Avon a dama de companhia tão severa é um disfarce que não convence.

Léonie levantou as sobrancelhas.

— É possível que madame imagine que eu fui bem-sucedida onde ela fracassou?

— Insolente! — A mão de madame crispou-se no leque.

— Madame?

A mulher encarou a jovem e sentiu uma pontada de ciúme.

— Tenha vergonha! — falou esganiçadamente. — Espera casar com toda a pompa, sua idiotinha, mas fique avisada por mim, e deixe-o, porque Avon não se casará com uma bastarda!

As pálpebras de Léonie tremeram, mas não disse nada. Madame mudou de tática subitamente, estendendo a mão.

— Minha cara, afirmo que tenho pena de você! É tão jovem; não conhece os meandros deste nosso mundo. Avon não seria tolo o suficiente para se casar com alguém com o seu sangue, creia-me. Certamente estaria perdido se ousasse! — Riu, observando dissimuladamente Léonie. — Até mesmo um duque inglês não seria recebido se estivesse casado com alguém como você — acrescentou ela.

— *Tiens*, sou assim tão baixa? — perguntou Léonie com interesse cortês. — Acho pouco provável que tenha conhecido meus pais.

Madame lançou um olhar perscrutador para ela.

— É possível que você não saiba — indagou, jogando a cabeça para trás, e gargalhou novamente. — Você ainda não ouviu os murmúrios? Ainda não viu que Paris a observa, e fica conjeturando?

— Sim, madame, sei que estou fazendo muito sucesso.

— Pobre criança, é só isso que você sabe? Ora, onde está seu espelho? Onde estão seus olhos? Nunca olhou para estes cabelos ruivos flamejantes, nunca perguntou de onde vêm as sobrancelhas e pestanas escuras? Paris inteira sabe, e você ignora!

— *Eh bien!* — O coração de Léonie batia acelerado, mas manteve a compostura externa. — Esclareça-me, madame! O que Paris sabe?

— Que você é filha ilegítima do Saint-Vire, minha querida. E nós, *nous autres*, rimos ao ver Avon completamente inconsciente abrigar a filha de seu mais caro inimigo!

— A senhora está mentindo! — Léonie estava tão branca quanto os babados.

Madame deu uma risada de deboche.

— Pergunte ao seu digno pai se eu minto! — Recolheu as saias para perto de si e fez um gesto de desdém. — Avon deve saber logo, e então o que acontecerá com você? Idiotinha, é melhor deixá-lo agora quando pode fazê-lo por sua própria vontade! — Com essas palavras, foi embora, deixando Léonie sozinha no salão, as mãos cruzadas com força, o rosto rígido.

Gradativamente relaxou os músculos tensos e afundou outra vez no sofá, tremendo. Seu impulso era de procurar abrigo ao lado de Avon, mas reprimiu-se e ficou onde estava. A princípio mostrava-se incrédula em relação à informação de madame de Verchoureux, mas pouco a pouco começou a ver a possibilidade de a história ser verdadeira. Assim explicava-se a tentativa de sequestro de Saint-Vire, como também o interesse que sempre demonstrara em relação a ela.

— *Bon Dieu*, e que pai eu tenho! — disse ela morbidamente. — O animal! Bá!

O desgosto cedeu o caminho a uma sensação de horror e de medo. Se madame de Verchoureux falara a verdade, Léonie podia ver a antiga solidão estender-se à frente, pois já era claramente inimaginável que alguém como Avon se casasse ou mesmo adotasse uma moça de sua condição. Ele era nobre; já ela era como um vira-lata. Ainda que pudesse ser indulgente, Léonie sabia que se casasse com ela desgraçaria o antigo nome que carregava. Aqueles que o conheciam diziam que ele não mediria esforços, mas Léonie mediria os esforços por ele, e porque o amava, porque ele era seu senhor, sacrificaria tudo antes de arrastá-lo para a desgraça diante do mundo.

Mordeu com força o lábio; era muito melhor pensar em si como tendo sangue de camponeses do que como filha bastarda de Saint-Vire. O mundo desabava-lhe sobre a cabeça, mas levantou-se e voltou ao salão de baile.

Avon aproximou-se dela rapidamente e lhe ofereceu o braço.

— Acho que você está cansada, minha filha. Encontraremos Lady Fanny.

Léonie segurou o braço dele e suspirou levemente.

— *Monseigneur*, vamos embora e deixemos Lady Fanny e Rupert. Eu não os quero.

— Muito bem, menina. — Avon chamou Rupert, que estava do outro lado do salão, e, quando este chegou, disse-lhe languidamente: — Vou levar a moça para casa, Rupert. Faça-me o favor de esperar para acompanhar Fanny.

— Eu levarei Léonie para casa — ofereceu-se Rupert. — Fanny não sairá tão cedo!

— É por isso que a estou deixando com você — disse Sua Graça. — Venha, *ma fille*.

Levou Léonie para casa na carruagem, e durante o caminho curto ela se obrigou a conversar alegremente sobre o sarau que tinham deixado, de um e outro homem, e centenas de outras trivialidades. Chegando à mansão Avon, foi direto para a biblioteca. Sua Graça seguiu-a.

— Bem, *ma mie*, e agora?

— Agora será como costumava ser — respondeu Léonie tristonhamente e sentou-se num banquinho ao lado da cadeira do duque. Sua Graça serviu-se de um cálice de vinho e baixou os olhos para Léonie com um levantar indagador das sobrancelhas.

Léonie cruzou as mãos sobre os joelhos e ficou olhando fixamente para o fogo.

— *Monseigneur*, o duque de Penthièvre estava lá esta noite.

— Eu vi, menina.

— Não se importa com ele, *Monseigneur*?

— Em absoluto. Por que deveria?

— Bem, *Monseigneur*, ele não... ele não é bem-nascido, não é?

— Ao contrário, filha, o pai dele era bastardo de sangue real e a mãe, uma De Noailles.

— Era isso que eu queria dizer — falou Léonie. — Não importa que o pai fosse um príncipe bastardo?

— *Ma fille*, como o pai do conde de Toulouse era o rei, não tem nenhuma importância.

— Teria importância se o pai dele não fosse o rei, não é? Acho muito esquisito.

— O mundo é assim, menina. Perdoamos os pecadilhos de um rei, mas olhamos de soslaio para os das pessoas comuns.

— Até mesmo o senhor. E... e o senhor não gosta daqueles que não são bem-nascidos.

— Não gosto, criança. Lamento a tendência moderna de exibir uma indiscrição diante dos olhos da sociedade.

Léonie assentiu com a cabeça.

— É, *Monseigneur* — disse e ficou calada por um momento. — O sr. De Saint-Vire também estava lá esta noite.

— Ele não tentou raptá-la novamente, não é? — falou Sua Graça irreverentemente.

— Não, *Monseigneur*. Por que ele tentou antes?

— Sem dúvida por causa de seus *beaux yeux*, menina.

— Bá, isso é tolice! Qual é a verdadeira razão, *Monseigneur*?

— Minha filha, você comete um grande erro achando que sou onisciente. Você me confunde com Hugh Davenant.

— Quer dizer que o senhor não sabe, *Monseigneur*? — Léonie piscou.

— Mais ou menos, *ma fille*.

Levantou os olhos e olhou-o com determinação.

— O senhor supõe, *Monseigneur*, que ele fez isso porque não gosta do senhor?

— É bem possível, criança. Os motivos dele não precisam nos preocupar. Agora permite que lhe faça uma pergunta?

— Pois não, *Monseigneur*?

— Havia esta noite no sarau uma dama de nome Verchoureux. Ela conversou com você?

Léonie encarava o fogo outra vez.

— Verchoureux? — repetiu pensativamente. — Acho que não...

— Está muito bem — disse Sua Graça.

Nesse momento Hugh Davenant entrou na sala, e Sua Graça, olhando-o, não viu o rubor tomar conta das faces de Léonie.

XXVIII

O Conde de Saint-Vire Descobre uma Carta na Manga

O comentário de que Léonie estava entusiasmando a alta sociedade reduziu madame de Saint-Vire a um estado de pavor nervoso. Sua mente estava tumultuada; molhava com lágrimas amargas e inúteis o travesseiro todas as noites e era aguilhoada pelo medo e também pelo remorso devastador. Tentou esconder estes sentimentos do marido, de quem tinha medo, mas praticamente não conseguia falar com o pseudofilho. Diante de seus olhos, noite e dia, estava a imagem de Léonie, e seu pobre espírito acovardado ansiava por ela, e os braços suplicavam por seu abraço. Saint-Vire falava grosseiramente quando lhe via os olhos vermelhos e a aparência abatida.

— Acabe com essas lamentações, Marie! Você não viu mais a menina desde que o bebê tinha um dia, por isso não pode ter afeição por ela.

— Ela é *minha!* — retrucou madame com os lábios trêmulos. — Minha própria filha! Você não compreende, Henri. Não pode compreender.

— Como posso entender suas depressões idiotas? Você me tira do sério com esses suspiros e lamentações! Já pensou o que significaria sermos descobertos?

Sacudiu as mãos, e os olhos sem vida encheram-se de lágrimas outra vez.

— Ah, Henri, eu sei, eu sei! É a ruína! Eu... não o trairia, mas não posso esquecer meu pecado. Se você me tivesse deixado confessar ao padre Dupré!

Saint-Vire fez um muxoxo impaciente.

— Deve estar louca! — disse. — Eu a proíbo! Entendeu?

Lá surgiu o lenço de madame.

— Você é tão duro! — choramingou. — Sabe que estão dizendo que ela é... ela é... sua filha ilegítima? Minha filhinha, minha filhinha.

— Claro que sei! É uma saída, mas ainda não sei como posso transformar isso em verdade. Eu lhe digo, Marie, não é hora para arrependimentos, mas para ação! Quer ver nossa ruína? Você sabe que não teria conserto, certo?

Ela afastou-se dele, encolhendo-se.

— Sei, Henri, sei! Eu sei e estou com medo! Quase não ouso aparecer em público. Todas as noites sonho que tudo foi descoberto. Acho que ficarei louca.

— Acalme-se. Pode ser que Avon faça esse jogo de espera para me apoquentar os nervos com a intenção de que eu confesse. Se ele tivesse prova, certamente já teria atacado. — Saint-Vire, carrancudo, roeu a unha.

— Aquele homem! Aquele homem horrível, cruel! — Madame estremeceu. — Ele tem meios para esmagá-lo. E sei que fará isso!

— Se ele não tem provas, não há de conseguir. É possível que Bonnard ou sua mulher tivessem confessado. Os dois devem estar mortos, porque juro que Bonnard não teria ousado deixar a menina longe de sua guarda! *Bon Dieu*, por que não indaguei para onde tinha ido quando deixaram Champagne?

— Você achou... você achou que seria melhor não saber — gaguejou madame. — Mas onde aquele homem encontrou minha filhinha? Como é que ele podia saber...?

— Ele é o próprio demônio. Creio que não há nada que ele não saiba. Mas se ao menos conseguir tirar-lhe a menina das mãos, ele não pode fazer nada. Estou convencido de que ele não tem provas.

Madame começou a andar pela sala, torcendo as mãos.

— Não posso suportar pensar que ela está em seu poder! — exclamou ela. — Quem sabe o que fará com ela? É tão jovem, e tão bonita...

— Ela tem bastante afeição por Avon — falou Saint-Vire e riu rapidamente. — E é capaz de cuidar de si mesma, a viborazinha!

Madame ficou imóvel, a esperança nascendo-lhe no rosto.

— Henri, se Avon não tem provas, como pode saber que Léonie é minha filha? Será que talvez ele não ache que ela é... o que estão dizendo? Não é possível?

— É possível — admitiu Saint-Vire. — Mas pelas coisas que tem dito a mim, tenho certeza de que ele faz alguma ideia da verdade.

— E Armand! — exclamou ela. — Será que ele não vai adivinhar? *Oh, mon Dieu, mon Dieu*, o que podemos fazer? Será que valeu a pena, Henri? Será que valeu a pena, só para vingar-se de Armand?

— Eu não lamento! — atalhou Saint-Vire. — O que fiz está feito e, como não posso desfazer, não perderei tempo pensando se valeu a pena! Será muito bom mesmo mostrar seu rosto em público, madame. Não desejo dar motivos para Avon suspeitar.

— Mas o que ele fará? — perguntou madame. — O que está esperando? O que ele tem em mente?

— *Sangdieu*, madame, se eu soubesse a senhora acha que ficaria assim, sem fazer nada?

— Ela... *ela* sabe, você acha?

— Não, apostaria minha honra como não sabe.

— Sua honra! Sua honra! *Grand Dieu*, você pode falar nisso? — madame riu violentamente.

Deu um passo irado na direção dela; os dedos aproximavam-se da maçaneta.

— Para mim foi a morte quando você me fez desistir de minha filha! — gritou. — Hei de ver seu nome arrastado na lama! E o meu! E o meu! Ah, você não pode fazer nada?

— Cale-se, madame! — sibilou ele. — Quer que os lacaios escutem?

Assustou-se e lançou um olhar rápido e furtivo ao redor.

— A descoberta... tenho a impressão... há de me matar — falou, com bastante calma, e saiu.

Saint-Vire atirou-se numa cadeira e ficou ali, de sobrancelhas franzidas. Depois de algum tempo, apresentou-se a ele um lacaio.

— Bem? — Saint-Vire disparou a palavra.

— Meu senhor, há uma dama que quer lhe falar.

— Uma dama? — Saint-Vire estava surpreso. — Quem?

— Meu senhor, eu não conheço. Ela o espera no salão menor e diz que quer vê-lo.

— Qual é sua aparência?

— Meu senhor, ela está coberta por véus.

— Uma trama, *enfin*! — Saint-Vire levantou-se. — No salão menor?

— Sim, meu senhor.

Saint-Vire saiu e atravessou o vestíbulo, indo para a sala de estar. Uma dama estava de pé ao lado da janela, envolta num manto e com véu caindo-lhe sobre o rosto. Virou-se quando Saint-Vire entrou e levantou o véu com a mão pequena, resoluta. O homem olhou os olhos escuros da filha.

— Ah! — disse suavemente, e procurou pela chave da porta.

— Está comigo — falou Léonie calmamente. — E lhe direi, monsieur, que minha criada me espera na rua. Se dentro de meia hora eu não aparecer, irá imediatamente procurar *Monseigneur* para lhe dizer que estou aqui.

— Muito inteligente — falou Saint-Vire suavemente. — O que você deseja de mim? Não tem medo de se pôr sob meu poder?

— Bá! — disse Léonie, deixando que ele visse sua pistola pequena de cano de ouro.

Saint-Vire avançou na sala.

— Um brinquedo bonito — desdenhou ele —, mas sei como as mulheres são com esses brinquedinhos.

— *Quant à ça* — falou Léonie, com franqueza —, gostaria imensamente de matá-lo, porque o senhor me deu uma bebida horrível, mas não o matarei, a menos que toque em mim.

— Ah, muito obrigado, senhorita! A que devo esta visita?

Léonie fixou os olhos no rosto do homem.

— Monsieur, há de me dizer agora se é verdade que é meu pai. — Saint-Vire não disse nada, mas ficou imóvel, esperando. — Fale! — Léonie ordenou, firmemente. — O senhor é meu pai?

— Minha filha... — começou Saint-Vire suavemente. — Por que me pergunta isso?

— Porque andam dizendo que sou sua filha ilegítima. Diga-me, é verdade? — Bateu com o pé no chão.

— Minha pobre filha! — Saint-Vire aproximou-se, mas deu com a boca da pistola. — Não precisa ter medo, *petite*. Nunca tive a intenção de lhe fazer mal.

— Animal! — falou Léonie. — Não tenho medo de nada, mas se o senhor se aproximar ficarei enojada. É verdade o que andam dizendo?

— É, minha filha — disse, e conseguiu suspirar.

— *Como* o odeio! — exclamou ela com ardor.

— Não quer se sentar? — perguntou. — Aborrece-me ouvi-la dizer que me odeia, mas na realidade entendo como deve sentir-se. Sinto muito, *ma petite*.

— Não me sentarei — concluiu Léonie inexpressivamente. — Só me sinto mais mal quando me chama de *ma petite* e quando diz que sente muito por mim. Mais do que nunca, desejo matá-lo.

— Eu sou seu pai, filha! — Saint-Vire ficou bastante chocado.

— Não me importo — replicou ela. — O senhor é uma pessoa má e, se é verdade que eu sou sua filha, é ainda pior do que eu pensava.

— Não compreende as regras do mundo em que vivemos — suspirou. — Uma indiscrição de juventude; não deve me julgar com muita severidade, filha. Farei tudo que estiver no meu poder para sustentá-la, e na realidade estou muito preocupado com o seu bem-estar. Acreditava que você estivesse sob a guarda de algumas pessoas muito dignas que certa vez foram meus empregados. Pode julgar meus sentimentos quando a descobri nas garras do duque de Avon. — Diante do olhar no rosto de Léonie, conteve-se um pouco.

— Se disser uma palavra contra *Monseigneur*, atiro para matar — disse Léonie, baixinho.

— Não falo contra ele, filha. Por que deveria? Ele não é pior do que nenhum de nós, mas aborrece-me vê-la em suas garras. Não posso deixar de demonstrar interesse e temer por você quando se tornar conhecimento público que é minha filha.

Ela ficou calada. Depois de um momento, ele continuou.

— No nosso mundo, filha, não gostamos de escândalos públicos. Foi por isso que tentei resgatá-la de Avon há pouco tempo. Gostaria de ter-lhe dito então por que a levava, mas preferi poupá-la dessa informação desagradável.

— Como o senhor é bom! — Maravilhou-se Léonie. — Na verdade, é muita coisa ser filha do sr. De Saint-Vire!

Ele ruborizou.

— Você me acha brutal, eu sei, mas agi com boa intenção; você levou a melhor, e percebi que teria sido mais inteligente se lhe tivesse contado a respeito de suas origens. O segredo não pôde ficar guardado, porque você parece demais comigo. É provável que nos vejamos envolvidos num escândalo que vai prejudicar a todos.

— Parece que quase todas as pessoas sabem quem eu sou — respondeu Léonie —, mas sou muito bem recebida, *je vous assure*.

— No momento é, mas quando a reconhecerem publicamente... e aí?

— *Tiens!* — Léonie encarou-o. — Por que o senhor havia de fazer isso?

— Não tenho motivos para gostar do seu... tutor — disse Saint-Vire, e manteve um olho preocupado na pistola. — E acho que ele não ficaria satisfeito se o mundo soubesse que adotara minha filha ilegítima. Seu orgulho ficaria ferido, eu acho.

— E se ele já souber? — indagou Léonie. — Se os outros sabem, ele também deve saber.

— Você acha que ele sabe?

Léonie ficou calada.

— Ele deve suspeitar — continuou. — Talvez saiba; não posso afirmar. Ainda assim, penso que se soubesse dificilmente a teria trazido para Paris. Ele não gostaria que a sociedade risse dele como rirá quando souber quem você é, neste assunto posso prejudicá-lo muito.

— Como pode prejudicá-lo, seu... seu animal?

Saint-Vire sorriu.

— Você não foi seu pajem, *ma fille?* Não é *convenable* que uma jovem se fantasie de rapaz numa casa como a de Alastair. Pense no escândalo quando eu contar essa história! Fique bem certa de que me encarregarei de colocar Paris atrás do duque. Sua moral é bem conhecida, e não creio que Paris dê crédito à inocência dele nem à sua.

Léonie fez cara de nojo.

— *Voyons,* eu sou tola? Paris não se importaria que *Monseigneur* tivesse tomado como amante uma bastarda.

— Não, filha, mas acha que Paris não se importaria de Avon ter tido a audácia de apresentar sua amante, uma criança ilegítima, à sociedade? Você tem reinado como se fosse da realeza, e ouvi dizer que você tem Condé nas mãos. Isso não tornará Paris mais tolerante. Fez sucesso demais, minha cara. É uma impostora, e Avon enganou a sociedade através de você. Acha que perdoarão isso? Acho que não veremos o sr. duque na França outra vez, e é possível que o escândalo se espalhe em Londres. Sua reputação não o ajudará a abafá-lo, asseguro-lhe.

— Fico me perguntando se não seria melhor matá-lo agora — falou Léonie lentamente. — O senhor não prejudicará *Monseigneur*, animal. Eu juro!

— Não desejo prejudicá-lo — retrucou Saint-Vire, com indiferença. — Mas não consigo ver minha filha a seus cuidados. Um pouco de sentimento paternal me permite isso. Deixe que eu fique responsável por você, e Avon não terá nada a temer de mim. Tudo o que desejo é vê-la em segurança. Não há necessidade de um escândalo se você desaparecer da sociedade, mas, se continuar sob o teto de Avon, não vai ser possível evitá-lo. E, como é provável que me envolva nele, prefiro dar o grito de alarme.

— Então, se eu for embora, o senhor não dirá nada?

— Nenhuma palavra. Por que deveria? Deixe que lhe dê um dote. Posso encontrar-lhe uma casa. Hei de lhe mandar dinheiro. E talvez você consiga...

— Não hei de me colocar nas mãos de um animal — falou Léonie esmagadoramente. — Desaparecerei, *bien entendu*, mas irei procurar alguém que me ame e não o senhor, que é sem dúvida um vilão. — Esforçou-se para engolir, e a mão crispou-se na pistola. — Dou-lhe minha palavra que desaparecerei.

Ele estendeu a mão.

— Pobre criança, hoje é um dia triste para você. Não há nada que possa dizer, além de sinto muito. É para o seu bem, como você há de ver. Para onde vai?

Manteve a cabeça ereta.

— Não digo ao senhor nem a ninguém — falou. — Só rezarei pedindo ao bom Deus para nunca mais vê-lo outra vez. — As palavras engasgaram-lhe a garganta; fez um gesto de desprezo e foi para a porta. Lá voltou-se: — Esqueci. O senhor tem de jurar que não dirá nada que possa prejudicar *Monseigneur*. Jure sobre a Bíblia!

— Eu juro — disse. — Mas não há necessidade. Uma vez que você não fique aqui, não haverá oportunidade para eu falar. Não quero escândalo.

— *Bon!* — falou ela. — Não confio no seu juramento, mas acho que é uma grande covardia, e o senhor não gostaria de fazer escândalo. Desejo que seja punido um dia. — Atirou no chão a chave da porta e saiu depressa.

Saint-Vire passou o lenço pela testa.

— *Mon Dieu* — sussurrou. — Ela me mostrou como jogar o meu trunfo! Agora, Satanás, veremos quem ganha!

XXIX

Léonie Desaparece

Lord Rupert bocejou violentamente e levantou-se da cadeira.
— O que temos para fazer esta noite? — perguntou. — Por minha alma, nunca compareci a tantos bailes na minha vida! Não é de admirar que esteja exausto.
— Ah, meu caro Rupert, estou quase morta de fadiga! — exclamou Fanny. — Pelo menos teremos esta noite de calma! Amanhã é o sarau de madame du Deffand. — Fez um movimento de cabeça para Léonie. — Você vai gostar deste, asseguro-lhe. Serão lidos alguns poemas, haverá discussões, todo o intelecto de Paris estará presente... ah, será uma noite das mais divertidas, eu juro! Não haverá ninguém que não esteja lá.
— O quê, então temos a noite de hoje de descanso? — perguntou Rupert. — Agora, o que vamos fazer?
— Pensei que você tinha dito que estava exausto — observou Marling.
— Eu estou, mas não posso ficar sentado em casa a noite inteira. O que você vai fazer?

— Hugh e eu vamos a De Châtelet, a fim de visitar Merivale. Você vai nos acompanhar?

Rupert considerou por um instante.

— Não, acho que irei à nova casa de jogo de que ouvi falar.

Avon colocou o monóculo.

— Ah? O quê, e onde fica essa novidade?

— Na Rue Chambéry. Se o que dizem for verdade, é provável que acabe com Vassaud. Estou surpreso por você não ter ouvido falar.

— É, não tenho me mantido muito informado sobre este assunto — disse Avon. — Creio que irei com você esta noite, rapaz. Não fica bem ao olhos de Paris achar que eu não sabia dela.

— O quê, todos sairão? — indagou Fanny. — E eu tinha prometido jantar com minha cara Julie! Léonie, tenho certeza de que ela ficará satisfeita se você for comigo.

— Ah, madame, estou tão cansada! — protestou Léonie. — Gostaria de ir cedo para a cama esta noite.

Rupert esticou as pernas compridas para a frente.

— Cansada, até que enfim! — disse. — Por Deus, pensei que nunca fosse se sentir cansada!

— Minha querida, direi aos criados para levarem uma bandeja ao seu quarto — falou Fanny. — Não deve estar cansada amanhã, porque estou decidida a levá-la ao sarau de madame du Deffand! Ora, tenho certeza de que Condé estará lá!

Léonie deu um sorriso lânguido, se deparando com os olhos de Avon, que a examinavam.

— Minha menina, o que aconteceu que a perturbou? — perguntou.

— Não aconteceu nada, *Monseigneur!* Só que estou com uma ligeira *migraine* — respondeu, arregalando os olhos.

— Pode estar certa de que não me surpreendo. — Lady Fanny balançou a cabeça com sabedoria. — Ficamos fora até tarde todas as noites desta semana. A culpa é minha por ter permitido isso.

— Ah, madame, tem sido *fort amusant!* — disse Léonie. — Tenho me divertido tanto!

— Ah, Deus, e eu também! — observou Rupert. — Foram dois meses de loucura e não sei a quantas anda minha cabeça. Já vão sair, Hugh?

— Vamos jantar com De Châtelet às quatro — explicou Hugh. — Desejo-lhe boa noite, Léonie. Você já estará na cama quando chegarmos.

Estendeu-lhe a mão; os olhos estavam baixos. Tanto ele quanto Marling beijaram-lhe os dedos finos. Hugh brincou um pouco com Rupert, e em seguida saíram.

— Você vai jantar em casa, Justin? — perguntou Fanny. — Preciso trocar de roupa e pedir que a carruagem me leve à casa de Julie.

— Farei companhia à minha menina no jantar — disse Avon. — E então ela irá para a cama. Rupert?

— Não, já vou sair — respondeu Rupert. — Tenho um assunto para tratar com d'Anvau. Vamos, Fan!

Saíram juntos. Avon atravessou a sala até o sofá onde Léonie estava sentada e mexeu em um dos cachos dela.

— Filha, você está estranhamente calada.

— Estava pensando — replicou, com seriedade.

— Em que, *ma mie?*

— Ah, não lhe contarei isso, *Monseigneur!* — respondeu com um sorriso. — Vamos... vamos jogar piquê até a hora do jantar!

Jogaram então piquê, e algum tempo depois Lady Fanny apareceu para se despedir e foi rapidamente embora, tendo suplicado a Léonie que fosse para a cama imediatamente depois do jantar. Beijou Léonie e ficou surpresa ao receber um abraço rápido da moça. Rupert saiu com Fanny e ela ficou sozinha com o duque.

— Eles se foram — falou com uma voz curiosa.

— É, filha. E então? — Sua Graça distribuía as cartas com mão experiente.

— Nada, *Monseigneur*. Esta noite sinto-me um pouco tola.

Jogaram até que a refeição fosse servida, foram para a grande sala de jantar e sentaram-se juntos à mesa. Logo Avon dispensou os lacaios, o que fez Léonie suspirar de alívio.

— Está ótimo — observou ela. — Gosto de ficar sozinha. Fico pensando, será que Rupert perderá muito dinheiro esta noite?

— Esperemos que não perca, menina. Você saberá por sua expressão amanhã.

Ela não respondeu, mas começou a comer um doce e não olhou para Sua Graça.

— Você come doces demais, *ma fille* — repreendeu ele. — Não é de admirar que esteja cada vez mais pálida.

— Sabe, *Monseigneur*, nunca tinha comido até o senhor me tirar de Jean — explicou.

— Eu sei, filha.

— Por isso eu como demais agora — acrescentou. — *Monseigneur*, estou muito contente por estarmos juntos sozinhos esta noite, assim.

— Você me lisonjeia — declarou, fazendo uma mesura.

— Desde que voltamos para Paris praticamente não tivemos tempo de estarmos a sós, e eu queria... ah, tantas vezes!... agradecer-lhe por ter sido tão bom para mim.

Ele franziu as sobrancelhas para a noz que estava quebrando.

— Eu estou feliz por isso, menina. Creio que já lhe disse uma vez antes que não sou herói.

— Agrada-lhe fazer-me sua pupila? — perguntou ela.

— Evidentemente, *ma fille*, se não agradasse não o teria feito.

— Tenho sido muito feliz, *Monseigneur*.

— Se é assim, ótimo — disse ele.

Ela levantou-se, pousando o guardanapo.

— Estou me sentindo cada vez mais cansada — comentou. — Faço votos para que Rupert ganhe esta noite. E o senhor também.

— Eu sempre ganho, filha. — Abriu-lhe a porta e foi com ela até a escada. — Desejo-lhe uma boa noite de descanso, *ma belle*.

De repente, ela se pôs de joelhos e beijou a mão do duque por uns instantes.

— *Merci, Monseigneur. Bonne nuit!* — falou roucamente. Depois levantou-se outra vez e subiu correndo a escada para o quarto.

Sua criada estava lá, impaciente e agitada. Léonie fechou a porta com cuidado, passou esbarrando na moça, atirou-se na cama e chorou até ter a impressão de que o coração se partiria. A criada correu para ela, consolando e acariciando-a.

— Ah, senhorita, por que fugirá dessa maneira? Temos realmente que ir esta noite?

Lá embaixo, a porta grande da frente fechou; Léonie cruzou as mãos sobre os olhos.

— Ele foi embora! Foi embora! Ah, *Monseigneur, Monseigneur!* — Ficou lutando com os soluços e ao fim de algum tempo levantou, calma e decidida, virando-se para a criada: — O coche de viagem, Marie?

— Sim, senhorita, contratei essa manhã e deve estar nos esperando na esquina da rua dentro de uma hora. Mas custou-lhe a maior parte dos seiscentos francos, senhorita, e o homem não gostou de partir tão tarde. Esta noite não iremos além de Chartres, diz ele.

— Não tem importância. Tenho dinheiro de sobra para pagar tudo. Traga-me papel e tinta, agora. Você tem certeza... você *tem certeza* de que quer vir comigo?

— Mas claro, senhorita! — afirmou a moça. — O sr. duque ia ficar morto de raiva comigo se a deixasse partir sozinha.

Léonie olhou-a com tristeza.

— Digo-lhe que nunca, nunca mais o veremos.

Marie balançou a cabeça com ceticismo, mas disse apenas que já tinha resolvido acompanhá-la. Pegou então papel e tinta, dando-os a Léonie, que se sentou para escrever as despedidas.

Quando Lady Fanny voltou, espiou no quarto de Léonie para ver se ela estava dormindo. Segurava o castiçal no alto de modo que a luz caísse na cama, e viu que estava vazia. Havia alguma coisa sobre a colcha; avançou em disparada e com mão trêmula elevou ao castiçal duas cartas lacradas. Uma delas estava endereçada a ela; a outra, a Avon.

Lady Fanny sentiu-se fraca de repente e afundou numa cadeira, olhando entorpecida para os papéis dobrados. Depois colocou o castiçal na mesa e abriu o recado endereçado a ela.

Minha Querida Madame,
Escrevo-lhe esta carta para dizer adeus, e porque quero agradecer-lhe por sua atenção comigo. Contei a Monseigneur por que tenho de partir. A senhora tem sido muito boa para mim e eu a amo, e realmente, realmente sinto muito apenas poder escrever para a senhora. Nunca hei de esquecê-la.

Léonie

Lady Fanny levantou com um salto da cadeira.

— Ah, meu bom Deus! — gritou. — Léonie! Justin! Rupert! Ah, não há *ninguém* aqui? Céus, o que farei? — Correu escada abaixo, e, vendo um lacaio perto da porta, apressou-se em alcançá-lo. — Onde está a senhorita? Quando é que ela saiu? Responda-me, beócio!

— Madame? A senhorita está na cama.

— Idiota! Imbecil! Onde está sua criada?

— Ora, madame, ela saiu pouco antes das seis, com... Rachel, acho que era.

— Rachel é minha criada de quarto! — atalhou. — Ah, em nome de Deus, o que devo fazer? Sua Graça já voltou?

— Não, madame, ainda não.

— Diga-lhe que vá me procurar na biblioteca assim que chegar! — ordenou Lady Fanny, dirigindo-se para lá a fim de ler outra vez o recado de Léonie.

Vinte minutos depois entrou Sua Graça.

— Fanny? O que se passa?

— Ah, Justin, Justin! — falou, soluçando. — Por que a deixamos? Ela foi embora! É verdade, ela foi embora!

Sua Graça deu um passo adiante.

— Léonie? — perguntou severamente.

— Quem mais havia de ser? — indagou Fanny. — Pobre, pobre criança! Deixou esta para mim e outra para você. Pegue!

Sua Graça rompeu o lacre da carta e abriu o papel fino. Lady Fanny observava-o enquanto lia, e viu a boca ficar dura.

— Então? — perguntou. — O que ela escreveu para você? Pelo amor de Deus, conte-me!

O duque passou-lhe a carta e foi para a lareira, baixando os olhos para encarar o fogo.

Monseigneur,
Fugi do senhor porque descobri que não sou quem o senhor pensa que sou. Menti para o senhor quando lhe disse que madame de Verchoureux não tinha falado comigo naquela noite. Ela me disse que todo mundo sabe que sou filha ilegítima de Saint-Vire. É a pura verdade, Monseigneur, porque na quinta-feira saí escondida com minha criada, fui à casa dele e perguntei-lhe se era verdade. Monseigneur, não é conveniente que eu continue com o senhor. Não posso suportar a ideia de provocar um escândalo e sei que teria de fazer isso se continuasse com o senhor, porque o sr. De Saint-Vire afirmou que sou bastarda dele e de sua amante. Eu não quero ir, Monseigneur, mas é melhor que eu vá. Tentei agradecer-lhe esta noite, mas o senhor não me deixaria partir. Por favor, não deve ficar ansioso por minha causa. A princípio pensei em matar-me, mas depois vi que era covardia. Estou

bastante segura e vou para bem longe, para alguém que será bom para mim, eu sei. Deixei todas as minhas coisas, exceto o dinheiro que o senhor me deu, que tenho de levar para pagar a viagem, e o cordão de safiras que o senhor me deu quando eu era seu pajem. Achei que o senhor não se importaria se eu o levasse, porque é a única coisa que o senhor me deu e que guardo. Marie vai comigo e, por favor, não deve ficar com raiva dos lacaios por me deixarem partir, porque eles pensavam que eu fosse Rachel. Deixo a Rupert, sr. Davenant, sr. Marling e lorde Merivale toda minha afeição por eles. E para o senhor, Monseigneur, não consigo escrevê-lo. Estou contente por termos ficado a sós esta noite.

A Dieu.
Criança

Lady Fanny ficou processando a informação por um minuto, depois tirou rapidamente o lenço e chorou nele, sem se preocupar com a pintura do rosto. Sua Graça apanhou a carta e leu-a outra vez.

— Pobre criancinha! — falou suavemente.

— Ah, Justin, temos de encontrá-la — fungou Lady Fanny.

— Havemos de encontrá-la — respondeu ele. — Acho que sei para onde ela foi.

— Para onde? Posso ir atrás dela? Agora? Ela é tão pequena, e só tem uma criada idiota com ela.

— Creio que ela foi para... Anjou. — Sua Graça dobrou a carta e colocou-a no bolso. — Ela me deixou porque teme comprometer minha... reputação. É um tanto irônico, não é?

Lady Fanny assoou vigorosamente o nariz e fungou, lacrimejante.

— Ela o ama, Justin. — Ele ficou calado. — Ah, Justin, você não se importa? Tinha tanta certeza de que você a amava!

— Amo-a tanto... mas não posso casar-me com ela, minha querida — revelou Sua Graça.

— Por quê? — Lady Fanny pôs o lenço de lado.

— Existem tantos motivos — suspirou Sua Graça. — Sou velho demais para ela.

— Ah, ora veja! — retrucou. — Pensei que talvez fosse sua origem que o perturbasse.

— Sua origem, Fanny, é tão boa quanto a sua. Ela é filha legítima de Saint-Vire.

Lady Fanny abriu a boca.

— Ele trocou a menina com aquele camponês que você conhece como De Valmé. O nome dele é Bonnard. Já esperei demais, devo atacar agora. — Pegou uma campainha e tocou-a. E para o lacaio que atendeu ao chamado disse: — Você irá imediatamente à mansão Châtelet e pedirá ao sr. Marling e ao sr. Davenant que voltem imediatamente. Solicite a milorde Merivale que os acompanhe. Pode ir — disse e virou-se outra vez para a irmã. — O que a menina escreveu para você?

— Só se despediu! — Lady Fanny mordeu o lábio. — E eu fiquei me perguntando por que ela me beijou com tanto carinho esta noite! Ah, Deus, ah, Deus!

— Beijou-me a mão — contou Avon. — Todos nós fizemos papel de bobos hoje. Não se preocupe, Fanny. Hei de trazê-la de volta ainda que tenha de rodar o mundo atrás dela. E, quando retornar, voltará como srta. De Saint-Vire.

— Mas eu não compreendo como... ah, eis Rupert! Sim, Rupert, estive chorando e não me importo. Conte-lhe, Justin.

Avon mostrou a carta de Léonie ao irmão mais moço. Rupert leu-a, com exclamações espaçadas. Quando chegou ao fim, arrancou a peruca da cabeça e atirou-a no chão, pisoteando-a, dizendo coisas em tom baixo que fizeram Lady Fanny levar as mãos aos ouvidos.

— Nesses assuntos não tenho seu sangue-frio, Justin! — falou finalmente, pegou a peruca e a colocou na cabeça outra vez. — Que ele apodreça no inferno, salafrário miserável! Ela é bastarda dele?

— Não — respondeu Avon. — Ela é filha legítima. Mandei chamar Hugh e Marling. Já é tempo de vocês todos conhecerem a história da minha criança.

— Deixou-me sua afeição, que Deus a abençoe! — retrucou Rupert, engasgado. — Onde ela está? Devemos partir imediatamente? É só dar as ordens, Justin, eu estou pronto!

— Não duvido, filho, mas não partiremos hoje. Creio que sei para onde ela foi; estará bastante segura. Antes de trazê-la de volta hei de restaurá-la aos olhos do mundo.

Rupert baixou os olhos para a carta que tinha nas mãos.

— *Não posso suportar a ideia de provocar escândalo* — leu em voz alta. — Diabos o levem, sua vida é um escândalo ininterrupto! E ela... Diabos a levem, podia chorar como uma menininha, ah, se podia! — Devolveu a carta ao duque. — Ela transformou você num ídolo maldito, Justin, e você não é digno de beijar-lhe os pés! — exclamou.

Avon olhou-o.

— Eu sei — disse. — Meu papel termina quando a trouxer para Paris. É melhor assim.

— Então você a ama. — Rupert acenou com a cabeça para a irmã.

— Eu a amo há muito tempo. E você, meu filho?

— Não, não, não sou pretendente para ela, obrigado! Ela é muito querida, mas não tomaria ninguém igual a ela como esposa. É você que ela quer, e é você que ela terá, preste atenção no que digo!

— Eu sou *"Monseigneur"* — replicou Avon com um sorriso oblíquo. — Há fascinação ligada a mim, mas sou velho demais para ela.

Nesse momento, os outros chegaram apressados, curiosos a respeito do assunto.

— O que houve, Justin? — indagou Hugh. — Morreu alguém nesta casa?

— Não, meu caro. Ninguém morreu.

Lady Fanny levantou-se de um salto.

— Justin... ela... ela não teria se matado, e... e dito aquilo na carta de modo que você não previsse sua intenção? Não tinha pensado nisso! Ah, Edward! Edward, sinto-me tão infeliz!

— Ela? — Marling abraçou Fanny. — Você quer dizer, Léonie?

— Ela não se matou, Fanny. Você esquece que ela está com uma criada — retrucou Avon, tranquilo.

Davenant sacudiu-o pelo braço.

— Fala, homem, pelo amor de Deus! O que aconteceu à menina?

— Ela me abandonou — explicou Avon e pôs-lhe a carta de Léonie nas mãos.

Com a mesma ideia, Merivale e Marling aproximaram-se para ler por cima do ombro de Hugh.

— Santo Deus! — exclamou Merivale, e pôs uma das mãos no punho da espada enquanto lia: — Ah, que vilão! *Agora,* Justin, você há de atacá-lo, e estou com você até a morte!

— Mas... — Marling levantou os olhos, as sobrancelhas franzidas. — Pobre, pobre filha, é verdade?

Hugh chegou ao fim e falou com voz rouca:

— Pequeno Léon! Por Deus, é patético!

Rupert, nesta conjuntura, aliviou seus sentimentos atirando a caixa de rapé na parede oposta.

— Cá entre nós, teremos de mandá-lo para o inferno, não duvidem! — esbravejou. — Patife! Patife covarde! Aqui, dê-me um pouco de borgonha, Fan! Estou num desespero... Espada é pouco para aquele desgraçado!

— Sim, é pouco — concordou Sua Graça.

— Espadas! — exclamou Merivale. — É rápido demais. Você, Justin, ou eu podíamos matá-lo em menos de três minutos.

— Muito rápido e muito sem graça. Há mais poesia na vingança que eu planejei.

Hugh levantou os olhos.

— Então explique — suplicou. — Onde está a menina? Do que você está falando? Encontrou uma maneira de cobrar sua dívida na íntegra, suponho, mas como descobriu isso?

— Ainda que pareça incrível — disse Sua Graça —, tinha esquecido completamente a velha briga. Você me lembrou muito oportunamente. A balança pende violentamente contra o sr. De Saint-Vire. Dê-me um minuto de atenção e ficarão sabendo a história de Léonie.

— Resumindo e sem nada da suavidade costumeira, contou-lhes a verdade. Ouviram em silêncio sepulcral e, durante algum tempo, depois de terminado, não podiam encontrar palavras para falar. Foi Marling quem quebrou o silêncio.

— Se isso é verdade, o homem é o maior salafrário impune! — comentou. — Você tem certeza, Avon?

— Absoluta, meu amigo.

Rupert sacudiu o punho e murmurou sombriamente.

— Bom Deus, vivemos na Idade das Trevas? — perguntou Hugh. — É quase inacreditável!

— Mas como se comprova essa história? — interrompeu Fanny. — O que você pode fazer, Justin?

— Posso apostar tudo na última rodada, Fanny. Vou fazer isso. E acho... sim, realmente acho que ganharei. — Sorriu com desgosto. — Por enquanto, minha menina está a salvo, e creio que sou capaz de achá-la quando quiser.

— O que você pretende fazer? — gritou Rupert.

— Ah, sim, Justin, por favor, conte-nos! — implorou Fanny. — É tão assustador não saber de nada! Ficar sentada sem poder fazer coisa alguma!

— Eu sei, Fanny, mas mais uma vez devo pedir-lhes paciência. Armo meus jogos melhor quando estou sozinho. Uma coisa posso prometer-lhes: vocês estarão presentes no final.

— Mas quando será? — Rupert serviu-se de outro cálice de borgonha. — Você se mostra diabolicamente cheio de artimanhas para mim, Justin. Quero participar deste caso.

— Não. — Hugh balançou a cabeça. — Deixe Avon conduzir seu jogo até o fim. Há gente demais para se juntar a ele, e há um provérbio que diz: "Muitos cozinheiros estragam a sopa." Em geral, não sou sedento por sangue, mas não quero estragar nada quando se trata de Saint-Vire.

— Quero vê-lo esmagado — disse Merivale. — E bem depressa!

— Você verá, meu caro Anthony. Mas por enquanto havemos de nos comportar como sempre. Se alguém perguntar por Léonie, diga que está indisposta. Fanny, você disse que madame du Deffand promoverá um sarau amanhã?

— Disse, mas não me sinto disposta para ir — suspirou. — Será também muito brilhante, e eu queria tanto que Léonie estivesse lá!

— Ainda assim, minha cara, você irá, como todos nós. Acalme-se, Rupert. Seu papel já foi desempenhado, e muito bem, no Havre. Agora é minha vez. Fanny, você está exausta. Vá se deitar agora; ainda não há nada que você possa fazer.

— Eu tenho de voltar para De Châtelet — desculpou-se Merivale, apertando a mão de Avon. — Seja digno do seu nome agora, Satanás, se alguma vez não foi! Estamos todos com você.

— Até eu — disse Marling com um sorriso. — Você pode ser diabólico quanto quiser, porque Saint-Vire pertence à pior espécie de vilão que tive a má sorte de conhecer.

Rupert, ao ouvir, engasgou com o terceiro cálice de borgonha.

— Desgraçado, eu fervo de raiva quando penso nele! — praguejou. — Léonie chamava-o de animal, mas, por Deus, ele é pior do que isso! Ele é...!

Fanny fugiu, incontinênti, do salão.

XXX

Sua Graça de Avon Corta o Trunfo do Conde

Os Marling chegaram cedo à casa de madame du Deffand e foram logo seguidos por Merivale e Hugh Davenant. Madame du Deffand queria saber o que se passara com Léonie, e foi informada de que a menina estava indisposta, por isso ficara em casa. Rupert, que finalmente tinha chegado em companhia de d'Anvau e Lavoulère, foi repreendido por várias pessoas, inclusive Madame du Deffand, por comparecer a um evento desse tipo.

— Sem dúvida você veio para ler-nos um madrigal ou uma redondilha — zombou ela. — *Faites voir, milor', faites voir!*

— Eu? Não, por Deus! — replicou Rupert. — Nunca escrevi um verso em minha vida! Vim para ouvir, madame.

Ela riu para ele.

— Você se sentirá tão entediado, meu pobre amigo! Aguente firme! — Afastou-se para cumprimentar alguém que chegava.

Sob o lamento dos violinos que tocavam numa das extremidades do salão, Merivale falou com Davenant.

— Onde está Avon?

Hugh deu de ombros.

— Quase não o vi o dia inteiro. Ele parte para Anjou logo depois deste evento.

— Então ele pretende atacar hoje. — Merivale olhou em torno. — Vi Armand de Saint-Vire há um segundo. O conde está aqui?

— Parece-me que ainda não; disseram-me que tanto ele quanto a mulher virão. Justin terá uma grande plateia.

As salas enchiam-se com rapidez. Merivale afinal ouviu um lacaio anunciar Condé. Atrás do príncipe vinham os Saint-Vire, os Marchérand, o duque e a duquesa de la Roque. Um jovem refinado aproximou-se de Fanny e perguntou pela srta. De Bonnard. Ao saber que ela não estava presente, seu ânimo murchou, então confidenciou tristemente a Fanny que escrevera um madrigal aos olhos de Léonie e que pretendia lê-lo naquela noite. Ela condoeu-se e virou-se para encontrar Condé a seu lado.

— Madame! — Curvou-se. — Onde está *la petite*?

Fanny repetiu as desculpas de Leónie e aceitou o encargo de levar um recado atencioso para sua protegida. Depois, Condé afastou-se para se juntar num jogo de *bouts-rhymés*, e o lamento dos violinos baixou a um murmúrio.

Quando madame du Deffand chamou o sr. De la Douaye para ler os últimos poemas, uma leve comoção surgiu na porta, e Sua Graça de Avon entrou. Vestia o traje que certa vez usara em Versalhes, tecido dourado brilhando à luz das velas. Uma esmeralda grande no laço da gravata brilhava funestamente, outra cintilava no dedo. Ao seu lado estava o espadim; numa das mãos carregava o lenço perfumado e uma caixa de rapé cravejada de esmeraldas, e de um dos pulsos pendia um leque pintado em tecido finíssimo, montado em varetas de ouro.

Aqueles que estavam à porta afastaram-se para deixá-lo passar, e por um momento ficou sozinho, uma figura alta, orgulhosa, transformando em anões os franceses à sua volta. Estava completamente à vontade, até mesmo um tanto desdenhoso. Levantou o monóculo e esquadrinhou a sala com um olhar.

— Por Deus, ele é um diabo magnífico, pode apostar que é! — confidenciou Rupert a Merivale. — Dane-se se algum dia o vi mais nobre!

— Que traje! — comentou Fanny no ouvido do marido. — Edward, você não pode negar que ele é realmente elegante.

— Tem presença — concedeu Marling.

Avon avançou pela sala e curvou-se sobre a mão da anfitriã.

— Atrasado como sempre! — repreendeu-o. — Ah, e ainda tem um leque, estou vendo! *Poseur!* Chegou bem a tempo de ouvir o sr. De la Douaye ler-nos seus poemas.

— A sorte sempre me favorece, madame — disse, inclinando a cabeça para o jovem poeta. — Posso pedir-lhe, meu senhor, para nos ler os versos dedicados à flor no cabelo dela?

La Douaye ruborizou de prazer, e curvou-se.

— Sinto-me honrado que uma trivialidade tão pobre ainda seja lembrada — disse ele, e foi para o tablado diante da lareira, com um rol de papéis na mão.

Sua Graça se dirigiu lentamente para o sofá em que se encontrava a duquesa De la Roque e sentou-se a seu lado. Os olhos piscaram para o rosto de Merivale e daí para a porta. Sem ostentação, Merivale entrelaçou o braço no de Davenant e dirigiu-se com ele para um sofá que estava ao lado da porta.

— Avon faz-me ficar nervoso — murmurou Davenant. — Uma entrada impressionante, um traje surpreendente, e que à sua maneira faz descer um arrepio na espinha das pessoas. Você sente isso?

— Sinto. Ele pretende ocupar o palco esta noite. — Merivale falou ainda mais baixo, porque a voz melíflua de la Douaye soava nos primeiros versos do poema. — Ele mandou que eu sentasse aqui. Se você conseguir se comunicar com Rupert, mesmo que seja com um olhar, dê-lhe um toque para que vá à outra porta. — Cruzou as pernas e fixou a atenção em la Douaye.

Uma onda de aplausos saudou os versos. Davenant esticou o pescoço para ver onde estava Saint-Vire, e teve um vislumbre dele junto à janela. Madame de Saint-Vire encontrava-se a uma certa distância dele e várias vezes virou-lhe os olhos arregalados, apreensivos.

— Se Saint-Vire vir que Léonie não está aqui, sentirá aquele arrepio descendo-lhe pelas costas, eu acho — disse Merivale. — Gostaria de saber o que Avon pretende fazer. Olhe para Fanny! Por Deus, Avon é o único que está à vontade!

La Douaye começou a ler novamente; seguiram-se elogios e discussões. Avon cumprimentou o poeta e afastou-se para o salão ao lado onde alguns jogavam *bouts-rhymés*. No portal encontrou Rupert. Merivale viu-o parar por um instante e dizer alguma coisa. O rapaz assentiu com a cabeça, e foi para onde estavam os outros, junto à porta principal. Inclinou-se sobre as costas do sofá e deu uma risadinha alegre.

— Diabos misteriosos, não é? — falou. — Recebi ordens para vigiar a outra porta, apostarei tudo como Justin ganhará a última rodada!

Merivale balançou a cabeça.

— Não apostarei contra a certeza, Rupert — disse. — Antes que tivesse chegado, fui assaltado por dúvidas, mas, por Deus, vê-lo foi o suficiente para acabar com elas! Só a força de sua personalidade devia raiar o dia. Estou até sentindo um certo nervosismo. Saint-Vire, conhecendo a própria culpa, deve sentir-se mil vezes mais nervoso. Rupert, você tem alguma ideia do que ele pretende fazer?

— Não tenho a menor ideia, diabos! — respondeu Rupert alegremente. Então, baixou a voz. — Entretanto, digo-lhe uma coisa. Este é o último sarau a que compareço. Você escutou aquele sujeito cantando suas rimas? — Balançou a cabeça vigorosamente. — Sabe, não devia ser permitido. Um vermezinho medíocre como aquele!

— Você há de concordar que ele é um poeta razoável, apesar de tudo — disse Hugh, sorrindo.

— Que se danem os poetas! — replicou Rupert. — Está andando por aí com uma rosa na mão! Uma rosa, Tony! — desdenhou indignado, e viu para seu horror que um cavalheiro corpulento preparava-se para ler um ensaio sobre o Amor. — Deus, tenha piedade de nós; quem é este velho cabeça de bagre? — indagou, com irreverência.

— Psiu, rapaz! — sussurrou Lavoulère, que estava de pé perto dele. — É grande sr. De Foquemalle!

O sr. De Foquemalle começou a desenrolar períodos impressionantes. Rupert grudou-se à parede a fim de passar para o salão menor, com um olhar de decepção cômico. Encontrou o cavalheiro d'Anvau, que fingiu barrar-lhe a passagem.

— O que, Rupert? — Os ombros do cavalheiro sacudiam. — Fugir, *mon vieux*?

— Deixe-me passar aqui! — murmurou Rupert. — Que me dane se consigo suportar isso! O último ficou cheirando uma rosa, e este velho rufião tem um olhar irritante que não me agrada. Vou embora! — Piscou exageradamente para Fanny, que estava sentada com duas ou três senhoras no meio do salão, olhando, emocionada, para o sr. De Foquemalle.

No outro salão, Rupert encontrou um grupo animado reunido em torno do fogo. Condé estava lendo sua estrofe em meio a gargalhadas e aplausos fingidos. Uma dama chamou Rupert.

— Venha, milorde, junte-se a nós! Ah, é minha vez de ler? — Pegou o papel e leu seus versos. — Aí está! Nada fica bem quando se ouve o verso do sr. duque, temo. Vai nos deixar, duque?

Avon beijou-lhe a mão.

— Falta-me inspiração, madame. Creio que devo ir falar com madame du Deffand.

Rupert encontrou lugar ao lado de uma jovem de cabelos castanhos.

— Aceite meu conselho, Justin, e fique longe do outro salão. Lá está um patife velho, pouco favorecido, lendo um ensaio sobre o Amor, ou algum disparate desses.

— De Foquemalle, aposto! — exclamou Condé e foi espiar da soleira da porta. — Vamos aplaudir isso, duque?

Finalmente o sr. De Foquemalle chegou à peroração; madame du Deffand comandou os cumprimentos que choveram sobre ele; De Marcherand começou uma discussão a respeito das ideias do sr. De Foquemalle. O barulho diminuiu, e os lacaios entraram com bebidas. Argumentos eruditos cederam lugar a conversa banais. Damas, bebendo negus e ratafia, conversavam sobre toaletes e a nova maneira de pentear os cabelos; Rupert, perto da porta junto à qual vigiava, arrumou uma caixa de dados e começou a jogar sub-repticiamente com alguns amigos íntimos. Sua Graça encaminhou-se para onde estava Merivale.

— Mais ordens? — indagou milorde. — Vejo que Fanny conversa intimamente com madame de Saint-Vire.

Sua Graça agitou o leque languidamente de um lado para o outro.

— Só mais uma ordem — suspirou. — Apenas mantenham nosso amável amigo longe da mulher, meu caro — prosseguiu para falar com madame de Vauvallon, que no momento estava perdida na multidão.

Lady Fanny elogiava o vestido de madame de Saint-Vire.

— Afirmo que esse tom de azul é positivamente arrebatador! — falou. — Não faz muito tempo, procurei pela cidade inteira um tafetá assim. Deus, lá está aquela dama de marrom outra vez! Por favor, quem pode ser ela?

— É... creio que é a srta. De Cloué — replicou madame. O visconde de Valmé apareceu. — Henri, você viu seu pai?

— Vi, madame, ele está ali com De Châtelet e um outro homem — disse e curvou-se para Fanny. — É milorde Merivale, eu acho, madame, tenho a permissão para lhe trazer um cálice de ratafia?

— Não, obrigada — disse Fanny. — Madame, meu marido!

Madame deu a mão para Marling. Então surgiu madame du Deffand.

— Onde está seu irmão, Lady Fanny? Pedi-lhe que nos distraísse com alguns de seus versos divertidos, e ele disse que tem uma outra forma de divertimento para nós — continuou, farfalhando, à procura de Avon.

— Avon vai ler-nos seus versos? — perguntou alguém nas proximidades. — Ele é sempre tão espirituoso! Lembra-se de um que ele leu no sarau de madame de Mercherand ano passado?

Um cavalheiro virou a cabeça.

— Não, d'Orlay, desta vez não será verso. Ouvi d'Aiguillon dizer que deve ser um tipo de história.

— *Tiens!* Pergunto-me o que será.

O jovem De Chantourelle chegou com a srta. De Beaucour de braços dados.

— O que é isso que ouvi de Avon? Será que ele pretende recitar um conto de fadas para nós?

— Uma alegoria, talvez — sugeriu d'Anvau. — Embora não esteja mais na moda.

Madame de la Roque entregou-lhe o cálice de vinho para que levasse embora.

— É tão estranho contar-nos uma história — observou ela. — Se não fosse Avon, íamos embora, mas em se tratando dele ficamos cheios de curiosidade. Lá vem ele!

Sua Graça abriu caminho pela sala com madame du Deffand. As pessoas começaram a sentar-se, e os cavalheiros que não conseguiam encontrar cadeiras enfileiravam-se ao longo da parede, ou formavam pequenos grupos junto às portas. De rabo de olho Lady Fanny viu Saint-Vire sentado numa alcova perto da janela, com Merivale empertigado na beira de uma mesa a seu lado. Madame de Saint-Vire fez um movimento como se quisesse alcançá-los. Lady Fanny tomou-lhe o braço afetuosamente.

— Minha cara, fique sentada comigo! Para onde iremos agora?

— Avon estava a seu lado.

— Você não tem cadeira, Fanny? Madame, seu criado mais dedicado! — Levantou o monóculo e chamou um lacaio. — Duas cadeiras para as damas.

— Não há necessidade — declarou madame, depressa. — Meu marido há de me dar a dele...

— Ah, não, madame, a senhora não deve me deixar assim sozinha! — disse Fanny alegremente. — Ah, aqui estão as cadeiras! Juro que temos o melhor lugar da sala! — Colocou madame numa cadeira de pernas de madeira ornamentada que o lacaio trouxera, de modo que ficou sentada ao lado da lareira, onde era capaz de ver o salão, e também ser vista por quase todas as pessoas. Do mesmo lado, mas retirado na alcova, o marido sentava-se, e só podia ver-lhe o perfil. Voltou-lhe o olhar implorante; ele lançou a ela um olhar de aviso e travou os dentes. Merivale sacudiu uma perna suavemente e sorriu para Davenant, recostado na porta.

Madame du Deffand acomodou-se ao lado de uma mesinha e sorriu para Avon.

— Agora, meu amigo, deixe-nos ouvir seu conto de fadas! Espero que seja emocionante.

— Isso, madame, deixarei para a senhora julgar — replicou Avon. Assumiu o lugar diante do fogo e abriu a caixa de rapé, servindo-se delicadamente de uma pitada. A luz do fogo e das velas brincava sobre ele; o rosto mostrava-se inescrutável, a não ser pelos olhos, que sustentavam um brilho zombeteiro.

— Alguma coisa está para acontecer, eu juro! — confidenciou d'Anvau para o cavalheiro ao lado. — Não gosto da expressão no rosto de nosso amigo.

Sua Graça fechou a caixa e varreu um pouco de rapé de um dos punhos.

— Minha história, madame, começa como todas as boas histórias devem começar — disse ele, e, embora falasse com suavidade, a voz alcançava a sala inteira. — Era uma vez... dois irmãos. Já lhes esqueci os nomes, mas eles se detestavam, então vou chamá-los Caim e... hã... Abel. Não tenho ideia se o Abel original detestava o Caim original e suplico que ninguém me esclareça. Gosto de pensar que ambos detestavam-se. Se me perguntarem de onde surgiu esse ódio entre os dois irmãos, só posso sugerir que talvez tenha se originado nas cabeças deles. A cor de fogo de seus cabelos era tão viva que temo que o fogo deve ter-lhes atingido o cérebro — Sua Graça abriu o leque e olhou com serenidade para o rosto de Armand de Saint-Vire, onde surgia espanto. — Isso mesmo. O ódio cresceu e floresceu até que um não se incomodava de fazer qualquer coisa para aborrecer o outro. Tornou-se uma verdadeira obsessão de Caim, uma loucura que repercutia nele da maneira mais desastrosa, como demonstrarei. Meu conto não deixa de ter uma moral, fiquem tranquilos.

— O que, meu Deus, quer dizer isso tudo? — murmurou Lavoulère para um amigo. — É um conto de fadas ou existe alguma razão por trás disso?

— Eu não sei. Como é que ele consegue manter esta plateia sossegada, fico imaginando.

Sua Graça continuou falando muito devagar e pausadamente.

— Caim, sendo o mais velho dos dois irmãos, no devido tempo sucederia o pai, que era o conde e seguiu o caminho de todo o ser humano. Se imaginam que a inimizade agora diminuía entre ele e Abel, peço-lhes que me permitam lhes aliviar as mentes de um pensamento tão comum. O fato de Caim suceder o pai só acrescentou lenha na fogueira do ódio, enquanto nosso amigo Abel se consumia no desejo de tomar o lugar do irmão, Caim consumia-se em desejo semelhante de mantê-lo afastado do seu lugar. Como percebem, uma situação repleta de possibilidades. — Parou para examinar a plateia; observavam-no numa mistura de perplexidade e curiosidade. — Com esta ambição, Caim, nosso amigo simplório, casou-se e sem dúvida sentiu-se seguro. Mas o destino, que se esforçava com capricho, evidentemente não gostava dele, porque os anos se passavam e ainda não chegava nenhum filho que alegrasse o coração de Caim... Concebem a tristeza de Caim? Contudo, Abel ficava cada vez mais jubiloso, e temo que não hesitasse em fazer... hã... pilhéria com a má sorte do irmão. Talvez não fosse inteligente de sua parte. — Sua Graça olhou de relance para madame de Saint-Vire, que estava sentada rígida, e muito pálida, ao lado de Lady Fanny. Sua Graça começou a abanar o leque ritmadamente. — Creio que a esposa de Caim o presenteou com uma criança natimorta. Começava a parecer improvável que ele realizasse sua ambição, mas, contra as expectativas de Abel, a sra. condessa aumentou ainda mais as esperanças do marido outra vez. Nessa ocasião Caim decidiu que não haveria erro. Talvez tivesse aprendido a não confiar na sorte. Quando estava próxima a hora de madame, levou-a para uma de suas propriedades, onde deu à luz... uma filha. — Parou outra vez, olhando através da sala para Saint-Vire. Viu o conde lançar um olhar furtivo para a porta e ficando vermelho de raiva ao ver Rupert guardando-a. Sua Graça sorriu e balançou o monóculo. — Uma filha. Agora observem a esperteza de Caim. Na sua propriedade, possivelmente empregado por ele, morava um trabalhador rural, segundo julgo, cuja esposa o presenteara com um segundo filho, destino ou oportunidade, apresentou assim uma armadilha para Caim, na qual caiu. Ele subornou o camponês a fim de lhe entregar o filho robusto em troca da filha.

— Mas que infâmia! — exclamou madame de Vauvallon confortavelmente.

— O senhor me choca, duque!

— Esforce-se para me acompanhar, madame. Há sempre a moral. Esta troca, então, foi efetuada, sem que ninguém soubesse, com exceção dos pais de cada criança, e, claro, a parteira que assistiu a condessa. O que aconteceu com ela, eu não sei.

— *Mon Dieu*, que história! — observou madame du Deffand. — Não suporto estes vilões!

— Continue, Justin! — disse Armand com rispidez. — Estou extraordinariamente interessado!

— Sim, achei que ficaria — confirmou Sua Graça com movimento de cabeça.

— O que aconteceu com... a filha de Caim?

— Paciência, Armand. Primeiro vamos tratar de Caim e seu suposto filho. Afinal ele trouxe a família de volta a Paris... eu lhe disse que esta história se passa na França?... e ordenou que o pai adotivo de sua filha deixasse suas propriedades para algum lugar remoto, que ninguém soubesse, inclusive ele mesmo. No lugar de Caim, acho que não teria desejado tão ardentemente perder o rastro da criança, mas sem dúvida agiu como se fosse o mais inteligente.

— Duque — interpôs madame de la Roque —, é inconcebível que qualquer mãe concordasse com um plano tão maldoso!

Madame de Saint-Vire levou o lenço à boca com a mão trêmula.

— Quase inconcebível — disse Avon suavemente. — Provavelmente a senhora temia o marido. Ele era pessoa extremamente violenta, creia-me.

— É muito fácil acreditar nisso — disse madame, sorrindo. — Uma criatura vil! Continue!

Por baixo das pálpebras pesadas, Avon observou Saint-Vire remexer na gravata; os olhos passaram para o rosto atento de Merivale, e sorriu de maneira fraca.

— Caim, a mulher e o pretenso filho voltaram a Paris, como eu disse, e desapontaram seriamente Abel. Quando Abel observou o sobrinho crescer sem nenhum traço das características da família nem no rosto nem na natureza, ficou sentindo mais ódio ainda, mas, embora conjeturasse diante do menino, a verdade nunca lhe ocorreu. Por que deveria ocorrer? — Avon ajeitou os babados. — Tendo tratado de Caim por enquanto, voltaremos à sua filha. Durante doze anos permaneceu no interior do país, com os pais adotivos, e foi criada como filha deles mesmos. Mas no fim desses doze anos, mais uma vez o destino voltou a atenção para os assuntos de Caim e mandou uma peste que varreu os arredores de onde estava a filha. A doença matou tanto o pai quanto a mãe de criação, mas minha heroína escapou como também o irmão de criação, de quem falaremos mais adiante. Foi entregue ao pároco da aldeia, que a abrigou e cuidou dela. Peço-lhes que não se esqueçam do pároco. Ele desempenha um papel pequeno mas importante na minha história.

— Será que vale a pena? — murmurou Davenant.

— Olhe para Saint-Vire! — respondeu Marling. — O pároco foi uma ótima ideia! Tomou-o completamente de surpresa!

— Lembraremo-nos do pároco — falou Armand sombriamente. — Quando desempenhará seu papel?

— Desempenha agora, Armand, porque foi nas suas mãos que a mãe de criação da minha heroína, antes de morrer, colocou sua... confissão... escrita.

— Ah, ela sabia ler, esta camponesa? — perguntou Condé, que estivera ouvindo, as sobrancelhas franzidas.

— Calculo, príncipe, que tivesse sido criada particular de alguma dama, pois tenho certeza de que sabia escrever. — Avon viu as mãos de madame Saint-Vire crisparem-se no colo e ficou satisfeito. — Essa confissão ficou durante muitos anos numa gaveta trancada da casa do pároco.

— Mas será que ele não devia revelá-la ao público? — falou rapidamente madame de Vauvallon.

— Também penso assim, madame, mas ele era um sacerdote singularmente conscencioso, e sustentava que o segredo de confissão não podia nunca ser quebrado.

— E a menina? — perguntou Armand.

Sua Graça torceu os anéis.

— Ela, meu caro Armand, foi levada para Paris pelo irmão de criação, um jovem que era muitos anos mais velho do que ela. Chama-se Jean e comprou uma taberna numa das ruas mais horríveis e barulhentas da cidade. E, como era inconveniente para ele ter uma menina da idade tenra de minha heroína em suas mãos, vestiu-a de menino. — A voz suave tornou-se mais áspera. — De menino. Não vou afligi-los contando-lhe a vida neste disfarce.

Algo semelhante a um soluço surgiu de madame de Saint-Vire.
— *Ah, mon Dieu!*
Os lábios de Avon desdenharam.
— É uma história pungente, não é, madame? — perguntou ele.

Saint-Vire deu a impressão de que ia se levantar, mas afundou na cadeira outra vez. As pessoas começavam a olhar indagadoramente umas para as outras.

— Posteriormente — continuou o duque — casou-se com uma prostituta, cujo cuidado era maltratar minha heroína de todas as maneiras concebíveis. Nas mãos dessa mulher ela sofreu durante sete anos. — Os olhos vagaram pela sala. — Até os dezenove anos — disse ele. — Durante aqueles sete anos conheceu o vício, aprendeu a temer e entendeu o significado daquela palavra feia: fome. Não sei como sobreviveu.

— Duque, o senhor nos conta uma história horripilante! — observou Condé. — O que aconteceu, então?

— Então, príncipe, o destino entrou em cena outra vez e lançou minha heroína no caminho de quem jamais tivera motivos para amar nosso amigo Caim. Na vida deste homem surgiu minha heroína. Ele ficou espantado com a semelhança com Caim e num impulso comprou-a do irmão de criação. Ele esperava muitos anos para cobrar na íntegra uma dívida que tinha com Caim; nessa menina viu um meio possível para fazer isso, porque ele também tinha notado os modos e aparência plebeia do suposto filho de Caim. A sorte o favoreceu, e, quando ele exibiu minha heroína diante dos olhos de Caim, viu a consternação dele, o que fez com que juntasse os pedaços da história. Caim mandou um enviado para comprar a filha desse homem, que ele sabia ser seu inimigo. Assim, a suspeita desse jogador transformou-se em convicção.

— Santo Deus, d'Anvau — murmurou De Sally —, será que pode ser...?

— Shh! — respondeu d'Anvau. — Escute! Está ficando muito interessante.

— Através de Jean — continuou Avon —, o inimigo de Caim ficou sabendo do antigo lar da minha heroína, e do pároco que ainda vive lá. Será que esqueceram o pároco?

Todos os olhos estavam voltados para o duque; alguns homens estavam começando a entender aonde a história chegaria. Condé confirmou, impaciente, com a cabeça.

— Não. Continue, suplico-lhe!

A esmeralda no dedo do duque brilhou maliciosamente.

— Estou aliviado. Esse homem viajou para a aldeia distante, e... hã... conversou com o pároco. Quando voltou a Paris trouxe com ele... isso. — Do bolso Avon tirou uma folha de papel suja e amassada. Olhou zombeteiramente para Saint-Vire, que estava sentado como se fosse uma estátua de pedra. — Isso — repetiu Sua Graça, e colocou o papel no consolo da lareira atrás dele.

Podia-se sentir a tensão. Davenant inspirou profundamente.

— Por um momento... quase acreditei que *era* uma confissão! — sussurrou ele. — Estão começando a conjeturar, Marling.

Sua Graça examinou a pintura do leque.

— Podem calcular, talvez, por que ele não expôs Caim imediatamente. Admito que a princípio pensou em agir assim. Mas se lembrou, meus senhores, dos anos que a filha de Caim passou no inferno e resolveu que Caim também devia conhecer o inferno... um pouco, muito pouco — afirmou, a voz tornou-se ríspida; o sorriso sumiu-lhe dos lábios. Madame du Deffand observava-o com horror no rosto. — E, portanto, meus senhores, reprimiu-se e fez... um jogo de espera. Esta era sua ideia de justiça. — Outra vez esquadrinhou a sala com um olhar; manteve a plateia calada em expectativa, dominada por sua presença. No silêncio, suas palavras caíram devagar, com muita suavidade. — Acho que ele sentiu isso — falou. — De um dia para o outro ele não sabia quando o golpe seria desfechado; vivia no temor; ficava dividido entre esse e aquele caminho pela esperança, e... medo, meus senhores. Chegou até a se enganar na crença de que o inimigo não tinha prova, e por um instante achou-se seguro. — Avon sorriu em silêncio, e viu Saint-Vire estremecer. — Mas as dúvidas antigas voltaram, meus senhores; não podia estar seguro de que não havia prova. Assim, vivia as agonias da incerteza. — Avon fechou o leque. — Minha heroína foi levada por seu tutor para a Inglaterra, e ensinaram-lhe a ser menina outra vez. Foi deixada numa das propriedades de seu tutor aos cuidados de uma parenta. Pouco a pouco, meus senhores, aprendeu a gostar de sua feminilidade e a esquecer, em parte, os horrores que jaziam no passado. Então, meus senhores, Caim foi à Inglaterra. — Sua Graça tomou rapé. — Como um ladrão — disse suavemente. — Roubou minha heroína, narcotizou-a e levou-a no seu iate, que o esperava em Portsmouth.

— Santo Deus! — falou, sufocada, madame de Vavaullon.

— Ele não vai conseguir! — murmurou Davenant subitamente.

— Saint-Vire está bem controlado!

— Observe sua mulher! — retorquiu Marling.

Sua Graça tirou mais um pouco de rapé da manga dourada.

— Não os cansarei com o relato da fuga de minha heroína — disse ele.

— Existia outro jogador no jogo que os seguiu apressado para resgatá-la. Ela conseguiu fugir com ele, mas não sem que antes Caim lhe tivesse atingido o ombro com uma bala. Se o tiro destinava-se a ele ou a ela, eu não sei.

Saint-Vire fez um movimento apressado, e ficou quieto outra vez.

— E este vilão vive! — arquejou De Châtelet.

— O ferimento, meus senhores, foi grave, e obrigou os fugitivos a pararem numa hospedaria pequena a poucos quilômetros do

Havre. Felizmente o tutor de minha heroína encontrou-a lá, umas duas horas antes que o infatigável Caim chegasse.

— Ele chegou mesmo, então? — perguntou De Sally.

— Mas pode-se duvidar disso? — Sorriu Sua Graça. — Ele chegou, *bien sûr*, para descobrir que o destino o atingiria mais uma vez. Disse então que a partida não fora jogada até o fim ainda. Depois ele... hã... retirou-se.

— *Scélérat!* — atalhou Condé, e lançou um olhar para madame de Saint-Vire, que parecia encolher-se na cadeira, então fixou os olhos no duque outra vez.

— Exatamente, príncipe — falou Sua Graça, com suavidade. — Voltemos agora a Paris, onde seu tutor apresentou minha heroína à alta sociedade. Fique calado, Armand; estou chegando ao fim da minha história. Ela causou bastante comoção, asseguro-lhes, porque não era uma debutante comum. Era, às vezes, meus senhores, um bebê, mas também demonstrava grande sabedoria, e espírito ainda maior. Podia falar-lhe sobre ela por horas, mas direi apenas que tinha um pouco de marotice, muita sinceridade, bastante travessura e enorme beleza.

— É verdadeira! — Condé intercedeu rapidamente.

Sua Graça inclinou a cabeça.

— É verdadeira, príncipe, como eu sei. Resumindo: Paris, com o tempo, começou a observar-lhe a semelhança com Caim. — Fez uma pausa, levando o lenço aos lábios. — Meus senhores, ela amava o homem que era seu tutor — disse ele muito equilibradamente. — Sua reputação estava manchada além de qualquer recuperação, mas aos olhos dela ele não fazia nada errado. Ela o chamava seu... *seigneur*.

O lábio inferior de Saint-Vire estava preso entre os dentes, mas ele se encontrava sentado, perfeitamente imóvel, dando a impressão de ouvir apenas com interesse fortuito. Havia muitos olhos chocados presos nele, porém ele mantinha-se inabalável. Na porta Rupert segurava a bainha da espada com prazer.

— Quando a menina ficou sabendo o que o mundo dizia dela — continuou Avon — foi à casa de Caim e perguntou-lhe se na realidade era sua filha ilegítima.

— Sim? *Allons!* — exclamou Condé.

— Ele imaginou, meus senhores, que a sorte o favorecia afinal. Disse à filha que era — continuou Avon, levantando a mão quando Armand saltou. — Ameaçou expô-la ao mundo como sua bastarda... e amante daquele outro homem. Contou-lhe que era seu pai, meus senhores... que ele faria isto a fim de que seu tutor pudesse ficar arruinado socialmente por ter ousado apresentar à sociedade a filha ilegítima do inimigo e sua amante.

Madame de Saint-Vire estava sentada empertigada na cadeira, agarrando os braços. Os lábios moviam-se em silêncio; estava prestes a ter um colapso, e era evidente que esta parte do conto não era de seu conhecimento.

— Ah, mas que patife! — gritou Lavoulère.

— Espere, meu caro Lavoulère. Ele foi bondoso o suficiente para oferecer à filha uma alternativa. Prometeu manter silêncio se ela desaparecesse do mundo em que tinha acabado de entrar. — Os olhos de Avon tornaram-se mais duros e a voz parecia gelo. — Já disse que ela amava seu tutor, meus senhores. Para ela, deixar que ele fosse condenado a voltar para a vida antiga, sórdida, era pior do que morrer. Tinha apenas provado a taça da felicidade.

Havia pouquíssimas pessoas na sala que não tivessem entendido o conto; vários rostos mostravam horror; o silêncio era absoluto. Condé inclinou-se na cadeira, o rosto sombrio e ansioso.

— Continue! — falou rispidamente. — Ela... voltou?

— Não, príncipe — respondeu Avon.

— E depois? — Condé tinha se levantado.

— Príncipe, para aqueles que estão desesperados, para os indesejados, para os que estão com o coração partido, há sempre uma saída.

Madame du Deffand estremeceu e cobriu o rosto com as mãos.

— O senhor quer dizer?

Avon apontou para a janela.

— Lá fora, príncipe, não muito longe, corre o rio. Tem escondido muitos segredos, muitas tragédias. Essa criança é apenas mais uma tragédia que terminou nas suas águas.

Um grito abafado soou, agudo e estridente. Madame de Saint--Vire se pôs de pé, como se tivesse sido obrigada, e tropeçou como alguém atormentado.

— Ah, não, não, não! — exclamou sufocada. — Isso não! Isso não! Ah, minha pequenina! Deus, não tem misericórdia? Ela não *morreu!* — A voz elevou-se, e ficou estrangulada na garganta. Levantou os braços, e caiu aos pés de Avon, ali ficando a soluçar violentamente.

Lady Fanny surgiu repentinamente.

— Ah, coitadinha! Não, não, madame, ela está viva, eu juro! Alguém me ajude! Madame, acalme-se!

Houve uma gritaria; Davenant enxugou o suor da testa.

— Meu Deus! — disse, rouco. — Que trabalho para uma noite! Esperto! Demônio esperto!

Na confusão uma voz de mulher soou, atônita.

— Eu não compreendo! Por quê... o quê... É o fim da história?

— Não, senhorita. Ainda estou esperando o fim. — Avon não virou a cabeça.

Um tumulto na alcova tirou toda a atenção da madame de Saint--Vire para o conde. Ele saltara quando madame se descontrolou, sabendo que o ataque o entregou completamente, e agora lutava com Merivale, uma das mãos no quadril. Até que vários homens se apressaram e ele conseguiu livrar-se, lívido e sapateando, e viram que segurava uma pequena pistola.

Condé saltou de repente na frente do duque e enfrentou a pistola.

Acabou em poucos segundos. Ouviram a voz de Saint-Vire elevar--se num tom próximo do tom da loucura:

— Demônio! Demônio!

Ouviu-se um estrondo ensurdecedor, uma mulher gritou, e Rupert deu um passo à frente e jogou o lenço sobre o rosto esfacelado de Saint-Vire. Merivale e ele curvaram-se sobre o corpo do conde, Sua Graça avançou lentamente e ficou olhando por um momento para baixo, para aquilo que fora Saint-Vire. Na extremidade da sala uma mulher era acometida por um ataque histérico. Sua Graça encontrou os olhos de Davenant.

— Eu disse que seria poético, não disse, Hugh? — observou ele e voltou para a lareira. — Senhorita... — Curvou-se para a moça amedrontada que lhe perguntou pelo fim da história. — O sr. De Saint-Vire proporcionou o fim para meu conto. — Pegou o papel manchado do consolo da lareira onde deixara, atirou-o no fogo e riu.

XXXI

Sua Graça de Avon Ganha Tudo

Num cavalo alugado, lá se foi outra vez Sua Graça de Avon para a aldeia Bassincourt. Usava calções de couro e paletó de veludo púrpura opaco, orlado de dourado. As botas altas com esporas estavam empoeiradas, e numa das mãos segurava as luvas e o cabo do chicote. Chegou à praça do mercado, pela estrada de Saumur, e refreou o cavalo enquanto passava pelos paralelepípedos. Os aldeões e as esposas dos fazendeiros, que tinham vindo a Bassincourt para o mercado, perdiam o fôlego diante dele, como ficaram antes, e sussurravam umas para as outras.

O cavalo tomou o caminho para a casa do pároco e parou lá. Sua Graça passou os olhos à sua volta e, vendo um menino pequeno perto dele, chamou-o e saltou agilmente da sela.

O menino veio correndo.

— Tenha a bondade de levar meu cavalo para a hospedaria, providencie para que ele fique abrigado em segurança e lhe dê água — disse Sua Graça, jogando para o menino um luís. — Pode dizer ao dono da hospedaria que mais tarde pagarei a despesa.

— Sim, milorde! Obrigado, milorde! — balbuciou o menino e segurou o luís.

Sua Graça abriu o portãozinho que conduzia ao jardim do pároco e dirigiu-se pelo caminho limpo para a porta da frente. Como da outra vez, a governanta de rosto corado recebeu-o. Reconheceu-o e fez uma reverência.

— *Bonjour*, monsieur! O pároco está nos aposentos dele.

— Obrigado — disse Sua Graça. Seguiu-a pela passagem para o escritório de De Beaupré e esperou um momento na soleira da porta, com o chapéu pontudo na mão.

O pároco levantou-se cortesmente.

— Meu senhor? — Depois, como Avon sorriu, encaminhou-se para o duque, apressado. — *Eh, mon fils*!

— Minha tutelada, padre? — Avon tomou-lhe a mão.

O pároco sorriu.

— A coitadinha! Sim, meu filho, está comigo em segurança.

Avon deu um suspiro.

— O senhor tirou um peso das minhas costas que era... grande demais para suportar — falou ele.

O pároco sorriu.

— Meu filho, dentro de pouco tempo acho que quebraria a promessa feita a ela e lhe enviaria um recado. Ela sofre... ah, mas como sofre. E aquele vilão... aquele Saint-Vire?

— Morto, *mon père*, por suas próprias mãos.

De Beaupré fez o sinal da cruz.

— Por suas próprias mãos, meu filho?

— E por minha intervenção. — Curvou-se Sua Graça. — Vim agora para pegar a... srta. De Saint-Vire.

— É realmente isso? — De Beaupré falou ansiosamente. — Tem certeza, duque?

— Tenho certeza. Paris inteira sabe. Providenciei isso.

De Beaupré tomou-lhe as mãos e apertou-as.

— Meu senhor, então trouxe felicidade para a menina. Deus há de perdoar-lhe por sua bondade com ela. Ela me contou — revelou ele, sorrindo com benevolência. — Vejo que não tenho motivos para lamentar minha aliança com... com Satanás. O senhor lhe deu a vida e mais do que isso.

— Padre, aconselho-o a não dar crédito a tudo o que a minha menina diz de mim — disse Avon secamente. — Ela achou conveniente colocar-me num pedestal. Não me sinto bem lá.

— Não, meu filho, ela sabe o que foi a vida de "*Monseigneur*" — replicou ele. — Agora, venha falar com ela. — Conduziu-o para a sala de visitas ensolarada nos fundos da casa e, abrindo a porta, falou quase alegremente. — *Petite*, trago-lhe um visitante — avisou e depois se afastou a fim de que Avon entrasse, e saiu rapidamente, fechando a porta. — Com certeza Deus é muito bom — observou ele sabiamente e voltou para o escritório.

Na sala de visitas, Léonie estava sentada junto à janela, com um livro aberto no colo. E como estivera chorando não virou logo a cabeça. Ouviu passadas leves e firmes e depois a voz que amava.

— *Ma fille*, o que quer dizer isso tudo?

Ela voou da cadeira então, gritando de alegria e espanto.

— *Monseigneur!* — Estava a seus pés rindo e chorando, as mãos dele nos lábios. — O senhor veio! O senhor veio!

Curvou-se, os dedos nos seus cachos.

— Eu não disse, *ma fille*, que não a perderia tão facilmente? Você devia ter confiado em mim. Não havia necessidade de fugir.

Pôs-se de pé e engoliu com dificuldade.

— *Monseigneur*, eu... eu *sei*! Eu não podia... o senhor não compreende! Não era possível... Ah, *Monseigneur, Monseigneur*, por que veio?

— Para levá-la de volta, minha menina. Para que mais havia de vir?

— Nunca, nunca! Eu n-não posso! Sei muito bem o quê... — Balançou a cabeça.

— Sente-se, filha. Há tanta coisa que tenho de lhe contar. Chorando, *ma mie*? — Levou-lhe a mão aos lábios e a voz mostrava-se muito terna. — Não há nada para afligi-la, *mignonne,* juro — garantiu, fazendo com que se sentasse no sofá, e ficou a seu lado, ainda segurando-lhe a mão. — Criança, você não é filha ilegítima, nem é filha de camponeses. Você é, como soube desde o princípio, Léonie de Saint-Vire, filha do conde e de sua esposa, Marie de Lespinasse.

Os olhos de Léonie piscaram para ele.

— *Mon...Monseigneur?* — arquejou ela.

— É, minha filha, isso mesmo — confirmou Sua Graça e lhe contou resumidamente o que foi a sua história. Ela o encarou, olhos arregalados, os lábios entreabertos e quando ele terminou não conseguiu encontrar palavras por um longo minuto.

— Então... então eu sou... nobre? — falou afinal. — Eu... Ah, é verdade, *Monseigneur*? É verdade mesmo?

— Se não fosse, eu não lhe teria contado, *mignonne*.

Deu um salto, corada e emocionada.

— Eu sou *bem*-nascida! Eu sou... eu sou srta. De Saint-Vire! Eu posso... eu posso voltar para Paris! *Monseigneur,* acho que vou chorar!

— Suplico-lhe que não chore, *ma fille*. Poupe suas lágrimas para a notícia seguinte.

Ela parou de dançar pela sala e olhou-o ansiosamente.

— Tenho de informar que seu pai está morto.

A cor voltou-lhe às faces.

— *Vraiment?* — disse ela ansiosamente. — O senhor o matou, *Monseigneur*?

— Sinto muito, criança, mas na realidade não o matei. Induzi-o a se matar.

Ela voltou para o sofá e sentou-se outra vez.

— Conte-me! — pediu. — Por favor, conte-me depressa, *Monseigneur*! Quando é que ele se matou?

— Na terça-feira, minha filha, no sarau de madame du Deffand.

— *Tiens!*— mostrava-se completamente imperturbável. — Por quê, *enfin*?

— Achei que a terra já o abrigara por tempo demais — replicou Avon.

— O senhor fez isso! Eu sei que o senhor fez! — exclamou ela, exultante. — O senhor queria que ele morresse naquela noite!

— Queria, filha.

— Rupert estava lá? E Lady Fanny? *Como* Rupert deve ter ficado satisfeito!

— Moderadamente, filha. Ele não demonstrou nenhum dos indícios do êxtase perverso que você parece experimentar.

Enfiou a mão na dele, e sorriu-lhe confiantemente.

— *Monseigneur*, ele era um animal. Agora, conte-me como aconteceu. Quem estava presente?

— Todos nós estávamos lá, bebê, até o sr. Marling e milorde Merivale. Além de nós, havia Condé, os De la Roque, os d'Aiguillon, os Saint-Vire, inclusive Armand; Lavoulère, d'Anvau... na verdade, criança, todo mundo.

— Lady Fanny e os outros sabiam que o senhor ia matar o animal, *Monseigneur*?

— Criança, suplico-lhe, não saia pelo mundo dizendo que eu o matei.

— Não, *Monseigneur*. Mas sabiam?

— Sabiam que eu pretendia atacá-lo naquela noite. Todos estavam com muita sede de sangue.

— *Vraiment?* Até o sr. Marling?

— Até ele. — Avon concordou com a cabeça. — Você vê, *ma fille*, todos a amam.

— Ah...! O que o senhor usava, *Monseigneur*? — Ela ruborizou.

— Assim é a mente feminina — murmurou Sua Graça. — Estava usando dourado e esmeralda.

— *Eu* sei. É um traje muito bom, aquele. Continue, por favor, *Monseigneur*.

— Rupert e Hugh ficaram guardando as portas — disse Sua Graça. — E Merivale prendeu Saint-Vire em uma conversa agradável. Lady Fanny tinha sua mãe sob controle. Eu lhes contei sua história, filha. Foi só.

— *Voyons!* — exclamou ela. — Não é nada! Quando o senhor lhe contou o que aconteceu?

— Sua mãe desmaiou. Veja minha filha, deixei que eles pensassem que você tinha se afogado. Ela gritou então, e Saint-Vire, tendo em vista que fora traído por ela, disparou contra si mesmo.

— Deve ter sido muito emocionante — observou ela. — Gostaria de ter estado lá. Sinto por madame de Saint-Vire, um pouco, mas fico satisfeita porque o animal está morto. O que o visconde fará? Acho que foi muito triste para ele.

— Creio que ele não sentirá — replicou Avon. — Sem dúvida seu tio lhe proporcionará um meio de vida.

Seus olhos cintilaram.

— *Voyons*, eu tenho família, pelo visto! Quantos tios eu tenho, *Monseigneur*?

— Não estou bem certo, criança. Pelo lado de seu pai, só tem um tio e uma tia, que está casada. Pelo lado de sua mãe, tem vários tios, acho, e provavelmente muitas tias e primos.

Ela balançou a cabeça.

— Acho muito difícil compreender tudo isso, *Monseigneur*. E o senhor sabia? Como sabia? Por que não me contou?

Sua Graça olhou para a caixa de rapé.

— Minha filha, quando a comprei do digno Jean foi por causa de sua semelhança com Saint-Vire — declarou e fez uma pausa. — Pensei em usar você como arma para... hã... puni-lo por alguma coisa... que me tinha feito há algum tempo.

— Foi... foi por isso que... que o senhor me tornou sua tutelada e me deu tantas, tantas coisas? — perguntou ela, com a voz fraca.

Ele se levantou, foi para a janela e ficou olhando para fora.

— Não foi só por isso — disse ele, esquecendo de falar devagar.

— Um pouco foi porque o senhor gostava de mim, *Monseigneur*? — Olhou-o melancolicamente.

— Mais tarde. Quando passei a conhecê-la, minha menina.

— Eu ainda... o senhor deixará... eu ser sua pupila ainda? — Ela torceu o lenço.

Ficou calado por um momento.

— Minha querida, agora você tem mãe e tio, que cuidarão de você.

— Sim? — falou.

O perfil de Sua Graça mostrava-se sombrio.

— Eles serão bons para você, *ma fille* — replicou ele tranquilamente. — Tendo-os... você não pode continuar a ser minha tutelada.

— E-eu preciso tê-los? — perguntou ela, com um tom patético na voz.

Sua Graça não sorriu.

— Creio que sim, criança. Eles a querem, entenda.

— Querem? — Levantou-se também, e o brilho sumiu-lhe dos olhos. — Eles não me conhecem, *Monseigneur*.

— São sua família, filha.

— Eu não os quero.

Diante disso, ele voltou-se e aproximou-se dela, tomando-lhe as mãos.

— Minha querida — disse ele —, será melhor para você ficar com eles, acredite em mim. Um dia você há de encontrar alguém mais moço do que eu que a fará feliz.

Duas lágrimas grandes rolaram. Os olhos de Léonie encararam piedosamente os do duque.

— *Monseigneur*... por favor... não me fale de casamento! — sussurrou ela.

— Filha... — Crispou as mãos em torno das dela. — Quero que me esqueça. Não sou adequado para você. Será mais inteligente não pensar em mim.

— *Monseigneur*, nunca pensei que o senhor se casaria comigo — falou ela simplesmente. — Mas se... me quisesse... achei talvez que o senhor... me aceitaria... até cansar-se de mim.

Houve um momento de silêncio. Depois Sua Graça falou, tão rispidamente que Léonie ficou assustada.

— Você não deve falar dessa maneira, Léonie. Entendeu o que eu disse?

— Eu... eu sinto muito! — balbuciou ela. — Eu... eu não pretendia aborrecê-lo, *Monseigneur*.

— Eu não estou aborrecido — respondeu ele. — Mesmo que fosse possível, Léonie, eu não a aceitaria como amante. Não é assim que eu penso em você.

— O senhor não me ama? — perguntou ela, como uma criança.

— Demais... por isso não vou casar com você — replicou ele e soltou-lhe as mãos. — Não posso fazer isso.

Ela ficou completamente imóvel, olhando para as marcas de seus dedos nos pulsos com um sorrisinho esperto.

— O senhor me levará para esta mãe e este tio que eu não conheço?

— Sim — respondeu brevemente.

— *Monseigneur*, eu preferia ficar aqui — disse ela. — Como o senhor não me quer, eu não voltarei. *C'est fini, tout cela.* — Um soluço subiu-lhe à garganta. — O senhor me comprou, *Monseigneur*, e serei sua até morrer. Já lhe disse... uma vez... que era assim. Não lembra?

— Lembro cada palavra que você me disse.

— *Monseigneur*, eu... não quero ser-lhe um peso. O senhor está cansado de... de ter uma tutelada e... e eu preferia partir a ficar e cansá-lo. Mas não posso voltar para Paris. Eu *não posso*. Serei... feliz... com o sr. De Beaupré, mas não posso suportar voltar sozinha... para o mundo em que vivi com o senhor.

Olhou-a. Ela viu sua mão fortemente crispada na caixa de rapé.

— Filha, você não me conhece. Criou um ser mítico à minha semelhança e colocou-o como um deus. Não sou eu. Muitas vezes, criança, eu lhe disse que não sou herói, mas acho que você não acreditou em mim. Agora, digo-lhe que não sou o homem ideal para você. Há vinte anos entre nós, e esses anos não foram bem vividos por mim. Minha reputação está danificada além da recuperação, filha. Venho de ambiente de vício e não proporcionei honra ao nome que uso. Você sabe como os homens me chamam? Eu mereci este apelido, filha; sentia até orgulho dele. Não fui fiel a nenhuma mulher; nas minhas costas só há escândalos, um atrás do outro. Tenho riqueza, mas desperdicei uma fortuna na minha juventude e ganhei a atual no jogo. Talvez você tenha visto a melhor parte de mim; ainda não viu a pior. Criança, você merece um marido melhor. Havia de lhe dar um rapaz que viesse para você com o coração puro, não alguém que se desenvolveu no vício desde o berço.

Uma lágrima grande brilhava-lhe na ponta das pestanas.

— Ah, *Monseigneur*, não precisava ter-me dito isto! Eu sei... sempre soube, e ainda assim o amo. Não quero um rapaz. Só quero... *Monseigneur*.

— Léonie, você fará bem em considerar. Você não é a primeira mulher na minha vida.

Ela sorriu entre as lágrimas.

— *Monseigneur*, prefiro ser a última mulher do que a primeira — replicou ela.

— Criança, é loucura!

Aproximou-se dele e colocou-lhe a mão no braço.

— *Monseigneur*, acho que não consigo viver sem o senhor. Tenho de tê-lo para cuidar de mim e para me amar, e para me repreender quando estiver *maladroite*.

Involuntariamente sua mão foi para as dela.

— Rupert seria um noivo mais adequado — disse ele amargamente.

Os olhos dela soltaram centelhas.

— Ah, bá! — exclamou desdenhosamente. — Rupert é um rapaz idiota, como o príncipe Condé! Se o senhor não se casar comigo, *Monseigneur*, eu não me casarei com ninguém.

— Isso seria uma pena — observou ele. — *Mignonne*, você tem... certeza?

Ela concordou com a cabeça; um sorriso trêmulo curvou-lhe os lábios.

— Ah, *Monseigneur*, nunca pensei que o *senhor* fosse tão cego! — disse ela.

Sua Graça olhou-a bem no fundo dos olhos e depois ficou de joelhos, levando-lhe a mão aos lábios.

— Pequenina — falou muito baixo —, como você insiste em se casar comigo, dou-lhe minha palavra que nunca no futuro terá motivo para lamentar.

Uma mão insistente cutucou-lhe o ombro. Levantou-se e abriu os braços. Léonie atirou-se neles, que se fecharam à sua volta e os lábios se encontraram.

O sr. De Beaupré entrou suavemente e, vendo a cena, preparou-se para sair apressado. Mas eles ouviram a porta abrir e se afastaram.

— *Eh, bien, mes enfants*? — O padre sorriu-lhe.

Sua Graça tomou as mãos de Léonie na sua e a conduziu para a frente.

— *Mon père* — disse ele. — Quero que o senhor nos case.

— Certamente, *mon fils* — disse De Beaupré calmamente e acariciou o queixo de Léonie. — Estou esperando para fazer isso.

XXXII

Pela Última Vez Sua Graça de Avon Deixa Todos Atônitos

— Meu caro conde — disse Fanny, numa voz muito sofrida —, não vejo Justin desde aquela noite terrível.

Armand levantou as mãos.

— Mas já faz mais de uma semana! — exclamou. — Onde está ele? Onde está a menina?

Lady Fanny levantou os olhos. Davenant respondeu:

— Se eu soubesse, Armand, estaria mais tranquilo, asseguro-lhe. A última vez que vi Avon foi na casa de madame du Deffand.

— Para onde ele foi? — inquiriu Armand. — Ele realmente não voltou aqui?

Marling balançou a cabeça.

— Ele sumiu — respondeu. — Sabíamos que pretendia partir para Anjou depois do sarau, a fim de procurar Léonie, mas não nos disse exatamente para onde se destinava. O criado de quarto está com ele. É tudo o que sabemos.

Armand sentou-se cansadamente.

— Mas... mas ele partiu com o traje de gala? — indagou. — Certamente deve ter voltado para trocá-lo por algo mais *convenable*.

— Não voltou — replicou Fanny. — O traje dourado não está no quarto. Nós olhamos.

— *Fi, donc*! — exclamou Armand. — Está viajando pela França usando ele?

— Não pensaria assim. — Devenant divertia-se. — Deve ter parado em algum lugar para passar a noite e, se conheço um pouco Justin, ele não partiria sem bagagem.

Armand olhou, desamparado, à sua volta.

— E nenhum de vocês sabe de nada! — disse ele. — A situação está ficando séria! Estive aqui três vezes para vê-lo...

— Quatro — disse Lady Fanny cansadamente.

— É isso, madame? Quatro vezes, então eu vim para ver se tinham notícias dele e de minha sobrinha! O que acham que pode ter acontecido?

Devenant olhou para ele.

— Tentaremos pensar, Armand. Creia-me, nossa ansiedade é tão grande quanto a sua. Não sabemos se Léonie está viva ou morta.

Lady Fanny assoou o nariz e pigarreou.

— E não podemos *fazer* nada! — acrescentou ela. — Devemos ficar sentados sem fazer absolutamente nada, apenas esperando!

— Pelo menos você não está à toa, meu amor... — Marling acariciou-lhe a mão.

— Na verdade, não! — Armand virou-se para ela. — Madame, sua bondade para com minha infeliz irmã me comove! Não consigo encontrar palavras! A senhora tê-la trazido para cá, e a abrigado... madame, só posso agradecer...

— Ah, não é nada! — disse Fanny reanimando-se. — O que mais podia fazer? Seu estado não lhe permite ficar sozinha, asseguro-lhe. A certa altura temi ser provável que morresse de ataque histérico, pobre alma! Tem visto o sacerdote e, desde que escreveu a confissão, acho que se sente melhor. Se ao menos Justin nos mandasse alguma notícia! À noite não consigo dormir pensando no que pode ter acontecido àquela criança, coitadinha!

Davenant ateou o fogo.

— Na verdade — disse ele —, não pode haver sossego para nenhum de nós, até sabermos que ela está segura. — Deu um sorriso atravessado. — A casa parece uma sepultura desde que ela a deixou.

Ninguém respondeu. Rupert entrou, num silêncio desconfortável.

— Ei, deprimidos outra vez? — perguntou ele, despreocupado. — O quê, Armand está aqui de novo? É melhor você vir morar conosco e acaba-se com isso!

— Não sei como você pode ter ânimo para rir, Rupert! — disse Lady Fanny.

— Por que não? — replicou Rupert, sem graça, aproximando-se do fogo. — Justin disse-nos que sabia para onde Léonie tinha ido, e não vejo como falharia agora, Fan, dane-se, não vejo! Aposto qualquer coisa como há de trazê-la viva e sadia antes que a semana acabe.

— Se ele a encontrar — disse Marling calmamente. — Já se passou mais de uma semana, Rupert.

— Certo, Edward — retrucou milorde. — Olhe pelo lado bom! Que me dane se algum dia encontrei um sujeito mais sombrio! Não sabemos quão longe Justin teve de ir.

— Mas não mandou nenhuma notícia, Rupert! — falou Fanny, ansiosa. — O silêncio me assusta!

Rupert olhou-a com alguma surpresa.

— Senhor, e alguma vez Justin mandou notícias de onde estava? — inquiriu ele. — Ele fará seu próprio jogo, prestem atenção ao que digo! Ele não é de levar em consideração os outros, e não precisa de qualquer ajuda. — Deu uma risadinha. — Vimos na terça-feira passada, ora se vimos! O homem gosta de nos deixar no escuro, e é tudo o que temos a fazer.

Um lacaio anunciou lorde Merivale, e Anthony entrou.

— Nenhuma notícia? — perguntou sobre a mão de Fanny.

— Não, ai de mim!

Rupert abriu espaço para milorde no sofá.

— Fan está deprimida com isso — disse ele. — Estou lhe dizendo que deve ter mais fé em Justin. — Abanou o dedo para ela. — Ele venceu todas as etapas do jogo, Fan, e não seria Justin que ia perder no final.

— Por minha fé, creio que Rupert está certo — concordou Merivale. — Rapidamente estou chegando à conclusão de que Avon é onipotente.

Marling falou com seriedade.

— É um homem muito perigoso — disse. — Há de demorar muito até eu esquecer o que aconteceu naquele sarau.

Rupert estava desgostoso.

— Sabe, Edward, você é um desmancha-prazeres — concluiu.

— Ah, por favor, Edward, não fale daquilo! Foi horrível, horrível! — Fanny se estremeceu.

— Não quero falar mal dos mortos — disse Devenant. — Mas foi... justiça.

— Foi, e ele fez bem, por Deus! — falou Rupert. — Posso vê-lo agora, de pé como... diabos... como um algoz! Mas estava incrível, ah, estava incrível! Ele me manteve fascinado, dou-lhes minha palavra!

A porta se abriu.

— *Madame est servie.* — Curvou-se um lacaio.

— O senhor janta conosco, conde? E você, Anthony? — Fanny levantou-se.

— Abuso de sua hospitalidade! — protestou Armand.

— Diabos, um bocado, homem! — replicou Rupert. — É a hospitalidade de Avon de que você abusa e de nossa paciência.

Fanny riu.

— Que rapaz desagradável! Conde, o senhor me dará o braço? Confesso que estou encabulada entre tantos homens!

— E madame? — perguntou Marling quando ela passou por ele.

— Vou mandar uma bandeja para seu quarto — replicou Fanny. — Não consigo convencê-la a nos fazer companhia ainda e, na verdade, acho que se sente melhor sozinha.

Assim foram para a sala de jantar, sentando-se em torno da mesa comprida. Fanny numa cabeceira, e Marling, na outra.

— Sabem, quase não me aventuro a sair agora — observou Rupert, sacudindo o guardanapo. — Aonde eu vou, alguém vem em cima de mim pedindo notícias.

— É, parece que ninguém acredita que seja possível que não saibamos mais do que o resto do mundo — disse Davenant.

— E as pessoas que vêm em bando para perguntar se Léonie está em segurança! — exclamou Fanny. — Hoje mesmo recebi Condé e De Richelieu, e os De la Roque! A menina vai ter uma grande quantidade de boas-vindas quando... se... se voltar.

— Peste, pare com seus condicionais, Fan! — ordenou Rupert. — Você aceita clarete, Tony?

— Borgonha, obrigado, patife.

— Parei de responder às cartas — disse Fanny. — As pessoas têm sido muito atenciosas, mas na verdade não posso responder todas.

— Atenciosas? — desdenhou Rupert. — Desgraçadamente indagadoras é o que eu digo!

— Armand, o que aconteceu com Valmé... quero dizer, Bonnard? Armand pousou o garfo.

— Se vocês acreditam em mim, o rapaz ficou quase alegre! — respondeu. — Não entendeu nada do que aconteceu na casa de madame du Deffand naquela noite, mas quando lhe expliquei o assunto... o que vocês acham que ele disse?

— Não sabemos — retorquiu Rupert. — Já temos mistério demais e não precisamos arranjar mais um, que me dane se não temos!

— Rupert! — Fanny franziu as sobrancelhas para ele. — Que rapaz grosseiro!

— Ele disse — prosseguiu Armand. — "Finalmente posso ter minha fazenda!" — olhou à sua volta impiedosamente. — Já ouviram uma coisa assim?

— Nunca — falou Davenant seriamente. — E então?

— Hei de comprar-lhe uma fazenda, claro, investir dinheiro nele. Sugeri que podia querer permanecer em Paris e assegurei-lhe minha proteção, mas não! Ele detesta a vida da cidade!

— Louco — intrometeu-se Rupert, com convicção.

Merivale deu um salto.

— Escutem! — disse incisivamente.

Lá fora no vestíbulo havia alguma agitação, que dava a ideia de alguém chegando. Aqueles que estavam na sala de jantar se levantaram, olhando uns para os outros meio encabulados.

— Um... um visitante — disse Fanny. — Tenho certeza de que é apenas...

A porta se abriu, e Sua Graça de Avon surgiu no portal, de botas, esporas e sobretudo. Ao lado dele, de mãos dadas às suas, estava Léonie, corada e radiante. Tirara o manto e o chapéu, e os cachos brilhantes estavam caídos.

Houve uma comoção. Fanny avançou correndo, exclamando de maneira incoerente; Rupert atirou o guardanapo por cima da cabeça.

— O que lhes disse? — gritou ele. — Srta. De Saint-Vire!

Sua Graça levantou a mão branca, controlando-os. Um sorriso curiosamente orgulhoso surgiu-lhe pela boca.

— Não, Rupert — disse ele e curvou-se ligeiramente. — Tenho a honra de apresentar a todos... minha duquesa.

— Diabos me carreguem! — falou Rupert, engasgado, e disparou para eles.

Fanny alcançou Léonie primeiro.

— Ah, minha querida! Estou tão contente... quase não consigo acreditar... Onde você a encontrou, Justin? Criança bobinha! Temos andado tão aflitos... Beije-me de novo, meu amor!

Rupert empurrou-a para o lado.

— Ei, sua avoadinha! — disse ele e beijou-a sonoramente. — Que irmã você me deu, Justin! *Sabia* que havia de encontrá-la! Mas já casados, por Deus! Supera tudo com certeza!

Merivale empurrou-o.

— Léonie, minha queridinha! — falou. — Justin, eu o felicito!

Depois Marling e Davenant por sua vez empurraram. Armand agarrou a mão de Avon.

— E minha permissão? — perguntou ele com dignidade fingida.

Avon estalou os dedos.

— É isso que vale sua permissão, meu caro Armand — disse ele e olhou para Léonie do outro lado, cercada pela família vociferante.

— Onde ela estava? — Armand puxou-lhe a manga do sobretudo.

Sua Graça continuava a observar Léonie.

— Onde ela estava? Onde eu esperava que estivesse. Em Anjou, com o pároco de quem falei — disse ele. — Bem, Fanny? Você aprova?

Ela o beijou.

— Meu querido, é isso que tinha planejado para você há meses. Mas casar assim em segredo quando eu tinha sonhado com um casamento verdadeiramente pomposo! É muito ruim, afirmo! Menina muito querida! Podia chorar de alegria!

Caiu o silêncio. Na soleira da porta, tremendo, via-se madame de Saint-Vire de olhos fixos em Léonie. Houve um momento de silêncio incômodo. Depois Léonie adiantou-se e estendeu a mão com bastante hesitação.

— *Ma... mère?* — disse.

Madame exalou um suspiro despedaçador e pendurou-se nela. Léonie abraçou a mulher e a levou embora em silêncio.

O lenço de Fanny apareceu.

— Que doçura de menina! — falou em voz rouca.

Davenant pegou a mão de Avon e sacudiu-a.

— Justin, não posso encontrar palavras para lhe dizer como estou contente!

— Meu caro Hugh, é a coisa mais inesperada — falou Sua Graça, arrastando as palavras. — Fiz questão de balançar a cabeça melancolicamente.

Hugh riu.

— Não, não, meu amigo, desta vez não! Você aprendeu a amar alguém mais do que a você mesmo finalmente, e creio que será um bom marido para a duquesa.

— É minha intenção — afirmou Sua Graça, lutando para tirar o sobretudo. Havia uma leve cor nas faces, mas colocou o monóculo à velha moda e examinou a sala.

— Minha casa parece estar notavelmente cheia — observou ele. — Será possível que éramos esperados?

— Esperados? — repetiu Rupert. — Que me dane, essa é boa! Não fizemos nada a não ser esperar por vocês nos últimos dez dias, é bom que saibam! É muito bom você sair disparado para Anjou, mas para nós foi um esporte muito pouco agradável. Armand aparecia de surpresa toda hora, madame sofria dos nervos, metade de Paris só sabia falar do mistério, a casa ficou um verdadeiro formigueiro. Creio que Merivale ainda dorme com De Châtelet, porque não o vejo aqui no café da manhã, graças a Deus!

— O que eu quero saber — falou Merivale, ignorando milorde — é isso: você viajou até Anjou com aquele traje dourado impróprio?

— Por minha fé, deve ter assustado todo o interior! — riu Rupert.

— Não, meu amigo, não — suspirou Sua Graça. — Troquei por roupas mais sóbrias na primeira parada. Armand, está tudo bem?

— Completamente, Justin! Minha irmã escreveu a confissão assim que foi capaz, e meu ex-sobrinho deverá receber uma fazenda e retirar-se da sociedade. Tenho com você uma dívida de gratidão que nunca poderei pagar.

Sua Graça serviu-se de um cálice de borgonha.

— Já recebi o pagamento, meu caro, na pessoa de sua sobrinha — replicou e sorriu.

Aí Léonie chegou e foi ficar ao lado de Avon.

— Minha mãe deseja ficar sozinha — falou gravemente. O brilho surgiu outra vez nos olhos. — Ah, estou *muitíssimo* satisfeita por ver vocês todos outra vez!

Rupert cutucou Davenant.

— Olhe para Justin! — cochichou. — Algum dia já viu orgulho como o dele? Léonie, estou incrivelmente faminto, e com sua permissão vou continuar a comer meu capão.

— Eu também estou com muita fome. — Concordou com a cabeça. — Madame, a senhora tem ideia de como é bom ser uma mulher casada?

— Ah, você acha mesmo que não tenho? — exclamou Lady Fanny. — Como é que devo receber isso? — Conduziu Léonie para seu próprio lugar na cabeceira da mesa. — Sente-se, meu amor!

— Madame, quem senta aqui é a senhora! — observou Léonie.

— Minha querida, agora sou convidada na sua casa — disse Fanny, fazendo uma reverência.

Léonie olhou para Avon de maneira indagadora.

— Sim, menina. Sente-se.

— *Voyons*, sinto-me muito importante — confessou Léonie, acomodando-se na cadeira de espaldar alto. — Rupert senta de um lado, e... e... — Ela discutiu consigo mesma... — o sr. De Saint-Vire... quero dizer, meu tio, do outro.

— Muito bem, minha querida. — Fanny assentiu com a cabeça e foi sentar-se à direita de Avon.

— E como agora sou duquesa — disse Léonie, pestanejando — Rupert tem de me tratar com respeito, *n'est-ce pas, Monseigneur*?

Avon sorriu do outro lado da mesa.

— É só você dar a ordem, *mignonne*, e ele será expulso.

— Respeito que se dane! — retrucou Rupert. — Terei de lhe lembrar que agora você é minha irmã, menina! Senhor, onde estou com a cabeça? — De um salto ficou em pé, cálice de vinho na mão. — Farei um brinde! — disse. — À duquesa de Avon!

Todos levantaram-se ao mesmo tempo.

— À duquesa! — Curvou-se Davenant.

— Minha irmã, muito querida! — exclamou Fanny.

— Minha esposa — falou Sua Graça suavemente.

Léonie levantou-se, corando e, tomando a mão de Rupert, subiu na cadeira.

— Muito, *muito* obrigada! — respondeu. — Posso fazer um brinde, por favor?

— Sim, que Deus a abençoe! — replicou Rupert.

— *Monseigneur!* — bradou Léonie, fazendo-lhe uma reverência graciosa e curta. — Ah, onde está meu cálice? Rupert, passe-me depressa!

Beberam à saúde do duque.

— E agora — disse Léonie —, bebo à saúde de Rupert, porque ele tem sido muito bom e útil para mim!

— A você, rapaz corajoso! — disse Fanny gravemente. — E agora, marota?

Ainda encarapitada na cadeira, Léonie falou alegremente:

— *Voyons*, estou chegando cada vez mais ao topo do mundo!

— Você cairá da cadeira se pular assim, pirralha tola! — avisou-lhe Rupert.

— Não me interrompa — replicou Léonie, reprovando. — Estou fazendo um discurso.

— Que Deus tenha misericórdia de nós, o que será que vem a seguir? — retrucou Rupert, sem se arrepender.

— *Tais-tois, imbécile!...* Primeiro era camponesa, depois tornei-me pajem. Depois fui feita tutelada de *Monseigneur* e agora sou duquesa! Tornei-me muito respeitável, *n'est-ce pas*?

Sua Graça estava a seu lado e tirou-a da cadeira.

— Minha menina — disse ele — duquesas não dançam em cima de cadeiras, nem chamam seus irmãos de *"imbécile"*.

Léonie piscou irreprimivelmente.

— Eu chamo — falou com firmeza.

Rupert balançou a cabeça para ela.

— Justin tem razão — disse ele. — Você tem de melhorar seus modos, danadinha. Nada mais de buquês de príncipes, hã, Justin? Dignidade! Isso é que é! Tem de deixar o cabelo crescer agora, também, e falar comigo mais cortesmente. Ficarei envergonhado se tiver uma irmã que diz a todos os meus amigos que sou um imbecil! Cortesia, minha dama, e um pouco de altivez de seu marido. Isso é o que você precisa ter, não é, Fan?

— Ah, bá! — retrucou a duquesa de Avon.

* * *

Este livro foi composto na tipografia Palatino LT Std,
em corpo 11/16, e impresso em papel off-white
no Sistema Cameron da Divisão Gráfica
da Distribuidora Record.